KB060089

국자전

국자전
傳
정은우 장편소설
문학동네

차례

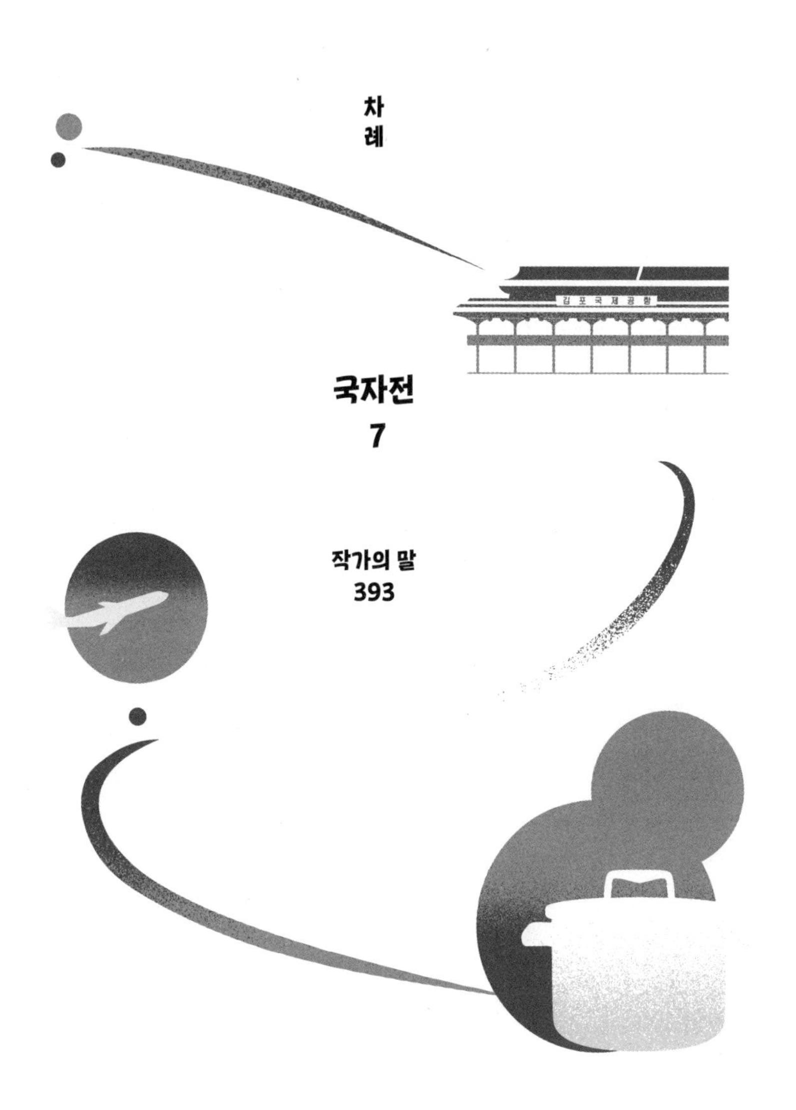

1

"집 구했어요."

미지는 텔레비전을 가로막고 서서 국자에게 전세계약서를 내밀었다. 독립 선언만 벌써 세번째였다. 국자가 말없이 미지를 응시했다. 미지는 국자의 시선을 피하지 않았다. 이제 더는 물러설 수 없었다. 이 년 만에 복직 신청을 해서 배정받은 학교는 집에서 두 시간 거리였다. 국자가 입을 열었다.

"안 보이는데."

"엄마, 이거 본방 보고, 재방도 봤지? 일단 나랑 얘기 좀 하면 안 돼?"

"보고 나서."

국자는 말없이 손에 든 리모컨을 까딱이며 비키라는 신호를 보냈다. 미지는 마지못해 물러났다. 드라마 주인공은 불우한 환경에서 홀어머니를 모시고 근근이 살아가던 중 갑자기 발현한 괴력 덕분에 1등급 기능력직 공무원이 되었다. 그는 사고에 휘말린 시민들을 구출해 영웅으로 칭

송받았지만, 이에 불만을 품은 반동 세력 수장의 위협으로 곤경에 처했다가 빠져나오기를 반복했다. 그러던 중 마다가스카르에서 귀국한 어머니의 지인이 주인공에게 출생의 비밀을 밝혔다. 그를 내내 괴롭혔던 반동 세력 수장이 바로 그의 친아버지라는 것이다. 산으로 가다가 절벽에서 떨어져 바다로 가라앉은 후 떠오르는 식의 전개였다. 실시간 채팅창이 혹평으로 도배되었으나 시청률은 매회 최고 기록을 세웠다.

아직도 영웅과 악당 놀이에 목을 매다니. 미지는 절로 한숨이 나왔다. '능력' 소지 여부와 국가 기능력직 업무 적합도를 평가하는 다중능력검사는 선택제로 바뀐 지 오래였고, 능력이 있더라도 기능력직 공무원을 희망하지 않는 사람도 많았다. 게다가 요즘은 사람들을 능력자와 비능력자로 가르는 것뿐 아니라 능력자들을 굳이 적합과 부적합으로 구분할 필요가 없다는 분위기였다. 하지만 저 드라마는 옛날처럼 기능력직 공무원들을 통칭 '영웅'이라며 떠받드는 한편 기능력직 부적합 판정을 받은 능력자들을 '반동'이라고 싸잡아 불렀다.

미지는 저런 드라마가 벌써 백 화 넘게 방영중이라는 사실을 믿고 싶지 않았다. 국자가 즐겨 보는 드라마만 아니라면 당장 방송심의위원회에 신고했을 것이다.

"엄마는 저런 게 재밌어?"

"웃기잖아. 웃어야 오래 산대."

딱히 웃긴 장면은 아닌데. 미지는 의아했다. 모든 사실을 알게 된 수장은 죄책감과 분노에 못 이겨 꽃병을 던지고 의자를 넘어뜨렸다. 그러더니 긴 대사를 줄줄 읊었다. 발음은 또렷했지만 툭툭 끊어지는 통에 영 어색했다. 이어 수장이 비서에게 전화를 거는 장면이 나왔다. 늘 그랬듯이 그는 저 할말만 하고 끊어버렸다. 카메라가 재빨리 씰룩거리는 그의 얼굴을 클로즈업했지만, 시청자의 예리한 눈을 피할 순 없었다. 시청자 게시판에 수장 역의 배우가 전화기를 거꾸로 들고 있었다는 지적을 필두로 온갖 패러디와 합성 사진이 난무했다. 발연기라는 조롱이 쏟아지는 가운데 몇몇은 단순한 실수일 뿐이라며 옹호론을 펼쳤다. 이에 최훈의 팬클럽은 이미지 관리를 위해서라도 국가 차원에서 최훈이 본업에만 집중할 수 있도록 조치해달라는 호소문을 인터넷에 올리기도 했다.

최훈은 전업 배우가 아니었다. 그는 국내에 몇 안 되는 1등급 기능력직 공무원이었다. 준수한 용모 덕분에 인기도 많아서 광고와 영화, 드라마까지 섭렵했다. 미지가 어릴 적 좋아했던 과자의 전속 모델이기도 했다. 비록 날렵했던 콧대가 두툼해지고 배도 살짝 나왔으나 최훈은 오랫동안 만인의 영웅이었다. 그 최훈이 화면 속에서 오열했다. 아니, 오열하려고 애쓰는 중이었다. 국자가 명치에 뭐가 걸린 양 쿡쿡거렸다. 미지는 국자의 웃음 포인트를 알 수가 없었다. 다음 화 예고편이 나오자 국자가 소파에서 일어났다.

"점심 먹자."

"엄마, 끝나면 얘기하자며?"

"점심 먹을 시간이잖아."

"얘기부터 하면 안 돼?"

"응."

국자가 단호하게 대답했다. 미지는 부엌으로 향하는 국자의 등을 흘겨보았다. 국자는 삼시 세끼를 제때 맞춰 꼬박꼬박 챙기는 사람이었다. 미지의 친구들은 식사를 마치고 과일이라도 먹으면서 오순도순 타협해보라고 조언했다. 점심시간 전후로 선고 형량이 달라진다는 심리학 연구 결과도 있었다. 포만감을 느낀 판사와 배심원들의 마음이 온화해져 선처로 기운다고 했다. 제법 그럴싸한 연구 결과였지만 늘 예외는 있기 마련이었다. 지금 불리한 쪽은 국자가 아니라 미지였다.

첫 독립 선언 당시 미지는 세상 물정을 모르는 대학생이었다. 수도권에 살아도 통학하는 데 편도로 한 시간 반이나 걸렸다. 한 친구가 룸메이트를 구한다는 글을 단톡방에 남겼을 때 그녀는 하늘의 계시라고 생각했다. 가만히 자신의 말을 듣는 국자도 길조 중 하나라고 믿었다. 돌연 국자가 일단 저녁부터 먹자고 하기 전까지는 그랬다.

저녁 메뉴는 제육볶음이었다. 식욕을 당기는 불그스름한 양념에 은근한 불향까지 났다. 고슬고슬한 잡곡밥과 어찌나 잘 어울리던지. 미지의 수저는 쉴새없이 움직였다. 국자는 시원한 동치미 국물까지 떠다주면서 미지를 차근차근 얼렀다. 터무니없이 높은 월세, 보증금을 떼먹고 도망치는 집주인들, 자취하는 대학생들을 타깃으로 삼는 범죄며 고물가로 식단이 부실해지면 앓을 수 있는 질병까지 들먹였다. 가령 미지가 먹고 있는 달걀말이를 만드는 데 들어가는 달걀값만 해도 만만치 않았다. 아르바이트 월급만으로는 치즈나 김을 넣은 달걀말이는 엄두도 낼 수 없었다. 미지는 국자가 만든 치즈달걀말이의 맛을 음미했다. 포기하자니 아까울 만큼 고소하고 부드러웠다. 첫번째 독립 시도는 그렇게 자발적인 포기로 끝났다.

두번째 독립 선언은 임용 고시를 준비할 때였다. 마침 친구가 노량진 근처 오피스텔에서 함께 지낼 사람을 찾고 있었다. 미지는 혹했다. 집에서 학원까지 오가는 시간이 아까웠거니와 출퇴근 전철에 끼여 다니는 것도 고역이었다. 미지는 단숨에 친구와 월세뿐 아니라 집안일 분담까지 상의를 마쳤다. 임용 고시라는 그럴싸한 명분도 있으니 부모님 설득이야 식은 죽 먹기일 거라고 생각했다. 아버지는 반대했으나 국자는 순순히 받아들이는 눈치였다. 공부에 전념하고 싶다면 어쩔 수 없지. 그리고 이내 어김없이 상다리가 휘어지도록 화려한 밥상을 내놓았다.

김치찌개는 그럭저럭 참을 수 있었지만 막 무친 새콤달콤한 겉절이와 따뜻하고 윤기가 도는 수육에 미지는 꼼짝없이 함락당했다. 그녀는 걸신들린 듯이 먹었다. 후식은 수정과였다. 국자가 수정과를 따르며 몇 달 전 결성되었다는 반정부 능력자 조직이 극성이라고 운을 띄웠다. 물론 미지야 어릴 적부터 대피 훈련도 받았고 곳곳에 대피소도 많다지만 마음이 놓이지 않노라고 말했다. 실제로 반정부 능력자 조직은 꾸준히 나타났다. 기능력직 공무원들이 그들을 진압하는 과정에서 도로나 건물이 파손되거나 부상자가 나오곤 했지만 철저한 대피 훈련 덕분에 예전보다 인명 피해는 많이 감소했다.

문제는 이런 사태에 편승해 이득을 보려는 이들이었다. 딱히 거센 충돌이나 과한 진압 작전이 아닌데도 어떤 건물들은 골조만 남긴 채 무너지거나 옆 건물과 함께 도미노처럼 쓰러졌다. 부실 공사 때문이었다. 삽시간에 전면 수리나 재건축을 앞두게 된 건물의 세입자들은 쓰린 속을 움켜잡아야 했다. 심지어 집주인이 세입자에게 피해 보상금을 지급하는 재난 보험에 가입하지 않은 경우도 있어 운 나쁜 세입자들은 이중고에 시달렸다. "노량진에 그런 건물이 많지, 아마?" 국자가 넌지시 말했고 그렇게 두번째 독립 시도 역시 수포로 돌아갔다.

돌이켜보면 국자가 한 말들은 아직 일어나지 않은 일이었다. 미지가 얼마든지 무시하거나 반박할 수 있었다. 이상했다. 아무리 굳게 마음을 먹어도 국자가 차린 밥상 앞에 앉으면 미지의 마음은 한없이 누그러졌다. 국과 찌개는 절로 탄식이 나올 만큼 깊은 맛이 났고 밥도 알알이 살아 있었다. 흔히 식당에서 반찬으로 나오는 멸치볶음이 깨소금을 뿌리고 견과류를 넣어도 짜고 눅눅해 맛이 없다면, 국자가 만든 멸치볶음은 아무것도 안 넣었는데도 짭조름하고 달콤했다. 밥도둑으로 치자면 대도였다.

미지는 식탁에 기대선 채 국자의 등을 주시했다. 국자는 지휘자 같았다. 반찬통에서 젓가락으로 반찬을 덜거나 그릇에 달걀을 풀 때도 물 흐르듯이 움직였다. 이내 국자의 손이 냄비 뚜껑을 열었다. 미지는 아찔했다. 미역국은 그녀가 제일 좋아하는 국이었다. 참기름에 볶은 쇠고기로 끓이면 진한 맛에 목 넘김이 부드러웠고, 굴이나 조개로 끓이면 개운하고 맑은 맛이 났다.

"미지야, 발코니에서 간장 좀 가져와라."

"저 보증금도 내고 확정일자도 받았어요."

"진간장 말고 국간장으로."

"이제 못 물러요."

국자는 대답하는 대신 파를 썰기 시작했다. 도맛소리가 유난히 컸다. 미지는 저도 모르게 입에 고인 침을 삼켰다.

"엄마, 저 진짜 나갈 거예요."

"언제, 지금?"

"아뇨. 그건 아니고……"

"지금 나갈 거 아니면, 간장 좀 가져와."

한 평도 채 되지 않는 발코니는 화분과 식료품으로 발 디딜 틈 하나 없었다. 햇볕이 들어오는 창가는 화분들 차지였다. 아버지는 아침마다 화분에 물을 주었고 저녁이면 부드러운 천으로 잎을 닦았다. 화분들이 어찌나 기세등등한지 천장까지 자라거나 발코니 문까지 가지를 뻗칠 정도였다. 그로 인해 집은 늘 어둡고 서늘했다. 남은 자리는 고추장이며 식초며 식료품이 차지하고 있었다. 세상이 멸망해도 한동안은 걱정 없을 만큼 많았다. 미지는 나뭇가지들을 헤치고 간장 한 병을 집었다. 구부렸던 허리를 편 순간 나뭇가지 하나가 그녀의 팔을 세차게 갈겼다. 미지는 삽시간에 불청객이 된 기분이었다. 팔이 얼얼했다. 그녀는 뒷걸음질로 발코니에서 물러났다. 이제 이 지긋지긋한 집도 안녕이라고 생각하면서.

오늘도 식탁은 화려했다. 아몬드 가루와 튀김 가루를 반반 섞어 튀긴 닭 날개와 다리, 윤기가 도는 가지조림에 갈색으로 물든 무장아찌, 비트와 양배추로 새콤하게 담근 분홍색 피클이 가지런히 그릇에 담겨 있었다. 달걀지단과 무순, 살짝 익혀서 비린내를 없앤 당근을 채로 썰어 반투명한 무로 감싼 무쌈말이도 상큼해 보였다. 빈틈이라곤 찾아볼 수 없는 식탁이었다. 미지는 국자가 내미는 국그릇을 받았다. 굴을 넣고 끓인 미역국은 족히 세 그릇은 먹어야 성에 찼다.

"먹자."

"학교가 멀고, 교통편도 불편해서 그래요."

"어떤 집인데?"

"괜찮은 편이에요." 미지가 정정했다. "진짜 좋아요."

그녀는 몇 달 동안 방 구하기 카페와 부동산 중개 앱을 살피고 인근 공인중개사 사무실을 수시로 드나든 덕분에 제법 괜찮은 집을 찾을 수 있었다. 햇볕이 잘 드는 남향 빌라였다. 엘리베이터 없이 삼층까지 오르내려야 하긴 했으나 보기 드문 투룸 전세에 주인의 인상도 좋았다. 재난 보험에 가입한 지 삼 년째였고 등기부등본에 수상한 구석도 없었다. 학교 선생님이라는 말에 주인이 직접 누수나 결로가 있는지 확인해주겠다고 했다. 십 분 거리에 마트와 파출소도 있었다. 유일하게 마음에 걸렸던 건 거꾸로 붙어 있는 장미무늬 벽지였다. 왜 하필 저렇게 붙였을까? 저 벽지 하나만 제외하면 완벽한 집이었다. 찜찜했던 기분은 박미지, 이름 석 자가 떡하니 박힌 계약서를 본 순간 사르르 풀렸다. 무엇으로든 가리면 될 일이었다.

"혼자 사니?"

"네. 시간이 있어야 뭐 누굴 만나든가 하죠." 바로 지난달까지 휴직 기간이었던 점을 고려하면 좀 초라한 변명이기는 했다. 미지는 재빨리 덧붙였다. "헤어진 지 얼마 안 되기도 했고."

"좀 되지 않았나?"

"아닌데요."

"맞는데," 국자가 고개를 갸우뚱했다. 미지는 슬그머니 고개를 돌렸다.

"뭐, 결혼할 사람 생기면 데려와라."

"결혼 안 할 수도 있잖아요."

"그래, 국 더 줄까?"

"네. 나 진짜로 나가도 되는 거 맞죠?"

"그러라니까."

예상과 달리 지나치게 순조로웠다. 미지는 국자를 힐끔거렸다. 국자는 이전처럼 설득하거나 회유하려 들지 않았다. 그저 질문하고 대답할 뿐이었다. 이상한 일은 아니야, 미지는 자신을 다독였다. 그녀는 곧 있으면 서른이었다. 친구들도 대부분 집에서 독립하거나, 결혼하면서 부모님과 떨어져 살았다.

"그럼 요리 좀 가르쳐줘요. 일단 이 미역국."

"인터넷 찾아봐."

"아니, 엄마. 그렇게 해결될 문제였으면……" 미지는 열다섯 살 때 어버이날 기념으로 끓였던 김치찌개를 떠올렸다. 인터넷에 나온 조리법대로 만들었으나 국물은 김치를 헹군 물처럼 밍밍했고 푹 끓인 김치도 왠지 빳빳해서 가위로도 쉽게 자를 수 없었다. 아버지는 시작이 반이라며 칭찬해놓고는 정작 국그릇의 반도 채 비우지 못했다. 국자는 아예 입도 대지 않았다.

"엄마는 어떻게 하는데요?"

"물 끓으면 미역 넣고 푹 끓여."

"정말 쉽다. 된장찌개는 된장 넣고 끓이고 파전은 반죽에 파 넣고 부치면 되겠네."

국자의 대답은 원체 단답형이었지만, 조리법에 관해서는 더 짧고 두루뭉술했다. 미지가 질풍노도 같은 사춘기를 겪을 때도 국자는 여전히 말수가 적었다. 보통은 딸이 말을 안 해서 엄마가 안달을 낸다던데, 미지와 국자는 반대였다. 우리집은 왜 이러냐고 물으면 무슨 대답이 돌아올지 뻔했다. '그럴 수도 있지.' 덕분에 미지의 사춘기는 무탈하게 지나갔다.

"김치 새로 꺼냈어. 먹어봐."

국자의 젓가락이 김치를 가리켰다. 미지는 마다하지 않았다. 배추 고유의 단맛과 매콤한 양념이 한데 어우러져 알싸했다. 국자가 직접 담근 김치였다. 그녀의 김치는 한 번도 신 적이 없었다. 늘 시기 전에 바닥이 났으니까. 매년 김치를 백 포기 넘게 담갔지만 한결같았다. 미리 한 통 빼놓지 않으면 국자가 끓여주는 시원한 묵은지찜을 먹을 수 없었다. 바깥에서 접한 김치들은 식감이 너무 흐물거리거나 빳빳했고, 맛은 절로 얼굴이 찌푸려질 만큼 밋밋하거나 매웠다. 미지는 김치를 한 통 달라고 할지 고민했다. 그렇지만 집에서 먹을 김치도 부족할 터라 좀 겸연쩍었다. 거기다 자칫하면 국자가 그냥 집에서 먹으라고 설득하려 들지도 몰랐다. 세번째 독립 시도마저 실패할 수는 없었다.

"필요한 건 없나, 세탁기는?"

"있어요."

"냉장고는?"

"엄마, 요즘은 그런 거 옵션으로 다 있어."

"전자레인지는?"

"그건 혜수가 사준대."

"가출했던 애지? 부모님하고는 잘 지낸대?"

미지는 고개를 끄덕였다. 벌써 십 년도 더 지난 일이었다.

국자가 음식을 대접하는 사람은 많지 않았다. 경남 아줌마와 은수 삼촌, 외할머니와 외할아버지 정도였다. 미지가 친구들을 데려오면 국자는 뭐든 사먹고 오라며 용돈을 쥐여주거나 탕수육이나 피자를 시켜주었다. 직접 만든 간식이 냉장고에 버젓이 있어도 내주질 않았다. 미지가 계속 캐묻자 국자는 요리에 자신이 없기 때문이라고 대답했다.

딱 한 번 국자가 아이들에게 떡볶이를 만들어준 적이 있었다. 폭우로 인해 배달이 취소된 날이었다. 국자가 만든 떡볶이는 길고 가느다란 떡볶이 떡 대신 넓적한 떡국용 떡에 고추장만 넣고 휘휘 저어 대충 비빈 모양새였다. 어묵이나 튀김도 없었다. 아이들은 그 초라한 떡볶이를 깨끗하게 먹어치웠다. 원래 보드게임을 하는 날이었으나 아이들은 갑자기 책을 펼쳤다. 그러고는 해가 떨어질 때까지 공부만 했다. 미지도 문제집을 풀 수밖에 없었다.

미지의 친구 중 국자의 식탁에 앉아본 사람은 혜수가 유일했다. 혜수가 가출했을 때 국자는 선선히 집에 머물러도 좋다고 허락해주었다. 미지는 행복했다. 가장 친한 친구와 등하교를 함께하고 온종일 수다도 떨 수 있다니. 가능하면 평생토록 함께 살고 싶었지만, 애석하게도 혜수의 가출은 단 사흘 만에 막을 내렸다.

혜수는 먼저 부모님과 화해하고 집으로 돌아가겠다고 말했다. 미지가 적어도 일주일은 채우고 들어가라며 꼬드겼으나 소용없었다. 혜수는 국자의 김치 비법을 알고 싶어서 안달을 냈다. 그 김치랑이면 라면 다섯 개도 거뜬히 먹겠어.

미지는 친구를 위해서라면 무엇이든 해주고 싶었다. 처음에는 국자가 자신의 비법을 숨기는 줄로만 알았다. 국자의 환심을 사겠답시고 손톱 밑에서 쿰쿰한 냄새가 날 때까지 시래기를 다듬었고 손가락이 시큰거려도 이쑤시개로 열심히 매실 꼭지를 따기도 했다. 그러나 국자의 답은 늘 같았다. 정성. 미지는 답답한 마음에 국자를 다그쳤다. 그럼 다른 사람들은 김치를 다 발로 담그게? 국자는 웃지도 않고 되물었다. 발로 김치를 어떻게 담근다든?

미지가 기대했던 비법은 몇 년 묵은 태양초 고추장이나 고산지대에서 이슬을 맞고 자란 배추, 태안 앞바다에서 공수한 소금이나 보릿짚에 재운 새우젓처럼 거창한 재료 같은 것이었다. 국자의 김치 담그는 법은 인터넷에 검색하면 나오는 조리법과 별반 다르지 않았다.

답은 하나였다. 손맛. 미지는 친구네 저녁 식탁에서 손맛의 중요성을 깨달았다. 고시히카리 쌀로 지었다는 밥이나 동해안에서 공수한 동태로 만든 찌개는 딱히 특별한 맛은 아니었고, 반찬도 너무 짜거나 달고 기름졌다. 친구 어머니는 미지에게 입에 안 맞느냐고 물었다. 친구가 대신 대답했다. 아, 얘가 원래 입이 짧아. 그날 미지는 귀가하자마자 냉장고를 열었다. 너무 배가 고팠다.

국 더 줄까, 국자의 말에 미지는 바로 국그릇을 내밀었다. 이미 세 그릇째지만 그만 먹자니 좀 아쉬웠다. 이제 독립하면 굴 미역국 같은 호사는 더이상 누리지 못할 거라는 생각이 들어, 딱 밥 반 공기만 더 말아 먹고 식사를 마치기로 했다. 국자가 국그릇을 내밀면서 물었다.

"이사는 언제 해?"

"다음주 금요일이요."

"3일? 네 아빠는 제주도에서 4일에 오는데."

"아, 깜박했다." 미지는 천연덕스럽게 대꾸했다. 아버지의 출장 일정을 일찌감치 파악해서 정한 날짜였다. 그녀의 성공적인 독립을 위한 초석이었다. "걱정할 필요는 없어요. 친구가 도와주기로 해서. 아버지한테 말 좀 잘 해줘요."

"서운해하겠네."

"보나마나 삐지겠지."

아버지는 툭하면 삐졌다. 미지가 말없이 방문을 닫았다거나 안녕히 주무시라는 인사를 빼먹었다며 토라지곤 했다. 앞선 두 번의 독립 시도가 실패했을 때도 아버지는 그런 생각을 했다는 이유만으로 한동안 미지의 말에 툭툭 딴지를 걸었다.

"아빠는 자식이 너 하나뿐이잖아."

미지 역시 아버지를 이해해보려고 노력했다. 혹시 아버지는 하나밖에 없는 딸이 독립하는 순간 자신이 늙고 무기력해질까 두려운 게 아닐까? 딸이 혼자서 생활하면서 겪을 고난을 걱정한 건 아니었을까? 그녀는 심리학 책이나 동영상을 보면서 아버지에 대한 짜증과 분노를 애틋한 마음으로 승화하려고 애썼다. 그런데 정작 아버지는 대화하다가 말문이 막히면 방으로 들어가 문을 잠그곤 했다. 방문을 두드리며 제발 얘기 좀 하자고 간청하는 쪽은 언제나 미지였다.

세간의 편견과 달리 미지는 외동이지만 무엇이든 가지고 싶은 대로 가져본 적도 없었거니와 안 되는 일을 떼를 써서 되게 만들어본 적도 없었다. 국자는 그녀가 바닥에 드러누워도 가만히 팔짱을 끼고 구경할 터였다. 아버지는? 가족 중 아버지의 고집이 제일 셌다. 설득은 불가능했다. 하지만 이삿날까지 잡아놓은 이상 더는 설득할 필요도 없었다. 미지는 상상만으로도 즐거웠다.

"내가 한두 살 애도 아니고, 아버지도 이제 딸이 성인이라는 사실을 받아들이셔야죠."

"네 아빠도 네 나이 정도는 알지."

"알고 있다니 너무 다행이네. 두 분 이제 여행도 다니고 재밌게 사세요."

"안 돼. 아직 둘 다 일하니까."

"엄마는 봉사활동이잖아. 아무리 좋은 일이라도 좀 쉬엄쉬엄해. 돈 받는 일도 아닌데."

미지가 대학교에 합격한 뒤로 국자는 오전 열시부터 오후 다섯시까지 무료 급식소에서 봉사활동을 했다. 성당 마당부터 역 앞까지 장소가 매달 바뀌었고 배식을 받는 인원은 줄어들기는커녕 나날이 늘어났다. 심지어 배식뿐 아니라 직접 재료를 사서 다듬고 국과 반찬까지 만든다고 했다. 미지가 기억하는 한 국자는 비가 오든 눈이 내리든 한 번도 봉사활동을 빠진 적이 없었다. 심지어 손목 인대가 늘어난 날에도 기어코 깁스를 하고 갔다.

"돈 받는데."

"차라리 내가 용돈을 줄게."

"대타도 없어."

"봉사활동에 무슨 대타야."

"밥 더 가져다 먹어." 국자가 반찬통을 가져오더니 가지조림을 더 덜었다. "다른 반찬도 먹을래?"

"경남 아줌마는 대체 뭐하는 거야? 저번에 보니까 한가하던데. 엄마만 일하고.."

"경남이가 어떻게 요리를 해. 걔는 다른 일 해."

미지도 동의하는 바였다. 그녀는 경남 아줌마가 끓여준 라면의 맛을 잊을 수 없었다. 퉁퉁 불어터진 면은 라면이 아니라 우동에 가까웠고, 국물은 그릇 가장자리에 찰랑거릴 정도로 많았으나 혀가 쓰릴 만큼 짰다.

그토록 요리에 재주가 없는 사람이 왜 하고많은 봉사활동 중에 무료 급식소를 선택했는지 의문이 들었다. 결국 일은 국자가 다 했다.

"엄마, 그건 헌신이 아니라 투신이지."

"공무라 어쩔 수 없어."

음식을 만들고 나르는 건 고된 일이었다. 아무리 일손이 많아도 힘들 수밖에 없었고, 대타도 구하기 어려웠다. 하루라도 무료 급식소를 닫는다면 그날은 수백 명이 종일 굶는 셈이었다. 미지도 국자의 심경이 어느 정도 이해는 갔다. 책임감과 죄책감은 쉽게 맞물렸다. 무료 급식소를 드나들던 노숙인들이 점차 술과 담배를 끊고 재활 센터에 간다며 경남 아줌마가 기뻐했을 때, 미지는 국자의 입가에 감도는 은은한 미소를 보았다.

미지도 책임감을 가지고 일하는 건 좋다고 생각했다. 하지만 한 사람이 모든 일을 책임질 순 없었다. 책임지지 않아도 될 일을 책임지려고 나서다가 도리어 일을 그르치기도 했다. 미지는 부글부글 끓는 속을 간신히 가라앉혔다. 곧 있으면 독립할 텐데 굳이 국자와 싸우고 싶지 않았다.

"무슨 공무야. 엄마는 공무원도 아니면서."

"맞아. 기능력직 공무원."

미지가 방금 들은 말이 무슨 뜻인지 이해하느라 눈만 깜박이는 사이 국자의 손가락이 빈 밥그릇을 가리켰다.

"더 줘?"

2

국자는 아홉 살에 첫사랑을 만났고, 열 살에 고아가 되었다. 순식간에 모든 걸 잃어버렸다. 오랜 시간이 흐른 후에도 그녀는 그 순간을 잊지 않았다. 잊을 수 없었다. 그래서 기억하기로 했다. 가능하면 빠짐없이.

국자의 아버지는 지방직 공무원이었다. 아버지가 새로 발령받은 동네는 유난히 텃세가 심했다. 국자의 어머니도 이사온 지 이 년이 지나서야 작은 분식집을 열 수 있었다. 어머니는 국자와 동생을 붙잡고 단단히 다짐을 놓았다.

“너희는 아직 어리지만, 어리게만 굴면 안 돼. 알겠니?”

가만히 듣는 국자와 달리 남동생은 계속 이리저리 몸을 비틀며 어머니의 손에서 벗어나려 했다. 두 살 터울인 남동생은 영 눈치가 없었다. 좋고 싫은 게 있으면 고스란히 얼굴에 드러났고 사탕이나 과자를 주면 좋아라고 받았으며, 종종 어른들에게 인사하는 것도 잊어버렸다. 수습은 모두 국자 몫이었다. 국자는 동생의 등을 손바닥으로 찰싹 때리거나 뒤통수를 눌러 억지로 인사를 시켰다. 그러면 동생은 입을 꾹 다문 채 불그스름하게 달아오른 눈가만 문질렀다. 국자도 마음이 절로 답답해졌지만, 못 본 척했다.

동네 어른들은 정답게 인사를 받아주다가도 갑자기 손바닥 뒤집듯 눈을 부라리기 일쑤였다. 그들은 국자나 동생이 제대로 인사를 하지 않았다는 이유로 어머니의 분식집 대신 다른 분식집을 찾았고, 다 먹은 과자 봉지라도 떨어트리면 동사무소에 찾아가서 아버지에게 나랏밥 먹는 사람이니만큼 자녀들의 교육에도 신경쓰라며 지청구를 대곤 했다.

그러니 국자는 또래 친구들과 어울릴 때도 긴장의 끈을 놓을 수 없었다. 가령 철물점집 딸은 국자와 이 년째 같은 반이었고, 무슨 놀이에서든 지는 걸 싫어했다. 그애가 말도 안 되는 억지를 부릴 때마다 국자는 순순히 물러났다. 철물점 주인 부부는 동네에서 제일가는 부잣집으로, 이 동네 토박이였고 아주머니는 몇 년째 통장을 맡고 있었다.

통장 아주머니의 뒤통수라도 보이면 국자의 목 뒤에는 절로 힘이 들어갔다. 아무리 옷매무새를 정돈하고 머리카락을 손가락으로 빗어넘겨도 통장 아주머니는 국자의 가방에서 살짝 빠져나온 가방 끄트머리나 신발 앞코에 말라붙은 진흙 자국을 발견했다. 국자는 통장 아주머니의 지적을 매번 감사하다는 말로 받았다. 그녀가 할 수 있는 최선이었다.

하루만 늦게 태어났다면 통장 아주머니의 관심을 덜 받지 않았을까. 한번은 통장 아주머니가 제 딸과 생일이 같다는 이유로 국자에게 동화책을 선물한 적이 있었다. 국자가 감사를 표하자 통장 아주머니의 미간에 살짝 주름이 졌다. 며칠 후 통장 아주머니는 슈퍼 앞 평상에 앉아서 국자를 두고 한마디했다. 분식집 딸, 애가 좀 약은 면이 있어. 다른 아주머니들은 역시 부모 출신이 그래서 애도 그리 의뭉스럽게 구는 게 아니냐며 맞장구를 쳤다.

국자는 슈퍼에서 과자를 고르던 중이었다. 목청들이 어찌나 좋던지. 약은 애, 통장 아주머니의 목소리에 그녀는 과자를 도로 내려놓았다. 바깥이 잠잠해지고 나서야 슈퍼를 나설 수 있었다. 계산대에서 자신을 쳐다보던 슈퍼 주인의 눈빛도 오늘따라 따가웠다. 아무 내색도 하지 않아서 더 약아 보일지도 모른다는 생각이 뒤늦게 들었다.

통장 아주머니가 선물한 동화책은 금박과 은박으로 장식된 표지에 붉고 광택이 도는 가름끈, 색색의 고운 삽화까지 무엇 하나 빠지지 않았다. 완벽했다. 이제껏 국자가 받았던 생일 선물이 색연필이나 수첩 정도였다는 걸 고려하면 동화책은 과한 축이었다. 국자의 어머니는 무엇이든 받은 만큼 돌려줘야 하니 너무 과하면 정중하게 거절하는 편이 낫다고 했다. 하지만 국자는 그러고 싶지 않았다.

두번째로 통장 아주머니의 이목을 끈 사람은 국자네 맞은편 이층집으로 이사온 아저씨였다. 국자네가 이사왔을 때 이층집 대문은 쇠사슬과 자물쇠로 꽁꽁 잠겨 있었고, 담벼락 너머로 수풀이 무성하게 자라나 있었다. 동생이 울먹거릴 때마다 국자는 저 집에 버리겠다고 으름장을 놓았다. 귀신에게 잡아가라고 한다! 그 협박은 대문 사이로 가구와 짐을 든 사람들이 드나든 순간부터 효력을 잃었다.

아저씨는 국자 아버지의 새로운 동료였다. 가무잡잡하고 비쩍 말랐으나 목소리 하나는 우렁찼다. 게다가 싹싹한 편이라 동네 사람들과 금세 가까워졌다. 그러다보니 자연스레 아들 하나만 둔 홀아비라는 말이 돌았다. 통장 아주머니가 선 자리를 마련해주겠다고 하자 아저씨는 단박에 거절했다. 애가 워낙 섬세한 성정이라는 이유였다. 서울내기라고 빼기는, 통장 아주머니는 정말 애를 위한 일이 뭔지 모르는 쭉정이라며 혀를 찼다.

타지 출신이라는 공통점 덕분인지 아저씨와 아버지는 금세 막역한 사이가 되었다. 어머니는 그러다가 혹여 통장 아주머니의 눈 밖에 날까 걱정했다. 아버지는 어머니에게 아저씨가 재혼하지 않는 이유를 알려주었다. 국자는 만화영화를 보는 척하면서 귀를 기울였다. 아버지는 아저씨네 아들도 엄마처럼 몸이 약하다고 했다. 자식 앞세울까 무섭겠네. 어머니는 한숨을 쉬었다. 기나긴 대화 끝에 부모님은 조만간 아저씨를 집으로 초대하기로 했다.

아저씨는 아들을 무척이나 아끼는 모양이었다. 아버지에게 아들이 낯을 가리는지 아직도 학교에서 친구를 사귀지 못했다며 푸념을 늘어놓더니, 국자와 동생에게 과자를 쥐여주면서 부탁했다. "우리 아들하고 친구가 되어주렴." 국자는 엉겁결에 고개를 끄덕였다. 잠깐 인사하고 말을 거는 정도야 얼마든지 할 수 있다고 생각했다.

이층집에 초대받은 날, 국자는 아저씨네 아들을 본 순간 아무 말도 할 수가 없었다. 아저씨네 아들은 피부가 하얗고 이목구비가 또렷했다. 어지간한 여자애들보다 고왔다. 국자의 어머니가 나이를 묻자 아저씨가 대신 열세 살이라고 대답했다. 오빠네. 무려 네 살이나 위였다. 아무래도 아저씨의 부탁을 들어주기는 힘들겠다는 생각이 들었다. 두 살 터울인 남동생도 애 같은데, 네 살 차이면 말 한마디조차 섞기 싫어할 터였다.

어른들이 거실에서 이야기를 나누는 동안 국자와 동생은 얼굴이 하얀 오빠를 따라서 위층으로 향했다. 국자와 동생이 같이 쓰는 방보다 두 배는 컸고 정리정돈도 잘되어 있었다. 국자는 책장에 가지런히 꽂힌 책들을 구경했다. 손댈 엄두가 나지 않아 그저 책등만 훑었다. 피타고라스, 코페르니쿠스, 아이작 뉴턴…… 동생은 입을 벌린 채 천장에 매달린 모형 비행기들에 손을 뻗었다. 국자가 동생의 손등을 매섭게 내리쳤다. 동생은 으레 그랬듯 볼을 씰룩이며 울음을 참았다. 오빠가 물었다.

"괜찮아. 무슨 색을 좋아하니?"

"파란색."

동생이 기다렸다는 듯이 대답했다. 국자는 동생을 노려보았지만 이미 오빠는 모형 비행기를 매단 실을 풀고 있었다. 푸른색 날개에 흰색 숫자가 쓰여 있는 비행기였다. 국자는 비행기에서 눈을 떼지 못하는 동생을 대신해서 고맙다고 말했다.

"죄송해요. 얘가 아직 철이 없어서요."

"괜찮아. 방에 들어올 때부터 비행기만 보던걸. 정말 좋아하나보다."

오빠는 아저씨보다 목소리가 작았다. 작지만 뉴스에 나오는 사람처럼 발음이 또렷해서 한마디 한마디가 국자의 귀로 쏙쏙 들어왔다. 국자는 벌떡 일어섰다. 침대 모서리에 걸터앉아 있던 탓에 꼬리뼈가 배겼다.

"죄송해요. 선배님."

"왜 죄송해?" 오빠가 웃었다. "선배님이라니, 편하게 불러. 이름 불러도 괜찮아. 우리 같은 학교잖아."

이름을 함부로 부르는 건 무리였다. 국자는 어물거리다가 말했다. 오빠. 오빠가 국자에게 편히 앉으라며 방석을 내주었다. 그간 국자가 본 사람들의 눈동자는 대부분 까맣거나 흐리멍덩했다. 오빠의 눈동자는 연한 갈색이었고 웃을 때면 눈꼬리가 둥글게 휘어졌다.

"국자라고 했지. 넌 뭘 좋아하니?"

"저는요." 어쩐지 애 같은 대답은 하고 싶지 않았다. 국자는 잠시 뜸을 들였다. "저는 책이요."

"책이라니, 국자는 어른스럽다는 말 많이 들을 것 같네."

"오빠도 그럴 것 같아요."

"난 애야." 천장에 달린 비행기들이 일제히 큰 원을 그리며 빙글빙글 돌아갔다. 서로 부딪치는 일 없이 일사불란하게 움직였다. 창문은 꼭꼭 닫혀 있었고 방에는 선풍기나 부채도 없었다. 오빠가 말했다. "아무것도 못해. 뭘 어째야 할 줄도 모르지."

알쏭달쏭한 말이었지만, 국자의 눈에는 오빠가 더 어른스러워 보였다. 오빠는 손가락으로 책등을 하나하나 짚으면서 그녀에게 과학자들의 이름과 그들이 무엇을 했는지 조목조목 알려주었다. 국자는 연신 고개를 끄덕이며 들었지만 제대로 이해하지 못했다. 만유인력이니 암흑 물질 같은 단어들은 그녀의 귓속에서 설탕처럼 녹아 사라졌다. 너무 빠르지도 느리지도 않은 오빠의 목소리만 뇌리에 남았다.

자리는 밤늦은 시각이 되어서야 파했다. 아버지가 동생을 안고 어머니는 국자의 손을 잡았다. 대문을 나서기 전 국자는 무심코 고개를 젖혔다. 이층 창문 너머로 오빠의 어렴풋한 형체만 보였다. 손이라도 흔들까. 국자는 고민하다가 슬그머니 손을 감췄다.

국자는 오빠가 원체 그렇게 상냥한지, 아니면 어른들의 눈치를 보느라 억지로 잘해준 건지 궁금했다. 그러나 그녀가 학교에서 오빠를 마주칠 가능성은 극히 적었다. 2학년 교실은 삼층이고 6학년 교실은 오층이었다. 2학년이 별다른 용건도 없이 오층을 얼쩡거리면 다른 6학년들의 눈총을 받을 터였다. 오빠도 달가워하지 않을 것 같았다. 오빠가 손바닥 뒤집듯 돌연 자신을 쌀쌀맞게 대하는 모습은 상상조차 하기 싫었다.

그나마 점심시간이면 모든 학년이 운동장으로 나와서 놀곤 했다. 국자는 일부러 6학년 무리 쪽을 기웃거렸다. 오빠의 흰 얼굴은 찾을 수 없었다. 아쉽지만 새삼 놀라운 일은 아니라고 생각했다. 6학년들이 노는 모습을 보면 덩치만 큰 2학년 같았다. 그녀는 실낱같은 희망으로 학교 곳곳을 기웃댔다. 미술실, 음악실부터 양호실, 과학실에 교무실까지.

도서실은 복도 제일 끄트머리에 묵묵히 자리하고 있었다. 국자는 별다른 기대 없이 도서실을 슬그머니 들여다보았다. 거기서 오빠가 책을 정리하고 있었다. 동그란 뒤통수와 흰 얼굴, 책수레 손잡이를 잡은 긴 손가락까지. 국자는 눈을 깜박였다.

반가웠지만 무작정 미닫이문을 열어젖히고 들어갈 수는 없었다. 도서실 담당 선생님은 저학년이라고 해서 너그럽지 않았다. 실내화를 질질 끌거나 속닥거리면 어김없이 벌점을 부과했다. 국자는 조심스럽게 문을 열고 발끝으로 사뿐사뿐 걸어들어갔다. 그녀는 오빠가 서 있는 고학년 역사책 서가 대신 저학년 추천 도서 서가로 향했다. 관심도 없는 책을 뽑아 뒤적거리고 있었는데 뒤에서 인기척이 났다. 흰 손가락이 국자의 귀 옆을 스쳐 책 한 권을 뽑았다. 오빠는 그녀에게 책을 내밀었다. "이거, 재밌어." 국자가 고맙다는 인사를 하기도 전에 오빠는 책수레를 밀고 가버렸다. 그녀는 멀거니 서서 오빠의 뒷모습을 바라보았다.

국자는 오빠가 추천해준 책을 도로 꽂고 고학년 서가로 향했다. 고학년 서가에 있는 책들은 하나같이 글씨가 너무 많고 모르는 단어투성이였다. 국자는 도서 카드를 확인했다. 오빠의 이름이 적힌 책 중 가장 얇은 책을 골랐다. 새카만 책 표지 한가운데에 여러 가지 색이 복잡하게 뒤얽힌 구가 그려져 있었다. 그게 해왕성이라는 사실은 나중에야 알았다.

처음에는 너무 어려운 책이라고 생각했다. 그래도 가끔 책에서는 오빠가 알려준 과학자 이름이 나왔고, 국자는 반가운 마음에 검지로 꾹꾹 눌러가며 끝까지 읽었다. 이 동네가 지구의 작은 조각 중 하나라는 것도, 지구의 다른 이름인 가이아도 낯선 이야기였다. 외계인이 있다면 이 별을 부르는 이름들도 더 많을 것이다. 하나하나 알수록 모르는 게 늘어났지만, 즐거웠다. 그만큼 오빠에게 가까워지는 느낌이었다.

새해 전날부터 국자네 가족은 새해맞이 대청소를 했다. 어머니는 분식집에 휴점 간판을 내건 뒤 총채로 집안 곳곳에 쌓인 먼지를 털었다. 아버지는 국자와 동생이 어릴 적 입던 스웨터를 수도관에 두르고 마당에 굴러다니는 낙엽들을 모아 불을 피웠다. 동생이 부모님을 돕겠답시고 분주하게 방과 방 사이를 돌아다니며 물건을 어지르면 국자가 따라다니면서 제자리에 돌려놓았다. 하루만 지나면 국자도 열 살이었다.

청소가 끝나도 할일은 여전히 많았다. 어머니가 밀가루 반죽을 내주면 아버지는 두 팔을 걷어붙였다. 국자는 아버지가 만든 만두피가 쟁반에 차곡차곡 쌓이는 모습을 지켜보았다. 만두피는 보름달처럼 어디 하나 기울거나 찌그러진 데가 없었다. 국자네는 함께 만두를 빚으면서 새해맞이 노래자랑을 시청했다. 특별 출연으로 영웅이 나오자 동생은 흥분해서 펄쩍 뛰어올랐다. 그 바람에 밀가루 그릇이 엎어졌으나 어머니는 화내는 대신 한숨을 쉬었다. 국자는 밀가루를 치우면서 영웅이 노래를 너무 못

부른다고 생각했다. 박자나 음정 중 무엇 하나 맞는 게 없었다. 하지만 곧이곧대로 말했다가는 동생이 영웅은 하늘을 자유로이 날아다닐 줄 안다며 역성을 들 게 뻔했다. 그럼 하늘이나 날아다니지 왜 노래하러 나왔느냐고 맞받아치면 동생은 울먹일 테고, 결국 혼나는 건 국자였다.

아버지는 국자와 동생에게 타종 행사까지 깨어 있으면 용돈을 주겠다고 약속했다. 동생은 호기롭게 눈을 반짝였지만 제일 먼저 잠들었다. 어머니가 동생을 안아 이불에 눕히고 올 때까지 국자는 눈에 힘을 주고 버텼다. 종이 울리자 아버지가 국자의 머리를 쓰다듬었다.

"역시 우리 딸은 대단하네. 어디에 쓸 거니?"

"모르겠어요." 국자는 시치미를 뚝 떼고서 대답했다. "계획을 세워보려고요."

어머니가 아버지의 등을 찰싹 쳤다. 아버지는 고개를 끄덕이면서 멋진 계획이었으면 좋겠다고 말했다. 아주 멋진 계획이 있었다. 국자는 이불 속에서 손전등 불빛에 의지해 지갑에 든 돈을 하나하나 세어보았다. 오늘 받은 용돈까지 더하면 모형 비행기 조립 세트를 살 수 있었다. 오빠와 함께 비행기를 만들 생각에 절로 웃음이 나왔다.

새해 아침 식사는 떡만둣국이었다. 어머니는 일찍이 낮잠에 들었고 동생도 전날 잠이 부족했는지 텔레비전 앞에서 침을 흘리며 잤다. 국자는 동생의 어깨를 잡아 흔들었다. 누나가 저를 두고 문방구에 갔다는 사실을 알면 집이 떠나가라 난리를 칠 게 뻔했다. 그러면 오랜만에 쉬는 어머니도 잠에서 깨어날 것이었다. 국자는 동생의 귀에 대고 속삭였다. "안 일어나면 누나 너 두고 간다." 동생은 귀찮다는 양 뒤척이더니 옆으로 누웠다. "나 혼자 갈 거야." 국자는 재차 엄포를 놓았다. 그러고는 부리나케 방으로 들어가 갈색 원피스로 갈아입고 지갑을 챙겼다. 마당에서 불을 뒤적거리던 아버지가 국자를 불렀다.

"어디 가니?"

"문방구에 가려고요. 친구랑 만나기로 해서요."

갈색 원피스는 도톰했으나 맨다리라 그런지 조금 추웠다. 문방구에 가는 것치고는 꽤 멋을 부린 차림새였다. 아버지는 동생을 데려가라거나 좀더 따뜻한 옷으로 갈아입으라고 말하는 대신 집게로 잘 구운 고구마를 하나 골라냈다. 반으로 쪼개자 샛노란 속살이 드러났다. 아버지는 후후 불어 식힌 뒤에 국자의 손에 쥐여주었다.

"너무 오래 돌아다니지는 말고, 햇빛 가시면 추워서 감기 든다."

"네."

"멋진 걸 사게 되면 아버지에게도 보여주렴."

국자는 그러겠다고 약속했다. 고구마는 아주 달았다. 고구마 때문에 찐득찐득한 손가락을 원피스 자락에 닦을 뻔했지만 바로 손을 들었다. 오늘은 평소처럼 굴고 싶지 않았다.

문방구 앞에서 놀던 친구들이 국자를 보고 알은척을 했지만, 국자는 동생이 기다리고 있다는 핑계를 대며 문방구로 들어갔다. 그녀는 미닫이 문을 꼼꼼하게 닫고 나서 주인 아저씨에게 유리 진열장에 있는 모형 비행기 조립 세트를 달라고 말했다. 주인 아저씨는 손을 싹싹 비비면서 방학 숙제냐고 물었다. 국자는 잔돈을 꼼꼼하게 센 뒤에 대답했다. 동생이 해보고 싶다고 해서요. 꽤 그럴싸한 이유였다. 주인 아저씨는 새해 복 많이 받으라며 과자 하나를 덤으로 주었다. 국자는 양손에 원피스 자락을 잡고 어설프게 허리를 숙였다. 평상시 해본 적이 없어서 그런지 몸짓이 영 어색했다.

동네 입구 표지석을 지나서 걷다보면 커다란 버드나무가 서 있는 강가가 나왔다. 오빠는 늘 강가에 있었다. 국자는 가는 길에 몇몇 동네 어른들과 마주쳤다. 마음이 급해도 새해 인사를 빼먹을 순 없었다. 나중에 또 무슨 소리를 들을지 몰랐다. 다들 새해라 기분이 좋은 모양인지 세뱃돈이라며 주머니에서 동전을 털어주는가 하면 어디를 가느냐고 묻기도 했다. 국자는 일부러 입을 벌리며 웃었다. 산책이요. 그러면 이 빠진 자리가 훤히 보였다. 어른들은 대부분 그 미소에 덩달아 웃고 넘어갔다.

표지석이 보일 즈음 국자는 저도 모르게 제자리에 멈췄다. 딸과 손을 잡고 이쪽으로 오는 통장 아주머니가 보였다. 통장 아주머니에게는 오빠나 자신이나 요주의 인물이었다. 국자는 잠시 망설였다. 둘이 강가에서 만난다고 소문이라도 난다면, 공연히 구설수에 오르고 싶진 않았다. 먼저 인사한 건 통장네 딸이었다.

"국자야, 어디 가?"

"나?" 국자는 자기를 훑는 통장 아주머니의 시선을 느꼈다. "산책해. 우리 아버지가 고구마를 구워주셨는데, 너무 많이 먹어서."

"넌 고구마 먹었구나. 난 롤케이크 먹었는데, 우리집에 선물로 들어왔거든. 국자 넌 롤케이크 먹어본 적 있어?"

"그만." 통장이 딸의 어깨를 가볍게 두드렸다. "춥다. 얼른 가자."

미처 자랑을 다 못해 심술이 났는지 통장네 딸이 입을 삐죽거렸지만, 통장은 개의치 않는 듯했다. 국자는 그애의 재킷 소매에 달린 흰색 레이스가 예쁘다고 칭찬해주었다. 칭찬에 한껏 의기양양해져 이리저리 팔을 휘젓는 딸과 달리 통장 아주머니의 표정은 영 께름칙해 보였다. 국자는 통장에게 새해 인사를 했다. 새해 복 많이 받으세요. 통장은 마지못해 고개를 끄덕이더니 제 딸을 끌고 가버렸다.

곧 버드나무가 눈에 들어왔다. 버드나무는 잎이 없어 긴 가지를 머리카락처럼 강가에 치렁치렁 늘어뜨리고 있었다. 국자는 손가락으로 다시 머리카락을 빗고 원피스 자락을 잡아당겼다. 오빠는 없었지만, 괜찮았다. 기다리다보면 올 테니까. 국자는 버드나무 쪽으로 조심스럽게 한 걸음씩 디디며 내려갔다.

강변을 뒤덮은 돌들은 울퉁불퉁하고 모서리가 날카로웠다. 버드나무는 흙이 한 줌도 없는 돌투성이 사이로 연하고 가느다란 실뿌리들을 내렸다. 끊임없이 돌을 부수고 그 사이로 고인 물을 빨아올리며 살아남았다. 땅에서 자라는 나무들은 태풍에 허리째 꺾이고 번개에 쪼개져 타버렸다. 오빠는 말했다. 이 버드나무만큼은 돌들이 가루로 변해 강물로 떠내려가지 않는 한 계속 살아남을 것이라고. 국자는 버드나무 뿌리에 걸터앉은 채 잠자코 오빠의 말을 듣고 있었다. 오빠의 목소리는 시종일관 담담하고 부드러웠다.

평화, 국자는 평화라는 말이 정확히 무슨 뜻인지 몰랐으나 아마도 오빠의 목소리와 비슷할 것 같다고 생각했다. 지긋이 나이가 든 선생님들은 아이들이 꾸벅꾸벅 졸 때마다 종종 전쟁 때 이야기를 꺼냈다. 태반은 그때 얼마나 먹고살기 힘들었는지 모른다는 하소연이었다. 끝은 늘 비슷했다. 지금은 너무 살기 좋지, 너희는 복 받은 애들이야, 평화로워서 다들 배가 부른 시대지…… 아이들은 선생님의 말을 한 귀로 듣고 한 귀로 흘리면서 시계만 흘끔거렸다.

종종 국자는 선생님들이 아이들을 질투하는지도 모른다고 생각했다. 아이들은 과거에 관심이 없었다. 이미 지나간 이야기였고, 결말도 닫힌 문처럼 명료했다. 그런데 가끔 그 단단하게 닫힌 줄 알았던 문이 아귀가 맞지 않아 살짝 열려 있을 때도 있었다. 역사 선생님의 이야기처럼. 역사 선생님은 학교에서 제일 나이가 많은 선생님이었는데 바싹 말라비틀어진 노송처럼 얼굴에 주름살이 자글자글했다. 눈빛도 마치 나무 옹이처럼 깊고 어두웠다. 선생님은 말할 때마다 기침을 멈추지 못했는데, 옛날이야기를 할 때는 기침이 나오지 않았다. 그때는 아이들도 딴짓을 멈췄다.

일제강점기 이전 사료에서는 능력자를 일반인과 구별하지 않았다. 제 분신을 만들어 저잣거리를 돌아다니게 하는 능력이나 사서오경을 줄줄 외는 능력을 다 똑같이 뛰어난 능력으로 치부했다. 다만 타고난 신분에 따라 능력은 행운이 될 수도 있었고, 독이 될 수도 있었다. 같은 능력을 지녔더라도 세도가에서 태어나면 탄탄대로와 같은 삶을 살았고, 평민이나 천민이라면 시샘을 받아 삶이 고달파졌다.

물론 대대로 조정에서 일하던 가문에서 태어난 능력자가 되레 왕을 세뇌하여 꼭두각시로 삼으려다가 발각되고, 천민 출신이지만 뛰어난 능력으로 전쟁터에서 공을 세워 장군이 되었다는 이야기도 더러 있기는 했다. 하지만 그런 사례는 극히 소수였다. 특출난 능력으로 주목을 받더라도 신분이 낮다면 해를 당하기 쉬웠다.

가령 양반가에서 겨드랑이에서 날개가 돋친 아이가 태어났다면 구국충신의 싹이었지만, 천민 부모 아래서 태어났다면 나라를 뒤흔들 역적의 싹이라는 이유로 그 가족까지 해를 입었다. 어떤 가족들은 아이를 산속에 버리는 대신 불에 달군 칼로 날개를 잘랐다. 그러나 날개를 잘린 아이는 시름시름 앓다가 죽었다. 국자와 아이들은 서로 당황한 눈빛을 주고 받았다. 날개 달린 영웅 설화는 알아도 날개가 달렸다는 이유로 죽었다는 건 처음 듣는 이야기였다.

선생님은 어릴 적 순사들이 사람들을 마을 한가운데로 몰아넣는 모습을 보았다고 했다. 순사들은 유달리 힘이 세거나 발이 빠른 사람이 있다면 당장 앞으로 나오라고 소리를 질렀다. 아무도 나오지 않자 마을째로 파묻어버리겠다고 을러댔다. 겨드랑이에서 날개가 돋아난 아이가 어떻게 되었던가? 모두들 앞으로 나선 사람들이 어찌 될지 알고 있었다. 하지만 누구든 한 명은 골라서 내보내야 했다. 순사들은 자신들의 경고가 이치에 맞지 않을수록 꼭 지켰다. 어느 마을에서는 선의로 이웃의 밭도 매준 농부가 떠밀려나갔고, 유달리 셈에 밝아 전국을 돌아다니던 장돌뱅이가 끌려나가기도 했다. 순사들은 곧바로 죽이는 대신 팔다리를 포박해 어딘가로 데려갔다. 하지만 저항하거나 탈출하려고 들면 즉결 처형했다.

선생님이 살던 마을에서도 기나긴 회의를 거쳐 끌려갈 사람을 추렸다. 선생님네 옆집 막내딸이었다. 그애는 유독 다른 사람의 목소리나 표정을 그럴싸하게 잘 따라 했다. 사람들은 그 장난에 노여워하면서도 은근히 귀여워하며 간식거리를 주었다. 아마도 딸이 여섯이나 되는 집에서 천덕꾸러기 막내로 살다보니 나름 익힌 처세술인 듯했다. 그 집 아버지는 딸 하나를 내주는 대가로 마을 사람들에게 소 두 마리를 받았다. 언니들이 차라리 우물에 떨어뜨려 죽이는 편이 낫겠다며 울부짖었으나 소용없었다. 저 계집애 키워봤자 누가 소 두 마리를 주냐. 아버지는 다른 딸들을 시집보낼 밑천으로 삼겠다고 말했다. 언니들은 반대하다가 결국 광에 갇혔다.

순사들이 여자애를 밧줄로 단단히 포박하자 아버지가 순사에게 말했다. "이렇게 작은 애를 묶을 필요는 없지 않습니까." 얼마나 단단하게 묶었는지 아이의 손이 벌겋게 부어 있었다. 순사는 꾸물거리지 말라며 여자애의 등을 내리쳤다. 선생님은 숨죽인 채 그 모든 장면을 보고 있었다.

해방 이후에야 각 마을에서 차출된 사람들이 인체 실험 대상자가 되었다는 사실이 밝혀졌다. 그중 대다수가 능력이 없는 일반인이었다. 소수의 능력자도 대부분 신체형 능력자였다. 정신형 능력자들은 해방 때까지 사람들 사이에서 숨을 죽이고 지냈다. 신체형 능력이야 육안으로 구별이 가능했으나 정신형 능력은 보는 것만으로는 판단하기 어려웠던 덕분이었다.

몇몇 생존자들은 복수를 바랐다. 한편 이런 비극이 반복되지 않도록 복수를 포기하고 나라를 추슬러야 한다는 생존자들도 있었다. 능력자들 사이에서도 번번이 충돌이 일어났다. 능력이 신체형이니 정신형이니 하는 유형으로 나뉜 것도 그때부터였다. 실험체로 끌려갔던 능력자는 라디오에서 대놓고 정신형 능력자들을 비난했다. 쥐새끼처럼 숨어서 무고한 이들이 끌려가는 것을 지켜만 보고 있던 비겁한 놈들…… 수차례의 갈등으로 능력자 중 일부는 국가 발전과 사회봉사에 적합하지 않다는 의견이 점차 힘을 얻었다. 사람들은 그들을 가려내 조화로운 사회를 만들고자 하나의 기준을 세웠다. 바로 다중능력검사였다.

결말은 다른 옛이야기와 다르지 않았다. 수업이 끝났다는 종소리가 들리면 선생님은 입을 다물고 교실에서 나갔다. 아이들은 삼삼오오 모여 하교 후에 뭘 하고 놀지 이야기했다. 끌려간 여자애의 이름은 누구도 궁금해하지 않았다. 국자는 궁금했다. 그 여자애는 정말 능력자였을까? 만일 살아남았다면 다중능력검사에서 어떤 결과를 받았을까.

이제 모든 국민이 국민학교를 졸업할 때 다중능력검사를 받았다. 능력자라는 결과가 나와도 방심할 순 없었다. 만일 기능력직 공무원에 적합하다는 판정을 받는다면 별다른 진로 걱정 없이 고등학교를 졸업하고 훈련원에 가면 됐다. 훈련원의 능력 등급 판정 심사에서 높은 등급을 받으면 중요 부서에 배치될 수 있었다. 그러면 텔레비전이나 신문에 자주 얼굴을 비추게 될 테고, 대중의 사랑을 받으며 '영웅'이 될 확률도 올라갔다.

반면 부적합 판정을 받은 능력자들은 예비 범죄자 취급을 받기 일쑤였다. 교과서에도 대통령 암살범이나 테러를 주도한 범죄자들의 뇌와 평소 성향을 분석한 결과 부적합 판정 기준에 가깝다고 쓰여 있었다. 어느 정책 전문가는 부적합 판정자들은 반사회적 성향이 강해서 다른 국민처럼 의무 교육 과정을 밟은들 사회에 적응할 수 없다고 단정했다.

사람들 눈에 부적합 판정자는 날카로운 이빨과 발톱을 가진 호랑이나 다름없었다. 그들이 아무도 해치지 않고 살아가겠다고 약속한들 결국 능력이 없는 일반인들만 피해를 본다고 생각했다. 부적합 판정을 받은 아이들은 점차 학교에서 쫓겨났고, 어른이 된 후에도 제대로 된 일자리를 구하기 어려워졌다. 이사마저 마음대로 갈 수 없었고 시비에 휘말려 피해자가 되더라도 가해자 취급을 받았다. 최소한의 생활조차 영위하지 못했다.

정부 역시 부적합 판정자들을 내리누르기 바빴다. 부적합 판정자들은 남녀노소를 불문하고 보호관찰 대상이 되었다. 수시로 동선을 보고해야 했고 정기적으로 관할 경찰서에 출석해야 했다. 만일 보호관찰관의 경고를 세 번 이상 받으면 교정시설에 수감되었다. 이를 거부하고 도망친 능력자들을 '반동'이라고 했다.

국자는 언젠가 이층집 아저씨와 아버지가 나눈 대화를 떠올렸다. 아저씨는 이 동네로 발령받기 전까지 보호관찰관이었다고 했다. 아버지는 묵묵히 아저씨의 술잔이 빌 때마다 술을 따랐다. 국자는 옆방에서 둘이 나누는 이야기에 귀를 기울였다. 아저씨는 취하면 그 커다란 덩치를 둥글게 말고 아이처럼 흐느껴 울었다. "난 벌받을 거야. 그런데 우리 애까지 벌을 받으면 어떡하지." 아버지는 계속 아니라고, 아닐 거라고 위로했다.

국자는 역사 선생님이 종소리 때문에 미처 말하지 못했거나 혹은 말하지 않았던 이야기를 상상하곤 했다. 광에 갇혀 있는 동안 여자애의 언니 중 하나가 대들보에 목을 매자 그 모습을 본 다른 언니는 미쳐버렸다. 광에서 살아 나온 언니 셋의 삶도 평탄하지 않았다. 한 언니는 여자애를 찾아 전국을 떠돌고 다른 하나는 죽을 때까지 아버지를 용서하지 않았다. 남은 한 명은? 스스로 죽거나 미치거나 계속 헤매거나 누군가를 미워하지도 못한 채 살아갈 것이다. 평생토록.

멀리서 뻥튀기 기계 소리가 들렸다. 국자가 상상한 비극도 그 소리만큼 멀었다. 매년 다중능력검사 시기가 다가오면 사람들은 이 동네에 영웅이 나올지도 모른다는 기대를 품곤 했다. 하지만 능력자 판정을 받는 아이들은 이미 능력자로 소문이 자자한 편이었다. 이 동네 아이들은 다 평범했다. 국자의 아버지는 다행이라고 했다.

오빠는 학교가 파하면 강가에서 해가 질 때까지 책을 읽거나 종이비행기를 접으면서 시간을 보냈다. 국자가 그를 발견한 건 순전히 우연이었다. 날아갈 듯이 기뻤지만 차마 알은체를 할 용기가 나지 않았다. 국자야, 그녀에게 먼저 손을 흔들면서 인사한 사람은 오빠였다. 그는 국자가 들고 있는 책을 보더니 반가워했다. "나도 이거 읽었는데." 마지막 장에서 도서 카드를 꺼내 자신의 이름을 손가락으로 짚는 모습을 보며 국자는 입을 일자로 다물었다.

종업식으로 학교가 일찍 끝난 날에도 둘은 으레 그랬듯 강가에서 만났다. 국자는 종이비행기를 접는 오빠 옆에서 괜히 알림장만 뒤적거렸다. 며칠만 지나면 국자는 3학년이 되고 오빠는 중학교로 올라갈 것이었다. 오빠는 6학년 2학기에 전학을 와서 미처 친구를 사귈 틈이 없었다고 했다. 아마 중학교에 가면 친구를 사귈 수 있을지도. 국자는 그 말을 들었을 때 차마 웃을 수 없었다.

지구에서 달까지의 거리는 삼십팔만 킬로미터쯤, 해보다는 가까웠다. 날이 좋으면 희멀건 달에 까맣게 팬 자국도 보였다. 책에서는 빛만큼 빨리 간다면 십 분도 채 걸리지 않는다고 쓰여 있었다. 국자는 2학년과 6학년의 차이 같다고 생각했다. 오빠와 같은 학교에 다니지만 마음대로 보러 갈 수 없었고, 운좋게 마주쳐도 인사조차 맘놓고 하기 어려웠다.

그래도 아직은 같은 국민학생이니 국자가 오빠의 말을 어느 정도 알아듣거나 아는 척할 순 있었다. 하지만 중학교는 국민학교와 다른 세계였다. 중학생들은 불과 며칠 전만 해도 함께 어울렸던 국민학생들에게 좋을 때라고 거드름을 피웠다. 말을 걸어도 웃기만 하고 제대로 상대해주지 않았다. 국자는 오빠가 자신을 애 취급할지도 모른다고 생각하면 절로 속이 상했다. 어른스럽다는 말을 들은 때마다 나이를 한 살씩 더 먹을 수 있다면 좋을 텐데.

"오빠, 검사는 잘 봤어요?"

국자가 교무실에서 들은 바에 따르면 올해 다중능력검사 결과는 종업식 이후에 나올 예정이었다. 오빠는 종이비행기 가장자리를 꾹꾹 눌러 접으면서 대답했다.

"시험도 아닌데 잘 보고 못 보고는 상관없지. 국자야, 너는 능력이 있었으면 좋겠니?"

"있으면 좋죠. 밥줄 생기잖아요."

나름 고심해서 짜낸 대답이었으나 오빠는 웃지 않았다.

"밥줄일지 아닐지 어떻게 알고?"

"뭐, 모르죠. 어차피 그림의 떡이에요. 오빠나 나나 '복숭아'잖아요."

"그래, 맞아. 복숭아인 게 좋지."

"맞아요. 어머니도 모난 돌이 정 맞는다고 했거든요."

"국자 넌 말을 참 잘하는구나."

오빠의 칭찬에 국자는 절로 어깨가 으쓱했다. 초대 국가능력자관리청장은 말주변이 영 없는 사람이었다. 청장은 취임식에서 국가기관에 종사하는 능력자들의 의무를 과일 상자에 비유했다. 나무와 못으로 튼튼하게 만든 상자가 능력자라면 그 안에 담긴 과일은 능력이 없는 일반인이었다. 거기까지는 그럴싸했다. 그는 비능력자 일반인을 복숭아로 빗대었다. 떨어뜨리거나 잘못 집으면 검게 멍이 들고, 무르는 순간부터 썩어들어가는 복숭아. 그는 그들이 얼마나 연약한 존재인지 떠들어댔다. 그리고 상자에 담긴 복숭아들이 제값을 받을 수 있도록 능력자들이 온몸을 바쳐 보호해야 한다는 말로 연설을 끝냈다.

삽시간에 복숭아가 된 사람들은 반감을 내비쳤다. 적합 판정만 받는다면 기능력직 공무원이 되어 출세가도를 달리거나 누구보다 빛나는 영웅이 될 수도 있었다. 타고난 능력이 없어서 노력해야 한다니, 비능력자 일반인들은 능력자들을 맹렬하게 부러워하고 선망했다. 남은 질투와 자기혐오의 찌꺼기들은 고이지 않고 흘러갔다. 그 끔찍한 감정들의 종착지는 분명했다.

어쨌거나 국자는 자신과 상관없는 일이라고 여겼다. 서울과 한참 떨어진 이 동네는 서로 모르는 사람이 없을 정도로 작았고, 어제든 내일이든 오늘과 별다를 것 없이 흘러갔다. 능력자도 텔레비전에서나 봤을 뿐 실제로 본 적이 없었다. 국자는 오빠가 들고 있는 종이비행기를 흘깃 보았다. 종이비행기는 주인을 닮아 어디 하나 흐트러진 부분 없이 날렵했다. 금방이라도 어디로든 가볍게 날아갈 것 같았다.

"오빠는 나중에 뭐가 되고 싶어요?"

"글쎄다." 오빠가 짧게 웃었다. "내가 뭘 할 수 있을까."

국자는 저도 모르게 침을 삼켰다. 가슴 깊숙이서 무언가가 덜컥 내려앉는 것만 같았다. 동생처럼 뭣 모르는 어린애들이야 영웅이 될 거라고 대답하지만, 이제 머리가 좀 아문 아이들은 자신에게 딱히 특별한 능력이 없다는 사실을 수긍하고 그럴싸한 직업들을 고르곤 했다. 아직 모르겠다고 말하면 어른들이 재촉했다. 뭐든 좋으니 하나 골라봐. 자신의 미래가 아닌데도 조바심을 내고 불안해했다. 왜 그러는지 조금 이해할 수 있을 것 같았다. 오늘따라 오빠는 어디론가로 사라지고 싶은 사람처럼 보였다.

"오빠는 뭐가 좋아요?"

"뭐가 좋냐니, 우선 이렇게 한적한 강가가 좋아. 오늘처럼 바람이 적당히 부는 날씨도 좋고, 버드나무도 좋네. 그리고……"

"그런 거 말고요." 국자는 어쩐지 화끈거리는 볼을 손바닥으로 꾹꾹 누르며 말했다. "비행기랑 우주는요? 제 동생도 둘 다 좋아해서 우주비행사가 되겠다던데."

"좋네."

"오빠는 어때요?"

"나쁘지 않지. 우주는 아주 조용하대. 공기가 없어서 소리도 들리지 않는 거야."

"별도 많이 보이겠네요."

"맞아, 그럴 거야. 밤처럼 깜깜해도 별빛 덕분에 환하겠지. 멀리 떨어져 있어도 보인다니, 정말 대단하지 않아? 여기서 보면 아주 조그만 빛일 뿐인데. 게다가 별은 계속 움직이고 있거든. 빛이 우리 눈에 도달하려면 몇 광년씩 걸리니까 우리가 보는 별들은 사실 과거의 별인 셈이야."

"과거라면, 지금은 그 별이 없어졌을지도 모르겠네요?"

"그럴지도."

책에 나온 그림 속 우주선은 아주 작았다. 우주비행사는 홀로 우주를 보고 있었다. 새카만 배경에 점점이 박혀 있는 흰 별들이 보였다. 국자는 우주선에 그 우주비행사 말고도 다른 사람들이 있길 바랐다. 미래는 깜깜한 밤하늘처럼 보이지 않았고 이미 지나간 과거들은 잡을 수도 없을 만큼 멀리서 빛나고 있었다.

"우주비행사는 외로울 것 같아요. 혼자니까."

"혼자 가진 않지. 우주 비행이 얼마나 어렵고 위험한 일인데." 오빠가 뜸을 들이다가 말했다. “그치만 오히려 혼자가 안전할지도 모르겠다. 누구도 해칠 일이 없잖아.”

“오빠는 우주에 가고 싶지 않아요? 우주 좋아하잖아요.”

“좋아하지. 그런데 내가 우주로 가면 아버지는 혼자 남아야 하니까.”

“아저씨는 좋은 사람이라서 친구가 많으니까 괜찮을 거예요.”

“우리 아버지는 좋은 사람이 아니래. 아버지가 그랬어.”

아저씨는 다른 어른들처럼 아이라고 해서 함부로 손을 올리거나 눈치를 주지 않았다. 통장 아주머니처럼 참견만 할 줄 아는 어른보다는 훨씬 더 좋은 사람이었다. 국자는 아저씨와 아버지의 대화를 듣기 전까지 보호관찰관이 어떤 사람인 줄 몰랐다. 보호관찰관은 부적합 판정자들이 사고를 치지 않도록 관리하고, 관리가 되지 않는 부적합 판정자들은 교정시설로 보냈다.

아저씨가 교정시설로 보낸 사람 중에는 아이들도 여럿 있었다. 그중 한 아이의 할머니가 문턱이 닳도록 사무실을 오가면서 교정시설 주소를 알려달라고 애원했다. 그러고는 그 주소로 매주 소포를 부쳤지만, 꼬박 칠 년 동안 답신은 한 번도 오지 않았다. 아저씨가 문의해도 묵묵부답이었다. 교정시설에서 답신이 온 건 할머니가 돌아가신 후였다. 아이는 사망했다. 사인은 끝내 알 수 없었다.

“그리고 국자야, 우주비행사가 되려면 멀미가 없어야 해. 난 차멀미가 심해서 안 돼.”

“차랑 비행기는 다르지 않아요?”

“비행기는 타본 적이 없어서 모르겠다. 비슷하지 않을까? 아버지가 중학교 입학 기념으로 제주도에 가자고 하셨는데.” 오빠가 혼잣말처럼 말했다. "갈 수 있을까?"

국자가 보기에 오빠는 어디든 갈 수 있을 것 같았다. 제주도나 외국뿐 아니라 우주도.

"제주도 가면 선물 사와요."

"당연하지, 가게 되면."

종이비행기는 오빠의 손을 떠나 강 건너편을 향해 날아갔다. 바람이 꽤 거센데도 일직선으로 나아가는 비행기를 보면서 국자는 위화감을 느꼈다. 다른 아이들이 만든 종이비행기는 얼마 못 가서 떨어지거나 바람에 밀려 엉뚱한 곳으로 날아가곤 했지만, 오빠가 만든 종이비행기들은 늘 강 저편에 무사히 착지했다. 손재주가 좋으면 종이비행기도 잘 만드는 걸까, 국자는 그렇게 믿고 싶었다.

곧게 날던 비행기는 보이지 않는 벽에라도 부딪힌 양 갑자기 수직으로 낙하하더니 강물에 휩쓸렸다. 아, 국자는 짧게 탄식했다. 다른 종이비행기들처럼 강 저편에 무사히 다다르지 못한 게 아쉬웠지만, 한편으로는 이상스레 마음이 놓였다. 오빠의 얼굴에서는 속상한 기색이라고는 한 점도 찾아볼 수 없었다. "국자야, 이제 집에 가자." 이미 종이비행기의 운명을 알고 있었던 것처럼 무감한 목소리였다.

국자는 눈을 뜬 순간 머리카락처럼 흩날리는 버드나무 가지들을 보았다. 멀리서 굉음이 들렸다. 뻥튀기 기계에서 나는 소리치고는 과했다. 동네 상공에는 거대한 연회색 구름이 드리워져 있었다. 구름은 하늘보다 땅에 더 가까웠다. 멍하니 서 있는 국자의 머리 위로 방송국 로고를 단 헬기 한 대가 불안하게 흔들거리며 지나갔다. 헬기는 구름을 향해 날아가더니 국자의 시야에서 사라졌다. 이내 헬기가 사라진 자리에서 작달막한 구름이 솟아올랐다.

어느새 국자는 동네를 향해 달려가고 있었다. 발보다 몸이 앞서는 바람에 제풀에 굴렀지만 바로 일어났다. 허벅지가 욱신거리고 숨도 가빴으나 멈출 수 없었다. 그녀는 누구든 맞닥뜨리길 바랐다. 시답잖은 새해 인사든 어딜 가느냐는 핀잔이든 상관없었다. 무슨 일이냐고 물어보면 시큰둥한 대답이 돌아왔으면 했다. 아, 별일 아니야. 역시 애는 애구나……

그러면 국자도 멋쩍게 웃으면서 무릎과 옷에 묻은 흙을 털고 집으로 돌아갈 수 있을 것이었다. 동생이 누나 혼자 문방구에 갔다며 뒤늦게 서러워하면 얼마든지 달래줄 용의가 있었고, 어머니에게 옷을 더럽혔다고 혼나도 괜찮을 것 같았다. 아버지는 아마 재미있게 놀았느냐고 물을 것이다. 오빠는 어쩌면 새해를 맞아 친척집에 갔을지 모른다. 어른들은 모든 일에는 사정이 있기 마련이라고 했다. 하지만 아직 국자가 상상할 수 있는 사정들은 지극히 적었고, 그녀가 늘 당연하다고 믿었던 현실을 무너뜨리지 않는 선에서만 존재했다.

동네로 들어섰을 때 제일 먼저 국자의 시야에 들어온 건 전봇대였다. 하얀 먼지로 뒤덮인 전봇대들이 바닥에서 분필처럼 나뒹굴고 있었다. 그녀는 칠판 청소를 하다가 실수로 분필통을 엎었던 날을 떠올렸다. 선생님이 꾸짖을 걸 생각하면 조금 무서웠지만 다른 아이들처럼 울지는 않았다. 얼른 치우면 선생님도 모를 테니까. 그녀는 잽싸게 물걸레로 바닥을 닦고 성한 분필을 추려 통에 담아두었다. 그러고선 모르쇠로 잡아뗐다. 하지만 지금 국자의 머릿속에선 아무 답도 나오지 않았다.

고무줄처럼 뒤엉킨 전선들은 기분 나쁜 소리를 냈다. 국자는 전선더미를 밟지 않으려고 애쓰면서 집을 향해 겅중겅중 뛰어갔다. 무너진 담벼락과 바닥에 파묻힌 붉고 파란 슬레이트 지붕들이 눈에 띄었다. 그 사이에서 희뿌연 덩어리들이 꿈틀거리면서 일어났다. 어떤 덩어리도 국자에게 알은체를 하지 않았고, 국자도 그들을 알아볼 수 없었다. 거꾸로 처박힌 오락기가 보였다. 문방구 앞에 줄지어 서 있던 오락기 중 하나인 듯했다. 국자는 오락기 뒤쪽 잔해에 무엇이 묻혀 있는지 생각하지 않으려 노력했다.

조금만 더 가면 집이었다. 국자는 먼지 때문에 시큰거리는 눈을 문지르며 계속 앞으로 나아갔다. 누군가가 국자의 팔을 잡아당겼다.

"그쪽으로 가면 안 된다." 희뿌연 덩어리가 끽끽거렸다. "위험해."

"엄마, 엄마예요?"

그 순간 국자는 어머니가 아니라는 사실을 깨달았다. 희뿌연 덩어리는 발작하듯 국자를 거세게 끌어안았다. 국자가 아무리 몸부림을 쳐도 벗어날 수 없었다.

"국자야, 안 된다. 까딱하면 너도 죽어!"

귀에 익은 목소리였다. 국자는 먼지와 피로 뒤덮인 통장 아주머니의 팔을 있는 힘껏 꼬집었다. 얼른 집에 가서 진짜 어머니와 아버지, 동생을 찾아야 했다. 소매에 달린 레이스를 흔들고 롤케이크를 먹었다며 자랑하던 통장 아주머니네 딸은 어디로 갔을까. 아무리 놓아달라고 애원해도 통장 아주머니는 그녀를 놔주지 않았다.

이내 멀리서 망치로 뭔가를 내리치는 듯한 소리가 들려왔다. 무성한 먼지구름 사이로 시커먼 군홧발들이 보였다. "조용히," 통장 아주머니가 목이 졸리는 듯한 소리를 냈다. 그러고는 국자를 감싼 채 바닥에 납작 엎드렸다. 국자도 숨죽인 채 기다리고 있었다. 얼른 모든 게 끝나기를. 이윽고 또렷한 총성이 국자의 귀를 관통했다.

국자를 거둔 사람은 태어나서 딱 한 번 만난 이모였다. 이모는 국자의 국민학교 입학식에 와서 가죽으로 만든 책가방을 선물했다. 그러고는 국자네와 사진만 한 번 찍은 뒤 멀찍이 서서 담배를 피웠다. 지나가는 사람들이 쳐다봤지만 아랑곳하지 않았다. 국자의 아버지가 같이 짜장면이라도 먹으러 가자고 했으나 요 근처에 볼일이 있다며 사양했다. 어머니가 아버지의 팔을 토닥였다. “똑똑한데, 내 동생이지만 애가 좀 반골이야.” 국자는 반골이 무슨 뜻인지 몰랐다. 다만 그때 어머니가 웃고 있었다는 점만 뇌리에 남았다.

이제는 그 책가방도 없었다. 이모는 장례식 내내 국자 곁을 지켰다. 제단 앞에서 기절하고 울부짖는 친척들과 달리 미동조차 하지 않았다. 긴 머리카락을 동여맨 흰 리본만큼이나 단단한 침묵이었다. 그녀는 국자의 옷고름이 흐트러질 때마다 단정하게 여며주었고, 잘 시간이 되면 옆에 딸린 방에 요를 깔아 국자를 재웠다. 가끔 답답한지 가슴을 두드리며 장례식장 바깥으로 나갔다가도 부리나케 돌아왔다. 이모가 옆에 앉으면 희미한 탄내가 났다. 그 냄새를 맡을 때마다 국자는 정신을 차릴 수 있었다. 반면 친가 친척들이 사다 준 새 옷이며 장난감에서는 향긋한 꽃냄새가 났지만 어쩐지 낯설기만 했다.

부모님과 동생의 시신은 매장 대신 화장되었다. 이모는 친가 친척들을 설득했다. 국자를 평생 제 부모와 동생 묘에 매어둘 순 없다는 이유였다. 얘도 제 삶을 살아야죠. 심지어 그녀는 재난 보상금과 보험금뿐 아니라 장례비를 제하고 남은 조의금까지 모조리 국자 이름으로 만든 예금 통장에 넣었다. 그러고는 국자에게 통장을 주면서 단단히 입단속을 시켰다. “돈은 다 이모 줬다고 해라.” 국자가 도저히 간수할 자신이 없다며 통장을 내밀었지만 돌아온 건 단호한 거절이었다.

“이모는 부자예요?”

“아니. 그래도 너보다는 돈 많아. 걱정하지 말렴.”

“그러면 왜 절 데려가시는 거예요?”

“나는 네 엄마 아니면 진작에 혀 깨물고 죽었을 거야. 언니, 네 엄마가 말 안 하던? 이모 대학 등록금이랑 학비 대느라 엄청나게 고생했다고.”

어머니가 지나가듯 이야기한 적이 있긴 했다. 부모님 뜻에 따라 순순히 하나밖에 없는 남동생 뒷바라지를 했던 어머니와 달리 이모는 기어코 학력고사를 봤다. 이모가 영어를 배워 학교 선생님으로 일하면 좋겠다는 생각에 어머니는 부모님 몰래 이모 등록금을 내주었다. 그런데 그 예상마저 보기 좋게 비껴갔다고 했다. 어머니는 못 말린다며 질색하는 한편 이모를 반골이라고 불렀을 때처럼 미소 짓고 있었다.

“그럼 저한테 드는 돈을 이걸로 쓰시면 되잖아요. 어머니가 그랬어요. 세상에 공짜는 없다고.”

“맞는 말이네. 근데 너, 대학 가면 돈이 얼마나 많이 드는지 아니? 입학금에 학기마다 학비 내고, 수업 들으려면 책 필요하고, 밥도 먹어야 하는데, 기숙사비는? 한두 푼이 아니란다. 어마어마해. 그걸 네 엄마가 이모한테 다 대줬어. 공짜는 없다고 했지? 너 데려와서 드는 값이야 그 돈에 비하면 댈 것도 아니야.”

“정말요?”

"그래. 갖고 있는 게 영 불안하면." 이모가 불도 안 붙인 담배를 까닥거리면서 말했다. "찢어버려. 돈 찾을 때 분실 신고하면 되니까."

국자 대신 통장을 찢어준 사람은 이모부였다. 이모부는 큰 덩치 때문인지 거대한 바위 같았다. 게다가 이마와 콧등을 가로지르는 흉터가 있어 인상을 조금만 찌푸려도 화난 사람처럼 보였다. 반면 그의 성정이나 말본새는 섬세하고 부드러웠다. "누가 물어보면 내 딸이라고 하자꾸나." 그는 자신처럼 국자도 이씨라 다행이라고 했다.

이모 부부의 여섯 살 난 아들 은수는 국자 뒤만 졸졸 따라다녔다. 은수가 국자의 팔다리에 매달리거나 옷자락을 질겅질겅 씹어대도 국자는 귀찮다고 내색하지 않았다. 그녀는 은수가 흘린 침을 닦아주고 매무새를 다듬었다. 종종 은수에게 글자 읽는 법도 가르쳤다. 이모와 이모부는 너무 다 받아주면 버릇이 나빠진다며 우려를 표했다. 국자는 모르는 척 은수의 머리카락을 쓰다듬었다. 아주 매끄러웠다.

이모부는 중소 건설사의 건설소장이었다. 공사가 끝나면 다음 공사장으로 옮겨가다보니 이사가 잦았다. 운이 좋으면 마당 딸린 집에, 운이 나쁘면 컨테이너를 여러 개 연결한 집에 짐을 풀어야 했다. 어떤 집이든 이모는 불평하지 않았다. 대신 이모만 쓸 수 있는 방이 하나 있어야 했다. 책상과 의자만 들어갈 수 있다면 바닥이 냉골이든 비좁든 상관없었다. 이모는 방에 한번 들어가면 몇 시간이고 나오지 않았다. 이모부 말로는 이모가 영어 원서를 한국어로 번역하는 중이라고 했다. 이모는 가끔 나와서 재떨이에 담배꽁초가 산처럼 쌓일 때까지 담배만 뻑뻑 피웠다.

그만큼 국자의 전학도 빈번할 수밖에 없었다. 이모는 국자가 전학할

학교의 평판을 알아보고 담임선생님에게 면담을 신청하는 등 법석을 떨었지만, 정작 국자 본인은 별로 상관없다고 생각했다. 있는 듯 없는 듯 학교에 다닐 생각이었다. 어차피 몇 달 후면 다시 전학을 갈 테고 아이들은 금방 그녀를 잊을 터였다. 국자도 그게 편했다.

이모부는 몇 번이고 본사에 현장직 대신 사무직으로 전환해달라고 요청했지만, 번번이 반려되었다. 사무직보다 현장직이 더 많이 필요했거니와 그만한 베테랑을 찾기도 어려웠다. 전국이 공사장이었다. 반동으로 찍힌 능력자들이 세력을 이루어 대대적인 반기를 들자 기능력직 공무원들의 무력 진압도 늘어났다. 한번 충돌이 일어나면 창문이 깨지는 일은 예사였고, 멀쩡했던 건물이 무너지는 경우도 허다했다. 하루아침에 집을 잃은 사람들이 거리로 내몰렸으나 뉴스에서는 영웅의 활약만 중점적으로 나왔다. 이모부는 그때마다 은수에게 채널을 돌리라고 했다. 이모가 한숨을 쉬었다. 차라리 뉴스를 안 보는 편이 정신 건강에 낫겠다고 하면서도 매번 뉴스를 확인했다. 뉴스를 보면 이사할 다음 지역이 어디인지 예상할 수 있었다.

어느 날은 화면에 양복을 말쑥하게 차려입은 남자가 등장했다. 화면 하단에 국가능력자관리청장이라는 자막이 지나갔다. 연단에 올라선 청장은 기자나 카메라에 눈길도 주지 않고 손에 든 원고만 죽 읽어내려갔다. 요지인즉슨 반동 세력 진압 과정에서 비능력자 일반인들이 겪은 피해에 깊은 유감을 표하고 싶다는 것이었다. 안타까워하는 것치고는 목소리에 높낮이도 없었고 읽는 속도도 너무 빨랐다. 얼른 해치우고 싶다는 기색이 역력했다. 그는 기능력직 공무원들이 살신성인하여 대한민국의 질서가 유지되고 있다는 점을 잊지 말아달라는 당부로 연설을 끝맺었다.

기자들이 일제히 손을 들고 질문했다. 일반인 희생자들을 부수적인 피해로 일축해서는 안 된다는 질타부터 왜 협상조차 시도하지 않는지, 청장이 선호하는 기능력직 공무원들만 골라 작전에 내보내는 것 아니냐는 의혹까지 쏟아졌다. 앞서 궁금한 점이 있다면 무엇이든 다 답하겠다고 했던 청장은 시종일관 비슷한 말만 반복했다. 오해다, 착각이다, 최선이었다. 대답을 반복하면서 그의 눈썹 끝은 차차 가팔라졌다.

이내 한 기자가 청장에게 기능력직 공무원과 반동 세력 간 충돌이 일어난 지역이 대부분 재개발 후보지였다는 사실을 어떻게 생각하느냐고 물었다. 해당 지역 주민들은 재개발에 반대했다. 계약금조차 낼 수 없는 형편이니 아파트 입주권은 허울에 가까웠다. 특정 건설사 이름이 나오자 청장의 눈썹이 꿈틀거렸다.

"어떻게 장소를 골라서 싸웁니까? 우리가 목숨 걸고 싸워봤자 뭐하겠어요, 이런 소리나 듣는데. 문제를 일으키는 쪽은 반동들이니 그쪽에 물어보십시오. 거참, 사람이……"

청장이 말을 채 끝내기도 전에 플래시 세례가 쏟아졌다. 국자는 그가 회견장에서 내빼는 모습을 가만히 바라보았다. 이모부가 은수의 등을 두드렸다. "테레비 꺼버려라."

그후 며칠간 이모는 텔레비전 앞에 앉지도 않았다. 이모부도 덩달아 이모가 번역한 책만 뒤적거렸다. 국자와 은수는 만화영화 비디오만 봤다. 집에 있는 비디오라곤 고작 두 개뿐이었고, 같은 비디오를 몇 번씩 돌려 보니 다음에 누가 나와서 어떻게 될지 줄줄이 꿸 정도였다. 은수가 연거푸 하품하다가 잠들어도 국자는 매번 만화영화를 끝까지 봤다. 만화영화에서는 아무도 죽지 않았다.

국자와 달리 은수는 이사갈 때마다 친구를 곧잘 사귀었다. 잘 어울려 놀고 잘 싸웠다. 하루는 이모의 옷자락을 잡아당기면서 떡볶이를 만들어 달라고 칭얼거렸다. 이모는 난감한 표정을 짓더니 용돈을 주었다. "누나랑 나가서 사먹고 올래?" 은수가 도리질을 쳤다. 시장 입구에 떡볶이 가게가 하나 있기는 했다. 그저께 친구들과 싸우지만 않았더라도 벌써 그곳에서 떡볶이를 먹고 있었을 것이다. 친구들이 은수를 떠돌이라고 놀린 것이 싸움의 발단이었다. 국자는 아무 말도 하지 않았다. 이모가 그 사정을 안들 은수에게 득이 될 건 없었다. 오히려 은수더러 그런 친구는 사귀지 말라고 맞불을 놓을 게 뻔했다.

"차라리 만화책을 옮겨달라고 하지." 이모는 마지못해 냉장고를 뒤졌다. 대파는 반쯤 노랗게 삭아 있었고 전날까지만 해도 하얗던 양파 껍질은 거무스름했다. 국자는 가만히 지켜보았다. 이모가 떡볶이 재료를 찾는 건지 냉장고 청소를 하는 건지 알 수 없었다. 이내 냉장고 구석에서 떡국 떡이 나왔다. 아마 새해에 먹고 남은 떡 같았다. "떡 찾았으니까 됐다. 시작이 반이라고 했어."

은수가 입술을 씰룩거렸다.

"엄마, 이건 떡볶이 떡이 아니잖아."

"이것도 떡은 떡이야. 떡볶이 떡도 떡이잖아. 쌀 들어가는 건 똑같아."

"그럼 밥도 떡이게?"

이모가 손바닥으로 이마를 짚은 채 말했다.

"그냥 떡볶이 사먹으면 안 될까?"

아무리 머리가 좋은 사람도 요리를 못할 수 있었다. 국자는 이모의 요리에 크게 기대하지 않았다. 이모가 제대로 할 줄 아는 건 볶음밥뿐이었다. 간혹 이모가 만두를 빚겠다며 호기롭게 산 부추나 숙주는 이내 잘게 다져져 볶음밥 재료로 쓰이기 일쑤였다. 대신 이모부가 국이나 찌개를 끓이고 반찬을 만들곤 했다.

국자는 은수를 끌어다가 텔레비전 앞에 앉혀놓았다. 이모와 은수가 괜한 설전을 벌이게 놔둘 수는 없었다. 부엌으로 돌아오자 이모가 올려놓은 냄비가 보였다. 국자는 냄비에 물이 얼마나 들었는지 확인했다. 보아하니 이모가 떡볶이 대신 매운 떡국을 만들 모양이었다.

"이모, 물이 너무 많아요."

"그래? 좀 버릴까?"

"네. 그리고 프라이팬이랑 마늘 좀 주세요."

"마늘? 떡볶이에 마늘도 넣니?"

"네." 국자가 고개를 끄덕이면서 냄비 불을 한 단 줄였다. "떡은 이대로 물에 불리면 돼요."

이모는 언짢은 내색을 보이기는커녕 순순히 국자의 지시에 따랐다. 냉장고에서 찾은 마늘을 잘게 다졌고 설탕과 고추장, 간장 등 각종 양념도 꺼내주었다. 국자가 떡볶이 양념을 만드는 동안 이모는 주변을 기웃거렸다. "떡볶이에 마늘도 들어간다니? 설탕을 넣으면 안 매울 텐데?" 국자는 질문 세례에 구구절절 답하는 대신 양념장을 젓가락으로 찍어서 내밀었다.

"어디서 배웠어, 요즘 학교에서 이런 것도 배우니?"

"아뇨. 어머니가 일하실 때 봤어요."

"아, 언니가 분식집을 했지." 국자가 고개를 끄덕이자 이모의 입꼬리가 천천히 올라갔다. "그러게. 언니가 요리를 잘했어."

"저 다른 것도 할 줄 알아요."

"아니, 하지 마."

"왜요?"

"계속하다보면 당연한 일이 되고, 당연해지면 고마운 줄 모르니까."

어묵이나 튀김도 없이 초라한 떡볶이였지만 은수는 바닥까지 싹싹 긁어먹었다. 국자는 그 모습을 곁에서 가만히 지켜보았다. 그러고는 은수의 입가를 닦아주면서 말했다.

"내일 가서 친구들이랑 화해해."

"싫어." 은수는 아직도 부아가 치미는지 입술을 비죽거렸다. "어차피 우리 또 이사갈 거잖아. 그러면 다시 얼굴 볼 일도 없는데, 뭐."

국자가 반사적으로 주변을 돌아보았다. 이모는 다시 방에 틀어박힌 지 오래였다.

"은수 네 말이 맞아. 이사가면 그 친구 다시는 못 볼 수도 있지. 그런데 화해 못해서 아쉬운 것보다는 훨씬 나아."

"안 아쉬울 거 같은데."

"후회할 거야."

"걔가 나랑 화해 안 하겠다고 하면?"

"그럼 그 친구가 후회하게 될 거야, 나중에. 정말이야." 국자가 말했다. "화해하자고 딱 한마디만 하고 와. 그러면 떡볶이 또 만들어줄게."

다음날 은수는 약속을 지켰다. 국자는 약속대로 은수에게 한번 더 떡볶이를 만들어주었다. 이모의 당부대로 집안일을 자처해서 하지는 않았다. 다만 은수가 배고프다고 할 때마다 부엌으로 들어갔다. 그녀는 얼마

없는 재료를 긁어모아서 요리했다. 당근과 햄만 넣은 김밥, 어묵볶음, 감자를 숭덩숭덩 썰어넣은 수제비. 모양새는 초라했으나 꽤 그럴싸한 맛이 났다. 마감일 때문에 식사도 거른 채 방에서 나오지 않는 이모를 위한 간식도 만들었다. 그냥 구운 김에 밥과 단무지만 넣은 게 다였지만 이모는 기뻐했다.

"언니가 해준 맛이 나네."

"그때도 집에 먹을 게 없었어요?"

"그건 아니지만…… 먹을 게 없니? 그저께 장도 봤는데."

"네."

이모가 그저께 산 시금치는 시들시들했고 콩나물은 줄기까지 싯누렇게 변해 있었다. 국자는 솔직하게 대답했다. 이모가 집 근처 시장에서 사온 물건들은 며칠 못 가 족족 무르거나 썩기 일쑤였다.

이모에게는 잘못이 없었다. 국자가 어머니를 따라 시장을 다니면서 보고 배운 바에 따르면 돈을 내주고 물건을 받을 때까지 긴장을 늦추지 말아야 했다. 어떤 상인들은 손님이 외지인이거나 고르는 품새가 영 어색하다 싶으면 저울눈을 속이고 떨이로 내놓을 만한 물건을 팔았다. 장보기는 결국 국자가 맡기로 했다.

5단 책장이 이모가 번역한 책으로 가득찰 즈음 이모부는 사무직 발령을 받았다. 이제야? 이모는 분개하는 한편 안도했다. 그들이 정착할 집은 방이 다섯 개나 되는 이층 단독주택이었다. 그녀는 국자와 은수를 앉혀놓고 각자에게 방을 만들어주겠노라고 약속했다. 신난 은수와 달리 국자는 고개를 갸웃거렸다.

"얘가 제대로 방을 정리할 수 있을까요?"

"내가 엄마보다는 잘할걸?"

이모가 멋쩍은 듯 웃었다. "뭐, 틀린 말은 아니네." 그녀의 재떨이는 정작 담배를 피우지 않는 이모부가 늘 비웠다. 이모가 말했다. "다행이지. 중요한 시기인데."

국자는 이제 고등학교 2학년이고 은수는 중학교 1학년이었다. 이모부는 은수에게 괜히 친구들 데려와서 법석 떨지 말라고 엄포를 놓았다. "누나 공부에 방해되니까." 정작 국자는 공부에 별 관심이 없었다. 중학교 1학년이면 한창 친구들과 어울려 다니며 놀 때였다. 국자는 한두 명 정도는 데려와도 좋다고 허락했다.

다만 이모가 다른 출판사와 계약한 뒤로 방에 처박히는 시간이 배로 늘어났다는 점이 맘에 걸렸다. 은수는 국자와의 약속을 지켰으나 십대 남자애들은 제 목소리가 얼마나 큰지 몰랐다. 국자는 은수 친구들이 올 때면 떡라면이나 떡볶이를 만들어주면서 조용히 하라고 시켰다. 어찌나 말을 잘 듣는지 아이들은 얌전히 공부하거나 코까지 골면서 잤다.

이삿짐을 쌀 일이 없으니 냄비나 프라이팬, 총채 등 가재도구도 하나씩 늘었다. 국자와 은수가 앉을 책상과 의자뿐 아니라 거실에 커다란 장식장도 들여놓았다. 그들은 이 동네에 조금씩 익숙해졌다. 동네 지리를 훤히 꿰뚫은 덕분에 더는 길을 잃고 헤맬 일이 없었고, 종종 가게 주인들과 눈인사도 나누곤 했다. 은수의 책장에는 친구들과 함께 돌려 읽는 만화책이 첫 권부터 완결 권까지 꽂혀 있었다.

국자는 여전했다. 키가 껑충하니 자라 또래 중 큰 편이었으나 딱히 눈에 띄지는 않았다. 같은 반이라도 두세 마디 이상 대화를 나눠본 아이들이 손에 꼽을 정도였다. 그러니 친구도 없었다. 학교를 마치면 시장에 들렀다가 바로 귀가했다. 굳이 시간을 내서 아이들과 어울릴 생각은 없었다. 그녀는 어디에도 부딪히지 않고 유연하게 헤엄치는 물고기 같았다.

이모는 국자에게 용돈을 주고는 친구들과 놀러나가라고 부추겼다. 가끔 새 블라우스나 원피스를 옷장에 걸어두기도 했다. 어느 옷이든 국자의 취향과 거리가 멀었다. 국자는 주말마다 약속을 핑계 삼아 명동 거리 곳곳을 쏘다녔다. 일부러 마늘냄새가 잔뜩 나는 명동칼국수를 먹고 명동성당 벤치에 앉아 햇빛 바라기를 했다. 집으로 돌아가면 이모가 킁킁거리며 어딜 다녀왔는지 추측해 물었다. 국자는 맞으면 맞다 했고, 아니면 아니라고 했다. 정답은 늘 같았지만 다행히도 이모가 맞히는 경우는 드물었다.

이모가 국자의 담임선생님과 진로 상담을 하고 온 날, 국자는 대학에 진학하는 대신 취직하겠다는 의사를 밝혔다. 이모는 반대했다. 국자의 성적으로 지원할 수 있는 대학과 학과도 다 알아놓았으니 걱정하지 말라고 타일렀고, 국자와 은수의 교육비 명목으로 모아놓은 돈이라며 통장도 보여주었다. 그럴싸한 졸업장 하나만 있으면 좋은 곳에 취직할 수 있다고 국자를 설득했다.

"더 공부하고 싶은 것도 없는걸요."

"천천히 찾아봐. 대학 공부는 달라."

이모의 손은 늘 잉크로 얼룩덜룩했고 허구한 날 종이에 베여 성한 적이 없었다. 중지 마디에 동그랗게 박인 굳은살은 조약돌처럼 단단했다. 이모가 번역한 책은 수십 권이 넘었지만 이름이 제대로 남은 책은 한 권도 없었다. 출판사는 역자 이름을 조남희 대신 조남수라고 표기했다. 여자가 번역하면 독자들이 신뢰하지 않는다는 이유였다. 이모는 감내했다. 이모부는 이모를 두고 임신하지만 않았더라면 대학교수도 되었을 사람이라고 말했다. 만일 이모가 좀더 공부했다면 지금 불가능한 일들이 조금 더 가능해졌을까. 국자는 조심스럽게 이모의 오른손에 제 손을 포갰다.

"돈 벌다가 나중에 하고 싶은 거 생기면 갈게요."

이제 국자도 대학 학비가 어느 정도 드는지 알 나이였다. 아이 한 명을 키우는 돈이 그보다 갑절은 든다는 것도 알고 있었다. 다른 친척들이 그녀를 위로한답시고 준 예쁜 옷과 장난감은 시간이 지나자 다 낡고 망가져서 버려야 했다. 하지만 이모의 거짓말은 늘 그녀와 함께였다. 옥신각신한 지 두 시간이 지나도 이모는 좀처럼 뜻을 굽히지 않았고, 국자도 이모의 뜻을 차마 꺾을 수 없었다. 1차전은 이모의 승리였다.

다음날 국자는 평소보다 일찍 일어났다. 아직 해가 다 뜨지 않아 하늘은 어스름하니 푸른빛을 띠었다. 그녀는 슬그머니 가방을 들고 대문 사이로 빠져나왔다. 이모부가 골목을 빗자루로 쓸고 있었다. 사무실 근무를 하면서 살집이 붙어 그런지 인상이 한결 더 부드러워 보였다. 장대한 풍채의 그가 들면 아무리 긴 빗자루라도 장난감 같았다.

"국자야, 아침은?"

"가면서 빵 사먹으려고요."

"빵 말고 제대로 된 걸 먹어야지." 이모부가 지갑을 꺼내자 국자는 재빨리 손을 뒤로 감췄다. "이모부 돈 많아."

"알아요. 어제도 용돈 주셨잖아요."

"그랬나? 깜박했다. 깜박할 만큼 많다."

"그동안 고생하셨으니까요."

국자의 말에 이모부는 멋쩍은 듯 목을 긁적였다.

"너희 이모도 돈 많이 모았다. 담배만 안 피웠으면 더 모았을 텐데."

"감기 달고 사시는 걸 보면 이제 슬슬 끊으셔야 하지 않을까요?"

"국자 네가 대학만 간다고 해봐라, 당장 끊을걸."

국자는 고개를 저었다.

"이모부가 말 좀 잘해주세요."

"네 이모 고집을 누가 꺾는다고."

"그래도 이모부 말은 들으시잖아요."

"순순히 들으면 조남희가 아니지만. 음, 네 이모가 걱정을 많이 해. 네가 어디 가서 무시당하면 그렇잖냐. 공부도 때가 있고."

"공부하고 싶을 때가 공부할 때죠."

"은수는 언제 공부하고 싶어지려나."

"그건 모르겠는데요."

이모부가 너털웃음을 치더니 중얼거렸다. 이런 점은 남희랑 쏙 빼닮았네.

"국자야, 그래도 시집가기 전까지는 우리랑 같이 살자."

"은수가 저보고 학력고사 볼 때까지 야식 만들어달라던데요."

"녀석이, 제가 배워서 누나 해줄 생각은 안 하고. 그냥 굶겨. 넌 굶지 말고."

"네."

"가면서 아침 꼭 먹어라."

아무리 진상으로 소문난 작업반장이라도 이모부 앞에서는 금세 수그러들곤 했다. 이모부는 그들이 무슨 난리를 쳐도 눈 하나 깜짝하지 않았다. 그저 끈덕지고 차분하게 설득했다. 이모 역시 설복될 수밖에 없었다. 은수는 엄마가 지는 건 처음 본다며 호들갑을 떨다가 기어코 이모부에게 등을 한 대 얻어맞았다. 국자는 이모에게 고맙다고 말했다. 이모는 떨떠름한 기색이었다.

"이게 고마워할 일이니."

"제 뜻을 들어주셨잖아요."

"정말로 이게 네가 원하는 거야? 언제든 물러도 돼. 정말이야."

그렇다고, 정말이라고. 국자는 몇 번씩 똑같이 대답했다. 이모의 마음이 더 무거워지리라는 건 알고 있었다. 그녀가 대학에 가서 하릴없이 시간을 보내면 이모가 기뻐할 터였다. 이모의 말대로 정말로 하고 싶은 게 생길지도 몰랐다. 누구도 무시하지 않을 만한 직업을 가지고 많은 돈을 번다는 꿈은 꽤 그럴싸했다.

그러나 꿈은 꿈일 뿐이었다. 얼마든지 꿀 수 있지만 그대로 이루어질 가능성은 희박했다. 크게 부풀수록 터지는 소리도 컸다. 국자는 누가 무시하든 말든 신경쓰지 않았다. 정말 견딜 수 없는 건 예상 불가능한 미래였다. 그녀의 유년 시절은 눈 깜짝할 사이에 휩쓸려 좌초되었고, 종종 잊은 줄 알았던 기억들이 잔해처럼 밀려왔다. 누굴 미워하고 그리워해봤자 쓸데없는 짓이라고 생각했다. 아무것도 바꿀 수 없으니까.

만일 그런 일이 다시 벌어진다면, 국자는 이모 같은 사람이 또 나타나리라고 기대할 만큼 어리석지 않았다. 언젠가 올지 모르는 그 순간에도 살아남고 싶었다. 그녀는 좀더 손에 잡힐 듯이 가깝고, 지루하더라도 늘 예상에서 벗어나지 않는 미래를 원했다. 무언가 사라지거나 나타나는 변화는 필요 없었다. 그런 일은 한 번으로 족했다.

담임선생님은 국자의 결정에 아쉬운 기색을 내비쳤다. 좋은 취업 자리가 생기면 추천서를 써주겠다는 약속을 받아낸 후 국자는 동사무소로 향했다. 구직 활동에 필요한 서류들을 미리 떼놓을 계획이었다. 동사무소 직원은 국자의 서류 목록을 뒤적이면서 연신 하품만 했다. 국자는 무심결에 시계를 보았다. 시장에 들러 저녁 찬거리를 사려면 적어도 이십 분 후에는 동사무소에서 나가야 했다.

"저기요."

"네?"

"국민학교에서 능력검사 안 받았습니까?" 직원이 반쯤 감고 있던 눈꺼풀을 치켜뜨면서 물었다. "이거, 국민의 의무입니다. 혹시 기피자입니까?"

"아뇨. 저희가 이사를 자주 다녀서 검사 시기를 놓친 거예요. 그리고 지금까지 별일 없었으니까, 받아봤자 시간만 버리는 셈이라서요."

"안 됩니다. 그렇게 가라를 하면 되겠습니까?"

"가라요?"

"오곡국민학교 검사 일정이 제일 빠르니 그때로 예약하겠습니다." 직원의 목소리는 딱딱했다. "이번에는 빼먹지 마세요!"

융통성이라고는 조금도 없는 직원이었다. 국자는 하는 수 없이 검사 일정표를 받았다. 결과는 뻔했지만 그때까지 기다려야 한다는 점이 조금 번거로웠다. 은수는 시기가 맞아 제때 다중능력검사를 받았다. 국자가 예상했던 대로 별다른 이변은 없었다. 그녀는 풀죽은 은수를 달고나로 달랬다.

검사 당일에 국자는 이모 부부에게 별다른 말 없이 검사소로 갔다. 이모가 번역한 짧은 소설책 한 권과 함께였다. 아이들은 국자를 보며 저들끼리 수군거렸다. 그 바람에 대열이 흐트러지자 선생님이 나서서 도로 줄을 세웠다. 국자도 선생님들을 돕는 시늉을 했다. 그런 노력이 무색하게도 아이들은 몇 분 뒤 다시 끼리끼리 모여 재잘거렸다. 소풍이라도 온 양 다들 신나고 들뜬 표정이었다.

관리자는 검사 절차와 주의할 점을 큰 소리로 반복해서 말했다. 검사는 1차와 2차로 나누어 진행되는데, 1차시 뇌파 검사에서는 금속 목걸이나 팔찌, 시계를 빼야 하며…… 국자는 듣는 둥 마는 둥 하면서 오늘 저녁 메뉴를 생각하고 있었다. 뜨끈하게 우동이나 끓일까. 청양고추를 한두 개 썰어 넣으면 국물이 시원해서 이모부가 좋아할 것 같았다. 그 위에 반숙 달걀을 얹으면 아무리 예민한 이모의 위라도 술술 잘 넘길 수 있을 것이다.

관리자의 호령 아래 아이들이 일사불란하게 검사소로 들어갔다. 머리를 양갈래로 땋은 여자아이가 국자의 옷자락을 잡아당겼다. 좀전에 소개받은 13반 반장이었다.

"저기요. 저희 13반하고 같이 이동하시면 된대요."

"아, 고마워."

"애들이 시끄러워서 잘 못 들으셨죠?"

"음." 국자는 솔직하게 말하는 대신 고개를 끄덕였다. "그래도 13반은 조용하네."

"아, 이미 한 번 혼났거든요."

반장이 제 옆 의자를 가리키며 여기 앉으면 된다고 말했다. 국자는 순순히 반장의 말에 따랐다. 저보다 나이 많은 사람을 어려워하지 않는 반장의 모습이 신기했다. 반장은 앉은 자세도 다른 아이들보다 꼿꼿해서 차분해 보였다. 국자는 살짝 상기된 볼을 바라보면서 물었다.

"너희 학교에 능력을 가진 애가 있니?"

"저요. 별것 아니지만." 반장이 머뭇거렸다. 뽐내고 싶은 한편 잘난 척하면 안 된다고 생각하는 모양이었다. 국자가 어떤 능력이냐고 묻자 반장은 기다렸다는 듯이 이야기했다. 처음 그 능력이 나타난 건 무더운 여름이었다. 반장은 친구들과 함께 아이스크림 하나를 돌아가며 나눠 먹곤 했다. 쨍쨍한 햇볕 아래 달고 시원한 아이스크림을 먹는 것도 좋았지만 서로 아이스크림이 녹기 전에 얼른 먹어야 한다며 안달을 내는 것도 묘미였다. 그런데 그날따라 아이스크림은 녹지 않았다. 이내 반장은 자기 차례가 되면 아이스크림이 냉동고에 있을 때처럼 단단하게 얼어붙는다는 사실을 알아챘다. 덕분에 가을 운동회 때 다른 반 아이들은 미지근한 음료수를 마셨지만 13반은 다들 시원한 음료수를 마셨다. 국자가 아무런 반응도 보이지 않자 반장은 슬쩍 눈치를 보더니 나름 아무렇지도 않다는 것처럼 말했다. "뭐, 어느 정도나 되는지 아직 모르니까요."

"무섭지는 않아?"

"왜요?"

"부적합이면 어떡해?"

"아, 저희 선생님께서 전 적합 판정을 받을 거라고 하셨어요." 반장의 눈에는 한 치의 두려움도 없었다. 일말의 불안이라도 용납하지 않을 듯이 또랑또랑한 목소리로 말했다. "저라면 반동이 아니라 영웅이 될 거래요."

영웅은 국가에서 고르는 도구였다. 기능력직 공무원으로 뽑힌들 시시콜콜 반발하거나 친정부적이지 않으면 도구로 적합하지 않았다. 국가는 위험 요소를 철저하게 배제했다. 국자는 텔레비전에 영웅이라며 몇몇 기능력직 공무원들이 나올 때마다 채널을 돌렸다. 그들을 싫어하는 건 아니었다. 그저 의심 하나 없이 환한 그들의 미소가 불편했다. 국자는 반장의 확신이 깨지지 않길 바랐다. 확신은 소망에서 비롯하고, 소망은 아무리 강력해도 언제든 허상처럼 흩어질 수 있었다. 그러니 어떤 확신도 근거가 부족한 믿음에 불과했다. 그리고 확신은 무력해지는 순간 모든 걸 망쳐버렸다.

3

다중능력검사가 의무에서 선택제로 변경된 건 1992년이었다. 인권단체 '씨앗'이 설립된 지 삼십여 년 만의 성과였다. 씨앗의 회원들은 서로를 씨앗이라고 불렀다. 그들은 모든 사람이 같은 씨앗에서 태어났으므로 능력자와 비능력자를 불문하고 모두의 인권을 보장해야 한다고 주장했다. 문제는 그들이 대변한 사회적 약자가 다중능력검사에서 부적합 판정을 받은 능력자라는 점이었다.

대중의 반응은 싸늘했다. 씨앗이 반동 세력의 사주를 받았다고 손가락질하는가 하면 무릇 인권단체라면 능력이 없는 일반인의 인권을 우선해야 하는 게 아니냐며 비난을 퍼부었다. 이에 씨앗은 사과문 대신 성명문을 발표했다. 요지인즉슨 억울하게 반동으로 몰린 부적합 판정자들 역시 인간이라는 사실을 묵과해서는 안 된다는 것이었다.

씨앗은 소액의 후원에 기대 활동을 이어나갔다. 유엔인권위원회와 국제능력자협의회 등 국내와 해외를 가리지 않고 협조를 부탁하는 한편 청와대와 국가능력자관리청에 매해 꾸준히 성명서를 발송했다. 국회 본회의에서 슬그머니 통과된 반동 세력 관련 법안에서부터 정부의 고질적인 문제점까지 조목조목 짚는 통에 정부로서는 눈엣가시일 수밖에 없었다. 보도를 막으면 즉시 전국 각지의 대학이며 유동 인구가 많은 거리에 대자보를 붙였다. 경찰들은 대자보를 떼면서 투덜댔다. 혹시 단체장이 분신술 능력자라도 되나? 단체장은 비능력자 일반인이었다.

씨앗이 국정감사에서 제기한 문제는 크게 세 가지로, 첫번째는 다중능력검사의 강제성과 검사 시기였다. 모든 국민은 국민학교 졸업 시 다중능력검사를 받아야 했다. 검사를 거부하거나 회피하면 대학 진학과 취업에 불이익을 받았고, 검사 결과지가 없으면 여권도 나오지 않았다. 그러나 성인이 되고 나서야 기능력직 공무원으로서 훈련을 받는다는 점을 고려한다면, 검사 시기가 너무 일렀다.

두번째 사안은 부적합 판정자에 대한 반인권적인 처우로, 앞서 제기한 문제의 연장선에 속했다. 정부는 이른 나이에 적합 판정을 받은 아이들을 벌써 기능력직 공무원인 양 싸고돌았다. 적합 판정자들이 심각한 비행을 저질러도 지자체에서 알아서 수습했다. 반면 부적합 판정을 받은 아이들의 신상은 다른 아이들을 보호한다는 명목으로 동의 없이 전교에 공개되었다. 별다른 문제를 일으킨 적 없는 아이들도 문제아 취급을 받기 일쑤였다.

만일 적합 판정자와 부적합 판정자가 같은 학교 학생이라면 더 큰 문제가 발생하곤 했다. 사춘기 아이들의 생각이나 행동은 예단하기 어려웠다. 아무리 주의를 기울인들 일방적인 괴롭힘과 상해 사건이 일어났고, 사건에 휘말린 부적합 판정자들은 무조건 원인을 제공했다는 누명을 뒤집어쓰고 강제 전학이나 퇴학을 당했다. 비능력자인 가족들에게서 버려지는 경우도 더러 있었다.

대한민국 헌법상 정부는 모든 국민에게 기본 교육과정을 이수할 권리를 보장할 의무가 있었고, 이 나라 국민인 아이들을 마땅히 보호해야 했다. 부적합 판정을 받았다는 이유로 교육권과 생존권을 모두 박탈해도 된다는 내용은 법전 그 어디에도 없었다. 하지만 국회의원들은 씨앗에서 내세운 논리나 근거가 복잡한 현실을 반영하기에는 너무 단순하다는 토를 달았다.

부적합 판정을 받은 아이들은 간신히 어른으로 자라난 뒤에도 점점 더 많은 난관에 봉착했다. 아무도 그들을 채용하지 않았고, 정부의 극빈자 지원 대상에서도 번번이 제외되었다. 신체 계열 능력자가 아닌 이상 자신의 능력이 무엇인지도 모르니 제어할 줄도 몰랐다. 제어하는 방법을 배우려고 하면 즉각 반동으로 몰렸다. 성장이나 감정적 변화에 따라 무의식적으로 능력이 발현될 때도 있었다. 만일 신고라도 들어가면 그 자리에서 바로 사살당했다.

능력을 억누르는 데 성공하더라도 부적합 판정자들의 삶은 외줄 타기나 다름없었다. 만일 보호관찰관에게 세 번 이상 경고를 받으면 교정시설로 끌려갔다. 가족들이 항의하면 국가능력자관리청은 늘 똑같이 대답했다. 그들이 능력을 제어하는 법을 터득하고 사회에 충분히 동화될 수 있다는 평가를 받으면 언제든 퇴소할 수 있노라고. 그러나 돌아온 사람은 아무도 없었다.

비능력자 일반인들은 교정시설 수감자들을 예비 범죄자로 취급하면서 그들에게 쓰이는 세금이 아깝다고 했다. 교화할 수 없다면 수감 대신 사살하는 편이 낫지 않겠느냐고 제안한 국회의원이 있을 정도였다. 언론과의 인터뷰에서 시설로 끌려가느니 죽겠다고 말했던 능력자는 며칠 만에 자취를 감췄다. 교정시설의 반인권적 실상은 그곳에서 탈출한 소년의 증언을 통해 드러났다.

소년이 있었던 교정시설은 외딴 섬에 자리했다. 거센 파도와 암초 때문에 배로도 쉽게 오갈 수 없는 섬이었다. 농사를 지을 만한 땅이 아니라 식량은 늘 부족했고, 식수도 종종 끊겼다. 관리자들은 제대로 일한 사람만 밥을 먹을 수 있다고 말했다. 그들은 구덩이를 크게 파라고 시켰다가 다음날 다시 메우게 했고, 심어놓은 지 일주일도 안 된 묘목을 다시 옮겨 심으라고 시켰다. 남은 건 물집과 상처로 뒤덮인 수감자들의 몸과 시들시들하게 말라죽은 묘목뿐이었다.

모든 것이 부조리했지만, 그 사실을 깨달은들 이 섬에서 살아남는 데에는 도움이 되지 않았다. 수감자들은 관리자가 질문하지 않는 이상 말할 수 없었다. 그곳의 목표는 교화와 퇴소가 아니었다. 관리자들이 내세우는 질서란 종잡을 수 없을 만큼 변덕스러웠다. 변덕의 양상은 다를지언정 그 기저에는 동일한 열망이 깔려 있었다. 그들은 기다렸다. 수감자들이 절멸한 후에야 찾아올 침묵을.

같은 방 수감자들이 아니었더라면 소년 역시 죽을 때까지 그곳을 벗어날 수 없었을 것이다. 그중에 천주교 신자였던 아버지의 뜻을 따라 사제를 지망했던 사람이 있었다. 그가 다녔던 성당의 주임 사제는 신부로서 진정한 능력은 타고난 성정과 인품이라며 수차례 신부 추천서를 쓰고 로마 교황청에 서한을 보냈다. 교황청의 허가에도 그의 출국은 정부에 의해 끝내 금지되었다. 소년은 그의 진짜 이름을 몰랐다. 수감자들이 관리자 몰래 그를 부르는 대로 도마 신부라고만 불렀다.

도마 신부와 가장 친한 수감자는 길상 스님이었다. 그는 검사 결과가 나온 후 부모에 의해 절 앞에 버려졌다. 스님들이 그에게 길상이라는 승명을 내리고 수행자로 삼았지만, 감시에서 벗어날 순 없었다. 보호관찰관은 절로 들이닥쳐 길상 스님이 삼 년 넘게 행적을 알리지 않았다는 이유로 교정시설에 보내려 했다. 주지 스님이 제 앞날도 모르는 어린아이가 어찌 나쁜 마음을 먹었겠냐고 설득했지만 소용없었다.

수용소나 다름없는 그곳에서 사람들은 차차 희망을 버렸다. 살아남기 위해 서로를 맹렬하게 미워하고 증오하다가도 이내 모든 의지를 잃은 채 곡기를 끊었다. 도마 신부와 길상 스님은 병약한 수감자들을 찾아다니며 돌보는 한편 수감자 사이에서 벌어지는 충돌이나 분쟁을 막았다. 그들은 칼로 찌른 사람과 칼로 다친 사람 모두 공평하게 치료해주었다.

소년은 길상 스님에게 질문했다. "칼로 찌른 사람을 치료해주면 또 다른 사람을 칼로 찌르지 않을까요?" 길상 스님은 대답 대신 되물었다. "그렇다면 다친 사람은 다른 사람을 칼로 찌르지 않을 것 같으냐?" 알쏭달쏭한 질문에 소년은 할말을 잃어버렸다. 스님이 낄낄거리며 사라지자 도마 신부가 소년을 붙잡았다.

"너는 여기 수감된 사람 중 착한 사람이 몇이나 있을 것 같니?"

"음." 소년은 손가락을 하나하나 접으면서 헤아렸다. 아직 성한 손가락이 열 개나 남아 있었다. "열 명이요?"

"그렇다면 누가 착한 사람만 내보내주고, 나머지는 다 나쁘니 여기서 죽어야 한다고 말하면 어떻겠니, 그건 옳을까?"

도마 신부가 소년을 바라보았다.

"모르겠어요."

"어떤 게?"

"열 명보다 많을지도 몰라요." 소년이 웅얼거리듯 대답했다. "그러니까 어쩌면…… 열 명의 갑절일 거예요."

도마 신부는 눈을 동그랗게 뜬 채 소년을 바라보다가 한숨을 쉬었다. "아, 하느님. 맙소사." 소년은 그가 자신을 꾸짖을 거라고 예상하며 질끈 눈을 감았다. 10은 소년이 아는 가장 큰 숫자였다. 돌아온 건 도마 신부의 포옹이었다. 도마 신부는 앙상한 팔로 소년을 끌어안고 알 수 없는 말을 중얼거렸다. 소년은 오랜 시간이 지난 후에야 그 말의 뜻을 알 수 있었다. "하느님의 어린 양, 세상의 죄를 없애시는 주님, 자비를 베푸소서."

탈출을 시도한 수감자는 수도 없이 많았으나 성공한 사람은 단 한 명도 없었다. 도마 신부는 열 살도 채 안 된 애가 이곳에서 죽어가게 놔둘 수는 없다며 다른 수감자들을 설득했다. 처음에는 반대했던 길상 스님도 흙바닥에 나뭇가지로 그려가며 소년에게 수영하는 법을 가르쳤다. 그들은 소년을 시체 사이에 숨기기로 했다. 한때는 시체들을 구덩이에 몰아넣고 흙으로 덮는 시늉이라도 했지만, 이제는 묻을 곳도 모자라서 모조리 바다에 던져버렸다.

12월 28일, 도마 신부의 말에 의하면 죄 없는 어린 순교자들의 축일이었다. 길상 스님은 연말이라 관리자들도 일을 서둘러 끝낼 것이라고 예상했다. 다른 수감자들은 가족에게 자신의 소식을 전해달라고 부탁했다가 이내 물렀다. 다 잊어라. 기억하지 말아라. 말하지도 말아라. 소년은 그들이 왜 그런 말을 하는지 몰랐다.

28일이 되자 도마 신부가 돌과 나뭇가지로 만든 묵주를 소년의 목에 걸어주었다.

"한때 나도 예수님의 부활을 믿지 못하고 상처를 직접 찔러본 도마와 같이 의심에 눈이 멀어 신을 믿지 않았으나," 그는 나무처럼 갈라진 손으로 소년의 이마에 성호를 그으며 말했다. "여기서 뒤늦게 신을 찾았도다."

소년은 대체 이 수용소 어디에 신이 있는지 궁금했지만 묻지 않았다. 도마 신부는 소년의 몸에 환상을 덧씌웠다. 다른 사람들의 눈에 소년은 칼에 맞아 죽은 사람처럼 보였다.

손발이 묶인 소년의 입에 길상 스님이 응축한 산소를 불어넣었다. 물속에서 이틀 정도는 버틸 수 있을 거야. 그는 소년의 귓가에 대고 어두워질 때까지 수면으로 올라가지 말고, 빛이 사라지면 팔다리를 계속 움직이라고 당부했다. 소년은 혀로 산소 덩어리를 쓸어보았다. 덩어리는 구슬처럼 동그랗고 차가웠다. 앞니를 다문 채 소년이 말했다. "잊지 않을게요." 길상 스님은 고개를 저었다. "잊어버려, 잊어버려야 살 수 있다!"

소년은 시신들과 밧줄로 한데 엮인 채 바다로 던져졌다. 함께 심해로 끌려갈 뻔했으나 온몸을 칼날처럼 날카롭게 만드는 능력 덕분에 살아남을 수 있었다. 나흘 동안 표류하던 소년을 지나가던 해외 무역선이 구조했다. 무역선 선원의 눈에 소년은 피범벅이 된 시신이 아니라 비쩍 마른 조난자로 보였다. 도마 신부의 환상은 약속했던 일주일이 되기도 전에 사라져 있었다. 소년은 그의 죽음을 모를 만큼 어리석지 않았다.

씨앗은 소년이 난민 자격으로 시민권을 얻고 안전을 보장받을 때까지 침묵을 지켰다. 외신 기자들이 탈출 경위와 경로 등 수도 없이 질문을 퍼부었고, 소년은 빠짐없이 대답하려고 애썼다. 한국 정부는 수용소가 아니라 교정시설이며, 그런 반인간적인 교정시설은 존재하지 않는다고 못을 박았다. 정부측 대변인은 소년의 진술에 신빙성이 없다고 주장했다. 오죽하면 나이가 차기도 전에 부모가 내버렸겠습니까. 소년은 꿋꿋이 버텼다. 열 명, 열 명이 열 개, 그보다 많은 사람이 시설에 있었다는 말을 반복했다.

국내 언론도 합세해 소년을 거짓말쟁이라고 몰아세웠다. 소년의 진술을 입증할 수 있는 증거는 아무것도 없었다. 아무것도 남아 있지 않았다. 그의 탈출을 도왔던 동료들의 기록뿐 아니라 교정시설 자체가 사라진 후였다. 씨앗이 다른 해외 단체들과 함께 소년의 안위를 지키기 위해 노력했지만, 소년은 성인이 되기도 전에 스스로 세상을 떠났다.

세번째로 씨앗 단체장은 다중능력검사의 실효성을 꼬집었다. 능력 판별은 물론이고 적합 판정 역시 엉터리라고 주장했다. 증거로 비밀리에 입수한 검사 내용 중 일부를 공개하겠다는 말에 여당 국회의원들은 국가기밀을 퍼뜨렸다며 비난을 퍼부었다. 목적을 달성하기 위해 수단과 방법을 가리지 않으면 불법 단체나 다름없다고 혹평했다. 단체장은 동요하지 않았다. 되레 자신의 행동이 위법이라면 대한민국의 수많은 학부모가 재판정에 서게 될 것이라고 단언했다.

능력자를 가려내고 그중 공직 수행에 적합한 이들을 선발하는 게 다중능력검사의 취지였다. 다중능력검사는 삼원 체제로 시행되었다. 먼저 뇌촬영 기법으로 능력의 유무를 판별한 후 검사지 채점 결과와 전문가의 평가로 적합과 부적합 판정을 내렸다. 정부는 뇌의 형태와 구조, 뇌파의 흐름과 신경 전달 물질이 얼마나 발생하는지 측정하면 잠재적 능력자도 가려낼 수 있다고 믿었다. 하지만 아직 두뇌가 다 성장하지도 않은 아이들에게는 섣부른 판결이었다.

능력이 없어도 능력자 판정을 받은 아이들은 복권에 당첨된 것마냥 기뻐했다. 단체장은 그런 아이들이 적합 판정을 받아 훈련원에 입소한다면 더 문제라고 못을 박았다. 사람들은 아직도 적합 판정자라면 그 자체로 특별하니 마음만 먹으면 영웅이 될 수 있다고 믿었다. 일종의 미신과도 같았다. 능력을 알아낸다는 명목으로 무리하게 훈련을 받다가 사망하거나, 일반인 판정을 받았다가 뒤늦게 능력이 발현해 의도치 않은 사고를 일으키는 사례는 빈번했다.

뒤이어 단체장은 적합과 부적합을 가르는 기준도 문제삼았다. 그가 증거로 제시한 검사지의 출처는 한 사설 교육 업체였다. 업체는 소수 회원제로 운영되었고, 회원들은 전직 평가 위원들에게 모의 검사를 받을 수도 있었다. 단체장은 자신의 시선을 피하는 정치인들을 한 명 한 명씩 바라보면서 말했다. 그런 업체가 한둘이 아니라고. 그리고 검사지 유출보다 더 큰 문제는 변별력이 떨어진다는 점이라고 덧붙였다.

공직 수행에 적합한 능력자를 가릴 목적이라면 으레 공무에 필요한 능력들을 중점으로 검사해야 타당했다. 하지만 검사지 문항 대다수는 직무능력평가보다 성격검사에 관련된 내용이었다. 한 의원이 범죄자들은 대부분 성격이 나쁘다고 주장했다. 성격이 나쁘면 사람들과 어울리지 못할 테고, 어울리지 못하면 다른 사람들을 원망하고 미워할 텐데 능력까지 있다면 더 복수하기 쉬울 거라는 논리였다.

단체장은 웃었다. 이런 식으로 논점을 흐리려는 공작에는 익숙했다. 그는 검사지의 타당성은 물론이고 검사 환경조차 미비하다는 점을 짚었다. 검사는 적정한 온도와 습도를 유지한 환경에서 진행되어야 했지만, 피검사자가 많다는 이유로 한 시간 이상 걸리는 검사지를 삼십 분만에 풀도록 강요하거나 비가 새고 어두침침한 건물에서 졸속으로 시행하기 일쑤였다. 성품이 좋다고 해서 열악한 환경마저 반긴다는 근거는 없었다.

검사 평가자를 선발하는 기준도 신빙성이 없기는 마찬가지였다. 매년 충원에 급급해 실제 전문성을 판단할 시간도 부족했다. 심리학과만 졸업했다면 이 년 단기 계약직으로 검사 평가자가 될 수 있었다. 국내에 전문가가 얼마 없다는 변명에 단체장은 코웃음을 쳤다. 다중능력검사를 거쳐 한번 부적합 판정을 받은 이상 이의 신청은 불가능했다. 경험이나 지식이 미흡한 이들이 누군가의 운명을 결정한다니, 부당하기 그지없었다.

단체장은 다중능력검사를 폐지하고 미국처럼 신고제를 도입하자고 했다. 미국에서는 능력이 발현하면 정부에 자발적으로 신고하도록 독려하고 있었다. 적합과 부적합을 가르는 것 역시 의미가 없다고 보았다. 공직을 희망하는 능력자만 직무에 적합한지 평가하면 될 터였다. 또 능력을 제어하는 방법은 능력자라면 누구든 배울 수 있어야 한다고도 했다.

국회의원들은 단체장에게 비난을 퍼부었다. 아주 조그만 흠결을 큰 위기인 양 떠벌리면서 수십 년간 쌓아온 원칙과 체계를 무너뜨릴 작정이라며 손가락질했다. 반정부주의자! 누군가가 큰소리로 외쳤다. 단체장은 자신을 향해 날아오는 물병이며 종이 뭉치에도 눈썹 하나 까딱하지 않았다. 소요를 진정시킨 건 여당 대표였다. 여당 대표는 단체장이 얼마나 인권 문제에 관심이 많은지 알겠다며 사근사근한 목소리로 말문을 열었다.

"좋은 취지로 한 말씀인 건 알겠습니다만, 현실성이 없네요. 대안이 너무 이상적이에요."

"미국도 하지 않았습니까. 설령 이상적이라 하더라도 정치가 무조건 현실과 타협하기만 한다면 나라가 발전할 수 있겠습니까?"

"씨앗이 공익단체인 줄 알았는데, 그렇게 정치에 확고한 뜻이 있는 줄은 몰랐군요."

"공익을 위해 노력하는 사람들은 자신의 무결함을 입증하기 위해서 정치에 무지해야 합니까? 그렇다면 선거권도 필요가 없겠습니다."

"너무 감정적으로 굴지는 마시고요. 아시다시피 단체장님, 정부는 국민을 보호할 의무가 있습니다. 우리나라는 아직 휴전 국가예요. 한시라도 긴장을 늦춰선 안 됩니다. 국가 수호를 위해 우리는 수십 년에 걸쳐 능력자들을 안전하게 관리할 수 있는 시스템을 만들었죠. 미국처럼 자발적 신고라니, 그 시정잡배들이 과연 들은 척이나 할까요?"

"시정잡배라면 누굴 말하는 겁니까, 그렇게 부르짖는 반동입니까? 아니면 부적합 판정자들, 혹시 능력자들을 말씀하시는 건 아니겠죠?"

"그렇게 도발적으로 나올 필요가 있습니까. 차근차근 이성적으로 대화하면……"

"지금 저한테 반정부주의자라고 소리친 사람은 이성적입니까?"

"자, 그건 저희 쪽 의원이 그런 거니 사과드리겠습니다. 뇌과학은 굉장히 과학적이고 효율적인 수단입니다. 그리고 될성부른 나무는 떡잎부터 알아본다는 말이 있지 않습니까? 국가에 헌신할 만한 인재라면 올바른 인성을 갖춰야죠."

"네, 우생학만큼 유구한 전통이 있는 학문이 어디 있겠습니까. 그렇다면 떡잎이 다르게 생겼다는 이유로 어떤 나무는 자라기도 전에 베어내야 하는 건가요?"

"국가는 하루아침에 만들어진 게 아닙니다. 국가의 발전을 저해하는 사고방식을 가진 사람들은……"

"저해한다는 사실이 입증되기라도 한 겁니까?"

"이보세요. 아주 쉬운 문제입니다." 여당 대표는 아이 어르듯 부드러운 목소리로 말했다. "매스게임을 생각해봐요. 한 사람이라도 제멋대로 굴면 그림이 영 보기 좋지 않잖습니까."

"보기 좋은 게 사회입니까?"

"그러니까, 내 말은…… 공부도 잘한 양반이 왜 이러실까? 정부를 우습게 보는 것도 어지간해야지, 응? 오합지졸로 구성되어 있으면 누가 정부를 믿고 따르겠습니까? 이 난세를 뚫고 나갈 선장과 선원들을 뽑는데, 응?"

"무슨 미스코리아 대회입니까? 정부에 토 달지 않고, 장애 없이 그럴싸한 능력자만 골라서 뽑는다니." 단체장은 여당 대표를 위아래로 훑어보았다. "그에 비하면 국회의원 뽑는 기준은 한참 낮은 모양입니다."

대한민국 정부를 모욕했다며 의원들이 삿대질과 욕설을 퍼부어대는 가운데 경찰들이 회의장으로 들어왔다. 단체장은 어떤 저항도 없이 끌려갔다.

씨앗은 국가보안법 위반으로 고발당한 후 벌금형을 선고받았다. 세간에는 단체장이 반동 세력과 연관되어 있다는 소문이 횡행했다. 텔레비전에 나온 기능력직 공무원은 조국을 위해 헌신한 자신의 명예가 실추되었다며 눈물을 글썽였다. 한편 언론의 반응은 극과 극이었다. 어느 신문사에서는 정부의 비난에 동조하여 씨앗을 비방했으나 다른 신문사에서는 정부의 위선이 참담하기 그지없다고 표명했다. 정부측 심리학 전문가의 주장에 반발하는 전문가들이 성명문을 발표했으나 이 역시 아무런 영향도 미칠 수 없었다. 단체장은 항소했으나 반성의 기미가 없다는 이유로 삼 년 형을 선고받았다. 그는 수감중 싸늘한 시체로 발견되었다. 교도관들은 유가족에게 그가 죄수 간 싸움에 휘말렸다고 통보했다.

이은영은 텔레파시 능력자였다. 보통 해외에서는 텔레파시나 감청 등 복합 계열에 속한 능력자들을 상급 능력자로 분류했으나 그녀는 5등급 판정을 받았다. 그나마 그해 등급 심사를 받은 여성 능력자 중 상위권에 속하는 편이었고, 외무부로 발령받은 최초의 여성 능력자이기도 했다. 야당은 대중의 호감을 얻기 위해 그녀를 영입해 얼굴마담으로 내세웠다.

국회에 입성한 이은영은 야당의 뜻에 부응하는 것처럼 보였다. 그녀는 '복숭아'라는 표현이 비능력자 일반인들을 비하하므로 공중파 방송에서 사용하지 못하도록 막아야 한다고 주장했다. 기능력직 공무원들의 진압 작전으로 인해 발생할 수 있는 부수적인 피해를 국민 개개인이 감수하는 것도 옳지 않다는 의견도 제기했다. 국가가 이를 충분히 보상해주어야 한다는 법안을 제출하자 그녀를 지지하는 사람들이 늘어났다. 암탉이 울면 집안이 망한다는 언사를 공공연하게 일삼던 동료 의원들도 그녀에게 관심을 기울였고, 당대표로 나가보라고 권하기도 했다.

그 모든 기대를 뒤집은 건 이은영 본인이었다. 그녀는 소규모 정당으로 당적을 옮기고 씨앗과 손을 잡았다. 씨앗은 부단체장이 근근이 꾸려나가는 중이었다. 해외 인사와 연이 있는 이은영 덕분에 그들은 국제사회와 정식으로 교류하기 시작했다. 유엔인권위원회가 보낸 권고문에 정부는 사정이 되는 한 모든 능력자의 인권을 보장하겠다는 의사를 밝혔다. 이전처럼 강경하게 반대하는 태세는 아니었다.

야당은 집권 여당이 되면서 유화정책을 취했다. 국가능력자관리청은 국가인재개발훈련원으로 이름을 바꾸었고, 훈련원은 국가인재연수원과 국가인재관리원으로 분리되었다. 이은영의 우려와 달리 단순한 간판 갈이나 쪼개기에 그치지 않았다. 연수원은 적합 판정자 중 기능력직 공무원이 되기를 희망하는 이들을 가르쳤고, 관리원에서는 공무원으로 종사할 의향이 없는 적합 판정자와 부적합 판정자들에게 능력을 제어하는 법을 알려주었다. 보호관찰 제도 역시 폐지했다. 다중능력검사는 선택제가 되었고 검사 방법과 평가 기준 역시 개선되었다. 그렇게 시간이 흘렀다. 비능력자 일반인을 복숭아라고 표현한 아나운서가 뉴스 데스크에서 퇴출되었고, 블로그에 비능력자는 무능력자나 다름없다고 쓴 연수원생은 강제 퇴소령을 받았다. 반동 세력을 무력으로 진압하는 사례도 줄었다. 사람들은 세상이 많이 좋아졌다고 말했다.

미지는 그 말에 동의할 수 없었다. 씨앗의 존속도 여실한 증거였다. 다중능력검사는 여전히 능력자와 비능력자 사이에 선을 긋는 역할을 담당했고, 국가는 이전처럼 몇몇 기능력직 공무원들을 조명해 영웅으로 치켜세웠다. 그럴싸하게 포장했을 뿐, 아무것도 변하지 않았다.

영웅, 영웅이라는 타이틀은 매력적이었다. 미지도 어릴 적 친구들과 어울려 곧잘 영웅 놀이를 했다. 그녀가 가르치는 학생들도 서로 영웅 역할을 맡으려고 갖은 신경전을 벌였다. 적합 판정을 받았으나 공직 대신 다른 직업을 선택한 능력자들은 그 타이틀을 백분 활용했다. 영웅이자 의사, 영웅이자 변호사, 영웅이자 디자이너…… 심지어 적합 판정을 받은 능력자들로만 구성된 아이돌 그룹의 이름은 '히어로'였다.

정부는 다중능력검사의 평가 방식이 매년 바뀐다고 발표했지만, 매해 나오는 예상 문제집은 베스트셀러 목록 안에 꾸준히 들곤 했다. 숨겨진 능력을 끌어내 능력자로 만들어줄 수 있다는 불법 시술도 판을 쳤다. 공직에 지원한 적합 판정자들은 등급이 낮아 국가기관에 배정받지 못하더라도 연수만 마치면 노후는 보장받을 수 있었다. 사람들은 로또라고 표현했다.

행운아들이 조명받을수록 적합 판정을 받지 못한 아이들 위로 드리운 그늘은 더 두터워졌다. 의무교육과정에 인권 교육이 포함되었으나 형식에 불과했다. 학교는 작은 사회였다. 아이들은 그 안에서 계급을 나누고 인정을 구했다. 부끄러워하는 대신 정당화하는 편이 더 낫다고 믿었다. 미지는 그렇게 믿는 아이들이 문제라고 생각하지 않았다. 함께 임용고시를 준비했던 동기들도 동의했다. "어른들이 가르쳤지."

교육부는 능력자가 시비에 휘말렸을 때 학교측의 일방적인 판단을 막기 위해서 학교폭력대책자치위원회 제도를 만들었다. 그러나 이 역시 부적합 판정을 받은 아이들을 더 불리하게 만드는 데 일조했다. 의원 대다수는 부적합 판정자라면 괜히 원한을 품고 누군가를 해코지할 수 있다는 결론을 내렸다. 설령 피해자라도 다른 아이들의 안전을 위한다는 이유로 강제전학을 보냈다. 다수결의 원칙은 부적합 판정자들을 더 손쉽게 사회 반경에서 밀어내는 데 쓰였다.

쉬운 문제가 아니지만 풀지 못할 문제는 아니라고, 미지는 자신했다. 한 채의 집처럼 어떻게 토대를 세우고 벽돌을 쌓는지에 따라 아이들은 충분히 다른 모습으로 자라날 수 있었다. 그녀는 초등학교 교사를 목표로 삼았다. 경남 아줌마는 잘 어울린다고 했다. "미지 넌 좀 유치한 구석이 있잖아." 분하지만 맞는 말이었다. 그리고 자신의 유치한 믿음에 뒤통수를 거하게 맞아 이 년간 휴직을 신청했다.

복직과 독립, 미지의 머릿속을 헤집던 문제들은 국자의 급작스러운 고백으로 흔적도 없이 사라졌다. 막막했다. 할머니가 이모할머니였다는 사실을 왜 말해주지 않았느냐고 따진들 국자는 눈썹 하나 까딱하지 않을 것이었다. '이모할머니도 할머니잖아.' 왜 기능력직 공무원이라는 정체를 숨겼는지 물어봐도 돌아올 대답은 빤했다. '안 물어봤잖아.' 미지가 전전긍긍하는 동안 국자는 바닥에 떨어진 피클을 집어 날름 입에 넣었다.

"엄마, 떨어진 것 좀 먹지 마."

"아깝잖아."

"엄마가 능력자면, 왜 나는 검사 안 받았어?"

"받고 싶으면 가서 받아."

검사비가 아까웠나. 미지가 눈을 부라려도 국자는 꿋꿋하게 식사했다. 부모가 능력자라고 해서 자녀도 능력자라는 법은 없었다. 초등학교 과학 교과서에도 나와 있었다. 국자가 말했다.

"왜, 너도 능력이 있는 것 같니?"

"모르겠는데."

"돈이랑 시간 남아돌 때 받아보든가."

"엄마는 어떻게 생각해? 혹시 내 능력이 뭔지……"

"국 식어."

미지는 마지못해 미역국 그릇을 들고 마셨다. 미역국은 식어도 맛이 좋았다. "엄마 능력은 뭐야?" 그녀는 국그릇을 내려놓고 물었다. "괴력이나, 비행? 아니면," 슬그머니 전세계약서를 확인했다. "세뇌?"

"아니." 국자가 자리에서 일어섰다. "다 먹었지?"

미지는 묵묵히 고무장갑을 꼈다. 설거지는 그녀 몫이었다. 만일 국자가 힘이 세다면 화장실 문을 따기 위해 열쇠 수리공에게 오만원을 내는 대신 스스로 열고 나왔을 것이다. 날아다닐 줄 안다면 교통비를 아낀답시고 이십 분 넘게 걸어오지도 않았을 터였다. 세뇌할 줄 안다면 굳이 정성스럽게 밥을 차려 먹이면서 설득할 필요도 없었다.

"그럼 엄마, 최훈하고 친해?"

"동기긴 한데." 국자가 개수대를 흘끗 보았다. "기름기 있으니까 뜨거운 물로 닦아."

미지는 드라마 속 최훈을 보면서 웃던 국자를 떠올렸다.

"사이가 나빴어? 아니면 혹시…… 전 애인이야?"

"아니."

국자가 바로 일축했지만, 그것만으로는 국자와 최훈 사이가 나쁘지 않다는 건지 전 애인이 아니라는 건지 알 수 없었다.

"경남이 아줌마는 알아?"

"응."

"아니 딸도 모르는 걸 아줌마가 알아?"

"당연하지. 훈련원 동기니까. 그리고 너, 경남이한테는 그런 질문 하지 마라."

"무슨 질문?"

"최훈. 진짜 질색해."

국자가 반복해서 말할 정도면 정말로 사이가 좋지 않은 듯했다. 미지도 공연히 경남 아줌마의 심기를 건드리고 싶지 않았다. 아줌마는 국자의 유일한 친구였다. 곧잘 국자네 집에 들락날락하면서 해외 출장길에 산 장난감과 과자를 들고 왔다. 미지도 처음에는 그런 달콤하고 예쁜 것에 홀랑 넘어갔다.

감사를 표하기도 전에 상황은 늘 급변했다. 경남 아줌마 때문이었다. 아줌마는 돌연 미지에게 곧 오른쪽 아래 어금니가 썩을 거라고 말하거나 장난감을 놀이터 모래밭에 가져가면 잃어버릴 거라며 서슴지 않고 악담을 했다. 처음에는 꾸준히 양치하고 물건을 잘 챙기라는 훈계라고 믿었다. 가끔 아이들을 귀여워한답시고 짓궂게 놀리는 어른들도 있으니 말이다. 하지만 아줌마의 말은 다 정확하게 맞아떨어졌다.

"아줌마 능력은 뭔데?"

"예지. 미래를 볼 줄 알아."

"나쁜 미래만 볼 줄 알아? 아니, 그 아줌마는 어째 좋은 말은 하나도 안 해? 나더러 고등학교 수학여행 때 팔이 부러질 거라고 하질 않나. 애인이랑 크리스마스 전날에 헤어진다고……"

"너 임용고시 합격한다는 것도 말해줬잖아."

"엄마, 말은 똑바로 하자. 그건 내가 열심히 공부한 결과죠."

다중능력검사의 판단 기준이 새삼 의심스럽다는 생각이 들었다. 국자는 종종 어린 미지를 경남 아줌마 집에 맡겼다. 그런 날이면 미지는 온종일 울고 웃기를 반복했다. 경남 아줌마가 따라다니면서 볼을 쿡쿡 찌르는 바람에 미지는 울음을 터뜨렸다. 그러면 으레 신기한 장난감이나 간식거리가 나왔다. 구경하느라 눈물이 뚝 그친 미지 곁에서 경남 아줌마가 히죽히죽 웃었다. 종종 국자가 늦게 오면 아줌마가 자고 가라고 했지만, 미지는 당연히 그럴 생각이 없었다. 차라리 국자와 밤늦게 택시나 버스를 타고 귀가하는 편이 더 나았다.

간혹 경남 아줌마가 직접 운전해서 데려다줄 때마다 미지는 차에 타기도 전에 덜덜 떨었다. 제발 앞만이라도 보고 운전하면 좋겠다고 생각했다. 차마 말할 용기가 없어 애꿎은 인형만 잡아 뜯었다. 어떤 날은 경남 아줌마와 함께 사는 아줌마가 대신 운전대를 잡기도 했다. 나아질 건 없었다. 핸들을 돌리고 기어를 넣을 때마다 차가 곧 부서질 것만 같았다. 경남 아줌마와 국자가 하는 이야기를 들어보면 그나마 미지를 생각해서 살살 운전하는 편이라고 했다.

중학생이 된 후로 미지는 차라리 혼자서 집을 보겠다며 버텼다. 경남 아줌마가 함께 해외여행을 가자고 살살 꼬셨지만 한 번도 혹한 적이 없었다. 같이 여행을 가느니 혼자서 아마존 한가운데를 헤매는 편이 더 안전할 터였다. 물론 그렇게는 대답하지 않았다. 아줌마라면 재미있는 말이라며 미지를 정말 아마존으로 보내버릴 수도 있었다.

국자가 냉장고에서 손수 담근 식혜를 꺼내며 말했다.

"골절은 예언이 맞았는데 이별은 아니었어."

"그럼 그건 어떻게 알았대?"

"네가 입고 다니는 옷이 너무 별로라서 곧 차일 것 같았다던데."

"차인 거 아니야. 우리는 합의하…… 어쩔 수 없이 헤어진 거야."

"그래. 사과랑 배 중에 뭐 깎을까?"

"그리고 누가 누구더러 옷을 못 입는대? 아줌마가 할 말은 아니지."

미지는 경남 아줌마를 백 미터 밖에서도 알아볼 수 있었다. 아줌마는 옛날 흑백영화에 나올 법한 옷만 입고 다녔다. 얼굴을 가릴 만큼 커다란 챙이 달린 모자나 초록색 벨벳 드레스, 거대하게 부풀린 소매와 레이스가 달린 블라우스에 아기 주먹만한 진주 목걸이까지, 다 과하고 화려했다. 한번은 빨간 천에 흰색 물방울무늬 원피스를 입고 온 적이 있었다. 미지는 거대한 무당벌레가 날아오는 줄 알았다.

"열심히 입고 다니는 편이지."

"엄마, 진짜로 난 안 차였어."

"그래. 사과랑 배 하나씩 깎고, 약과도 먹자."

약과도 국자가 직접 만들었다. 미지는 힘차게 고무장갑의 물기를 털고 건조대에 널어놓았다. 어차피 곧 이사하면 경남 아줌마와 마주칠 일도 없었다. 아줌마가 좋은 말을 한 적은 손에 꼽을 정도였지만 9월 수능 모의평가를 보고 낙심한 미지에게 걱정하지 않아도 된다고 말하긴 했다. 앞으로도 쭉.

등뒤에서 사과 깎는 소리가 들렸다. 사과 껍질은 한 번도 끊어지는 법 없이 쟁반에 천천히 내려앉았다. 마치 똬리를 튼 붉은 뱀처럼 보였다. 미지는 국자의 맞은편에 앉아 포크로 사과를 찍었다. 얼마나 향긋한지 먹기도 전부터 침이 고였다.

"그럼 엄마 능력은 뭔데. 신체 계열이 아니면 정신 계열이야? 정신 계열 능력자들은 머리가 좋다던데."

"잔머리겠지. 그래서 시험은 잘 봤어. 원체 야바위 전문이라."

"야바위?"

"어느 컵에 뭐가 들어 있다고 맞히는 거야. 최훈이 여러 번 털렸어."

"엄마가 최훈을 속였어?"

"정신 계열 애들이 그랬다니까."

"아니, 아니. 그래서 엄마는 어느 계열이야. 능력이 뭐냐고?"

"복합 계열이었지, 나는. 그냥 살짝 비트는 거랄까."

"뭘 비틀어, 몸을?"

"생각을."

국자의 말은 미지에게 영 알쏭달쏭하기만 했다. 또 스무고개 문답법이로구나. 미지는 한숨을 쉬었다.

"세뇌는 아니라며, 어떻게?"

사과에서는 새콤달콤한 맛이 났다. 어제 미지가 혼자서 깎아 먹었을 때는 시큼털털하기만 했다. '사과가 냉장고에서 익기도 하나?' 오히려 수분이 날아가서 덜 달아진다고 들었는데, 그렇지도 않은 모양이었다.

"음식으로." 국자가 배를 집으면서 말했다. "입에 들어가서 소화되는 거라면 무엇이든."

4

입소식은 날고 기는 사람들 천지였다. 정말 날고 기었다. 국자가 고개를 젖히면 백로처럼 팔을 유유히 흔들며 날아다니는 사람이 보였고, 한 발짝만 내디디면 누군가가 파놓은 땅굴에 발이 빠질 수 있었다. 주변을 돌아보면 못마땅해하거나 경이에 찬 눈빛이 보였다. 그 모든 소란은 교관들이 벌점을 주겠다는 엄포를 놓은 후에야 사그라들었다.

훈련원 건물은 그럴싸한 간판 하나 없이 백설기처럼 하얗고 밋밋했고, 국자가 서 있는 운동장도 텅 비어 있었다. 그 흔한 축구 골대나 농구대 하나 보이지 않았다. 공놀이나 하러 온 건 아니니까. 그녀는 더플백 끈을 움켜쥐었다. 훈련원 정문 앞에서 헤어지기 전 이모는 말없이 국자를 껴안았다. 은수가 건넨 종이봉투에는 새 운동화가 들어 있었다. 이모부는 훈련을 그만두고 싶다면 언제든 데리러 오겠다고 했다.

백 명 남짓한 훈련생 중 반 이상은 이미 자신의 능력이 뭔지 아는 눈치였다. 그들은 교관의 지시에 따라 신체 계열과 정신 계열 줄로 나누어 섰다. 아직 자신의 능력을 모르는 사람들은 얼떨떨한 얼굴을 한 채 복합 계열 줄로 떠밀려갔다. 국자도 그쪽에 가서 섰다. 복합 계열 줄이 비교적 수도 적고 조용했다.

교관으로 보이는 여자가 구령대로 올라가더니 훈련생들을 향해 기합을 내질렀다. 주목! 길고 마른 몸에서 난 소리라고 믿기 어려울 만큼 우렁찼다. 삽시간에 조용해졌다. 교관은 이미 우편으로 공지한 바 있지만, 훈련 과정을 다시 설명해주겠다고 말했다. 정식 훈련 기간은 입소일을 기준으로 사 년간 8학기이며 능력을 제대로 제어하지 못한다고 판단될 경우 최대 2학기까지 연장될 수 있었다. 기숙사는 2인 1실이 기본이며 방 배정은 추점제였다.

잠잠했던 훈련생들이 추첨제라는 말에 술렁이기 시작했다. 아무래도 투시나 세뇌 능력이 있는 정신 계열 능력자들이 유리할 거라느니 무식하게 몸을 밀어붙이는 애들과 한방을 쓰고 싶지 않다는 등 오만 불평이 들끓었다. 주목! 교관의 기합에 훈련생들의 입술이 저절로 다물렸다. 교관은 쪽지를 바꿔치기한다면 무조건 벌점 10점을 부과하겠다고 했다. 벌점 20점이면 일주일간 외출 금지였다.

"벌써 편 가르지 마라. 훈련도 그렇고 본인 발전에 하등 도움이 안 되니까."

훈련생들은 교관의 태도가 영 마음에 들지 않는 눈치였다. 국자로부터 서너 발자국 떨어진 거리에 서 있던 정신 계열 능력자들이 쑥덕댔다. 저 교관, 아무래도 신체 계열인가봐. 국자는 신경쓰지 않으려 했다. 누군가가 뒤에서 그녀의 팔꿈치를 툭툭 치기 전까지는.

"무슨 국민학교 입학식 같지?"

국자는 고개를 끄덕이는 대신 뒤를 돌아보았다. 꽤 화려한 외모의 여자였다. 허리까지 내려오는 구불구불한 머리카락이며 보라색 원피스에 구두를 신은 모양새가 단연 눈에 띄었다. 그녀의 팔꿈치를 찌른 손톱엔 광택이 도는 자주색 매니큐어를 발라놓았다. 얼굴도 옷에 못지않게 화려했다. 흰 셔츠에 청재킷 차림인 자신과는 어울리지 않았다. 아마도 험담으로 유대감을 쌓으려는 모양이라고 생각했다.

"모르겠는데."

"괜찮아. 아무도 우리 신경 안 써. 재네는 재네끼리만 놀려고 할걸?"

확실히 여자의 말대로였다. 아무도 그들을 신경쓰지 않았다. 복합 계열 줄에 선 사람들도 멍하니 하늘을 바라보거나 흙바닥에 웅크려 앉아서 신문을 읽고 있었다. 국자가 조심스럽게 고개를 끄덕였다. 여자는 국자 곁에 찰싹 붙어섰다.

"이름이 뭐야?"

"이국자."

"이름이 조금 촌스럽네. 미안. 혹시 남동생 있어?"

"있었어. 지금은 없지만."

"아, 미안." 여자가 코끝을 살짝 씰룩였다. 보통 국자가 이런 말을 하면 사람들은 슬슬 눈치를 보면서 물러나곤 했다. 궁금해하는 사람도 있긴 했지만, 어느 쪽이든 더는 말을 섞지 않았다. 여자는 예상 외로 끈질겼다. "그럼 오늘 같이 왔던 애는 누구야?"

국자는 잠시 뜸들이다가 대답했다.

"사촌동생."

"애가 말 잘 듣는 편이지? 착한데 인상도 좋더라. 인복이 있겠어. 난 언니들이 셋이나 있는데 죄다 일하느라 바빠서 못 왔어."

"네 이름은 뭔데?"

"나?" 여자가 눈꼬리를 둥글게 접으면서 웃었다. "글로리아야."

글로리아라니, 영화에나 나올 법한 이름이었지만 잘 어울렸다. 국자는 여자가 질문할 새를 주지 않고 물었다.

"외국에서 살다 왔어?"

"왜? 나 외국물 먹은 사람처럼 보여?"

"이름이 특이해서." 글로리아가 신은 구두 끝은 새 부리처럼 뾰족했다. 국자는 그 구두가 마음에 들었다. 자신이라면 불편해서 신지 않을 테지만. "어울려. 멋지네."

"그치?" 글로리아는 머리카락을 귀 뒤로 넘겼다. 조기 눈만한 흰 구슬이 귓불에 달려 있었다. "나 귀걸이도 했어. 우리 셋째 언니가 종로에서 금은방을 하는데, 진짜 진주야. 어때?"

"잘 어울리네."

신나서 떠드는 글로리아는 정말이지 천진난만해 보였다. 국자는 저도 모르게 웃었다. 글로리아는 주변에서 힐끔거리든 국자의 대답이 짧든 상관하지 않고 계속 재잘거렸다. 덕분에 국자는 십 분도 채 지나지 않아 글로리아에 관해 많은 것을 알게 되었다. 글로리아에게는 언니가 넷이나 있고 첫째 언니와 둘째 언니는 동대문에서 옷 장사를 했다. 넷째 언니는 조만간 셋째 언니 부부가 운영하는 금은방에서 일할 예정이었다.

"글로리아랬지." 곧 있으면 국자가 쪽지를 뽑을 차례였다. "근데 혹시 나 알아?"

글로리아는 천연덕스럽게 대답했다.

"아니?"

"그런데 왜 나한테 말을 걸었어?" 국자는 재빨리 덧붙였다. "귀찮다는 건 아냐. 그냥, 다른 사람도 많은데 굳이 날……"

"이제야 묻네. 진작에 물어볼 줄 알았는데." 글로리아가 환하게 웃었다. "넌 나랑 같이 방을 쓸 거야. 그리고 우리는 제일 친한 친구가 될 거고."

"방은 추첨이잖아."

"응. 추첨이지. 그러니까 너는 모르고, 나는 아는 거지." 교관이 국자의 이름을 호명했다. 글로리아는 국자의 등을 가볍게 두드렸다. "다녀와."

구령대에 서 있던 교관이 국자를 향해 손짓했다. 국자는 구령대로 올라가면서 교관의 명찰을 보았다. 강수자였다. 강수자 교관은 그녀에게 커다란 상자에 난 구멍으로 손을 넣어 하나만 뽑으라고 했다. 국자는 30번 공을 뽑았다. 칠판을 확인했지만 30번 방을 배정받은 사람은 아직 그녀뿐이었다.

줄로 돌아오자 글로리아가 국자를 향해 눈을 찡긋거렸다. 잘 봐. 국자는 미스코리아처럼 여유롭게 손을 흔들며 구령대로 올라가는 글로리아를 보았다. 구령대가 멀어 칠판에 쓰인 글자를 읽을 수는 없었다. 글로리아가 돌아와 국자의 팔짱을 꼈다. "봤지?" 30번 방이라고 했다. 국자는 고개를 주억거렸다. 공연히 자신을 속인들 무슨 소용이겠나 싶었다.

30번 방은 305호였다. 교관은 국자와 글로리아에게 들어가자마자 명패에 이름을 적어 방문 앞에 걸어두라고 지시했다. 명패가 없으면 벌점 처리할 거라는 말에 글로리아가 어깨를 으쓱해 보였다. "또 벌점 타령이네.” 국자는 글로리아를 삼층으로 끌고 갔다. 방은 깔끔했다. 침대와 책상, 책장과 옷장 등 필요한 가구는 얼추 갖춰져 있었다. 국자가 명패에 이름을 적는 동안 글로리아는 창문을 열고 아래를 내려다보았다.

“뛰어내리기는 힘들겠다.”

“왜 뛰어내려?”

국자의 질문에 글로리아가 씩 웃어 보였다. 기숙사 복도 곳곳에는 무단 외출시 벌점이라는 경고가 나붙어 있었다.

“국자야. 인생은 한 번이야.”

“벌점 30점 넘으면 훈련이 한 학기 연장된다던데.”

“그럼 안 들키게 나가면 돼. 창문 말고 다른 탈출 경로를 알아봐야겠다.”

태연하게 규율을 위반하겠다고 말하는 룸메이트라니. 국자는 아주 조금 훈련원 생활이 재미있을지도 모르겠다고 생각했다. 그들의 마음을 읽기라도 한 양 누군가가 문을 두드렸다. 강수자 교관은 국자가 문을 열어주기도 전에 박차고 들어오더니 명패를 내밀었다. 방금 국자가 내건 명패였다.

“이게 뭐야?”

“이름 적었는데요.” 명패에 틀린 글자는 없었다. “저는 이국자고, 쟤는……”

“박경남, 언제 글로리아로 개명했어?”

국자가 쳐다보자 글로리아는 새침하게 대답했다.

“제 세례명인데요.”

“세례명 말고 본명으로 적어.”

"세례명도 저희 종교에서는 본명이에요."

"당장 못 고쳐?"

"아, 교관님. 일단 짐부터 정리하고……"

강수자는 더는 듣지 않겠다는 듯이 손을 허공에서 까닥거렸다. 이내 문 사이로 무언가가 날아왔다. 펜이었다. 글로리아가 울상을 지었으나 강수자는 강경했다. 명패에 큼지막한 글씨로 박경남이라고 쓰고 나서 글로리아로 바꾸면 벌점이라고 단단히 주의를 주었다. 그가 떠난 후 국자는 슬쩍 글로리아의 침대 가장자리에 걸터앉았다.

"경남아."

"그렇게 부르지 마."

"너 세례 안 받았지."

"박경남은 너무 촌스럽단 말이야." 글로리아는 침대에 엎드린 채 웅얼거렸다. "저 교관, 너무 빡빡해."

벌점을 받지 않은 것만으로도 다행이라고 생각했지만, 국자는 아무 말도 하지 않았다. 대신 글로리아에게 원하는 대로 불러주겠다고 약속했다. 글로리아가 벌떡 일어나더니 국자를 꼭 끌어안았다. "역시, 국자 네가 최고야." 국자는 차마 밀쳐내지 못한 채 눈만 깜박거렸다. 이모 가족을 제외하고 누군가에게 최고라는 말을 들어본 건 처음이었다.

교관들은 기본적으로 훈련생들을 엄격하게 대했지만, 그 누구보다 잘 챙기기도 했다. 제일 완고해 보였던 강수자는 은근히 장난을 잘 치는 사람이었다. 글로리아가 잘하면 글로리아라고 불러주었으나 영 기대치에 못 미치면 박경남이라고 부르곤 했다. 그러면 글로리아가 삐친 듯 눈을 흘겼다. 그 곁에서 국자는 간신히 웃음을 참곤 했다.

글로리아는 한두 시간 내 무슨 일이 벌어질지 곧잘 알아맞혔고, 원체 눈치도 빨랐다. 교관들이 요령만 덜 피우면 실력이 더 늘 거라고 말했지만, 정작 본인은 그럴 생각이 없었다. 그녀는 틈만 나면 훈련원을 빠져나가서 신나게 놀았다. 돌아오면 으레 국자를 깨워 무슨 일이 있었는지 미주알고주알 떠들곤 했다. 한번은 기숙사로 돌아오다가 교관에게 걸릴 뻔한 적도 있었다. 보다못한 국자가 말했다.

"너무 늦게 다니지 마."

"걱정 마. 교관에게는 안 걸릴 테니까."

"그게 아니라, 위험하다고."

종종 뉴스에 나오는 납치나 강간, 살인 등 범죄 사건들은 대부분 밤에 일어났다. 글로리아가 웃었다.

"나는 아직 죽을 때가 아니야. 그건 내가 잘 알아. 그리고 서울은 밤늦게까지 불이 켜져 있잖아. 시골보다는 안전하지. 내가 살던 곳은 일곱시만 되면 어두컴컴해서 앞도 안 보였어. 사람도 안 다니고. 누가 쫓아오기라도 하면 도망쳐봤자 소용없어."

"경찰 있잖아."

"거기선 경찰도 죽고 싶지 않으면 가만히 있는 게 상책이었어."

국자는 글로리아를 가만히 응시했다. 벽 쪽으로 돌아누운 글로리아의 등만 보였다. 평소처럼 까불까불한 어조였지만 묘하게 차가웠다. 국자는 글로리아가 어떤 삶을 살아왔는지 몰랐다. 굳이 알려고 한 적도 없었다. 글로리아도 마찬가지였다. 장난처럼 그녀에게 이것저것 질문을 던지긴 했으나 묘하게 조심스러웠다. 국자는 침대 아래로 흘러내린 담요를 끌어다가 글로리아에게 덮어주었다.

"배고프지는 않아?"

"괜찮아." 글로리아가 중얼거리듯 말했다. "내일은 내가 빵 사올게."

다음날 글로리아는 약속을 지켰고, 크림빵은 국자가 제일 좋아하는 빵이 되었다. 그날 이후로 국자는 밤 외출을 나간 룸메이트가 무사히 돌아올 때까지 기다리거나 불을 켜둔 채 잠들곤 했다. 간혹 잠든 글로리아의 잇새로 신음과 알아들을 수 없는 말이 뚝뚝 흘러나왔다. 국자는 가만히 그 잠꼬대를 들어줄 뿐 섣불리 알은체하지 않았다. 글로리아의 예언대로 둘은 제일 친한 친구가 되었다.

학기가 지날수록 복합 계열 능력자의 수는 감소했다. 자신의 능력을 정확히 알게 된 훈련생 대부분은 정신 계열이나 신체 계열로 옮겨갔다. 그래서 마지막 학기가 되었을 때 29기 훈련생 중 복합 계열 능력자는 국자와 글로리아뿐이었다. 애초에 둘 다 떼로 몰려다니는 걸 좋아하지 않았다.

훈련원 8학기는 졸업시험과 등급심사로 분주했다. 졸업시험 과목은 기초 교양과 기타 특수과목을 포함하여 총 일곱 과목이었고, 기초 교양 과목을 포함해 최소 다섯 과목 이상 최저점을 넘기면 통과였다. 졸업시험을 통과하지 못하면 등급 심사에서 높은 등급을 받더라도 훈련원을 벗어날 수 없었다. 1등급 판정을 받은 선배가 졸업시험에 떨어지는 바람에 훈련원에서 2학기나 더 있어야 했다는 소문이 파다했다.

기초 교양은 국어와 역사, 수학, 과학, 영어뿐 아니라 경제와 사회학 등 다양한 분야를 총망라하는데다 다른 특수과목처럼 실기 시험도 없었다. 오로지 필기로만 평가했다. 고등학교 과정까지 배운 내용을 바탕으로 문제를 낸다지만, 적합 판정자가 된 후로 학교 수업을 제대로 듣지 않은 훈련생들에게는 갑작스러운 재앙에 가까웠다. 기초 교양을 필수 통과 과목에서 제하거나 폐지해달라는 요청이 빗발쳤으나 다 묵살당했다.

특수과목들도 만만찮기는 마찬가지였다. 상처를 소독하고 꿰매는 등 간단한 응급처치 방법부터 이백 개가 넘는 뼈의 이름과 구조까지 통달해야 하는 보건학은 그나마 외우면 문제를 풀 순 있었다. 강수자 교관이 가르치는 군사학은 학기마다 시험 난이도나 범위가 들쑥날쑥해서 족보가 무용했고, 암호학은 원체 어렵기로 유명했다. 국자는 암호학 수업에서는 빛을 발했지만, 화술에서 맥을 못 추었다. 글로리아는 그 반대였다.

졸업시험을 마치면 등급 심사가 있었다. 심사 기간이면 훈련원 분위기는 살얼음판 같았다. 어떤 등급을 받는지에 따라 훈련생들의 향방이 정해지기 때문이었다. 1등급부터 5등급까지 상위 등급을 받으면 중앙행정기관에 배속되었고, 중위권인 6등급부터 9등급까지는 지방으로 발령받았다. 10등급 이하는 노후에 받을 연금으로 만족하고 알아서 살길을 찾아야만 했다. 심사 이후 등급이 정정될 가능성은 극히 낮았다.

교관들은 매년 심사마다 훈련생에 대한 수십 장의 보고서를 작성했지만, 등급 판정은 외부에서 초빙한 심사위원들의 손에 달려 있었다. 정부는 같은 능력자라면 계열에 따라 심사의 형평성이 떨어질 수 있다는 이유로 비능력자들을 심사위원으로 지정했다. 문제는 심사위원들이 보고서는 본체만체하고 자신의 경험과 잣대로 평가하려 든다는 점이었다. 그 부주의한 태도는 26기 훈련생 등급 심사에서 적나라하게 드러났다.

26기 훈련생은 다른 기수보다 여성의 비중이 높은 편이었다. 그해 심사위원에는 텔레비전 아침 프로그램에 자주 얼굴을 비추는 경영학 전문가가 있었고, 그는 잘생긴 외모뿐 아니라 여성들을 배려하는 모습으로 유명했다. 그러나 배려심이 너무 넘쳐도 문제였다. 그는 다른 심사위원들에게 여성 능력자의 등급을 낮추자고 했다. 혼기가 꽉 찬 처녀들이 너무 높은 등급을 받으면 혼삿길을 망칠 수도 있다는 이유였다.

심사위원 사이에서 오가는 대화를 엿들은 교관들은 복도에 소화기와 비상벨을 추가로 설치했다. 다른 훈련생들도 면접실 앞을 피해 다녔다. 예지 능력 없이도 뻔했다. 교관들이 26기 훈련생에게 붙인 '팬더'라는 별명만 봐도 알 수 있었다. 26기들은 모든 기수가 대련을 기피하는 상대였다. 26기들은 대련 상대가 누구든 항복을 말할 새도 주지 않고 때려눕히는가 하면 자신이 불리한 상황에서도 어떻게든 한 대 더 때리겠다며 달려들었다.

김숙녀가 면접실로 들어왔을 때 심사위원들은 그녀의 아담한 체구와 긴 머리칼, 말수가 적은 모습에 호감을 느꼈다. 수줍음이 많아 보이지만 그래서 더 현모양처 감이라고 평했다. 심사위원들의 화기애애한 분위기 가운데 김숙녀만 입을 다물고 있었다. 심사위원들은 교관들이 작성한 보고서 앞장만 훑어본 다음 김숙녀를 6등급으로 판정했다. 그들은 만약 이의가 있다면 너무 수줍어하지 말고 말하라며 부추겼다.

교관들이 김숙녀에 대해서 쓴 보고서는 다소 직설적이었다. 마치 맹수 우리 앞에 붙어 있는 경고문과 흡사한 어조였다. 김숙녀는 역대 신체 계열 능력자 중에서도 괴력난신으로 손꼽힐뿐더러 맨손 격투의 달인이었다. 처음 훈련원에 들어왔을 때는 힘만 세고 격투 기술에 서툴러 몇 번 패배했지만, 기술을 익히면서 무패 행진을 이어갔다. 덕분에 김숙녀는 26기 중에서도 '대왕 팬더'로 불렸다.

다른 신체 계열 능력자들도 김숙녀를 선망의 눈길로 바라보기만 했을 뿐 먼저 다가간 적은 없었다. 대련 상대라도 되면 바로 항복을 외쳤다. 별 소용은 없었다. 세 대 맞을 걸 한 대로 줄이는 정도였다. 김숙녀의 성적만 봐도 무엇이 문제인지 알 수 있었다. 군사학 점수는 높았으나 화술 점수는 거의 최저점에 가까웠다.

화술 담당 교관이 인질을 무사히 구출하는 것을 목표로 범인과 협상하라는 과제를 냈을 때 김숙녀는 딱 세 번만 입을 열었다. "풀어주십시오." "당신의 요구를 들어줄 수 없습니다." 그나마 마지막 한마디는 그녀치고는 제법 유했다. "좋은 방법이 아닙니다." 인질은 구출되었다. 범인 역할을 맡았던 훈련생의 팔은 부러졌지만.

김숙녀는 면접실을 나가기 전 심사위원들이 앉아 있는 테이블을 손날로 내리쳤다. 둘로 쪼개진 테이블을 바라보며 망연자실한 표정을 짓는 심사위원들을 쓱 둘러보더니 문고리를 잡았다. 문은 커튼 자락을 잡아당긴 것처럼 우그러졌고 문고리는 떨어져서 바닥에 나뒹굴었다. 심사위원들은 그녀의 등급을 3등급으로 정정했다. 면접실 앞에는 심사위원에게 직간접적인 폭력을 가할 시 등급 심사에 불리하게 작용할 수 있다는 안내문이 나붙었다.

29기 등급 심사는 순탄했다. 글로리아는 10등급을, 국자는 11등급을 받았다. 심사위원들은 국자의 능력이 특이하긴 해도 막상 국가적 실무에 어떤 능력이 될지 모르겠다고 평가했고, 글로리아도 제법 흥미로운 능력을 지녔으나 발현이 불규칙해 실제로 쓸 수 있을지 모르겠다는 판단을 내렸다. 결과를 들은 강수자가 그들을 붙잡고 말했다. "등급 정정을 원한다면 심사 기간이 끝나기 전에 항의해야 해." 하지만 애석하게도 둘

다 그럴 생각이 없었다.

일찌감치 심사위원의 신상과 성향을 파악한 사람은 글로리아고, 심사위원들 앞에 놓인 커피와 다과를 만든 사람은 국자였다. 심사는 그들이 바라던 대로 흘러갔다. 심사위원들은 커피를 마시고 다과를 즐긴 다음 그들에게 낮은 등급을 매겼다. 면접실에 있는 그 누구도 결과에 이의를 제기하지 않았다. 그날 밤 국자와 글로리아는 기숙사에서 소소하게 축하 파티를 했다. 이제 그들은 자유의 몸이었다.

국자는 잡동사니를 다 버리고 옷가지만 몇 벌 가져갈 생각이었다. 졸업시험 준비로 표지가 나달나달해질 만큼 들춰본 책도 미련 없이 노끈으로 묶어서 내놓았다. 어차피 일반 회사에 취직하면 다시는 볼 일이 없었다. 글로리아가 짐을 쌀 트렁크가 부족하다며 성화를 부렸지만, 국자는 입소 당시 가져온 더플백 하나면 충분했다.

"그냥 이참에 다 버리고 새로 사는 건 어때?"

"돈 벌면."

"이국자가 퍽도 그러겠다." 글로리아가 국자의 손에 들린 티셔츠를 보더니 고개를 저었다. "그건 버리자."

한밤중이라도 눈에 띌 만큼 환한 노란색 티셔츠였다. 티셔츠 앞면에는 '29기 영웅들이여, 솟아오르라!!!'라는 문구가 쓰여 있었다. 글로리아는 29기의 추억을 받자마자 헌옷수거함에 넣어버렸다. 느낌표가 세 개나 있는 게 영 거슬린다고 했다. 국자는 잠자코 티셔츠를 접었다.

"천은 꽤 좋은데."

"안 민망해?"

"잠옷으로 입게."

"어제 송별회는 어땠어? 최훈이 1등급 받았다고 그렇게 잘난 척하더니, 맛있는 거 먹었어?"

"태극당 카스텔라."

"고작? 뭐 대단한 거라도 살 줄 알았더니."

글로리아가 혀를 차더니 핸드백에서 크림빵을 꺼냈다. 국자는 옷을 접던 손을 멈추고 가만히 그 크림빵만 주시했다. 글로리아의 손이 크림빵을 둘로 쪼개 내밀자 사양하지 않고 받았다. 정말 완벽한 크림빵이었다. 우유의 진한 풍미며 코에 감도는 바닐라 향, 촉촉한 빵 껍질이 혀끝에서 한데 어우러졌다.

"아직 월급을 안 받았잖아."

"나라면 사리원 불고기라도 사겠다."

"지금이라도 등급 정정할래?"

"됐네요." 글로리아가 국자에게 제 몫의 크림빵도 건넸다. "신은 정말 공평해. 최훈만 봐도 알 수 있지. 얼굴이 반반하면 뭐해. 입만 열면 깨잖아."

"음."

국자는 천천히 크림빵의 맛을 음미했다. 글로리아와 달리 그녀는 최훈에게 별다른 유감이 없었다. 최훈의 외모는 준수했다. 교관들도 인정한 사실이었다. 최훈은 앞머리를 길러 볼륨 컬을 빵빵하게 넣고 한껏 부풀리고 다녔다. 31기와 32기 훈련생들은 그가 〈맥가이버〉에 나오는 리처드 딘 앤더슨을 닮았다고 했다. 화려하게 생긴 글로리아와 나란히 서면 제법 잘 어울리는 한 쌍처럼 보였으나 둘 다 서로를 못 잡아먹어 안달이었다.

"그 자식이 어떻게 국방부가 된 거지?"

"1등급이잖아."

최훈은 29기 중 유일하게 1등급을 받은 신체 계열 능력자였다. 이전에도 그처럼 발이 빠른 능력자들이 있었다. 대부분 순간 속도를 높이는 데 치중해 몸을 가볍고 날렵하게 만드는 훈련을 선호했다. 최훈은 달랐다. 그는 빠른 속도를 더 오랫동안 유지하기 위해 몸과 체력을 키웠다. 면적이 넓어지면 공기저항도 심해져서 속도가 떨어질 수 있다는 지적도 있었지만, 늘 고고하게 턱을 올린 채 무시했다.

그 결과 속도는 오히려 빨라졌고, 여타 신체 계열 능력자들보다 가용 시간도 더 길어졌다. 달리면 달릴수록 몸이 풀리면서 가속력까지 붙으니 누구도 최훈을 따라잡을 수 없었다. 게다가 격투술까지 익힌 덕분에 큰 힘을 들이지 않고도 상대방을 요령 있게 제압할 줄 알았다. 입만 덜 놀렸다면 최훈의 성과는 훨씬 더 빛났을 것이다. 국자도 최훈을 꽤 유능한 능력자라고 생각했다. 물론 그런 말을 했다가는 글로리아가 왜 그놈 역성을 들어주냐며 골을 낼 터였다.

"숙녀 선배가 그놈 때문에 고생하면 어떡하지. 선배처럼 섬세한 사람이…… 지금이라도 가서 최훈 입을 꿰매는 편이 어떨까?"

"알아서 잘하시겠지. 걱정 마."

굳이 걱정해야 한다면 최훈을 걱정하는 게 맞았다. 훈련생 중 김숙녀가 대련 상대를 어떻게 메다꽂는지 모르는 사람은 아무도 없었다. 최소 뼈 하나는 부러지거나 탈구되는 경우가 허다했다. 수십 명을 내팽개친 후에도 김숙녀는 지친 기색 하나 없었다. 오히려 상쾌해 보였다. 쥐면 깨질까 불면 날아갈까 안달을 내면서 김숙녀를 대하는 사람은 글로리아뿐이었다.

"최훈이 혹시 네 등급 물어봤어?"

"응."

"뭐라고 하든?"

크림빵은 아무리 천천히 먹어도 너무 빨리 사라졌다. 국자는 손가락에 묻은 크림을 쪽쪽 빨아먹었다. 글로리아 몫까지 먹었지만 아쉬웠다. 크림빵이 얼굴만큼 커다랗다면 만족할 수 있을지 궁금했다.

"나중에 자리 하나 봐주겠다던데."

"웃기시네." 글로리아가 침대를 주먹으로 내리쳤다. "누가 들으면 벌써 별 하나 단 줄 알겠어."

동기니 신경이야 써줄 수도 있다고 생각했지만, 국자는 입을 다물었다. 공연히 그런 말을 했다가는 글로리아가 혹시 너도 최훈에게 반한 거냐고 캐물을지도 몰랐다.

"알아서 하겠다고 했어."

크림빵 포장지에도 크림이 조금 묻어 있었다. 국자는 포장지를 달라고 할지 잠시 고민했다. 훈련원 근처 빵집에서 파는 크림빵이었다. 아직 퇴소까지는 일주일이나 남았으니 마음만 먹으면 얼마든지 사러 갈 수 있긴 했다. 글로리아가 포장지를 접어 쓰레기통으로 던졌다. 포장지는 포물선을 그리며 쓰레기통에 쏙 들어갔다.

"잘했어. 절대로 연락하지 마. 혹시 연락이 오잖아? 끊어버려."

"응."

국자의 대답에 만족했는지 글로리아는 퇴소 후에 관해 재잘거렸다. 글로리아는 셋째 언니가 소개한 일본인 사모님들과 얼굴을 트면서 조그만 사업을 할 예정이라고 했다. 국자는 고개를 끄덕였다. 훈련원에서 보낸 사 년은 기억에서 점차 희미해질 테지만, 하나도 그립지 않았다. 그리울 게 있다면 크림빵 정도였다. 퇴소 사흘 전 그녀 앞으로 기밀 우편이 한 통 날아들기 전까지는 그럴 거라고 믿었다.

처음에는 국자도 서류상의 착오라고 생각했다. 자신은 '복숭아'나 다름없는 11등급이니까. 국가안전기획부에서 내린 지시는 곧 대통령의 뜻이었다. 설령 실수라 하더라도 정해진 이상 따라야 했다. 기밀 엄수라는 날인 아래로 이름 석 자가 보였다. 이국자. 글로리아는 차라리 도망가자고 했다. 국자가 그녀를 지그시 바라보았다.

"너 어제 파마했다며. 엘레강스 파마?"

"르네상스 뿌리 파마야."

"르네상스……" 국자의 눈에는 엘레강스든 르네상스든 머리카락이 구불거린다는 점에서 별 차이가 없었다. 그저 글로리아가 미용실에서 비싸게 주고 한 머리라며 자랑했던 것만 기억했다. 하도 머리카락을 배배 꼬았다가 잡아당기는 바람에 글로리아의 르네상스 뿌리 파마는 반쯤 산발이 되어 있었다. "풀리면 아깝잖아."

"지금 그게 대수니? 얼른 줘봐."

"찢지는 마."

국자가 당부했다. 나름 중요 문서였다. 그녀는 글로리아의 눈매가 매서워질 즈음 도로 통지서를 낚아챘다.

"월급은 꽤 주던데."

"지금 돈타령할 때야? 김포 국제선이 어떤 곳인데."

"우리집에서 좀 멀긴 하지."

"이국자, 나 지금 농담할 기분 아니야."

김포공항 국제선은 몇 안 되는 중립지대 중 하나였다. 한때 정부가 모든 능력자를 대상으로 국제선 출입을 전면 통제한 적이 있었다. 적합 판정자들은 귀국편 티켓과 반드시 돌아오겠다는 각서를 제출하지 않는 한 비행기 탑승이 불가능했다. 반동 세력이나 부적합 판정자들은 여권조차 받을 수 없었다. 해외에서 무슨 범죄를 저지를지 모른다는 이유였다.

하늘길이 막히자 반동들은 더 필사적으로 출국을 감행했다. 정부가 국제선 출입구에 능력자와 비능력자를 구별하는 장치를 설치하고 주변 도로에서부터 불심검문 하는 등 갖은 훼방을 놨지만, 그들은 다른 비능력자 일반인 신분으로 위장하거나 밀수선을 포섭하고 비행기를 탈취하는 등 온갖 수단으로 한국을 빠져나갔다.

정부는 전전긍긍하던 끝에 공항을 중립지대로 설정하고 능력자들에게 공항 국제선 출입을 허용했다. 출입 기록이라도 남기는 편이 낫다고 판단했기 때문이었다. 물론 공항 내 출입만 허용될 뿐 출국은 여전히 불허였다. 공항으로부터 일정 거리 이내로는 반동들을 체포하지 않기로 했다. 대신 판정 여부와 상관없이 국제선 내부에서 일반인에게 위협을 가한 능력자들에게는 출입 금지령을 내렸다.

언뜻 보면 공평해 보이는 듯했다. 그러나 막상 기능력직 공무원과 반동 세력 사이에 충돌이 일어나자 어느 쪽의 과실이 더 큰지 물었다. 일반인만 증언할 수 있었고, 대부분 반동측이 잘못한 것으로 결론을 내렸다. 죄질을 판단하고 처벌하는 저울은 어느 한쪽으로 명백하게 기울어져 있었다. 중립지대는 국제사회에 전시하는 장식품에 가까웠다.

"이 년만 버티면 돼."

"이 년? 두 달도 위험해. 들키면 어떡할 건데?"

공항은 원칙상 비능력자 일반인만 채용했다. 비행 편대나 각국에서 오는 승객들에 관한 정보는 일견 시시콜콜해 보였지만, 언제든 도화선이 될 수 있었다. 만일 반동 세력과 관련된 법안을 발의한 국회의원에게 밀가루 알레르기가 있다거나 능력자 인권 탄압에 반대하는 예술가가 고질적인 심장병을 앓고 있다는 정보가 새어나간다면? 세관이나 출입국 관리소, 검역소에서 일하는 직원들은 능력자 선별 장치를 차고 다녔다. 만일 국자가 기능력직 공무원이라는 사실이 드러난다면 반동 세력의 항의뿐 아니라 여론에 물의를 일으킬 수 있었다. 자고로 영웅은 법과 정의의 수호자여야 했다.

국가안전기획부는 국자를 공항 이층 라운지 레스토랑 직원으로 취직시켰다. 출입국이나 화물 관리 같은 요직이 아니니 의심받을 이유가 없거니와 11등급인 그녀에게 딱 어울리는 자리기도 했다. 누구도 레스토랑 직원에게는 관심을 주지 않았다. 게다가 직원 기숙사에 입소하면 잠자리와 식사를 해결할 수 있었고, 별도로 지급되는 위험수당도 꽤 쏠쏠했다.

"알아서 해주겠지."

"이국자, 너처럼 몰래 들어온 애들이 없겠니. 일단 그 티셔츠부터 버려야 할걸?"

타당한 지적이었다. 국자는 더플백에서 티셔츠를 도로 꺼냈다. 훈련원에서는 국가를 빛낼 재원이라고 그들을 떠받드는 한편 국가를 위해 헌신해야 한다고 강조했다. 국가를 위해서라면 국자는 언제든 버려질 수 있는 존재였다. 그냥 버리자니 아까운 1등급이라면 모를까.

"정말 도망갈 생각 없어?"

"은수가 곧 군대 가."

국자는 더플백 지퍼를 잠갔다. 국가의 명령을 거부하면 어떻게 되는지 모두가 은연중에 알고 있었다. 소문처럼 실례가 떠돌았다. 연금 지급 제한 조치는 그러려니 할 수 있었지만, 무고한 가족에게도 여파가 미쳤다. 등급이 높고 배정받을 예정이었던 부서가 중앙에 가까울수록 괴롭힘은 더 치밀하고 교묘했다.

한 선배는 건물 내부나 그곳을 오가는 사람들을 꿰뚫어볼 수 있을 만큼 높은 투시 능력으로 2등급 판정을 받았다. 국군보안사령부의 간택에 그는 스파이 노릇은 하고 싶지 않다며 반려 요청서를 보냈다. 보안사령부에서는 일말의 협박이나 회유도 하지 않았다. 대신 선배와 선배의 가족들을 철저하게 괴롭혔다.

해외 유학을 준비하던 선배의 여동생은 여권을 발급받지 못했고, 아버지가 동네에서 소소히 꾸려나가던 자동차 정비소는 탈세 혐의로 감사 대상이 되었다. 선배는 계속 정비소에서 일하고 있다는 사실을 입증하기 위해 능력자관리청에서 출석 요청서를 보낼 때마다 꼬박꼬박 응했지만 출석 시간이나 장소는 뒤죽박죽이었다. 다음날 오전 일곱시 소격동 본부, 당일 오후 세시 부산 분관, 일분이라도 늦을 시 도피 의혹을 받았다.

끝내 선배는 보안사령부의 제안을 받아들였다. 선배의 가족이 겪었던 고초는 눈 녹듯 사라졌고 모든 일이 제대로 굴러갔다. 안기부라면 은수를 전방으로 보내버리거나 관심병사로 만드는 일쯤은 어렵지 않을 터였다. 국자는 오랜 세월 공사장을 떠돌다 안착한 이모와 이모부가 힘들어지는 건 원치 않았다.

"글로리아, 부탁이 있어."

"도주 비용?"

"아직 돈도 없으면서 무슨."

"그럼 뭔데?" 글로리아는 이내 뭔가 짐작한 듯 고개를 내젓기 시작했다. "안 돼."

"무슨 일이 있을지 봐줘. 이 년, 아니 일 년이라도 좋아."

"그게 내 마음대로 되는 줄 아니? 만약 내가 가지 말라고 하면, 안 갈 거야? 갈 거잖아."

"응."

국자가 수긍하자 글로리아는 눈을 흘겼다. 단기 예지력은 글로리아의 잔재주 중 하나였고, 진짜배기는 '천리안', 까마득한 미래까지 예언할 수 있는 능력이었다. 교관들은 그녀가 꾸준히 훈련만 한다면 더 안정적으로 천리안을 발동할 수 있을 거라고 조언했지만 정작 본인은 그럴 의향이 없었다. 천리안을 쓸 때마다 글로리아는 아득한 구름 속을 떠다니거나 깊은 동굴에 처박히는 느낌이 든다고 했다. 다시 현실로 돌아오면 한없이 외로운 기분에 사로잡혔다.

미래를 본들 바꿀 수 있는 건 아무것도 없었다. 국자와 글로리아는 너무 일찍 그 사실을 깨달아버렸다. 능력은 그들이 모르는 새 다가와 맴도는 사자와 같았다. 누구도 다가올 수 없도록 막아주는 한편 방심한 순간을 틈타 자신을 통째로 삼켜버렸다. 국자와 글로리아가 등급 심사를 조작한 이유이기도 했다.

“기다려봐.” 글로리아는 두 손으로 눈가를 덮은 후 깊이 숨을 들이마셨다. “기다려봐. 기다려, 기다려……” 처음에는 타이르는 듯한 어조였지만 점차 목소리가 낮아지고 혀는 딱딱하게 굳어갔다. 마치 어두컴컴한 심해로 가라앉는 듯했다. 글로리아의 긴 손가락이 국자의 손목을 세게 움켜쥐었다. “보인다.”

“뭐가?”

국자는 글로리아의 손을 뿌리치지 않았다. 뿌리칠 수도 없었다. 그저 가만히 글로리아의 눈을 바라보았다. 눈동자가 빛 한 점 없이 동굴처럼 어두컴컴했다. 그 어둠이 자신의 내장까지 훤히 들여다보는 것만 같았다.

“무슨 일이 일어날 거야.”

“좋은 거야, 나쁜 거야?”

“잘못하면 죽을 수도 있어.”

“어디서?”

“공항에서, 엄청 시끄러웠다가 조용해져. 그리고 거대한 빛이 보이는데 모르겠네. 폭발인가? 뱀처럼 거무죽죽한 게 보이는데, 저게 뭔지 잘 안 보여. 잡을 거면 망설이지 마……” 국자의 팔을 붙든 손가락이 하나씩 떨어졌다. 국자는 뱀이 뭔지 묻고 싶었지만, 글로리아의 눈에 빛이 돌아오고 있었다. “넌 그냥 위에서 하라는 대로 해. 그러면 안전할 거야.”

“위에서 하라는 대로 안 하면?”

“그러기 싫으면 도망쳐. 내가 도와줄게. 현명하게 선택해. 알겠지?”

선택이라니, 국자의 삶에서 선택이란 그다지 중요하지 않았다. 아무리 열심히 계획을 세워도 늘 예기치 못한 사건이 벌어지고, 안간힘을 쓰며 버틴들 소용없는 게 삶이었다. 국자에게 선택은 그럴싸한 허상과 같았다. 더 많이 깨지고 부러질 뿐, 시간에 쓸려 속절없이 흘러가야 했다. 뭘 선택하든 살아남을 수만 있다면 그녀는 상관없었다.

이모는 국자의 말을 다 듣기도 전에 방으로 들어갔다. 나이가 들어도 이모의 고집은 여전했다. 국자는 사과를 마저 깎았다. 저녁식사는 이모부가 직접 만든 김치찌개와 불고기였다. 둘 다 국자의 입에는 조금 짰지만 맛있었다. 이모가 출판사에서 선물로 받은 사과와 복숭아를 들고 거실로 자리를 옮겼다. 그때까지는 분위기가 나쁘지 않았다.

"네가 걱정돼서 그래." 이모부가 사과를 포크로 찍어서 내밀었다. 커다랗고 굵은 손가락에 비하면 포크는 실오라기처럼 가늘어 보였다. "알잖아. 남희 성격."

은수도 슬그머니 국자의 역성을 들었다.

"맞아. 엄마가 좀 심해. 내가 친구들이랑 자원입대한다고 했더니 관도 친구들이랑 같이 짜라는 거 있지?"

"친구들하고 같은 부대 배치되면 좋겠네." 국자는 과도를 내려놓고 이모부가 건넨 사과를 받았다. 사과는 새콤달콤했다. "그래도 조심해야 해. 수류탄 던질 때 다짜고짜 안전핀부터 뽑지 말고. 탄피도 잘 세어둬. 혹시 누가 괴롭히면 누나한테 꼭 말하고."

"내가 아직 앤가, 누나한테 다 일러바치게. 무슨 군대 다녀온 사람처럼 말해."

"허튼소리 하긴." 이모부가 은수의 등을 때렸다. 국자는 묵묵히 사과를 먹었다. 훈련원에서는 수류탄 투척법과 총 쏘는 법을 가르쳤다. 빽빽

한 노리쇠를 무심결에 세게 잡아당겨 부러뜨리는 훈련생이 있었고, 총기에 용수철 고정핀이 없는지 미처 확인하지 못해 이마에 커다란 멍이 생기는 사고도 발생했다. 그래봤자 소소한 사고 정도였지만, 지뢰를 제거하거나 폭탄을 해체하는 법을 배울 때면 잠시라도 긴장의 끈을 놓을 수 없었다.

물론 은수가 별다른 고초를 겪을 가능성은 희박했다. 기능력직 공무원의 가족들은 알게 모르게 혜택을 많이 받았다. 자칫하면 심경에 악영향을 끼쳐 공무 집행에 차질이 생길 수 있기 때문이었다. 다만 군대에서는 제대로 가르치는 대신 무조건 멱살을 잡아 억누르는 식으로 위계를 세운다는 점이 좀 마음에 걸렸다. 국자는 잠시 은수가 군대에 가기에는 너무 어리다는 생각이 들었다.

"너 군대에서 괜히 조교 같은 거 하지 말고, 특전사가 멋있어 보여도 참아. 위험하니까."

"누나는 뭐 내가 아무것도 모르는 줄 알아."

"걱정 마라. 이제는 은수가 제 앞가림해야지." 이모부가 은수의 머리를 꾹 누르면서 말했다. "국자야, 잠깐 바람 좀 쐴까?"

마당 가장자리를 따라 줄지어 선 화분들이 보였다. 처음 이 집으로 이사를 왔을 때 마당에는 자전거 한 대와 빗자루 하나만 서 있었다. 화분들은 일일이 들고 옮기기에 무겁고 번거로웠다. 자라나는 줄기가 지탱할 수 있도록 대를 세우거나 각각 주기를 기억했다가 물을 주는 일도 쉽지 않았다. 국자가 다 먹을 수 있는 거냐고 묻자 이모부가 웃었다.

"어째 너희 이모랑 똑같은 질문을 하냐."

깻잎, 고추, 가지, 애호박, 산목련, 나팔꽃…… 그는 화분을 하나하나 짚으면서 말했다. 먹을 수 있는 식물과 먹을 수 없는 식물이 고루 섞여 조화로웠다. 주먹만한 열매가 달린 애호박이며 입안에 넣으면 사르르 녹을 것처럼 희고 부드러워 보이는 산목련 꽃잎, 꽃이 열매 같았고 열매가 꽃처럼 보였다.

"예쁘지 않니?" 이모부는 이파리들이 마치 조그만 동물이라도 되는 양 조심스러운 손길로 쓰다듬었다. "뿌리파리 때문에 곤욕을 치렀는데, 그래도 잘 견뎌줬어."

"이모한테 죄송하다고 전해주세요."

"인마, 네가 왜 죄송해? 이모가 너한테 화난 게 아니라, 그냥 이 상황이 속상해서 저러는 거야. 너 거기 들어간 후로 남희가 뉴스를 끈 적이 없었어."

"걱정하실 만한 일은 없을 거예요. 그냥 거기서 이 년만 버티면 된대요."

"여자 혼자서 지방 사는 일이 쉽나."

"기숙사인데요."

"기숙사라도 그래. 만만하게 보는 사람이 너무 많으니까. 남희도 나 따라서 지방 갈 때 고생 많이 했거든. 처형에게 미안하네."

"어머니께서는 고마워하실 거예요." 국자는 어머니의 얼굴을 떠올리려고 했다. 어머니, 오랜만에 입 밖으로 내어보는 말이었다. 언제부터인가 어머니의 얼굴도 가물가물해졌지만, 속상하거나 미안하다는 생각은 들지 않았다. 어쩔 수 없는 일이니까. "정말요."

"남희는 네가 얼른 좋은 사람을 만났으면 좋겠다 싶은 거야. 그게 뭐 빨리 치워버리겠다는 뜻은 아니고. 마음 붙일 만한 사람이 하나라도 더 있으면 좋으니까."

"이모부처럼요?"

"아부는 됐다. 나처럼 생긴 사람 데려오면 네 이모가 문간에서 소금 뿌릴지도 몰라." 거실 창문에서 새어나온 빛이 이모부의 가무잡잡한 얼굴을 비췄다. 그가 미소 지었다. "고맙다."

"저희 어머니 보신 적 없으시죠?"

"왜 없어. 결혼할 때 만났지. 너희 아버지도 뵀고. 두 분 다 성실하고 부지런한 분들이셨어. 남 해코지할 만한 분들도 아니었고……"

부모님은 좋은 사람이었지만, 운이 좋지 않았다. 남은 친척들은 국자가 운이 좋아서 살아남았다고 가슴을 쓸어내리다가도 이내 운이 나빠 가족을 잃었다며 눈물을 흘렸다. 국자 본인도 운이 좋은 건지 나쁜 건지 알 수 없었다. 그날 나가지 않고 집에 머물렀다면 국자는 가족과 운명을 함께했을 것이다.

불운도 행운도 아닌 우연이 통장 아주머니의 손처럼 그녀를 억세게 붙잡고 놔주지 않았다. 만일 이모가 장례식장에 오지 못했더라면 어땠을까. 이모와 달리 이모부는 국자와 생전 남이었다. 동정심이라 해도 한 번도 본 적 없는 조카를 걱정하고 아끼는 일은 쉽지 않았다. 게다가 능력자 판정을 받은 조카가 한 번도 자신의 능력이 무엇인지 말해준 적이 없는데도 찜찜한 기색이 없었다. 이유가 있어 그러려니 하는 눈치였다. 이 정도면 국자는 운이 좋다고 생각했다.

"어제 뉴스에 나왔는데, 그 소송 패소했다더라." 이모부가 조심스럽게 물었다. "괜찮니?"

"무슨 소송이요?" 되묻는 순간 국자는 이모부의 말이 무슨 뜻인지 깨달았다. "기억이 안 나네요. 너무 오래된 일이라."

사실 국자는 그날 정확히 무슨 일이 일어났는지 알지 못했다. 장례식장에서 누가 보다가 버린 신문만 아니라면 평생 모르는 채로 살았을 터였다. 오빠는 부적합 판정을 받았다. 아저씨는 보호관찰관을 매수해서 오빠가 염력을 쓴다는 사실을 숨기려고 했다. 염력은 감정에 영향을 많이 받는 편이라 제어가 힘든 능력으로 꼽혔다. 만일 적합 판정자라면 적절한 훈련을 받아 상위 등급을 받을 수 있지만, 부적합 판정자는 바로 교정시설행이었다.

매수는 실패했다. 오빠를 담당하던 보호관찰관이 정기감사에서 적발된 후 오빠는 괘씸죄로 교정시설에 이송될 예정이었다. 옛 동료의 연락 덕분에 아저씨는 오빠를 미리 준비해둔 벙커에 숨겼지만, 능력자 검거를 담당하는 특수부대원들이 들이닥친 지 한 시간 만에 발각당했다. 거실 마룻바닥 아래에서 끌려나오는 오빠를 본 순간 아저씨는 온몸으로 부대원들을 들이받았다. 아저씨가 구타당하는 모습에 오빠는 이성을 잃었다.

훈련원 교관들은 첫 훈련을 받기 전 훈련생들에게 자기 능력의 총량과 제어하는 법을 알아야 한다고 말했다. 제 능력이 얼마나 되는지 모르는 이상 금세 고갈되거나 제어에 실패할 수 있었다. 능력이 비대할수록 좋아 보이지만, 실상은 그 반대였다. 능력이 클수록 다루는 법도 더 까다로워졌다. 거대한 코끼리를 임시방편으로 조그만 우리에 가두는 꼴이었다.

우리를 부수고 나와 마구잡이로 주변을 짓밟고 다니는 성난 코끼리를 상상해보라고 했다. 아무 대책도 세우지 못한 채 마냥 바라봐야만 한다면? 능력이 날뛰는 동안 능력자의 맥박은 점점 빨라지고 모든 감각이 예민해져, 차라리 정신이라도 잃으면 좋으련만 그 참상을 끝까지 마주할 수밖에 없었다. 능력이 고갈되는 순간 능력을 쓴 만큼 능력자의 몸에 부하가 걸렸다.

'몸이 터져 죽는다.' 교관은 능력 제어에 실패한 이의 결말을 한마디로 일축했다. 새벽 다섯시에 일어나기 싫다며 투덜거리던 훈련생들은 금방 잠잠해졌다. 한 달 후 훈련생 대다수가 그 이야기를 잊어버렸지만, 국자는 잊을 수 없었다. 오빠는 급파된 군에 의해 총살을 당했기 때문에 그런 고통스러운 죽음을 맞이하지는 않았다. 대신 자신의 능력이 무슨 짓을 저질렀는지 끝까지 목도해야 했다. 국자는 속이 시원하다든가 슬프다든가 하는 말로는 자신의 감정을 다 표현할 수 없었다.

그날 국자처럼 살아남은 동네 사람들은 오빠의 먼 친척들을 상대로 소송을 걸었다. 그들에게는 갈 길 없는 분노와 원한을 쏟아부을 데가 필요했다. 소송에서 이기면 다시 본래의 삶으로 돌아갈 수 있다고 믿었다. 그러나 몇 번의 상소를 거쳐도 그들이 만족할 만한 결론은 나오지 않았다. 국자는 신문에서 그들의 넋 나간 표정을 주시했다. 이제 그들의 얼굴과 옷은 먼지나 핏자국 없이 깨끗했지만, 눈빛은 여전히 그 순간에서 떠나지 못한 것처럼 보였다.

오빠의 이름은 잊어버렸다. 국자는 잊어버리기로 했다. 바람에 휩쓸리지 않고 곧게 나아가던 비행기만 기억으로 남겼다. 어느 기자가 기적적으로 살아남은 아이라며 인터뷰를 요청했을 때도 국자는 거절했다. 기자들은 다른 생존자들에게 그랬듯이 제 구미에 맞게 그녀의 증언을 꿰어맞추고 해석하려 들 터였다. 그리고 싫증이 나면 너덜너덜해진 이국자라는 껍데기를 희생자 더미로 내던질 게 빤했다.

국자는 아직 살아 있었다. 계속 살아가야 했다. 감정은 불씨였다. 불씨는 누구든 집어삼켜 새하얗게 태워버릴 기회를 호시탐탐 노리고 있었다. 충동에 못 이겨 행복했던 기억들을 모조리 끄집어내 진흙탕에 처박거나 땔감으로 쓰고 싶지 않았다. 부모님과 동생의 유골을 뿌렸다는 바다에는 한 번도 간 적이 없었다. 그녀는 결심했다. 그날로부터 영영 벗어나겠노라고.

"국자야." 이모부가 국자의 손을 잡았다. "너만 행복해지면 된다. 알지?"

"지금도 괜찮아요."

"대체 누가 널 그 먼 곳으로 보낸다니. 이모부가 항의해야겠다."

"규정상 기밀인데요."

"가족에게도 비밀로 하라 그러든? 얼마나 대단한 일이길래."

이모부의 목소리는 자못 심각했다. 국자는 글로리아처럼 어깨를 으쓱해 보였다.

"나랏일이 원래 다 그렇죠."

"애늙은이처럼 말하기는."

"저도 이제 어른이니까 어른답게 굴어야죠."

이모부가 소리 없이 웃었다. 국자는 이모의 방 창문을 보았다. 아직도 환하게 켜져 있었다. 이모는 죽은 언니의 딸이 더는 어떤 사고에도 휘말리지 않고 평범하게 살길 바랐다. 설령 지루하더라도 조용한 삶. 애석하게도 조카는 그 바람을 이루어줄 수 없었다. 이모 부부는 조카의 임무는 커녕 능력조차 몰랐고, 그저 조카가 무사히 돌아오기만을 소망했다. 국자는 차마 그러겠다고 약속할 수 없었다.

인사부 직원은 국자를 위아래로 훑어보더니 결혼 계획이 있는지 물었다. 아직 없는데요. 국자의 대답에 저 혼자 뭐라고 중얼거리다가 나가보라는 듯 손을 휘휘 내저었다. 통과였다. 직원용 기숙사는 대부분 2인 1실이었으나 국자는 1인실로 배정받았다. 방은 전화기에 화장실까지 딸려 있었다. 그녀는 짐을 정리한 후 창문 너머로 날아가는 비행기의 수를 헤아리면서 남은 시간을 보냈다.

훈련원과 달리 공항 기숙사는 가끔 비행기가 이착륙하는 소리 말고는 조용한 편이었다. 다음날 아침, 국자는 그 생각을 철회했다. 벽이 얼마나 얇은지 옆방 알람에 잠을 깰 정도였다. 덕분에 지각은 면할 수 있었지만, 책상 위 전화기의 쓸모가 사라진 셈이었다. 출근길에 공중전화 부스가 어디 있는지 확인해보니 버스 정류장 옆에 두 대가 나란히 붙어 있는 게 전부였다. 허투루 돈 쓸 곳이 없겠다고 생각했다.

라운지 레스토랑은 공항 음식점 중 가장 넓고 시야가 탁 트여 있었다. 완만하게 곡선을 이루는 이층 난간 가장자리를 따라 원형 테이블이 놓였고 벽을 세우는 대신 불그스름한 벨벳 줄로 통로를 표시했다. 국자는 매니저를 따라가면서 슬쩍 난간 아래를 내려다보았다. 로비가 훤히 다 보이는 구조라 동향을 파악하고 감시하기에 적격이었다.

매니저가 주방과 홀 중 어디서 근무하고 싶은지 물었을 때 국자는 주방 근무를 희망한다고 대답했다. 그녀가 가져온 서류에는 처음 보는 레스토랑에서 이 년간 일했다는 기록과 추천서, 딴 적도 없는 조리사 자격증이 포함돼 있었다. 물론 안기부는 바깥 사정을 관찰하기 쉬운 홀을 더 선호할 터였다.

"주방이요."

"힘들 텐데, 괜찮겠어요?"

주방은 비좁고 더웠다. 다칠 수 있으니 조심하라는 주의를 받았을 때, 국자는 고개를 끄덕거리면서 수긍하는 척했다. 기름이 튀어 화상을 입거나 칼에 베이는 것쯤이야 이미 각오한 일이었다. 그리고 아무리 주방이 위험해도 무슨 일이 일어날지 모르는 바깥보다는 나았다.

주방장은 국자에게 재료 손질부터 시켰다. 주방 직원들은 국자보다 나이가 많았다. 이십대 직원 대부분은 주방에 처박혀 일하느니 홀에서 유니폼을 멋지게 차려입고 활보하는 편을 택했다. 땀을 비 오듯 흘리고 두 손이 물에 퉁퉁 불을 때까지 일해도 주방 직원이 받을 수 있는 상이라곤 화상과 동상, 열상뿐이었다. 주방 직원들의 의심어린 눈초리에도 국자는 산더미같이 쌓인 감자들을 묵묵히 숟가락으로 손질했다.

한 달이 지날 즈음 직원들이 차츰 국자에 대한 경계를 풀었다. 신입 직원은 성실하고 부지런한 사람처럼 보이고 말수가 조금 적지만 수줍음이 많아 그렇다고 판단한 듯했다. 국자는 그렇게 오해하도록 내버려두었다. 아무리 사소한 정보라도 언제 어떻게 쓰일지 모르니까. 덕분에 잠자코 듣기만 하거나 짤막하게 대답해도 누구 하나 눈치를 주지 않았다.

직원들은 쉬는 시간이면 면세점에서 파는 수입 초콜릿 한 판을 나누어 먹으면서 함께 수다를 떨곤 했다. 국자는 그들의 입에서 오르내리는 영웅이나 반동 세력의 이름을 귀담아들었다가 보고서에 적었다. 종종 직원용 통로로 나가 사람이 드문 화물청사 근처에서 담배를 피우기도 했다. 다른 곳에서 일하는 직원들은 그녀의 유니폼을 보고 가볍게 눈인사를 하거나 불을 빌려주었다.

어느 날 국자가 샐러드 소스를 만들고 있었는데 홀 직원이 주방으로 들어왔다. 직원은 영 석연찮은 표정으로 그녀에게 물었다. "혹시, 글로리아라는 사람 알아요?" 글로리아는 주방에서 나오는 친구를 향해 환하게 웃어 보였다. 초록색 우단 원피스에 커다란 링 귀걸이를 낀 모양새가 무슨 영화제에 참석하는 배우 같았다. 직원들은 둘이 친구라는 사실이 영 믿기지 않았는지 자꾸 힐끔거렸다. 글로리아가 다짜고짜 국자를 끌어안았다.

"국자 너, 시큼한 냄새가 나네."

"식초 때문에 그래. 샐러드 소스 만들었거든."

"샐러드인데 왜 식초가 들어가?"

점심시간은 지났고 저녁 준비는 이미 마친 상태였다. 국자는 주방장에게 삼십 분만 쉬겠다고 양해를 구했다. 그녀는 글로리아를 데리고 가장 구석에 있는 테이블에 앉았다. 글로리아는 홀 가운데에 장식한 꽃이 영 어울리지 않는다고 평하다가 국자의 손이 거칠어졌다고 기함을 했다.

"이게 뭐야, 속상하게."

글로리아는 가방에서 주황색 원형 통을 꺼냈다. 국자는 글로리아가 크림을 떠서 제 손에 바르는 모습을 가만히 지켜보았다. 꽃향기가 코를 콕콕 찔렀다. 어차피 주방으로 돌아가면 다시 손을 닦아야 했지만, 글로리아의 따뜻하고 부드러운 손과 크림의 향기가 영 싫진 않았다.

"사업은 잘돼가?"

"딱 보면 모르니. 얘, 이 크림 비싼 거야." 가볍게 핀잔을 주면서 글로리아가 크림 통 두 개를 더 꺼냈다. "상사랑 동료한테 줘. 뜯은 건 네가 쓰고."

"난 됐어."

"얼굴에 좀 발라라. 입술은 또 이게 뭐야. 어디 냉동창고에 있다 왔어? 손톱도 무슨 논바닥처럼 갈라졌어. 혹시 여기서 밥 안 주니?"

"입술 색은 원래 그랬고 밥은 잘 먹는데."

"하여간 이국자, 별일 없고?"

"응." 매주 제출하는 보고서에는 딱히 적을 게 없었다. 국자는 보고서를 시시콜콜한 일과로 채웠다. 아직 별다른 지적은 없었다. "여기서 무슨 일이 있겠어."

"다행이다. 수상한 사람은 못 봤니?"

"너 안기부 소속이야?"

"그랬으면 당장 널 빼냈겠지." 글로리아의 손에서 일본행 비행기표가 팔락거렸다. "같이 갈래?"

"아니. 다녀오는 길에 과자나 사다줘."

"애도 아니고. 과자면 돼?"

"응. 이모부가 좋아하실 것 같아서."

복도를 오가는 사람들이 하나둘씩 늘어났다. 국자는 크림 통을 앞치마 주머니에 넣었다. "잠깐만." 글로리아가 가방에서 립스틱을 꺼냈다. "필요할 거야." 국자는 뚱하게 쳐다보았다. 립스틱은 그녀에게 하등 쓸모가 없었다. 주방에서 일하다보면 땀이 물 흐르듯이 흐르니 립스틱도 지워질 게 뻔했다. 혹시 홀 직원을 립스틱으로 포섭하라는 뜻인가. 국자의 생각을 읽기라도 한 양 글로리아가 고개를 저었다.

"누구 주지 마. 하나쯤은 갖고 있어."

"그것도 예언이야?"

"아니, 고작 이런 데 능력을 써서 뭐하니? 너한테는 쥐뿔만큼도 없는

센스지."

이내 손님들이 밀려드는 바람에 국자는 글로리아에게 인사도 못한 채 주방으로 돌아가야 했다. 다른 직원들에게 크림 통을 나눠줄 시간은커녕 잠시 앉을 수도 없이 바빴다. 하루하루가 비슷하게 흘러갔다. 밀물과 썰물의 순간들. 그녀는 자신이 안기부의 지령을 받았다는 사실도 종종 잊곤 했다. 직원들의 수다에서 가끔 아는 이름이 나왔지만, 오히려 홀 직원들이 매니저에 대해 늘어놓는 불평불만이 더 흥미로웠다.

국자는 글로리아의 말대로 공항에 능력이 없는 척 가장한 반동들이 있을지도 모른다는 생각이 종종 들었다. 하나하나 표정이나 행동을 뜯어보며 의심하는 건 쉬웠다. 모든 게 다 의심스러웠으니까. 창고에 물건을 옮길 때 아픈 척하면서 땡땡이를 치거나 제 설거지를 다른 사람들에게 떠넘기는 이가 있는가 하면, 청소 도구함에서 걸레를 꺼내 쓴 후 다음에 쓸 사람을 위해 깨끗하게 빨아놓는 이도 있었다.

모두가 수상하면서도 수상하지 않았다. 국자는 그들을 끊임없이 해석하고 판단해야 했다. 방에 전화가 있어도 굳이 다른 사람들의 이목을 피해 버스 정류장 옆 공중전화부스까지 걸어가야 한다는 게 귀찮았지만, 이 역시 별수 없었다. 일주일에 두 번, 정해진 시각에 정해진 번호를 누른 후 말해야 했다. "평안합니다." 대답은 돌아오지 않았다.

홀 직원들의 유니폼이 긴팔에서 반팔로 바뀔 즈음 매니저는 쉬는 시간을 대폭 줄이겠다고 공지했다. 아시안게임을 대비해 전지훈련을 떠나는 운동선수와 코치들이 국제선을 드나들면서 손님도 자연스럽게 늘어났기 때문이었다. 급기야 매니저에게 불만을 품고 있던 홀 직원들이 그만두겠다고 말했다. 그 불똥은 별 상관 없는 주방으로 튀었다.

매니저는 국자에게 직원을 충원할 때까지만 홀에서 일해달라고 부탁했다. 부탁보다는 지시에 가까웠다. 국자가 주방에서 제일 막내니 거절할 도리도 없었다. 유니폼으로 갈아입고 나왔지만, 매니저는 여전히 뭔가 맘에 들지 않는 눈치였다.

"용모가 단정해야 하는데."

"머리 묶을까요?"

"아니, 그게 아니라. 립스틱도 없어요?"

립스틱, 국자는 캐비닛에 쑤셔넣었던 주방용 앞치마에서 립스틱을 꺼냈다. 나름 정성스럽게 발랐지만, 너무 빨간 색이라 입술만 둥둥 떠다니는 것 같았다. 센스를 자랑하던 글로리아가 하필이면 왜 이런 색깔을 골라준 걸까. 그렇다고 새로 사자니 돈이 아까웠다. 국자는 애써 거울 속 자신을 외면했다. 이 역시 운명의 한 축이라면 감내할 수밖에 없었다.

5

여느 딸들처럼 미지는 국자를 사랑했지만, 국자의 삶까지 사랑할 순 없었다. 국자의 세상은 너무 초라해 보였다. 친구라곤 경남 아줌마 하나뿐이었고, 그럴싸한 취미도 없었다. 국자의 하루는 냉장고를 열면서 시작되었고, 닫을 때 끝이 났다.

미지가 기억하는 한 국자는 늘 부엌에 서 있었다. 국자의 거침없는 손길은 육해공을 불문하고 모든 재료를 말끔하게 다듬곤 했다. 흙과 모래를 턴 다음 흐르는 물에 닦아서 껍질을 벗기거나 시들시들한 부분을 싹둑 잘라냈다. 비린내를 없애기 위해 소주를 붓거나 녹차와 계핏가루를 갠 물에 담그기도 했다. 씻고 다듬은 재료들을 썰고 다지거나 반으로 쪼개 칼등으로 빻았고, 마늘이나 참깨는 믹서 대신 조그만 손절구로 찧었다. 그러면 물이 덜 생긴다고 했다.

재료 손질을 마치면 무언가 끓는 소리가 들렸다. 기름 아니면 물이었다. 국자는 조리거나 찌고, 굽고, 끓이고, 튀겼다. 양념이 충분히 배고,

국물은 바싹 졸아들었다. 곧 피날레였다. 향긋한 냄새가 대미를 장식했다. 처음에는 밋밋하고 단조로운 향들이 하나둘씩 겹쳐지고 섞이면서 깊이를 더해갔다. 굳이 눈으로 확인하지 않아도 미지는 오늘 무슨 요리에 무슨 반찬이 나올지 가늠할 수 있었다. 그리고 입안에 고이는 침을 꼴깍꼴깍 삼키면서 기다렸다.

부엌에 있는 냉장고 네 대는 한시도 빈 적이 없었다. 국자는 매주 감자조림이며 가지볶음, 고추장아찌 등 반찬 너덧 가지를 만들어놓았다. 그 어떤 반찬도 상하거나 물러서 버린 적이 없었다. 가족들은 늘 일주일 안에 이 리터짜리 반찬통을 깨끗하게 비웠다. 김치냉장고도 따로 있었다. 국자는 배추김치는 물론이거니와 파김치, 갓김치에 오이김치 등 온갖 김치를 다 담갔다.

냉동 만두나 냉동 볶음밥 같은 레토르트식품은 국자의 냉장고엔 출입금지였다. 국자는 밀가루를 이겨서 만두피를 만들고 돼지고기와 숙주로 만두소를 버무려 만두를 빚었다. 라면이나 우동 면은 마지못해 샀지만, 국물은 직접 우렸다. 단 하나 예외가 있긴 했다. 돈가스. 연육 작업 때문에 고기를 망치로 두드리다가 국자의 손목 인대가 늘어난 후로 돈가스는 무조건 사서 먹었다.

세상에는 재미있고 새로운 것들이 너무 많았다. 백화점 문화센터 팸플릿만 봐도 오카리나 강습부터 이탈리아어로 랩하기까지 생각지도 못한 프로그램들을 볼 수 있었다. 모두가 새로워지기 위해 무엇이든 하고 어디로든 가려고 했다. 미지는 국자도 그럴 자격이 충분하다고 믿었다. 하나뿐인 딸은 임용고시를 통과해 선생이 되었고, 국자의 남편이자 미지의 아버지도 회사에서 공고하게 자리를 굳혔다. 충분히 여유롭게 살 수 있었다.

군이 해외가 아니더라도 담양이나 청주, 대전 등 국내 곳곳에 좋은 여행지들이 많았다. 텔레비전에서 사람들은 담양 대나무밭에서 사진을 찍고 대전의 유명한 빵집의 테이블에 앉아서 빵을 먹었다. 그 모습이 매우 활기차 보였다. 거기서만 가능한 경험, 맛볼 수 있는 음식, 볼 수 있는 풍경…… 그 어떤 장면 앞에서도 국자는 늘 시큰둥했다. 미지가 특산물 운운했더니 택배로 수미감자 한 상자를 샀을 뿐이다.

뭘 하든 국자의 반응은 같았다. 귀찮아. 피곤해. 굳이? 이솝 우화에 나오는 여우 같았다. 여우는 탐스러운 포도에 홀려 몇 번이고 제자리에서 폴짝폴짝 뛰었다. 아무래도 손이 닿지 않자 그 포도를 신 포도라며 외면했다. 여우는 결국 자신이 포기했고 끝내 실패했다는 사실로부터 등을 돌렸다. 미지는 국자를 위해 대신 그 포도를 따주고 싶었다. 시든 달든 먹어봐야 알지 않겠는가.

국자는 김장이 끝나면 늘 손목이 아프다며 정형외과에 가곤 했다. 기회였다. 미지가 호들갑을 떨면서 병원까지 데려다주겠다고 했을 때 국자는 영 석연찮은 표정을 지었다. 굳이? 굳이 그래야 했다. 미지는 국자를 기다리는 동안 병원 근처에 예쁜 카페가 있는지 찾아보았다. 고심 끝에 고른 카페는 나무와 꽃으로 가득했고, 통유리 창문과 시원하게 뚫린 천장 덕분인지 밝고 아늑해 보였다. 도심 속에서 즐기는 산림욕. 적격이었다.

치료가 끝나자마자 미지는 국자의 팔을 붙잡고 잠깐 커피나 마시자며 성화를 부렸다. 국자는 생각보다 순순히 따라왔다. 햇빛이 잘 드는 자리는 이미 만석이었지만, 포기할 수는 없어 최대한 한산한 자리를 찾았다.

구석진 곳이라 어두컴컴했다. 국자가 의자에 앉자마자 하품했지만, 미지는 못 본 척 진열장으로 갔다. 계산을 마친 후 진동벨을 받아서 돌아왔을 때 국자가 말했다.

"뭐 시켰니?"

"그냥 커피랑 케이크."

"메뉴판 보니 거의 점심값이던데."

"요즘 사람들은 점심을 이렇게 때우기도 해."

"어지간한 케이크가 밥 한 공기보다 열량이 더 나가니까."

"파리 르코르동블루에서 공부한 분이 만든 케이크래." 미지는 재빨리 말길을 돌렸다. 테이블 위 화병에는 푸른 수레국화 한 송이와 흰 안개꽃 뭉치가 꽂혀 있었다. 꽃잎이 조금 시들시들하긴 했지만 예뻐 보였다. "텔레비전에서도 취재 요청이 들어왔는데 거부했대. 사람이 너무 많이 오면 힘들다고."

"이미 많은데?"

"그래도 우린 앉았잖아. 좀 즐겨봐요."

"못 앉은 사람들을 생각하면서?"

"아니. 막 주변 좀 둘러보고, 구경하고……"

"아까 봤는데."

"안쪽도 보고 와."

"사람 있잖아."

"사진 찍어서 경남이 아줌마한테 자랑해요. 자, 피톤치드가 느껴지지 않아?"

"모르겠는데."

피톤치드가 뭔지 모르겠다는 건지 피톤치드가 느껴지지 않는다는 건지 알 수 없었지만, 어느 쪽이든 미지로서는 막막했다. 그나마 국자가 대답은 꼬박꼬박 해준다는 점에 위안을 얻어야 할는지도 몰랐다. 미지는 그간 드라마에서 본, 모녀간의 대화들을 떠올렸다. 그토록 자연스러웠던 장면인데, 따라 하자니 왜 이리 힘든 걸까.

"엄마. 엄마는 왜 아빠랑 결혼했어?"

"좋아하니까."

"좀 길게, 성의 있게…… 말해주면 안 돼요?"

"내 이상형이었어."

"엄마 이상형이 뭔데?"

"잘생긴 사람."

"잘생긴 사람도 여러 유형이 있잖아요. 강동원도 있고, 장동건이나 정우성, 이정재…… 아니면 이종석?"

"다 모르겠고 장동건만 아는데 장동건은 아니야."

"엄마 세대 연예인이 누가 있지. 제임스 딘? 양조위, 장국영……"

"장국영이 좀 잘생겼지."

"아빠가 장국영을 닮았다고?"

"닮았지. 아니야?"

때맞춰 진동벨이 울렸다. 미지는 국자의 말에 토를 다는 대신 카운터로 향했다. 얼굴만큼 크고 알록달록한 솜사탕이 올라간 커피, 색색의 아이싱과 별사탕으로 장식된 케이크는 너무 예뻐서 먹기 아까울 정도였다. 이리저리 몸을 비틀어가며 사진을 찍는 딸을 국자는 가만히 바라보기만 했다. 그러더니 커피 위의 솜사탕을 집어 쟁반에 놓았다.

"엄마, 그거 커피에 천천히 녹여 먹는 거야."

"그럼 커피가 너무 달걸. 난 그냥 커피가 좋아." 국자의 포크는 케이크에 장식된 별사탕들을 무자비하게 밀어서 떨어뜨렸다. "보기만 좋아 보이지, 이거 그냥 설탕덩어리잖아."

"보는 재미죠." 국자도 이해할 만한 예시를 찾아야 했다. 미지는 숨을 가다듬었다. 이 역시 교사로서 직업병이라는 생각이 들었다. "김치찜에 굳이 청양고추 썰어서 넣는 거랑 비슷한 거예요. 어차피 매운데, 보기 좋으니까 넣는 거지."

"청양고추는 그냥 보기 좋자고 넣는 게 아니라 국물이 칼칼해지라고 넣는 거야."

"그럼 갈아서 넣으면 되겠네."

"고춧가루랑 고추가 어떻게 같아."

국자가 담담하게 대꾸했다. 미지는 입술을 꽉 물었다. 여기서 국자에게 고춧가루와 고추의 차이점에 대해 듣고 싶지 않았다. 국자의 포크가 케이크를 거침없이 가르고 헤집는 모습도 차마 눈뜨고 볼 수 없었다. 미지는 그저 자기 몫의 커피만 마셨다. 차가운 커피라 그런지 솜사탕은 잘 녹지도 않았고, 되레 입술에 붙어 거치적거렸다. 국자는 남은 커피를 단번에 들이켜고 말했다.

"다 먹었다. 가자."

미지는 이미 전의를 상실한 지 오래였다. 아마 국자와 자신이 이 카페에서 최단 시간 머무른 사람이 아닐까 싶었다. 버스 정류장에 다다랐을 즈음 국자는 아무렇지도 않게 점심 메뉴로 비빔국수가 어떠냐고 물어보았다. 미지가 할 수 있는 최선은 고개만 끄덕이는 것이었다. 소리내어 대답하자니 기분이 상했고, 무시하자니 국자표 비빔국수를 못 먹는 게 아쉬웠다.

인간의 몸을 이루는 세포는 일 년이 지나면 대부분 바뀐다고 했다. 매해 인간이 처한 환경이나 시대가 조금씩 달라졌고, 입맛부터 습관, 심지어 생김새까지 무궁무진하게 변화할 가능성을 품고 있었다. 변화, 변화는 적응을 의미했고, 적응은 생존과 직결된 문제였다. 대다수가 살아남기 위해 변화를 꾀했지만, 국자는 예외였다. 미지는 국자라면 늘 그랬듯이 무슨 일이 일어나도 부엌에 머무르리라 생각했다. 국자의 인생 종착역은 삼십삼 평형 방 세 개짜리 아파트였다.

초등학교 2학년 때 담임선생님은 툭하면 신문을 만들었다. 우리 반 신문, 학교 신문, 한국 신문…… 한번은 가족신문을 만들자며 부모님의 어릴 적 사진과 젊었을 적 사진, 그리고 가족사진을 한 장씩 가져오라고 했다. 어린 미지에게 선생님이 하는 말은 계시와 같았다. 국자가 가족사진만 있다고 말했을 때 미지는 하늘이 무너지는 기분이었다.

아빠는? 어릴 적 집에 불이 나서 다 타버렸다는 대답이 돌아왔다. 엄마는? 그 역시 화재로 인해 소실되었다고 했다. 미지가 왜 둘 다 집에 불이 났냐고 묻자 국자는 잠깐의 틈도 주지 않고 받아쳤다. 옛날에는 불이 자주 났어. 고작 사진 한 장으로 신문을 만들 순 없었다. 미지의 고집에 국자는 안방 액자에 끼워둔 사진을 가져왔다. 김포공항 국제선에서 근무할 때 동료들과 찍은 사진이라고 했다.

사진 속 국자는 동료들처럼 검은 조끼에 흰 차이나칼라 셔츠를 받쳐 입고 있었지만, 분위기는 사뭇 달랐다. 들뜬 표정을 짓는 동료들과 달리 렌즈를 바라보는 국자의 눈빛은 살짝 가라앉아 있었다. 창백한 낯에 유난히 새빨간 입술이 대비되어 더 도드라졌다. "왜 이렇게 빨개?" 미지의 질문에 국자는 경남 아줌마가 준 립스틱을 바른 거라고 대답했다.

공항에 근무하면서도 한 번도 해외여행을 가본 적이 없다는 말이야 그렇다 칠 수 있었다. 지금이야 돈만 있으면 갈 수 있지만, 당시에는 쉽지 않다고 들었으니까. 다만 그 흔한 신혼여행 사진 한 장 없다는 점이 미지로서는 의문스러웠다. 국자는 아버지나 자신이나 사진 찍는 걸 딱히 좋아하지 않는다고 말했다. 어쩐지 변명처럼 들렸다.

드라마에서 딸 역할의 배우가 엄마처럼 살지 않겠다고 대사를 읊었을 때, 미지는 저도 모르게 고개를 끄덕였다가 이내 곁에 앉아 있는 국자의 눈치를 보았다. 국자는 태연자약했다. "당연히 넌 다르게 살아야지." 그러면서 쪽파를 다듬는 손을 조금도 늦추지 않았다. 국자의 젊었을 적 사진이라고는 고작 한 장뿐, 그마저도 뻣뻣하게 굳은 표정이라는 점이 미지는 속상했다. 속상해할 만하다고 믿었다.

국자가 했던 말, 행동, 표정이나 선택하는 기준, 입에 넣고 씹어 삼키는 것까지 하나하나 씨실과 날실로 엮어 제 나름대로 국자를 안다고 자신했다. 그만큼 국자를 사랑하고 미워하는 한편 불쌍하게 여겼다. 그러니 자신에게 국자가 당연히 다른 삶을 살게 될 거라고 말했을 때는 가슴이 뜨끔했다. 그런데 말 그대로의 의미였을 줄이야. 지금 제 눈앞에 있는 국자는 전혀 다른 사람처럼 보였다.

"그럼 지금 하는 봉사활동도 안기부 명령 때문에 하는 거야?"

"이제는 안기부가 아니라 국정원인데."

"안기부든 국정원이든 그게 그거지. 원하지도 않는데 하는 거잖아. 그만둘 수도 없고, 쉬지도 못하는 거지?"

"정확히 말하자면 경남이가 먼저 기획서 써서 낸 거야. 그리고 연차 있지. 안 그러면 불법이니까. 그만두는 건 후임을 뽑아야 가능한 거고."

"후임 조건이 뭔데?"

"왜, 너 하게?"

"아니, 그러니까 엄마가 그만두려면 어떤 사람을 뽑아야 하는 건데. 능력자면 돼?" 미지는 목이 탔지만, 차마 식혜로 손을 뻗을 수 없었다. "엄마하고 비슷한 능력이라야 하는 거지?"

"그렇지. 왜 그런지는 기밀이라 안 돼. 식혜 안 마실 거니?"

"지금은 별로."

국자가 직접 담근 식혜는 시판용 식혜보다 향긋하고 달콤했다. 미지는 그 식혜에 얼마나 많은 정성이 들어가는지 알고 있었다. 국자는 엿기름 분말을 직접 면 보자기에 담아 조심스럽게 주무른 후 진한 맛을 내기 위해 몇 번에 걸쳐 뜨거운 물을 부어주며 우렸다. 텁텁하지 않고 맑은 빛이 돌도록 조심스럽게 전분 가루를 떠내던 손길이란. 식혜는 그만한 맛을 냈다.

냉장고 문을 연 미지는 보리차가 담긴 유리병들을 보았다. 어제 국자가 끓여서 식힌 뒤에 담아둔 보리차였다. 국자는 미지에게 생수를 마시면 배탈이 나니 보리차를 마시라고 했다. 국자의 말대로 보리차를 마시면서부터는 한 번도 배앓이를 한 적이 없었다. 보리차는 고소하고 시원했다.

입에 들어가서 소화되는 것이라면 무엇이든 살짝 비트는 것. 미지는 국자가 했던 말을 곱씹었다. 처음 운전 연수를 받았던 기억이 떠올랐다.

강사는 미지의 두 손이 핸들을 구명줄이라도 되듯 꽉 붙잡고 있는 모습을 유심히 지켜보다가 말했다. 이러다가 우리 대전까지 가겠어요. 우스갯소리가 아니었다. 레이싱 게임처럼 핸들을 극적으로 돌릴 필요는 없고, 아주 조금만 비틀면 된다고 했다. 어느새 자연스럽게 옆길로 빠질 수 있었다. 그러나 아주 조금 비트는 것만으로도 생각지도 못한 목적지와 마주한다면.

"엄마. 혹시 그 능력, 내가 아는 사람한테도 쓴 적 있어?"

"누구?"

"할머니."

"응."

이제는 이모할머니라는 사실을 알게 되었으나 할머니는 미지에게 친할머니나 다름없었다. 할머니는 미지가 갈 때마다 출판사에서 받은 동화책과 용돈을 주면서 귀여워했다. 성년이 된 미지가 할머니의 젊은 시절에 관해 물어보면 멋쩍게 웃었다. 고릿적 이야기가 뭐 재미있냐고 타박을 들었지만, 미지에겐 흥미로웠다. 국자와 달리 할머니는 이야기를 술술 풀어낼 줄 알았다. 말수가 적은 할아버지는 그 커다란 손으로 솜씨 좋게 과일을 깎아주었다.

할아버지가 병원에서 심근경색으로 돌아가신 후 할머니는 한동안 식사도 제대로 하지 않고 담배만 피웠다. 미지는 그때 은수 삼촌의 진지한 표정을 처음 봤다. 국자가 한 달에 한 번씩 할머니 댁으로 직접 만든 반찬을 들고 가면서 할머니의 낯빛은 차차 좋아졌다. 심지어 담배를 끊고 운동까지 시작했다. 미지는 기뻤다. 할머니처럼 오랫동안 담배를 피운 사람이 단번에 끊는 건 어렵다고 들었는데. 은수 삼촌도 오래 살고 볼 일이라고 했다.

"할머니는 엄마 능력이 뭔지 알아?"

"아니. 안 물어보셨어."

결과만 좋으면 다 좋은 걸까. 미지의 눈이 냉장고 안을 샅샅이 훑었다. 냉장고 안에 국자의 손을 거치지 않은 음식은 없다시피 했다. 이내 냉장고 구석에 처박혀 있는 콜라 캔이 보였다. 언제부터 있었는지 몰라도 반가웠다. 그녀는 캔을 꺼내 마개를 젖혔다. 살짝 벌어진 틈새로 김 빠지는 소리가 났다.

"혹시 나한테도 쓴 적 있어?"

"응."

"언제, 대학 때? 아니면 고등학생일 적에?"

"그보다 더 됐어."

국자는 약과를 집어 정확하게 반으로 쪼개고, 그것을 또 반으로 쪼갰다. 약과도 국자가 직접 만든 것이었다. 국자는 계핏가루와 밀가루로 직접 약과 반죽을 만들어 기름에 두 번 튀겼다. 약과가 식으면 직접 담근 호박청을 세 번에 걸쳐 부었다. 미지는 그 호박청에서 얼마나 달콤한 냄새가 풍겼는지 기억하고 있었지만, 차마 먹을 용기가 나진 않았다.

"엄마가 만든 음식으로 병을 낫게 할 수도 있어?"

"아니, 통증을 줄일 순 있더라."

"덜 아픈 느낌만 줄 수 있다는 거야?"

"음. 그렇지."

"그럼 그 반대는? 병이 들지는 않아도, 병든 것같이 느낄 수 있어?"

어릴 적 미지는 아토피피부염을 앓았다. 불이라도 붙은 양 온몸이 빨갛게 달아올랐고, 간지러워서 긁으면 시원하기는커녕 더 불긋불긋하게 부풀었다. 풍선처럼 계속 부풀어오르다가 누군가가 바늘로 콕 찌르면 터질 것 같았다. 차라리 터지는 편이 낫겠다고 생각했다. 적어도 간지럽지는 않을 테니까.

갑작스러운 아토피 증상에도 국자는 당황한 기색이 없었다. 그저 밤새도록 미지의 몸을 차가운 물수건으로 닦아주며 달랬다. 열로 정신이 혼미한 미지에게 국자는 속삭였다. 오늘 친구하고 불량식품 먹었니? 지금은 이름이 가물가물하지만, 그때 미지가 제일 좋아하는 친구였다. 같은 아파트에 살았는데 친구 집은 맨 위층이었다. 미지처럼 외동이었으나 장난감은 갑절로 많았다.

아주 착한 아이였다. 친구는 놀러온 미지에게 선뜻 인형을 빌려주면서 나중에는 하나 주겠다고 약속까지 했다. 검은색 머리카락에 갈색 눈을 가진 인형이었고, 바닥에 누이면 눈을 감았다. 레고로 만든 커다란 성도 있었다. 미지가 집으로 돌아갈 때마다 친구는 작은 거라도 꼭 장난감을 선물했다. 국자는 미지가 받아오는 족족 돌려주라고 도로 문밖으로 내보냈다. 어린 미지는 이해할 수 없었다. 엄마는 왜 돌려주고 오라는 걸까, 우리 우정의 증표를?

어느 날 친구는 제법 그럴싸한 꾀를 냈다. 친구는 손바닥만한 양 인형을 미지의 바지춤에 매달고 티셔츠 자락으로 가려주었다. 국자가 여느 때처럼 가방만 확인했을 때 미지는 비어져나오려는 웃음을 간신히 참았다. 너무 신나서 방심했다. 만화영화를 보면서 펄쩍펄쩍 뛰지만 않았더라면 들키지 않았을 텐데. 양 인형은 데굴데굴 굴러가더니 국자 앞에서 멈췄다.

국자는 미지를 혼내지 않았다. 그저 평소처럼 다시 돌려주고 오라고만 했다. 그날 저녁식사는 여러 가지 채소와 햄을 잘게 다져서 만든 주먹밥이었다. 아버지는 야근 때문에 늦었고 국자는 배가 고프지 않다고 했다. 엉겁결에 미지 혼자서 식사하게 된 셈이었다. 미지는 국자가 바라보는 앞에서 주먹밥을 먹어야 했다. 이상하게 시큼한 냄새가 나는 것 같았지만, 뭐에 홀린 양 계속 씹었다.

아토피는 하룻밤을 꼬박 새우고 나서야 가라앉았다. 하지만 미지가 친구네 집에 놀러가면 붉은 반점이 다시 오돌토돌하게 올라왔다. 국자는 미지에게 당분간 친구 집에 가지 말자고 달랬다. 아토피가 사라질 때까지. 친구들은 집에 놀러온다면 장난감이며 맛있는 과자를 주겠다고 했으나 미지는 매번 고개를 저었다. 친구네 집 문턱을 밟는 상상만 해도 등이며 얼굴이 간지러웠다.

미지 말고도 아토피로 고생하는 친구들은 학교 정문에서 파는 떡꼬치며 솜사탕 등 달고 짠 음식의 유혹에 종종 넘어가서 고역을 치렀다. 이상하게도 미지는 맛이 궁금하다는 생각조차 하지 않았다. 그저 순순히 국자가 싸준 도시락과 간식만 먹었다. 친구들이 치킨이나 피자를 먹자고 꼬셔도 애써 사양했다. 한 입만 먹어도 바로 아토피가 올라올 것 같았다.

아토피피부염이 사라진 건 미지가 중학생이 되었을 때였다. 보통은 성인이 될 때까지 아토피로 고생하는 경우가 많다고 했다. 도시락을 깜빡하는 바람에 급식을 먹은 날이었다. 스파게티에 후식으로 나온 과자까지 먹었지만 멀쩡했다. 국자는 아무렇지도 않게 완치된 모양이라고 결론지었다. 의심하거나 기뻐하지도 않았다. 그럴 필요도 없었던 게 아닐까.

들뜬 마음에 훌훌 넘겼던 순간들이 새삼스레 달라 보였다. 미지는 콜라 캔을 찌그러뜨리고 싱크대 물을 틀었다. 차가운 물로 손을 적시자 어지러웠던 마음이 조금 가라앉는 것 같았다. 헹군 후에 찌그러뜨려야 했는데. 차가워진 엄지로 귀 언저리를 꾹꾹 눌렀다. 한때는 국자의 삶이 궁금해서 제멋대로 상상하고 추측하곤 했다. 호기심의 대가치고는 너무 컸다. 마음 같아서는 방에 틀어박히고 싶었지만, 그녀는 다시 식탁에 앉았다.

아빠는 딸이 아토피라는 얘기를 듣더니 양배추즙 한 상자를 주문했다. 남태평양에서만 자란다는 이상한 과일주스를 구해온 적도 있었다. 미지가 도리질을 치며 먹기 싫다고 떼를 썼지만, 아빠는 딸이 주스를 다 마실 때까지 꼭 끌어안고 놔주지 않았다. 본인이 그렇게 좋아하던 국화빵도 끊었다. 미지가 먹을지도 모른다는 이유였다. 국자는 가만히 보고만 있었다.

"아빠도 엄마가 기능력직 공무원인 거 알아?"

"모를걸. 말한 적 없으니까."

"왜 말을 안 했어?"

"규정이 그래."

"지금 나한테는 말했잖아. 아빠도 가족인데, 왜 말 안 했어?"

그놈의 규정이 대체 어떻길래. 미지는 저도 모르게 목소리를 높였다. 자식이야 자식 맘대로 부모를 고를 수 없으니 그렇다 쳐도 결혼한 사람에게도 말하지 않았다는 건 이치에 맞지 않는다고 생각했다. 국자가 입술을 매만지는 모습이 보였다. 뭔가 말할지 말지 고민하는 것 같았다.

"너희 아빠가 반동이라서."

"반동?"

“아, 이건 아빠한테 비밀로 해라.” 국자는 입만 뻐끔거리는 미지에게 신신당부했다. “알겠지?”

국자가 평소와 달리 모든 질문에 성실하게 대답할수록 미지의 기분은 참담해졌다. 들으면 들을수록 국자와 이 집을 비롯한 현실이 까마득히 멀어지는 것만 같았고, 아무리 질문을 해도 질문할 거리가 계속 나왔다. 국자의 속내를 이해하기는커녕 짐작할 수조차 없었다. 그녀는 머리를 감싼 채 신음했다. 정말이지 빌어먹을 비밀들이 눈앞에서 산더미처럼 불어나고 있었다.

6

국자는 홀 업무에 빨리 적응했다. 거액의 수표를 내미는 손님 앞에서 당황하는 대신 잠시 기다려달라고 양해를 구했고, 외국어로 수군하는 손님에겐 펜과 영문 주문서를 내밀며 웃어 보였다. 홀도 주방 못지않게 바빴다. 직원들은 테이블 사이를 오가며 주문을 받고 음식을 나르는 한편 직원을 부르는 손님이 없는지 수시로 확인해야 했다.

손님들이 한차례 들이닥쳤다가 빠져나가면 홀 직원들은 잔머리를 도로 빗어 넘기고 립스틱을 덧발랐다. 음식을 나르고 주문이나 받는 사람에게 관심을 두는 손님은 없었지만, 그들은 전열을 가다듬듯 비장했다. 종종 서로 언성을 높였지만 괜한 트집을 잡는 손님이나 매니저 앞에서는 하나로 똘똘 뭉쳤다. 함께 전장을 누비는 전우나 다름없었다.

한번은 누가 카메라를 가져와서 같이 사진이나 한 방 찍자고 제안했다. 홀 직원들은 쉬고 있던 주방 직원들까지 끌고 나왔다. 국자는 셔터를 눌러주겠다고 자청했지만, 다들 안 된다며 성화를 부렸다. 마침 차를 마시던 손님이 나선 덕분에 국자는 얼떨결에 직원들 사이에 섰다. "여기 보시고, 김치!" 손님의 말에 국자를 제외한 모두가 입꼬리를 올렸다.

며칠 후 카메라 주인이 인화한 사진을 직원들에게 한 장씩 나누어주었다. 사진 속 동료들의 얼굴에는 피곤한 기색이 역력하긴 했지만, 모두 렌즈를 향해 웃고 있었다. 티없이 환한 미소였다. 국자만 경직된 표정으로 고개를 비스듬히 돌리고 서 있었다. 누군가가 팔꿈치로 쿡 찌르며 말했다. "국자씨, 너무 어려워할 필요 없어!"

이제 레스토랑 직원 모두가 국자의 이름을 알았고, 국자 역시 그들 하나하나의 이름을 부를 수 있었다. 서로 눈짓으로 소통할 만큼 가까워지면서 국자는 자주 마음을 놓을 뻔했다. 이들 중 누군가는 정체를 감추고 있을지도 몰랐다. 차라리 누군가 속이고 있다고 믿는 편이 낫겠다고 생각했다. 아니면 얼른 이 년이 지나길 바랐다. 그들의 기억 속 구석에 틀어박혀 있다가 차츰 흐려져 희미하게 남고 싶었다. 좋지도 나쁘지도 않게, 아주 무난한 사람으로.

그 남자는 기척 없이 레스토랑에 들어왔다. 창백한 피부를 제외하면 머리부터 발끝까지 검은색 일색이었다. 모든 테이블의 이목이 쏠렸지만, 그다지 의식하지 않는 눈치였다. 국자는 그가 누군가의 그림자 같다고 생각했다. 대벌레처럼 비쩍 마르고 키가 큰 동행이 사람들을 향해 눈을 부라리며 뒤따라왔다.

그림자와 대벌레는 일층 로비가 가장 잘 보이는 테이블에 자리를 잡았다. 그림자가 난간에 기대어 서서 아래를 내려다보는 동안 대벌레는 손을 흔들었다. 홀 직원들은 계산대에 미적거리거나 주방 앞을 서성이며 딴청만 피웠다. 대벌레는 턱끝을 까닥이면서 그들을 쏘아보았다. 분위기가 영 살벌했다. 국자는 주문서를 주방에 내민 후 바로 대벌레가 앉아 있는 테이블로 다가갔다.

"주문하시겠어요?"

"뭐가 있는지 어떻게, 알고 주문해?"

국자가 테이블 스탠드에 꽂아둔 메뉴판을 뽑아서 내밀자 대벌레는 군말 없이 받아들었다. 정작 그림자 같은 남자는 일층 풍경이 더 흥미로운지 메뉴판에는 관심을 두지 않았다. 난간은 튼튼했으나 사고야 언제든 일어날 수 있었다. 국자는 남자의 등에 대고 말했다.

"손님, 의자에 앉아주세요."

"아가씨, 내가 형님 몫, 까지 주문할 테니까. 괜히 건드리지, 마쇼. 아니면, 구경하는 데, 돈이라도 줘야 합니까?"

"관람료는 없습니다."

"비후가스 둘, 콜라 두 병!" 대벌레가 메뉴판 모서리로 테이블을 쪼갤 듯이 세게 두드렸다. "주문 끝이니까 꺼져요. 우리도, 손님인데."

"저희는 모든 손님에게 난간에 기대지 말라고 말씀드립니다. 위험하니까요."

"고작 저 정도, 가 뭐?"

난간에 기댄 남자가 천천히 그들을 향해 고개를 돌렸다. 새카만 선글라스 때문에 무슨 표정을 짓고 있는지 알 수 없었다. 그는 순순히 자리에 앉았다. 그러더니 오른손의 엄지와 검지를 둥글게 구부려 미간을 짚었다. 국자는 그 손짓을 주시했다. 위협이나 희롱 같지는 않았다. 이내 그가 손날로 손등을 두세 번 두드리자 그녀도 약지 끝으로 자신의 턱을 두어 번 만지는 것으로 화답했다. 남자가 입꼬리를 살짝 올리더니 입술을 열었다.

"추천할 만한 메뉴가 있습니까?"

생각보다 부드러운 목소리였다. 살짝 느린 어조에 발음도 또렷했다. 국자는 메뉴판을 펼쳐 내밀었다. 남자는 검은 가죽장갑을 낀 손으로 메뉴판을 한 장씩 넘겼다.

"다 괜찮아요. 비후가스도 무난합니다."

"그게 제일 맛있습니까?"

"아뇨. 김치볶음밥이 제일 맛있어요."

가만히 국자를 노려보던 대벌레가 국자더러 들으란 듯이 한숨을 크게 쉬었다. 국자는 무시했다. 남자는 정말로 궁금하다는 듯이 고개를 기울였다.

"왜 그런지 물어봐도 됩니까?"

"새로 들어온 김치가 아주 잘 익었거든요. 그리고 볶을 때 마가린이나 콩기름 대신 진짜 버터를 쓰는데 풍미가 달라요. 햄이랑 채소도 많이 넣고 달걀프라이도 올라가죠. 원하시면 노른자는 덜 익힐 수 있습니다. 파슬리와 치즈 가루도 뿌려드릴 거고요."

대벌레가 다 평범하다며 빈정거렸지만, 국자는 가볍게 무시했다. 저런 사람은 금가루를 뿌려줘도 만족할 줄을 몰랐다. 남자가 그만하라는 듯이 손을 내젓자 대벌레는 금세 조용해졌다.

"매운 걸 못 먹어서 그러는데, 혹시 좀 덜 맵게 해줄 수 있습니까?"

"외국인 손님도 자주 오시는 편이라서 조절 가능합니다."

"그러면 비후가스 하나랑 김치볶음밥 하나, 콜라와 사이다 한 병씩 주십시오." 남자는 오른손을 들었다가 뭔가 깨닫기라도 한 양 도로 내리더니 살짝 고개를 숙이며 말했다. "감사합니다."

그 바람에 그의 선글라스가 곧게 뻗은 콧날을 따라 살짝 흘러내렸다. 국자는 그의 눈을 보았다. 쌍꺼풀이 잡힌 큼지막한 눈에 너무 짙지도 옅지도 않은 속눈썹이 드리워져 있었다. 그녀의 시선이 닿자 눈꼬리가 살짝 접혔다. 목소리만 좋은 줄 알았는데 눈웃음도 글로리아 못지않게 잘 친다고 생각했다. 그녀는 주문을 다시 확인한 후 주방으로 갔다.

주방 직원이 국자에게 괜찮냐고 물었을 때, 국자는 당연히 괜찮다고 대답했다. 그녀로선 왜 다들 성화인지 알 수 없었다.

"정말로 몰라?"

"누군데 그래요. 가수예요?"

확실히 잘생기긴 했다. 글로리아라면 알 텐데, 국자가 아는 가수라곤 이모가 좋아하는 김추자나 이영숙, 김치켓이 다였다.

"아니, 국자씨는 뉴스도 안 봐?"

"기숙사는 텔레비전이 휴게실에만 있어서요."

"저 사람 윤수일이잖아. 반동! 말만 해도 사람들이 픽픽 죽어나간대."

주방 직원이 손으로 목을 긋는 시늉을 했다. 방금도 머리를 쪼개버린다고 하지 않았어? 윤수일이 했던 손짓까지 따라 하는 모습에 국자는 고개를 저었다.

"미안하다고 한 거예요. 동행이 좀 시끄럽게 굴었잖아요."

"그럼 왜 손을 내리친 거야?"

"그것도 고맙다는 뜻이에요."

"뭐야, 국자씨가 어떻게 알아. 혹시 세뇌당했어?"

"수어예요." 대벌레의 청력이 비상하게 뛰어나지 않은 이상 들릴 리 없었지만, 국자는 목소리를 낮췄다. "어차피 여기 밥 먹으러 온 걸 텐데. 다른 손님들하고 뭐가 달라요?"

"간이 큰 건지 둔한 건지 모르겠네. 하여간 조심해. 조심해서 나쁠 게 뭐 있나."

홀은 조용했다. 떠드는 사람은 대벌레뿐이었다. 평소와 달리 손님들도 잡담 없이 식사만 했다. 대벌레가 가끔 감전된 것처럼 손과 어깨를 파드득 떨어도 윤수일은 태평하게 팔짱을 낀 채 고개를 주억거렸다. 아무리 위험한 능력이 있다 한들 주변머리가 없지 않고서야 보는 눈이 많은 공공장소에서 난동을 피울 가능성은 희박했다. 게다가 여기는 중립지대였다. 목소리가 나쁘지 않았는데. 조금 더 들어보고 싶었다.

김치볶음밥은 완벽했다. 고소한 버터와 매콤한 김치, 마지막에 국자가 듬뿍 뿌린 파슬리와 치즈 가루까지 모두가 하모니를 이루고 있었다. 윤수일은 숟가락으로 조심스럽게 달걀노른자를 터트리고 볶음밥과 비볐다. 그러고는 한술 떠서 맛보더니 대벌레를 향해 손짓했다. 대벌레가 마지못해 제 숟가락을 들었다. 예상치 못한 맛에 놀랐는지 눈이 휘둥그레지는 대벌레를 보며 국자는 애써 웃음을 참았다.

윤수일과 대벌레가 계산을 마치고 나간 후 국자는 그들이 앉아 있던 테이블을 정리했다. 대벌레의 접시에는 브로콜리와 완두콩이 남아 있었지만, 윤수일의 접시에는 아무것도 남아 있지 않았다. 옆에서 테이블보를 정리하던 동료가 그녀에게 말을 건넸다.

"뭐 좋은 일 있어?"

"아뇨. 왜요?"

"웃고 있길래. 보기 좋네."

국자는 손끝으로 입꼬리를 매만졌다. 살짝 올라가 있었다. 그녀가 그 끝을 꾹 눌러서 아래로 내리자 입술은 다시 일자로 돌아왔다.

그후로 윤수일은 레스토랑에 자주 드나들었다. 대벌레 없이 혼자 와도 사람들의 눈길을 끄는 건 여전했다. 국자가 다른 테이블에서 주문을 받고 있으면 다른 직원이 쭈뼛거리며 윤수일의 테이블로 다가갔다. 그러면 그는 말하는 대신 메뉴판을 펼치고 손가락으로 짚었다.

직원들은 윤수일의 입술이 삐끔거리기만 해도 당장 보안 요원을 부를 태세였다. 간혹 테이블에 접시와 식기를 내팽개치듯 놓을 때도 있었으나 윤수일은 태연했다. 이미 익숙한 듯 접시와 식기를 제자리에 놓고서 사람들로부터 고개를 돌렸다. 나온 음식이 주문한 음식과 달라도 불평하지 않았다. 반쯤 남기기만 했다.

중립지대라는 말이 무색하게도 공항 곳곳에는 몇몇 반동들의 수배 전단이 보란듯이 나붙어 있었고, 보안 요원들은 능력자들을 붙잡아 세워 불심검문을 하기 일쑤였다. 공항 바깥이라면 모를까 안에서는 두려워할 일이 없었다. 국자가 일하는 레스토랑 직원들도 다른 반동 손님에게는 그다지 겁을 먹지 않았다. 자신을 무시한다며 화를 내고 트집을 잡던 반동들도 공항 출입을 금지당할 수 있다는 경고를 들으면 슬그머니 꼬리를 내리곤 했다.

윤수일은 굳이 체면을 챙기려 들거나 자존심을 내세운 적이 없었다. 그는 일층 로비가 가장 잘 보이는 테이블을 선호했지만, 만약 다른 손님이 있으면 다른 테이블도 마다하지 않았다. 아마도 기능력직 공무원이나 보안 요원의 동향을 살피려는 모양이라고 직원들이 수군거렸다. 가장 잘 바라볼 수 있는 자리인 만큼 노출되기도 쉬운 자리였지만, 다들 그가 언제든 로비를 점거하고 사람들을 무차별적으로 공격해도 이상하지 않다고 생각하는 듯했다.

국자의 눈에 윤수일은 그저 사람 구경에 정신이 팔린 아이 같았다. 뭘 주문하든 그건 단지 구경할 시간을 벌 핑계였다. 여권을 들고 체크인 카운터에 길게 줄을 선 사람들, 고개를 젖힌 채 비행기 출발 일정을 확인하는 사람, 유니폼 차림으로 공항 한가운데를 가로지르는 항공사 직원, 트렁크에 기대어 서서 커피를 홀짝이는 사람. 수일이 그 풍경을 눈에 담는 동안 그의 구두코는 일정한 리듬으로 바닥을 두드리고 있었다. 국자는 그가 꽤 신나 보인다고 생각했다. 그게 다였다.

글로리아가 다시 레스토랑을 찾았을 때 국자는 그녀의 팔을 붙잡고 레스토랑을 나섰다. "여기도 괜찮은데." 글로리아가 다른 직원들을 향해 여유롭게 손을 흔들며 말했다. 빨간색 원피스에 초록색 스카프를 두른 차림새는 흡사 굿판을 앞둔 무속인 같았다. 국자는 글로리아의 팔짱을 단단히 끼고서 이층 구석에 있는 카페로 향했다. 테이블마다 칸막이가 있어 한결 마음이 놓였다.

평일 오후라 카페는 한산했다. 글로리아는 입술만 빨갛게 바르면 다냐고 국자를 타박하더니 핸드백을 열었다. 파랗고 빨간 아이섀도에 부채처럼 커다란 붓, 넓적한 퍼프 등 별별 화장도구가 끊임없이 쏟아져나왔다. 국자는 슬그머니 고개를 뒤로 뺐다. 자칫 글로리아가 시키는 대로 화장을 했다가는 동료들이 국자씨도 신내림을 받았냐고 물어볼 것만 같았다.

국자의 거절에 글로리아는 어깨를 으쓱거렸다. "그래, 그럼." 그녀는 그 수많은 화장품을 핸드백에 쓸어담은 후 들고 온 봉투를 테이블에 올려놓았다. 봉투에서는 조그만 카세트 플레이어, 얼굴에 바르는 크림, 일본 신사에서 샀다는 콩 과자 등 온갖 선물이 나왔다. 국자는 답례차 커피와 케이크를 샀다.

"이거 긴자에서 산 거야." 글로리아가 국자의 목에 스카프를 대면서 말했다. 물고기 비늘처럼 푸르고 바람처럼 가벼운 스카프였다. "요즘 진달래도 한창인데, 데이트라도 좀 해."

"진달래는 분홍색이잖아."

"넌 분홍색은 영 아니야."

"그럼 넌 무슨 색이 어울리는데?"

"나? 이 세상에 존재하는 모든 색."

"그래." 국자는 포크로 케이크를 갈랐다. 글로리아가 핸드백에서 손거울을 꺼내 자신의 얼굴 대신 국자의 얼굴을 비췄다. 국자는 미간을 좁혔다. 먹을 때 방해받는 건 싫었다. "왜?"

"우리 이국자양, 좀 수상한데."

"뭐가?"

"데이트가 아니라 진달래를 걸고 넘어지잖아."

"진달래는 분홍색 맞잖아."

"지금 진달래가 중요하니?" 글로리아의 기다란 손톱이 국자의 팔뚝을 쿡쿡 찔러댔다. 국자가 이리저리 몸을 비틀어 피했지만 소용없었다. 글로리아는 집요했다. "얼른 언니한테 말해봐. 데이트할 사람 있나본데. 입고 나갈 옷은 있어? 없겠지."

"오늘 늦게 끝나는데."

"이거 봐. 이야기 돌리려고 하네?"

"옷 사러 가자며."

"하여간 사람 애태우는 데 뭐 있어. 언니한테만 얘기해봐. 어떻게 생겼어, 성격은? 뭐하는 사람이니? 혹시 그 계산대에 서 있는 남자야? 허우대는 멀끔하던데."

"그 사람은 매니저야." 국자는 이마 언저리를 꾹꾹 눌렀다. 어쩐지 머리가 지끈거렸다. "그리고 엄연히 따지자면 내가 언니지. 너보다 생일이 빠른데."

"창덕궁 꽃구경이라도 가자고 해. 부끄러워하지 말고. 그러다가 다른 사람이 싹 채간다?"

"솔개도 아니고 사람을 왜 채가."

"이거 봐. 있네. 얼른 말해봐." 글로리아가 국자의 팔을 흔들며 졸라댔다. "왜 이렇게 사람을 궁금하게 해?"

"있어야 말을 하지."

국자는 글로리아의 팔을 떼어내고서 턱짓을 했다. 글로리아가 무심코 뒤돌아보더니 짤막하게 비명을 질렀다. 칸막이 위로 최훈의 얼굴이 보였다. 여전히 면상 하나는 반질반질했다. 최훈은 건들거리는 걸음새로 칸막이를 돌아 나왔다. 훈련원 때보다 더 둥글게 부푼 앞머리가 인상적이었다.

"야, 귀신이라도 봤냐?"

최훈의 면박에 글로리아가 도리질을 쳤다.

"너보단 귀신이 더 도움이 되겠다."

"야, 동기 사랑이 곧 나라 사랑. 몰라? 인사 좀 하고 살자. 나 계속 저기 있었는데, 몰랐어?"

"당연히 몰랐어. 네가 있는 줄 알았으면 안 들어왔지."

"저게 진짜." 최훈이 발끈했다. "공공장소니까 봐주는 줄 알아라."

"공공장소에는 좀 안 오는 게 어때? 너 때문에 시끄러워지잖아." 글로리아가 손을 내저었다. "가라, 좀." 국자도 글로리아의 말에 동의하는 바였다. 며칠 전 최훈이 임신부를 업고 병원까지 질주했다는 미담이 텔레비전을 통해 퍼지면서 그는 일약 스타덤에 올랐다. 배우처럼 또렷한 이목구비에 1등급 능력자라는 점도 한몫했다. 국자가 일하는 레스토랑 직원들도 요즘 들어 최훈의 이름을 자주 입에 올렸다. 덕분에 국자는 생긴 지 얼마 안 되는 최훈의 공식 팬클럽이 꽤 극성맞다는 소문을 전해들을 수 있었다.

"이국자, 내가 소식 하나 들었지." 최훈은 허리에 두 손을 얹고 가슴을 쭉 내밀며 말했다. "너, 요즘 나랏일 한다며. 공항 어디서 일해? 커피숍? 한식당?"

"그거 기밀인데."

"내가 모르는 게 어디 있어? 이래봬도 내가 국방부 얼굴이야."

주변 테이블들이 비어 있어 망정이었다. 국자는 잠시 최훈의 입을 틀어막을지 고민했다. 글로리아가 냅킨을 뭉쳐 최훈의 입을 향해 던졌다. 최훈은 날쌔게 몸을 틀었지만, 냅킨 뭉치는 그의 등에 명중했다.

"넌 정말 입이 문제야. 진작 꿰맬걸."

"박경남, 너 이러는 거 내가 동기니까 봐주는 거야. 조심해."

"나도 너 같은 놈이 동기만 아니었으면 진짜." 글로리아가 자신의 하이힐을 가리켰다. "콱, 이걸로 찍어버리고도 남았어."

둘은 상극 중 상극이었다. 최훈이 움찔대면서도 자존심 때문에 쉬이 물러서질 않는다면, 글로리아는 그 모습에 더 열을 내면서 으르렁댔다. 말리는 사람은 늘 국자였다.

"둘 다 입단속 좀 해. 누가 들으면 어쩌려고? 그리고 글로리아, 네가 아무리 공무원이 아니라고 해도 결국 능력자야. 여기서 소란 피우면 너도 출국 정지당해."

"안 되면 배 타고 가지 뭐."

"제발 좀 그래라." 최훈이 이죽거리자 글로리아가 스프링처럼 튀어올랐다. 최훈을 찍어버릴 수 있다면 정말 뱃길이라도 감수할 기세였다. 국자는 글로리아를 억지로 자리에 앉힌 후 최훈에게 말했다.

"너도 마찬가지야. 국방부면 위험한 일도 많을 텐데, 지금부터 조심해야지."

"내 걱정할 필요 없어. 국자 넌……" 최훈의 얼굴이 살짝 달아올랐다. "혹시 위험한 일 생기면 오빠한테 말해라. 내가 사무실 번호 알려줄 테니까……"

"아니. 괜찮아. 그리고 너 나보다 반년 늦게 태어났는데."

"내 생일도 아는 걸 보니…… 혹시 나한테 누나라는 소리 듣고 싶은 거야?"

최훈의 들뜬 목소리에 글로리아의 눈빛이 날카로워졌다. 국자는 바로 글로리아의 입을 틀어막았다.

"당연히 알지. 그래서 네가 나랑 암호학 수업에서 같은 조였잖아."

암호학 수업은 성별이나 특기, 친분에 상관없이 생일이 가장 빠른 사람과 가장 늦은 사람을 2인 1조로 짝지었다. 4월생인 국자는 11월생인 최훈과 한 조였다. 아직 최훈을 선망하던 동기들이 시기하는 눈빛을 보낼 때면 그녀는 당장이라도 조를 바꿔주고 싶었다.

훈련생들은 암호학 수업이 자리에 진득하게 앉아서 알 수 없는 글자나 숫자들을 한 자 한 자 해석하는 수업일 것이라고 예상했다. 암호학 교관이 만만히 보지 말라고 경고했을 때도 누구 하나 귀담아듣는 사람이 없었다. 어떤 훈련생들은 대놓고 딴청을 피웠다. 교관은 비능력자인데다가 왼눈은 의안이었다. 마땅히 보호받아야 할 일반인, 그중에서도 약자인 셈이었다. 이내 본격적인 수업이 시작되면서 그들의 예상은 보기 좋게 뒤집혔지만.

수업은 대부분 어두컴컴한 밀실에서 진행되었다. 훈련생들은 희미한 소리를 듣고 그 규칙을 파악해서 해석하거나 뭔가를 조심스럽게 어루만지고 맛보며 암호를 풀어야 했다. 풀지 못하면 수업도 끝나지 않았다. 어째서 암호학이 금요일 마지막 수업인지 알 만했다. 만 하루를 넘기고서야 탈출하는 훈련생들이 반 이상이었다.

암호학 교관은 유일한 비능력자 교관이었지만, 훈련생들에게는 가장 무서운 교관으로 손꼽혔다. 그는 훈련생들에게 당부했다. 쓸 수 있는 모든 감각을 동원해 상황을 최대한 파악해라. 답은 묘하게 일치하지 않는 감각에 있으며, 그 빈틈을 비틀어 열 줄 알아야 한다는 말도 덧붙였다. 모든 것을 의심하되 마지막 순간에는 자기 자신을 믿어야 했다. 무엇을 선택하든 답이라고 생각하면서.

졸업시험은 실제 사제 폭탄이 설치된 밀실에서 두 시간 이내로 탈출하는 것이었다. 교관은 절반은 색종이 조각이 들어 있는 엉터리 폭탄이지만, 나머지는 밀실을 날려버릴 수 있을 만한 위력을 지닌 폭탄이라고 말했다. 운에 맡기는 것도 좋은 방법이겠지. 여태껏 그가 했던 농담 중 가장 이해하기 쉬운 농담이었다.

밀실에 갇힌 지 몇 분 만에 최훈은 공황 상태에 빠졌다. 그는 파리처럼 벽을 따라 빙빙 돌았다. 얼마나 빠른지 국자가 그를 기절시켜야 했을 정도였다. 최훈이 끼어들지 못한 덕분에 암호를 풀었고 폭탄은 터지지 않았지만, 교관은 그녀의 점수를 감점했다. 상황에 빠르게 대처한 점은 훌륭하나 동료와의 협력이 부족했다는 이유였다.

국자는 수긍하는 척했지만, 암호학에서 만점을 받지 못했다는 게 조금 아쉬웠다. 다른 과목에 비하면 암호학은 능력의 유무가 크게 개입하지 않는 과목이었다. 그런 마당에 최훈이 자신의 추태는 까맣게 잊어버린 양 능청이나 떨고 있다니. 새삼 그의 팬클럽에 이 일화를 넌지시 흘려볼지 고민했다. 글로리아가 잽싸게 그녀와 팔짱을 끼었다.

"국자 취향부터 알려주지. 일단 성이 최씨가 아니어야 하고, 이름은 외자면 꼴도 보기 싫대. 아, 물론 전국 최씨 중 이름이 외자인데 괜찮은 사람도 있겠지? 너는 아니겠지만. 거기다가 바닥에 질질 끌릴 정도로 벨트를 풀고 다니는 사람은 최악이래."

"웃기시네." 최훈이 허리로부터 늘어뜨린 벨트를 주섬주섬 추스르면서 맞받아쳤다. "박경남, 넌 옷이 그게 뭐냐. 무슨 무당벌레 같아. 혹시 무밭에서 날아왔어?"

"패션을 모르네. 그러니까 그렇게 앞머리만 냅다 부풀리는 거겠지?"

"이게 멋이야. 멋! 귀고리 좀 봐라. 넌 버스 타지 마. 누가 보면 손잡이인 줄 알겠다."

"야, 네 공무원 월급으로는 이거 한 짝밖에 못 사. 어?"

"합법적으로 돈 버는 거 맞냐? 나라를 지키기 위해 애쓰는 동기들 위신 떨어지지 않게 좀 해라, 응?"

"너야말로 카페에서 농땡이 좀 치지 말고 일이나 해라. 쥬시후레쉬 광고는 왜 찍었냐? 껌맛 떨어지게."

"야, 박경남이가 뭘 모르나보네? 쥬시후레쉬가 지금 껌 매출 1위야. 나한테 제발 다른 껌 광고는 하지 말아달라고 애원했어!"

"쥬시후레쉬는 너 모델 하기 전에도 1위였어. 다른 껌 광고에는 나가지 말아야지. 상도가 없네. 어쩜 이렇게 세상 물정 돌아가는 것도 모를까."

둘 다 목소리가 점점 커졌지만, 국자는 말릴 생각이 없었다. 어차피 말싸움에서 이길 사람은 글로리아였다. 사 년 내내 졌던 최훈의 얼굴은 또다시 새빨개지다못해 거무죽죽해지고 있었다. 국자는 최훈이 조금 측은해 보였다.

"글로리아, 그만 가자. 나 이제 돌아가야 해."

"이국자." 최훈이 떨리는 목소리로 그녀의 이름을 불렀다. "무슨 일 있으면 보고해. 알겠지?"

"소속이 다른데."

"이 공항은 내 소관이니까. 알겠어?"

"넌 어디서 명령질이야?"

글로리아가 핸드백을 높이 치켜들자 최훈이 반사적으로 몸을 낮췄다. 국자는 잠시 망설였다. 역시 둘을 내버려두고 레스토랑으로 복귀하는 편이 나을 것 같았다. 까딱하면 지각이었다. 둘은 투견 한 쌍처럼 서로를 향해 으르렁댔다. 언뜻 보면 최훈이 글로리아보다 키가 머리 두 개 정도는 더 커서 우세해 보였다. 하지만 그가 손을 치켜들기 무섭게 사태는 급전했다. 나동그라진 건 글로리아가 아닌 최훈이었다. 글로리아의 눈이 반짝거렸다.

"언니!"

"선배." 김숙녀는 글로리아의 호칭부터 정정했다. "여기 네 언니가 어딨어. 공공장소니까 조용히 해."

"네. 선배!"

손뼉을 치는 모습을 보니 역시 글로리아는 자신이 듣고 싶은 말만 들었다. 김숙녀의 눈길이 천천히 주변을 살폈다. 마치 악어가 지상으로 나와 느긋하게 먹잇감을 물색하는 듯한 눈빛이었다. 국자는 재빨리 자신의 입을 손바닥으로 막았다. 김숙녀의 경고는 단순한 주의가 아닌 예고였다.

"아니, 선배. 박경남이 쟤는 왜 가만히 두고 애꿎은 나만 잡……"

……으실까요. 최훈은 김숙녀와 눈을 마주친 순간 볼멘소리를 하려다 목구멍으로 꿀꺽 삼켰다. 김숙녀는 쥐고 있던 벨트를 놓는 대신 최훈의 뒷덜미를 잡아챘다. 장바구니를 들었다가 놓듯 가벼운 손놀림이었다. 보는 것만으로도 목에 뻐근한 느낌이 들었다. 숨이 막히는지 컥컥거리는 최훈을 보며 글로리아가 활짝 웃었다.

"선배, 너무 멋져요."

국자는 지금이라도 자진해서 사지로 뛰어드는 친구의 입을 막아야 할지 고민했다. 김숙녀의 눈이 글로리아에게서 떠나지 않았다. 위험신호였다. 글로리아가 핸드백에서 길쭉한 상자를 꺼냈다. 상자는 고급스러운 남색 리본으로 곱게 묶여 있었다. 국자가 말릴 새도 없이 글로리아는 김숙녀에게 성큼성큼 다가갔다.

"박경남, 왜?"

"글로리아라니까요." 김숙녀의 무뚝뚝한 태도에도 글로리아는 애교 섞인 어조로 말했다. "이거, 선배한테 잘 어울릴 것 같아서요."

"받을 이유가 없는데."

"보기라도 해요. 선배한테 잘 어울릴 거예요."

김숙녀는 미동조차 없었다. 글로리아가 리본 끝을 잡아당기자 상자가 열렸다. 상자에는 검은 가죽장갑 한 켤레가 들어 있었다. 손목 부근에는 은제 버클이 달려 제법 멋스러웠다. 먼발치서 본 국자의 눈에도 비싸 보였다. 김숙녀가 짧게 혀를 찼다.

"뇌물 수수."

"선후배 사이에 무슨 뇌물 수수예요. 빡빡하긴."

"그럼 다른 선배한테 주든가."

"아뇨. 이건 숙녀 선배 건데요."

"넌 언제까지 그렇게 제멋대로 굴 생각이야?"

국자나 최훈의 눈에는 일촉즉발의 상황이었지만, 글로리아는 태연하게 김숙녀에게 다가섰다. 그러더니 김숙녀의 손에 장갑을 끼웠다. 마치 작은 새라도 다루듯 조심스러운 손길이었다. 김숙녀는 잠자코 바라보기만 했다. 글로리아는 장갑 끄트머리에 달린 은제 버클을 검지로 가볍게 두드리고 나서는 김숙녀의 손과 깍지까지 꼈다. 장갑은 딱 맞았다.

"역시 잘 어울리네요."

김숙녀가 글로리아의 손을 뿌리치면서 말했다.

"귀찮게 굴지 마. 함부로 들여다보지도 말고, 내 일은 내가 알아서 해."

"좀 상냥하게 대해주세요. 저 아직 어깨가 시려요."

글로리아의 엄살에 김숙녀의 눈꼬리가 꿈틀거렸다. 국자가 잽싸게 글로리아의 앞을 가로막고 서려던 찰나, 김숙녀는 글로리아의 멱살을 잡는 대신 최훈의 뒷덜미를 고쳐 잡았다. 최훈이 그대로 카페 문턱까지 질질 끌려가는 모습을 보면서도 글로리아는 그 뒤를 홀린 듯이 따라가려 했다. 국자가 등을 찰싹 때리자 그제야 정신을 차렸는지 아프다고 투덜거렸다. 옛날에 피리를 부니 쥐며 아이들이 다 따라왔다는 동화가 있었는데…… 국자는 글로리아에게 말했다.

"몸 좀 사려. 국방부 소속이었으면 너도 저 짝 났어."

"왜 선배가 저 핫바지 뒤치다꺼리를 하고 있는 걸까?"

"같은 부서 후배니까."

"그래서 우리 숙녀 선배 피부가 많이 상했구나."

푸념은 늘 최훈 탓으로 끝났다. 국자는 글로리아가 김숙녀를 따라가지 못하도록 팔짱을 단단히 꼈다. 레스토랑으로 걸어가는 동안 글로리아는 금세 쾌활하게 떠들기 시작했다. 일본에서 먹은 초밥 하나하나에 도는 윤기, 보석을 확인하는 일본 사모님들이 열 손가락 가득 끼고 있던 반지들…… 글로리아는 높은 등급을 받고 날개 끝을 잘린 새처럼 공항 안에서만 속절없이 맴도느니 저잣거리의 참새처럼 어디든 통통거리며 뛰어다니는 쪽이 좀더 어울렸다.

"여기 근무만 끝나면 우리 해외여행 한번 가자. 난 설악산도 좋지만 한 번쯤은 외국에 나가보는 것도 나쁘지 않다고 생각해. 런던 시계탑도 가고, 파리 놀이공원의 관람차도 타보고. 응?"

"생각해볼게."

"그러니까 국자야," 글로리아의 손이 국자의 팔을 꼭 쥐었다. "무슨 일 있으면 나한테 꼭 말하는 거야. 알겠지?"

뱀, 유일하게 마음에 걸리는 것이라곤 글로리아가 말한 뱀이 다였다. 그러나 레스토랑에서 일하는 동안 국자는 뱀 비슷한 건 코빼기도 보지 못했다. 예정된 실패와 죽음이 있더라도 그녀는 아무것도 할 수 없었고, 그 사실만큼은 변치 않았다. 아무리 발버둥을 친들 자신의 능력으로는 누군가를 구하거나 도울 수 없었다. 그건 공항에 깔린 기능력직 공무원들에게나 가능한 일이었고, 아쉽다는 생각도 들지 않았다. 그녀는 주연이 아니라 무사히 살아남는 조연이었다.

홀 직원이 새로 들어오자 매니저는 약속한 대로 국자를 주방으로 돌려보냈다. 주방은 여전히 좁고 더웠다. 정오가 되기도 전에 국자는 얼굴부터 발끝까지 땀으로 푹 젖곤 했다. 물에 퉁퉁 불은 손에 군데군데 기름이 튀어 점점이 화상 자국이 남은 팔, 언제 생긴지 모르는 푸르스름한 멍이 남은 종아리를 볼 때면 홀에서 일했던 순간이 까마득히 먼 옛날 같았다. 립스틱을 챙겨 바를 여유라곤 없었다.

레스토랑을 찾는 손님들은 대부분 비후가스나 돈가스, 스파게티를 시켰다. 간혹 김치볶음밥 주문서가 보일 때면 국자는 슬그머니 주방에서 나와 홀을 기웃거렸다. 윤수일은 없었다. 어쩌면 자신이 모르는 새 다녀갔나 싶어 홀 직원을 넌지시 떠보기도 했다. 윤수일은 오지 않았다. 쉬는 시간에도 레스토랑 안에서 내내 죽치고 있으려니 국자도 손님들 눈치가 보였다. 차라리 담배나 한 대 태우러 가는 편이 낫겠다 싶었다.

직원용 통로는 불이 켜져 있어도 늘 어둑어둑했다. 통로를 지나 무거운 철문을 열면 탁 트인 활주로가 보였다. 그녀는 비행기가 완만하게 경사를 그리며 날아가고 착륙하는 모습을 보면서 담배를 피웠다. 종종 다른 유니폼을 입은 직원들과 맞닥뜨리면 서로 멋쩍게 목례를 하거나 불을 빌려주곤 했다. 대화나 웃음은 오가지 않았다. 담뱃불을 구두굽으로 비벼 끌 즈음이면 상대방은 이미 자리를 뜬 지 오래였다.

그날 국자는 조개를 해감하느라 평소보다 삼십 분 늦게 통로로 나갔다. 아무도 없었다. 그녀는 홀가분한 마음으로 담배를 꺼냈다. 비행기의 머리나 날개가 구름 속으로 파고들 때마다 국자는 저도 모르게 숨을 멈추었다가 이내 무탈하게 빠져나오는 비행기를 보고 참았던 숨과 연기를 함께 토해냈다. 아무도 모르는 버릇이었다. 흡연자로서는 꽤 자연스러워 보이니 다행이라고 생각했다.

남은 담배는 두 개비가 전부였다. 국자는 시계를 확인한 후 담배 하나를 꺼내 물었다. 라이터 휠을 돌렸으나 빈 소리만 요란했다. 다시 담뱃갑에 넣으려고 주머니에 손을 넣었을 때 귓가에서 가벼운 금속 소리가 울렸다. 일반 플라스틱 라이터에서 나는 소리는 아니었다. 천천히 고개를 돌리자 지포 라이터가, 지포 라이터를 쥔 손이, 윤수일이 보였다. 수일이 웃었다.

"레스토랑을 그만둔 줄 알았습니다."

대답하는 대신 국자는 눈만 깜박였다. 수일의 손이 가까이 다가왔다가 멀어지는 모습을 멍하니 바라보았다. 그러다 갑작스레 재채기가 나오는 바람에 그녀는 수일로부터 고개를 돌렸다. 담배 연기가 매워 눈가에 눈물이 핑 돌았다. 피운 지 얼마 안 된 사람이나 보일 법한 모습이었다. 볼이 화끈 달아올랐다.

"아, 원래 주방 담당이라서요."

"어쩐지 요리에 관해 잘 아시는 것 같더라니. 주방 일이 더 편합니까?"

"뭐, 힘든 점도 있고 좋은 점도 있고…… 비슷하죠." 그녀는 화제를 돌렸다. 윤수일과 자신이 왜 여기서 이런 이야기를 나누고 있는지 알 수 없었지만, 자리를 피해야겠다는 생각도 들지 않았다. "같이 다니던 분은요?"

"주호요? 사정이 좀 생겨서요."

선글라스 너머 수일의 눈썹이 움직였다. 그다지 얘기하고 싶지 않은 듯했다. 국자도 더는 묻지 않았다. 대신 담뱃갑을 내밀었다. 딱 한 개비밖에 남아 있지 않았다. 수일이 사양했다. 흡연자도 아니면서 지포 라이터를 다루는 모양새는 꽤 능숙해 보였다. 국자가 묻기도 전에 그가 말했다.

"주호가 담배를 피우는데, 가끔 힘들면 손이 떨린다고 해서요."

수일도 작은 편이 아니었으나 대벌레 곁에 있으면 고목에 붙은 매미 같았다. 그 대벌레가 담뱃불 때문에 수그리는 모습을 상상하니 조금 웃겼다. 국자는 바람에 흩날리는 수일의 머리칼을 보았다. 아무리 스프레이를 뿌리고 반듯하게 빗어 넘겨도 바람 앞에서는 쉽게 흐트러졌다. 나쁘지 않았다. 나쁘지 않아서 난처했다. 난처한 이유도 알 수 없어 곤혹스러웠다.

"일 보러 가셔도 돼요."

"아, 혹시 좀 불편하시다면……"

"아뇨, 정말 아니에요." 국자는 황급히 손을 흔들었다. 이내 수일의 선글라스를 보고는 겸연쩍어 다시 팔짱을 꼈다. "전 담배라도 태우는데, 혹시 심심하실까봐."

"전 담배를 그다지 즐기지는 않아서 괜찮습니다."

"흡연이 의무도 아닌데요, 뭐. 모두가 피우면 사방이 재투성이가 되겠죠."

국자는 더는 할말이 떠오르지 않았다. 난생 처음으로 글로리아가 부럽다고 생각했다. 글로리아라면 수일과 시간 가는 줄도 모르고 대화를 나눴을 텐데. 그녀는 살짝 등을 돌려 연기를 뱉었다. 아무리 수일이 괜찮다고 해도 담배를 피우지 않는 사람에게 담배 연기를 고스란히 맡게 하는 건 영 탐탁지 않았다.

옆에서 부스럭대는 소리가 들렸다. 수일이었다. 그의 손가락이 돌돌 말려 있는 휴지 뭉치를 조심스럽게 펼쳤다. 국자는 저도 모르게 숨을 멈췄다. 그녀의 머릿속으로 오만 상상이 스쳐지나갔다. 그러나 정작 구겨진 휴지 뭉치에서 나온 건 마름모꼴의 새하얗고 조그만 덩어리들이었다. 싸한 박하 냄새가 코끝을 맴돌았다. 그녀는 수일이 박하사탕을 입에 넣고 우물거리는 모습을 멍하니 바라보기만 했다.

"박하사탕 좋아하시나보네요."

"네."

"저희도 있는데."

"아, 몰랐습니다."

박하사탕은 레스토랑 계산대 옆에 있었고, 손님들의 손가락에 박하가루가 묻을까 싶어 집게와 티슈도 함께 놓았다. 국자가 기억하는 한 수일은 박하사탕에 눈길조차 준 적이 없었다. 직원들은 반동들이 계산대로 조금만 더 가까이 다가오거나 주머니에서 잔돈을 꺼낼 때마다 눈에 띄게 움찔거렸다. 수일은 늘 계산대로부터 두어 발자국 떨어져서 계산했다.

"박하사탕은 밖에서 먹는 게 더 맛있습니다." 수일이 하늘을 향해 고개를 젖혔다. "전 비행기 구경도 좋아하거든요. 박하사탕까지 먹으면서 비행기가 날아가는 걸 보면, 어쩐지 마음이 시원해집니다."

국자는 수일을 따라 하늘을 보았다. 지상에서는 거대했던 비행기가 하얗고 조그만 점처럼 보였다. 마치 밤하늘의 별같이 누구도 잡을 수 없을 만큼 아득하고 멀었다. 그녀는 수일의 굳은 입매를 보았다. 윤수일도 어딘가로 떠나고 싶은 걸까. 하지만 반동인 이상 그는 비행기를 탈 수 없었다. 국자는 무심코 말을 꺼냈다.

"토마토, 잘 드세요?"

"네. 딱히 싫어하지는 않습니다."

"요즘은 토마토 스파게티가 맛있어요. 예전에는 시판 소스를 썼는데, 지금은 직접 만들거든요. 그러니까……" 어쩐지 오늘따라 말이 길어지는 것 같았다. 국자는 담뱃불을 끄고 마지막 한 개비를 입에 물었다. "다음에 오면 토마토 스파게티 주문하세요. 박하사탕도 꼭 가져가시고요."

선글라스 때문에 눈이 보이지 않았지만, 입가는 호선을 그렸다. 국자는 수일이 분명히 웃었다고 생각했다. 박하사탕이 이와 천장에 부딪혀 달각거리는 소리가 났다. 이내 수일이 다시 코트 주머니를 뒤적이더니 뭔가를 꺼내 그녀에게 내밀었다. 손가락만한 크기의 상자였다.

"아는 사람에게 받았는데, 괜찮으시다면."

"이걸 받았다고요?" 국자는 입술을 말아 물었다. 웃음이 나올 것만 같았다. 아무리 치장에 관심이 없더라도 립스틱이라는 사실 정도는 알아챌 수 있었다. 수일이 준 립스틱은 글로리아에게 받은 립스틱보다 훨씬 옅은 분홍색이라 덜 부담스러웠다. 어쩐지 장난기가 돌아 립스틱을 슬쩍 수일에게 내밀며 말했다. "어울리실 것 같기는 한데."

"제가 생각해도 변명치고는 좀 형편없었습니다."

평온한 목소리와 달리 수일의 귀 끝은 새빨갛게 달아올라 있었다. 국자는 가만히 그를 바라보았다. 헷갈렸다. 윤수일에 관한 모든 정보를 다 찾아봤지만, 눈앞에 있는 사람과는 사뭇 달랐다. 선글라스로 인상이 자못 차가워 보이는 한편 선글라스로 얼굴을 가려야 할 만큼 감정을 숨기는 데 서툴러 보였다. 반면 윤수일에 관한 기록이나 분석, 보고서는 지나치게 명료했다. 반동. 그 두 글자뿐이었다.

멀리서 사람들의 목소리가 들리자 수일은 인사도 없이 주차장 쪽으로 걸어갔다. 마치 처음부터 국자를 지나칠 생각이었다는 양 태연했다. 국자도 아무 일 없었다는 듯 맞은편에서 오는 직원들에게 눈인사를 보냈다. 그녀는 멀어져가는 수일의 등을 바라보거나 멈춰 세우지 않았다. 그저 도망치듯 어두침침한 직원용 통로로 향하는 문을 황급히 열어젖혔다.

며칠 후 수일이 혼자서 레스토랑을 찾았다. 그는 메뉴판을 보지도 않고 토마토 스파게티를 주문했다. 홀 직원이 주방에 주문서를 내밀면서 투덜거렸다. 죽지도 않고 또 왔네. 국자는 테이블 수를 확인해보겠다는 핑계로 주방에서 나왔다. 그는 늘 그랬듯이 난간 가장자리 테이블에 앉아 있었다. 온통 새까맣게 차려입은 것도 여전했다. 오늘은 로비를 구경할 생각이 없는지 턱을 괸 채 홀을 바라보고 있었다.

홀 직원들은 수일의 시선이 부담스러운지 그의 테이블 근처를 지나칠 때마다 고개를 돌리거나 눈을 질끈 감아버렸다. 선글라스 때문에 정확히 어디를 보는지 알 수 없었지만, 아마도 주방 쪽 같았다. 국자는 그렇다고 생각했다. 그녀는 지나가던 홀 직원을 붙잡았다. 윤수일이 앉은 테이블 서빙을 도와주겠다고 하자 홀 직원의 얼굴이 펴졌다.

국자는 나가기 전에 거울을 확인했다. 급한 대로 이마의 땀을 냅킨으로 훔치고 주머니에 넣어둔 립스틱을 발랐다. 영 서툴러 보였지만, 이전보다는 나았다. 그녀는 갓 나온 토마토 스파게티에 파마산치즈 가루를 수북하게 뿌렸다. 하얀 치즈 언덕이 무너지지 않도록 조심스럽게 접시를 쟁반에 받쳐 든 채 홀로 나갔다. 그녀가 다가오는 모습을 보자 선글라스 너머로 수일의 눈썹이 찡긋거렸다.

"맛있게 드세요."

"감사합니다." 수일이 살짝 웃음기 서린 목소리로 대답했다. "립스틱, 잘 어울립니다."

"안 발랐는데요."

"죄송합니다." 수일이 황급히 사과하면서 선글라스를 벗었다. 휘둥그레 뜬 눈이 어찌나 큰지 뒤통수를 가볍게 치면 툭 떨어질 것만 같았다. "정말로 안 발랐습니까?"

"발랐어요."

국자의 대답에 수일이 다시 선글라스를 끼면서 말했다.

"잘 어울립니다."

가죽 코트와는 영 어울리지 않는 얼굴이었다. 검은색은 더더욱. 국자는 테이블 가장자리에 계산서를 내려놓으며 당부했다.

"이번에는 박하사탕도 꼭 드세요."

어디선가 짤막한 환호가 들렸다. 국자는 레스토랑 입구 쪽을 보았다. 최훈이었다. 최훈은 거들먹거리며 레스토랑으로 들어왔다. 테이블에 앉아 있는 손님들은 물론, 직원들도 최훈에게서 시선을 떼지 못했다. 최훈이 손을 번쩍 들자 우르르 달려들어 어느 쪽 테이블을 원하는지, 무엇을 주문할 예정인지 물었다. 국자는 짧게 혀를 찼다. 알은척하지 말라고 했을 텐데. 그제야 눈치챘는지 최훈이 얼른 손을 내렸다.

끝내 손을 흔들기라도 했으면 안기부에 고할 생각이었다. 국자는 살짝 눈을 흘기고 주방으로 돌아가는 척했다. 애초에 여기 얼씬대지 말라고 경고할 걸 그랬다는 생각이 들었다. 최훈이 얼른 밥이나 먹고 썩 돌아가길 바랐지만 애석하게도 최훈 본인은 그럴 마음이 없는지 수일이 앉은 테이블 근처를 어슬렁거렸다.

"선량한 시민들이 반동 때문에 불안해한다는 신고를 듣고 왔더니, 여기서 뭐하는 거냐?"

"점심을 먹으러 온 것뿐입니다." 수일이 담담한 어조로 대답했다. "돈도 있고요."

"네가 달고 다니던 비쩍 마른 애는 어디 갔어?" 최훈은 자신의 이마를 탁 소리나게 쳤다. "저번에 출입금지 당했구나. 그러니까 무고한 시민을 공격하지 말았어야지."

"고의가 아니라고 사과했을 텐데요."

"지나가는 시민을 팔로 가격해서 쓰러뜨린 게 고의가 아니라고?"

"쓰러지지 않았습니다. 살짝 부딪힌 것뿐이에요."

"시민은 그렇게 생각하지 않았다는데."

"그렇다면 당신도 주호를 공격했으니 출입하지 말아야 하는 게 아닙니까."

"난 국민을 지키는 수호자거든. 미스터 윤. 그리고 그쪽은 국가의 안녕을 해치는 반동이지."

최훈은 의기양양하게 미소 지었다. 사람들은 그를 향해 선망의 눈길을 아낌없이 보내는 한편 윤수일에게는 한없이 차디찬 눈빛을 보내거나 두려운 듯 시선을 피했다. 수일은 이미 익숙한 듯 신경쓰지 않았다. 최훈이 말했다. "그리고 난 네 말은 한마디도 듣지 않을 거야. 김무길 중령이 어떻게 끝장났는지 알고 있으니까."

윤수일은 최훈의 도발을 맞받아치는 대신 깊이 숨을 들이마셨다. 애써 화를 가라앉히려는 듯했다. 국자는 주방 입구에 서서 둘의 기미를 살폈다. 혹여 육탄전이라도 벌어지면 보안 요원을 부를 생각이었다. 별다른 도움은 되지 않겠지만 누구 한 명이 다치는 것보다는 나았다.

김무길 육군 중령 살인사건은 국민들이 윤수일을 경계하게 된 계기였다. 윤수일의 아버지로 알려진 윤석중은 부적합 판정자였고, 정부에 반감을 품은 능력자들을 선동해 정부에 반기를 들었다. 처음에는 비무장 시위로 시작했으나 기능력직 공무원들의 진압에 저항하다가 무장 시위로 번졌다. 그러던 어느 날 그는 홀연히 잠적했고, 칠 년 만에 강원도 산골에서 발견되었다. 정부는 군대를 급파해 윤석중을 체포했다. 이후 언론은 그가 서울로 이송되던 도중 혀 밑에 숨겨둔 청산가리 캡슐을 삼키고 즉사했다고 보도했다.

윤수일은 체포 작전 당시 자취를 감췄다. 아마도 그곳에서 도망쳐나와 다른 반동 세력에 합류했을 가능성이 컸다. 몇 년 후 그는 반동들과 함께 교정시설을 습격해 능력자들을 풀어주었다. 정부는 윤수일이라는 이름 석 자를 수배 전단에 올리고 체포에 열을 올렸지만, 그 노력이 무색하게도 윤수일은 서울지방검찰청으로 자진 출두했다. 그의 심문을 맡은 자는 일개 수사관이 아니라 김무길 중령이었다. 그는 윤수일과 단둘이서 이야기하겠다며 수사관들을 내보냈다. 순식간에 들러리가 된 그들은 취조실 문앞에서 심문이 끝나길 기다리며 투덜거렸다. "생긴 것만큼이나 까다롭게 구네." 김무길 중령은 윤수일과 대화를 마친 후 멀쩡한 모습으로 취조실을 나섰다. 생각지도 못한 성과를 얻었는지 얼굴에는 화색이 만연했다. 그러나 그는 한 시간도 안 되어 싸늘한 시체가 되었다.

여기까지는 안기부 문서고에서 열람한 보고서 내용이었다. 의심할 여지라고는 없이 명료했다. 윤수일은 아버지 윤석중의 원수를 갚기 위해 검찰에 가서 협조하는 척 김무길 중령을 죽였다. 그렇지만 어딘가 부족하다는 느낌이 들었다. 선악이 너무 명료했다. 국자는 근처 도서관을 찾아갔다. 도서관에 쌓여 있는 신문들에서는 쾨쾨한 냄새가 났다. 그녀는 신문 한 장 한 장을 조심스럽게 손가락으로 집어 넘겼다.

친정부 성향을 띠는 신문들은 김무길이 자신의 몸을 내던져 국가를 수호하려 했다며 그의 희생정신을 치켜세우는가 하면 무고한 비능력자 일반인을 반동이 살해했다며 비난을 퍼부어댔다. 한편 정부에 대한 쓴소리를 아끼지 않는 신문에서는 김무길이 윤석중 체포 작전의 지휘관이었다고 적었다.

그 기사를 쓴 기자가 직접 현장 관계자에게 들은 바에 따르면, 김중령은 윤수일에게 윤석중을 들먹였다고 했다. 그러자 아무 말도 하지 않던 윤수일이 김중령을 향해 몸을 기울이더니 뭐라고 속삭였다. 당시 중령은 그 말을 듣고 윤수일의 어깨를 두드리며 협조해줘서 고맙다고 말한 뒤 취조실을 나섰다. 그런데 멀쩡히 걸어나와서 부하들과 여유롭게 점심을 먹고 본부로 복귀하려던 그가 귀에서 피를 흘리며 쓰러진 것이다.

김무길과 부하들이 점심으로 먹은 짜장면에도 수상한 구석이라곤 없었다. 짚이는 곳이라곤 윤수일뿐이었지만, 아직 그의 능력이 정확히 어떤 것인지 모르니 무작정 잡아넣는 건 불가능했다. 심문과 고문에도 침묵으로 일관하던 윤수일은 감시가 소홀해진 새벽을 틈타 유치장을 빠져나갔다.

맞은편 유치장에 있던 사람의 제보에 의하면 윤수일은 쇠창살에 손도 대지 않았다. 그저 가볍게 흥얼거렸다. 어디선가 들은 노래였는데, 제보자는 아이스크림 광고에서 들었다고 말했다. 발랄한 광고 음악으로 쇠창살을 국수 면발처럼 부드럽게 휘어지게 만들 수 있다면, 윤수일이 김무길에게 무슨 말을 했든 상관없었다. 그 작은 파장이 도화선에 붙은 불씨처럼 중령의 가느다란 청신경을 따라 뇌까지 파고들기에 충분했을 테니까.

기사에 그 정황을 낱낱이 적은 기자는 말미에 윤석중 체포 작전을 거론했다. 당시 현장에 있던 이들이라곤 아직 성인이 되지 않은 아이들과 휠체어를 탄 노인 한 명뿐이었다. 아이들은 처음 본 군인들이 신기한지 주변을 서성댔다. 짜증이 난 군인이 허공에 대고 공포탄을 쐈지만 소용없었다. 아이들은 눈만 데굴데굴 굴렸다. 정부는 윤석중이 능력자 군단을 양성해 국가 전복을 꾀했다고 했지만, 귀가 들리지 않는데다 능력도 없는 아이들로 능력자 군단을 만들려 했다는 말은 어불성설이었다.

윤수일 사건 이후 부적합 판정자들은 일제히 경찰서로 불려가 사지를 포박당한 채 문초를 받았다. 그들은 자신이 반동 세력과 관련이 없다는 걸 증명해야 했다. 그러지 못하면 교정시설로 끌려갔다. 몇 달 후 윤수일은 반동 무리와 함께 교정시설들을 차례로 습격해 부적합 판정자들을 풀어주었다. 그중 양평의 교정시설은 흉악 범죄를 저지른 부적합 판정자들에게 구속 장치를 채워 악명이 자자했다. 풀려난 부적합 판정자들이 제일 먼저 찾아간 곳은 관리실이었다.

누가 옳고 누가 그른 걸까. 이미 모두가 믿고 의심하지 않는 답이 있었지만, 정작 국자는 받아들일 맘이 없었다. 그녀는 자신이 왜 일주일에 하루 있는 휴일을 희생해가며 윤수일을 조사하고 있는지 궁금했다. 질문은 늘어나기만 할 뿐 좀처럼 줄어들지 않았다.

"또 무슨 간계를 꾸미려고?" 최훈이 윤수일이 앉은 테이블 다리를 걷어차자 주변에서 조용한 환호성이 일었다. "내 할아버지가 말씀하셨지. 양떼를 지키려면 늑대는 반경 백 미터에 얼씬도 못하게 해야 한다고. 그러니까 너 같은 놈이 선량한 일반인 사이를 유유자적하게 내버려둬선 안 되는 거지."

"식사만 하고 나가겠습니다."

"너 때문에 식사도 못하는 손님들은 어쩌고?"

모두가 최훈의 승리를 바랐고 윤수일의 패배를 고대했다. 당연한 일이었고, 당연한 일이라고 모두가 철석같이 믿기만 했다. 오직 국자만이 둘의 접전을 원하지 않았다. 한 발짝 내디디려던 순간, 누군가가 그녀의 어깨를 우악스럽게 잡아당겼다.

"비켜."

김숙녀가 비키라고 턱짓했다. 국자는 재빨리 뒤로 물러났다. 최훈이 김숙녀를 보더니 잽싸게 두 손을 들며 말했다.

"선배, 저놈이 감히 선량한 시민들에게 먼저 겁을 줘서……"

"가자." 김숙녀는 최훈의 말이 채 끝나기도 전에 그의 어깨를 움켜잡았다. "윤수일, 너도 가."

구경꾼들은 윤수일을 피해 양쪽으로 갈라섰다. 윤수일은 지폐 몇 장을 테이블에 내려놓고 묵묵히 레스토랑을 빠져나갔다. 국자는 테이블을 치웠다. 그가 주문한 토마토 스파게티는 고스란히 남아 있었다. 김숙녀는 윤수일이 사라진 걸 확인한 후 최훈의 어깨를 놓았다. 불그죽죽한 낯을 한 최훈이 중얼거렸다.

"선배니까 참아주지, 진짜. 3등급 주제에……"

김숙녀는 늘 그렇듯 무표정했다. 대신 천천히 최훈과 손깍지를 끼고 나서 관절을 지그시 눌렀다. 각목이 부러지는 듯한 소리가 연달아 들리자 최훈의 얼굴이 새파랗게 질렸다. 최훈은 미안하다며, 말실수했다고 횡설수설 변명을 늘어놓고는 뒷걸음질로 도망갔다. 눈치는 없어도 그나마 발이 빨라서 다행이었다. 김숙녀는 쫓아갈 생각도 없는지 가만히 주시하다가 국자 쪽으로 다가왔다.

"괜찮으십니까?" 김숙녀가 국자에게 명함을 내밀며 말했다. "혹시 이상 있으면 언제든 이쪽으로 연락 주십시오."

기능력직 공무원이 흔히 할 법한 질문이었다. 국자는 고개를 까닥이며 감사를 표했다.

"네. 감사합니다."

"가능한 한 이 번호로는 다른 사람이 연락하지 않도록 해주십시오."

김숙녀는 뒤도 돌아보지 않고 가버렸다. 구경꾼들도 하나둘씩 떠나자 손님들도 식사를 재개했다. 국자는 윤수일이 앉았던 테이블을 치웠다. 윤수일은 끝내 토마토 스파게티는커녕 박하사탕조차 먹지 못했다. 그게 그가 치러야 할 대가였다. 국자는 보고서에 오늘 일을 어떻게 써야 할지 고민했다. 그나마 좋은 소식이 있다면, 김숙녀가 글로리아가 선물한 장갑을 끼고 다닌다는 것이었다.

윤수일의 행방은 한 달 넘게 묘연했다. 김포공항 국제선뿐 아니라 신문에서도 볼 수 없었다. 국자는 보안 요원에게 혹시 출입금지를 당한 능력자가 있는지 물어보았다. 그 역시 아니었다. 수일은 예상치 못한 시간에 나타났다. 레스토랑 주문 마감 한 시간 전이었다. 국자는 정리하느라 바쁜 척하는 홀 직원들을 도와주겠다고 자처했다. 홀로 나가기 전 얼른 립스틱을 발랐다. 조금 비뚤게 칠했지만 고칠 겨를이 없었다.

공항 밖이 어두컴컴했지만, 수일의 선글라스는 여전했다. 그가 아무 말 없이 손가락으로 메뉴판을 짚었다. 토마토 스파게티. 국자는 바로 주방으로 향했다. 미리 삶아놓은 오늘치 스파게티 면을 몽땅 쏟아붓고, 남은 토마토소스를 바닥까지 박박 긁어 토마토 스파게티를 만들었다. 원래 조리 담당은 따로 있었으나 다행히도 다음날 들어올 재료 목록을 정리하러 잠시 자리를 비운 상태였다.

그릇에 수북이 담긴 스파게티를 보자 수일이 놀란 듯 입을 열었다가 닫았다. 일인분의 갑절은 되는 양이었다. 정작 국자는 태연했다.

"지난번에 못 드신 만큼 드렸어요."

"이러면 안 됩니다." 수일이 속삭였다. 아주 작은 목소리였지만, 국자의 귀에는 유난히 또렷했다. "당신이 난처해져요."

"정말로 난처한 건 그 스파게티를 남기는 거죠. 그러면 난 평생 주방 보조에서 못 벗어날걸요."

그 협박에 수일은 마지못해 포크를 들었다. 국자가 설거지하고 냉장고를 점검하는 동안 포크가 계속 달각거렸다. 정리 당번까지 바꿔가면서 기다린 끝에 수일이 포크를 내려놓는 소리가 났다. 그녀는 홀 직원들에게 테이블보를 세탁실에 가져다주고 오라며 모두 내보냈다. 언뜻 지나치면서 본 수일의 접시는 깨끗이 비워져 있었다. 계산대에서 박하사탕 세 알을 덜어 테이블로 가져가자 수일이 고개를 숙였다.

"감사합니다."

"맛은 어때요?"

"맛있었습니다. 제가 먹어봤던 스파게티 중에서 제일."

"스파게티를 몇 번이나 먹어보셨는데요?"

"많이는 아니지만……"

"그럼 칭찬이 아닌데요."

국자의 타박에 수일이 겸연쩍게 웃었다. 그는 국자가 맞은편에 앉자 반사적으로 주변을 살폈다. 반면 국자는 느긋했다. 세탁실에 간 직원들이 돌아올 때까지 시간은 한참 남아 있었다.

"오늘은 늦게 오셨네요."

"일이 좀 늦게 끝났습니다."

"어떤 일이요?"

"깜박하셨나봅니다. 제가 어떤 일을 하는지는 말씀드릴 수 없죠."

수일의 어조는 장난스러웠지만, 목소리는 씁쓸했다.

"그럼 다른 질문은 해도 되나요?"

"반동들은 함부로 믿지 말라던데요. 제가 대가로 뭘 요구할 줄 알고 그러십니까."

"그럼 서로 질문 하나씩 맞바꾸기로 해요."

"원하신다면야."

"윤수일이 진짜 이름인가요?"

"외삼촌이 절 수일이라고 불렀으니 제 이름이겠죠." 진짜 이름이 무엇인지는 모른다는 뉘앙스로 들렸다. 수일은 선글라스를 벗어 테이블에 내려놓았다. 국자는 그의 눈을 응시했다. "이제 제 차례죠. 성함이 어떻게 되십니까?"

"이국자요. 그럼 윤석중씨가 외삼촌인가요?"

"네. 담배 피우시겠습니까?"

"여기는 금연이라 안 돼요. 방금 질문에 대답해드렸으니 다시 제가 질문할게요." 국자가 가차없이 굴자 수일이 피식 웃었다. "왜 실내에서도 선글라스를 쓰세요?"

"영화는 즐기시지 않나봅니다. 영화 속 악당들이 선글라스를 쓰거든요."

"그러면 최훈은 뭘 입어야 할까요? 악당 아닌 사람도 선글라스는 쓰긴 해요. 실내에서는 벗지만. 립스틱은 누가 골라준 건가요?"

"아니, 이번에는 제 차례입니다. 다음주 토요일 점심에 시간 있습니까?"

"왜요? 이건 질문으로 치지 마세요."

"아." 수일은 테이블에 올려놓은 양손의 깍지를 꼈다가 풀기를 반복했다. "창경궁에 꽃이 예쁘게 피었다고 들었습니다."

토요일은 영 애매한 날이었다. 국자는 살짝 달아오른 수일의 양 빰을 보면서 잠시 고심했다. 금요일부터 일요일까지는 출국하려는 사람들로 레스토랑이 붐볐고, 월요일은 재료가 대량으로 들어오는 날이라 제일 바쁜 날이었으며, 화요일은 들어온 재료로 일주일치 소스를 만들어야 하는 지라 정신이 없었다.

"토요일 말고 수요일이나 목요일은 안 되나요?"

"네. 안 됩니다."

"왜 토요일만 되나요?"

"다른 날은 일이 있으니까요."

"무슨 일인가요?" 국자는 이렇게 질문한들 자신이 원하는 답을 얻지 못하리라는 걸 깨닫고 질문을 정정했다. "위험한 일인가요?"

"걱정할 필요는 없습니다." 수일은 다시 선글라스를 쓰면서 대답했다. "그래도 토요일에는 꽃구경하러 갈 수 있습니다." 홀 직원들이 떠드는 목소리가 점점 가까워지고 있었다. 국자가 반사적으로 자리에서 일어나자 수일도 지갑을 꺼냈다. 그는 지폐 몇 장을 계산서 클립에 끼운 후 박하사탕 하나를 입에 넣었다. "그리고 립스틱은 제가 골랐습니다."

다음날 국자는 매니저에게 휴가 신청서를 제출했다. 처음 쓰는 휴가였다. 보통은 바쁜 날이라 안 된다며 반려했을 매니저가 무슨 약속이라도 있느냐고 물었다. 국자는 가족 일이라고 대꾸했다. 남은 문제는 옷이었다. 그녀가 가진 옷이라곤 일할 때 입는 유니폼을 빼면 흰 셔츠와 청바지, 겨울용 재킷이 다였다. 옷을 사러 가자던 글로리아의 농담도 어쩌면 예언이 아니었을지 새삼 의심스러웠다.

고민 끝에 국자는 기숙사의 같은 층에 사는 홀 직원에게 초록색 원피스를 빌리기로 했다. 공갈빵처럼 부푼 소매나 허리를 조이는 벨트가 어색하고 불편했지만, 흰 와이셔츠에 검은 바지보다 꽃구경에 잘 어울렸다. 글로리아가 준 푸른 스카프를 매니 제법 화사했다. 옷을 빌려준 동료가 흐뭇하게 웃었다. "보기 좋다." 그러고는 그녀에게 팔자걸음으로만 걷지 말라고 조언했다.

봄의 막바지에 들어선 창경궁은 온갖 꽃으로 뒤덮여 있었다. 대문 사이로 연분홍빛 진달래와 샛노란 개나리, 불탄 듯 새까만 가지에 다닥다닥 피어난 붉은 매화들이 보였고, 벚나무들은 밥풀처럼 수북하게 핀 벚꽃들이 무겁다는 양 가지들을 담장 너머로 늘어뜨렸다. 국자는 치맛자락만 만지작댔다. 무릎을 아슬아슬하게 가리는 길이라 뜀박질은 무리라는 생각이 들었다. 달릴 일이 있을지는 모르겠지만.

매표소 줄은 좀처럼 줄어들지 않았고, 사람들은 나오는 만큼 들어갔다. 국자는 하릴없이 그 수를 헤아렸다. 최훈처럼 앞머리를 부풀린 이들도 몇몇 있었고, 어떤 사람들은 선글라스를 끼고 검은 가죽점퍼를 입고 있었다. 가족, 친구, 연인, 어떤 관계든 상관없이 다들 즐겁게 서로의 사진을 찍고 재잘댔다. 여기서라면 수일도 다른 사람들의 시선을 신경쓰지 않고 돌아다닐 수 있을 터였다.

약속한 시각이 한참 지났지만, 수일은 오지 않았다. 국자는 솜사탕 장수 옆에 서서 수일을 기다렸다. 어쩌면 수일이 인파로 인해 그녀를 찾지 못하는 것일지도 몰랐다. 그렇게 믿고 싶었다. 설탕을 녹일 때 나는 달콤하고 고소한 냄새가 그녀의 코를 콕콕 찔러댔다. 누군가가 멀리서 호외라고 외쳤고, 국자는 제 운동화 앞으로 날아온 전단을 눈으로 훑었다. 그리고 주저없이 그 자리를 떠났다.

다음날 서울 전역에 예기치 못한 소나기가 내렸다. 텔레비전 속 아나운서가 창경궁에 핀 봄꽃도 모두 졌다고 말했다. 레스토랑 직원들은 봄꽃을 볼 겨를도 없었다며 푸념을 늘어놓았다. 국자는 뉴스도, 동료들의 이야기도 한 귀로 듣고 한 귀로 흘렸다. 그저 빗물이 고여 군데군데 생긴 웅덩이에 떠다니는 꽃잎들을 상상했다. 봄꽃들은 밟으면 쉽게 물러지고 찢어졌다. 날씨가 따뜻해졌다고 방심해서 그래. 방심해서. 방심은 금물이었다.

7

미지는 아버지를 좋아하지 않았지만, 아버지가 자신을 사랑하지 않는다고는 생각해본 적이 없었다. 아버지는 한 달에 두세 번씩 출장을 다닐 만큼 바빴으나 딸의 입학식과 졸업식에는 꼬박꼬박 참석했다. 미지가 공부하다가 코피라도 쏟으면 용하다는 한의원에 찾아가 약을 지어왔고, 출근 전 절에 가서 백팔배를 하는 수고도 마다하지 않았다. 다만 아버지는 잘 삐졌다. 삐졌냐고 물어보면 더 삐지곤 했다.

세상에는 삐지는 아버지들이 참 많았다. 미지의 친구들도 동의했다. 과학 선생님으로 재직중인 친구는 아버지들이 나이가 들면 남성호르몬인 테스토스테론의 분비가 줄어들기 때문이라는 이유를 댔고, 인류학을 전공한 친구는 한국의 공고한 가부장제 아래 가장으로서 느끼는 부담감과 수동 공격성을 원인으로 꼽았다. 철학과를 졸업하고 웨딩 플래너로 일하는 친구는 뜬금없는 말을 했다. 아침에 네 발로 걷고 오후에는 두 발로 걷다가 저녁이 되면 세 발로 걷는 게 인간이지. 갑자기 웬 스핑크스의 수수께끼인가 싶었는데, 알고 보니 아버지가 아이로 퇴행하고 있다는 비유였다.

제각기 내놓은 답은 달랐으나 상대방이 틀렸다고 반박하는 사람은 없었다. 모두가 고개를 끄덕이면서 서로의 말을 경청했다. 전부 다 정답인 한편 오답일 수도 있었다. 예리한 혜안이나 경험에서 우러난 통찰일 가능성도 있었지만, 섣부른 추측이나 비약, 자기 위주의 해석일지도 몰랐다. 다만 아버지를 이해하기 위해 기나긴 추론을 거쳐 나름의 결론을 내렸다는 점만은 비슷했다. 물론 스핑크스와 달리 아버지들은 그 어떤 답도 정답으로 인정하지 않을 터였다. 오히려 더 단단히 토라지면 모를까.

심리학 관련 서적들을 읽으면서 미지는 무엇이 문제인지 깨달았다. 대화가 부족했다. 그녀는 국자와 아버지에 대해서 더 많이 알게 된다면 충분히 그들을 이해할 수 있으리라 믿었다. 하지만 국자는 늘 단답형으로만 대답했고, 아버지는 툭하면 입을 다물어버렸다. 웬걸, 둘 다 능력자라니. 게다가 한 명은 기능력직 공무원이고 다른 한 명은 반동이었다. 무슨 로미오와 줄리엣 같았다.

미지는 어릴 적 초등학교에서 했던 호구조사를 떠올렸다. 지금은 학생 사이에 위화감을 조장한다는 이유로 폐지되었지만, 어린 나이에는 별다른 거부감 없이 조사에 응했다. 그녀는 선생님이 집안에 능력자 가족이 있느냐고 물었을 때 당연히 손을 들지 않았다. 지금 돌이켜보면 의도치 않게 거짓말을 한 셈이었다.

"아빠가 반동이라는 게 비밀이야, 아니면 아빠가 반동이라는 사실을 엄마가 알고 있다는 게 비밀이야?"

"어느 쪽이든 아는 티만 내지 마."

"그러면 아빠가 일한다는 게……"

"평범한 회사야." 국자가 전기 포트에 물을 따랐다. 버튼을 누르자 포트 속 물이 소리를 내며 끓기 시작했다. "반동 쪽 일은 오래전에 손 털었어. 커피나 좀 마시자."

커피잔은 물잔과 다른 찬장에 두었다. 미지는 조심스럽게 커피잔을 꺼냈다. 경남 아줌마가 선물하면서 영국제라고 으스대던 기억이 났다. 이런 컵에는 우아하게 커피나 홍차가 어울리지. 흰 도자기에 유려하게 그려진 푸른 무늬며 귀처럼 살짝 굴곡진 손잡이가 독특해 보이기는 했다. 글로리아라는 이름을 가진 사람이라면 이런 찻잔이 어울릴 것 같았다. 경남 아줌마가 글로리아고 능력자라니, 상상조차 한 적 없었다.

아버지가 다른 아버지들에 비해 고집이 유난하기는 했지만, 반동일 줄은 몰랐다. 반동들은 다 고집이 센가? 미지가 갓 대학에 입학했을 때 아버지는 통금 시간을 늦추기는커녕 한 시간 앞당겼다. 이유인즉슨 그전까진 학원 수업이 아홉시 넘어 끝났지만, 대학 수업은 대부분 여섯시면 끝나기 때문이라고 했다. 미지는 혹시 아홉시가 오전 아홉시를 말하는 거냐고 물어보았다. 물론 아버지에게 농담이 통할 리는 없었다.

아홉시라니, 러시아워를 감안하면 적어도 일곱시에는 학교를 떠나야 했다. 만일 수업이 9교시까지라면 여섯시쯤 끝나니 동기들과 어울리는 건 꿈도 꿀 수 없었다. 이제 막 성인이 된 동기들은 아슬아슬하게 막차를 타고 귀가하거나 과방에서 날밤을 새웠다. 과방 문손잡이는 끈적거렸고, 이불과 소파에서는 시큼하고 기분 나쁜 냄새가 났다. 하지만 애정사나 신경전 등 흥미로운 사건 사고는 대부분 밤에 일어나 끝나기 마련이었다. 동기들이 지난밤 일로 수다를 떨 때면 미지는 한없이 부럽기만 했다.

신입생 오리엔테이션도 갈 수 없었다. 아버지는 고작 하루 외박에도 마뜩잖은 표정을 보였다. 당일치기로 다녀오겠다고 설득한 끝에 간신히 허락을 얻어냈지만, 미지는 결국 가지 못했다. 알람을 열 개나 맞췄으나 열 번 다 듣지 못했기 때문이었다. 그녀는 오후 세시에야 일어났다.

깨워줄 사람은 아무도 없었다. 아버지는 출장이었고 국자도 갑자기 일이 생겼다며 이른 새벽에 훌쩍 나가버렸다. 미지가 곰곰이 생각해봐도 짚이는 게 하나도 없었다. 전날 밤 이상스레 목이 타서 국자가 새로 담근 수정과 한 병을 다 마시긴 했다. 수정과의 들척지근하고 쌉싸름한 맛이 혀에 착착 감겼다. 혹시 수정과가 숙면에 좋나? 울상을 짓는 미지에게 아버지는 어차피 그런 곳에 가면 술이나 마시고 책임지지 못할 말만 하게 될 거라며 퉁을 놓았다.

선배들은 미지에게 계속 시도하라고 했다. 열 번 찍어서 안 넘어가는 나무 없다면서. 부모님도 기다리다가 결국 포기하고 먼저 잠들어버릴 테고, 나중에는 언제 들어왔다가 나갔는지도 모를 거라며 농담 같은 조언을 해주었다. 너도 부모님을 한 번쯤은 이겨봐야지. 미지도 나름 노력했다. 하지만 아버지는 나무가 아니었다. 그럴싸한 핑계든 정당한 이유든 더 완고하게 반려했다. 통금 시간에서 십 분만 넘겨도 휴대전화에는 부재중 전화와 메시지가 차곡차곡 쌓였다.

이러려면 왜 대학을 보냈냐고 미지가 항변하면 아버지는 지지 않고 대꾸했다. "그러려고 대학을 갔냐?" 딸이라고 해서 한마디 져주는 법이 없었다. 미지는 아버지가 뜻을 꺾지 않는다면 꺾어버리겠다고 결심했다. 꽃다운 대학 시절을 무작정 흘려보내고 싶지 않았다. 그녀는 끈질기게 기회만 엿봤다.

어느 날 누군가가 아버지의 승합차 바퀴 네 개를 터트렸고, 공교롭게 미지의 휴대전화도 고장이 났다. 미지는 동아리 회장을 졸라 긴급 회식을 잡은 후 국자에게 전화를 걸어 다음날까지 마쳐야 할 조별 과제가 있다고 통보했다. 국자는 묵묵히 듣다가 한마디 툭 던졌다. 적당히 하라고. 미지는 적당히 할 생각이 없었다.

동아리 회원들과 닭갈빗집에 가서 저녁을 먹고 나오며 미지는 시간을 확인했다. 이미 통금 시간인 아홉시가 지났지만 상관없었다. 2차로 노래방에 갈 때도 막차 시간을 확인하지 않았다. 과방에서 눅눅한 냄새를 맡으며 잠을 청할 계획이었다. 부를 노래가 다 떨어지자 다들 어깨동무를 하고 애국가를 4절까지 완창했다. 덕분에 노래방 서비스 시간까지 알차게 썼다. 누군가가 곱창볶음이나 먹으러 가자고 말했을 때 미지는 어디라도 따라갈 태세였다.

어두컴컴한 노래방에서 환한 가로등 불빛이 쏟아지는 바깥으로 발을 디딘 순간 미지는 저도 모르게 비명을 질렀다. 아버지였다. 아버지가 벽에 기대선 채 그녀를 바라보고 있었다. 동아리 선배는 눈치도 없이 미지의 옆구리를 쿡쿡 찌르며 속삭였다. "너희 아버지 진짜 얼굴이 조각 같다." 조각 같고 말고는 알 바가 아니었다. 문제는 아버지 곁에 있는 자전거였다. 옆집 아저씨에게 빌린 자전거라고 했다. 미지는 울며 겨자 먹기로 자전거 짐받이에 앉았다.

다음날 수업이 있었지만, 미지는 아무도 볼 면목이 없어 빠졌다. 동아리 단체 채팅방에는 잊을 만하면 미지 아버지 이야기가 올라왔다. 대부분 잘생겼다는 이야기였지만 그녀는 아버지가 한없이 부끄러웠다. 그보다 더 부끄러운 건 아버지 뜻대로 자전거 뒷좌석에 앉았던 자기 자신이었다. 아버지는 족히 세 시간 동안 자전거를 탔기 때문인지 조금 다리를 절뚝거리기는 했으나 무사히 회사에 출근했다. 그의 사전에 결근이란 없었다.

평상시 같았으면 국자가 건네는 식혜며 타주는 커피를 넙죽넙죽 받아 마셨을 테지만, 오늘은 조금도 내키지 않았다. 독립해도 좋다는 말을 들어도 그 능력으로 자신의 마음을 손쉽게 바꿀지 모른다는 의심이 들었다. 미지는 설탕을 두 숟갈이나 넣고 제 몫의 커피를 탔다. 달고 쓴 커피가 목구멍을 타고 들어오니 돌처럼 굳어 있던 머리가 천천히 움직이기 시작했다.

"엄마, 그러면 물어보고 싶은 게 있는데……"

미지는 초등학교 4학년 때 폭력이 얼마든지 다양한 모습으로 위장할 수 있다는 사실을 배웠다. 그중 사랑이 가장 교활하고 위험했다. 가해자가 어리고 서툴수록 알아채기 어려웠다. 그 남자애는 미지와 같은 반이었다. 미지가 아끼는 펜 하나하나를 창문 밖으로 내던지는가 하면 체육 수업 도중 미지의 실내화 주머니를 숨겼다. 다른 친구들의 실내화 주머니는 건들지도 않았다.

미지가 울면서 선생님에게 하소연해도 달라지는 건 없었다. 선생님은 오히려 둘에게 서로 손잡고 화해하길 종용했다. 남자애는 선생님 앞에서는 고분고분하게 굴었다. 심지어 미지를 괴롭히는 이유가 좋아하기 때문이라는 변명까지 일삼았다. 선생님은 작달막한 아이들이 사랑도 할 줄 안다며 귀여워하는 눈치였다.

사랑이라니, 미지는 도무지 이해할 수 없었다. 좋아하는 사람에게는 좋아하는 걸 주고, 싫어하는 사람에게는 싫어하는 걸 주는 게 아닌가? 텔레비전에 나오는 만화영화나 국자가 허구한 날 보는 드라마에서도 좋아하는 사람을 괴롭히는 장면은 나오지 않았다. 그들의 삶은 천국 같았지만, 미지의 삶은 매일매일이 지옥이었다.

남자애의 괴롭힘은 날이 갈수록 심해졌다. 선생님은 미지를 위로하면서도 원래 남자애들은 다 사랑 표현에 서투르다고 했다. 미지가 화해하고 싶지 않다고 말하자 선생님은 혀를 찼다. 되레 미지더러 마음을 좀더 넓게 가질 필요가 있겠다고 훈계했다. 미지는 선생님의 눈 밖에 날까 두려웠다. 그래서 잘못했다고 사과했고, 덕분에 남자애는 능수능란하게 미지를 벼랑 끝으로 몰아갈 수 있었다.

하필이면 둘이 같은 아파트에 사는지라 미지는 놀이터에 나올 때마다 그 남자애를 맞닥뜨리곤 했다. 괴롭히는 핑계는 가지각색이었다. 높이뛰기를 하고 싶었는데 미지가 걸리적거려서 발로 찰 수밖에 없었다거나 미끄럼틀에서 미지를 잡아주려고 했는데 팔을 뿌리치는 바람에 놓쳤고, 그네를 태워주려고 등을 밀었더니 미지가 너무 약해서 떨어졌다며 닦아세웠다.

처음에는 미지도 억울했지만, 맞서봤자 바뀌는 건 없었다. 시간이 지나면 상처에 딱지가 앉듯이 이 고통에 익숙해지길 기다렸다. 그러다보면 고통스럽다는 사실조차 잊어버리고, 고통이 고통인지도 모르게 될 거라고 믿었다. 딱지가 앉기도 전에 다시 상처가 나면 소용없다는 걸 모른 채, 마냥 그때만을 기다렸다. 그녀는 병들어가고 있었다.

그날 남자애가 정글짐에서 밀어 떨어졌을 때도 미지는 울지 않았다. 모래 범벅이 된 옷이나 묵직하게 아픈 뒤통수에 눈물을 찔끔 보이기는 했다. 비틀거리면서 몸을 일으켰지만 눈앞이 흐렸다. 귀도 먹먹했다. 고개를 든 순간 놀이터 입구에 익숙한 실루엣이 보였다. 미지가 아는 한 긴 분홍색 코트를 입고 다니는 아저씨는 아버지밖에 없었다. 아버지이길 바랐다. 그녀는 아버지를 부르려다 제풀에 걸려 넘어졌다. 남자애의 웃음소리가 귀에서 떠나지 않았다.

그때 미지의 뇌리에 마지막으로 남은 건 가방을 내팽개친 채 자신을 향해 달려오는 아버지였다. 아버지는 미지의 이름을 불렀다. 어찌나 크고 높은 소리로 불렀는지 미지의 귀뿐 아니라 머리까지 다 얼얼해질 정도였다. 의식이 멀어지는 가운데 누군가의 팔이 자신을 안아 들었다. 아빠일 거야. 미지는 안심했다. 그러나 다시 눈을 떴을 때 그녀가 마주한 건 아버지가 아니라 병원의 흰 천장이었다.

입원한 사흘 동안 국자는 미지를 성심성의껏 보살폈다. 무슨 일이 일어났는지는 입 한번 벙긋하지 않았다. 미지가 간신히 기운을 차렸을 때 아빠는 어디 있느냐고 물었지만, 국자는 눈도 깜짝하지 않고 출장중이라고만 했다. 미지도 더는 묻지 않았다. 국자가 가져온 햄 반찬을 먹으니 저절로 눈이 감겼다.

퇴원 후 국자는 미지의 손을 꼭 붙잡고 학교에 갔다. 담임선생님과 국자가 상담실에서 이야기를 나누는 동안 미지는 교실에 앉아 있었다. 듣기로는 남자애는 그날 그네 기둥에 머리를 찧어서 귀를 다쳤고, 미지가 학교로 돌아오기 며칠 전 전학을 갔다고 했다. 그날 놀이터에 있었던 아이들 중 누구도 미지의 아버지를 거론하지 않았다. 미지는 뭔가 이상하다고 느꼈다. 다들 마치 그 남자애가 알아서 자빠졌다는 듯이 말했다.

상담을 마치고 국자는 미지에게 학교 앞 문방구에서 파는 오렌지맛 슬러시를 사주었다. 아토피라도 슬러시는 먹을 수 있다고 했다. 그럼 슬러시가 몸에 좋은 거냐고 미지가 묻자 국자의 눈썹 끝이 살짝 올라갔다. 이내 국자는 슬러시에는 비타민이 들어 있어서 몸에 좋지만, 너무 많이 먹으면 안 된다고 말했다. 미지는 고개를 끄덕였다. 어쩐지 슬러시에서 단맛뿐 아니라 비타민처럼 신맛도 난다 싶었다.

어느 쪽이든 미지는 좋았다. 슬러시가 맛있으니까. 국자는 슬러시를 마시는 미지에게 지나치듯 그 남자애의 고막이 나갔다고 말했다. 딱히 미지가 놀랄 이야기는 아니었다. 이미 아이들에게 들어서 알고 있던 참이었고, 그 남자애가 어찌되든 상관하고 싶지 않았다. 속마음을 말하는 대신 그녀는 슬그머니 고개를 돌렸다. 국자가 마치 현미경 팔레트 위 벌레를 관찰하는 듯한 눈빛으로 자신을 바라보고 있었다.

"고막은 귓속에 있는 건데, 거길 다치면 사람들의 말이나 소리를 들을 수 없어."

"평생 못 들어요?"

"그건 아니야. 아무는 데 시간이 좀 걸릴 뿐이지."

"그래요?" 미지는 슬러시 컵을 두 손으로 꼭 잡았다. 자신의 머리 위로 국자의 그림자가 짙게 드리워져 있었다. 순간 함부로 대답하면 안 된다는 예감에 사로잡혔다. 그녀는 애써 국자를 바라보며 입을 열었다.
"얼른 나았으면 좋겠네요."

슬러시는 시고 차가웠다. 미지는 얼른 집에 가서 피곤한 척 눕고 싶었다. 자신을 의뭉스러운 눈빛으로 쳐다보는 국자가 불편했다. 열심히 걸었지만, 신호등의 빨간불이 그들을 가로막았다. 국자가 미지의 끈적거리는 손을 휴지로 닦아주며 물었다.

"왜 엄마한테는 말 안 했니?"

"선생님이 원래 남자애들은 좋아하는 애를 괴롭히는 거라고 해서요."

"아냐." 국자의 손길은 꼼꼼하고 섬세했다. "선생님이 틀렸어."

그들은 손을 잡고 횡단보도를 건넜다. 국자는 미지가 좋아하는 반찬으로만 저녁을 차렸다. "아빠는?" 미지가 묻자 국자는 아직 출장에서 돌아오지 않았다고 대답했다. 출장에서 돌아온 아버지도 미지를 껴안고는 아무 말도 하지 않았다. 어쩌면 그날 아버지를 본 건 순전히 착각일지도 모른다는 생각이 들었다. 조금 아쉬웠다. 자신을 향해 달려오는 아버지를 본 순간 그녀는 한없이 기뻐서 당장 죽어도 좋을 것 같았다.

어릴 적만 해도 미지는 가족이라면 서로 사랑하는 게 당연하다고 생각했다. 그러나 시간이 흐르면서 그 사랑이 당연하지도 않거니와 다를 수도 있다는 걸 배웠다. 그녀는 아버지와 국자가 자신을 사랑한다고 믿었지만, 그들의 사랑은 양태를 달리했다. 아니, 어쩌면 어느 한쪽은 사랑이 아닐지도 몰랐다. 미지가 친구와 싸우고 울면서 집에 돌아왔을 때 아버지는 바로 달래주었지만, 국자는 무슨 일이 있었는지 처음부터 끝까지 말하도록 종용했다.

국자는 단 한 번도 미지를 무조건 편들어준 적이 없었다. 만일 잘못한 점이 하나라도 있다면 미지는 바로 친구에게 가서 사과해야 했다. 설령 친구가 잘못한 점이 열 개, 백 개라도 마찬가지였다. 국자의 판결은 명료하고 무자비했다. 반면 아버지는 늘 미지의 편을 들어주었다. 어느 쪽이 더 옳고 그르다고는 할 수 없지만, 적어도 어린 미지에게는 재판관이 아니라 부모님이 필요했다. 미지는 국자에게 물었다.

"내가 열한 살이었을 때, 그날 날 구해준 사람이 아빠였던 거지. 그건 왜 비밀로 한 거야?"

"사정이 복잡했어. 너희 아빠는 일반인으로 등록되어 있었고, 그때는 부적합 판정자를 고용하는 곳이 없었으니까. 그리고 네 아빠가 네 기억도 지우고 싶어했어."

"왜, 내가 다른 사람한테 말할까봐?"

"네 아빠가 그때 화를 주체하지 못하고 능력을 써버렸어. 그 남자애뿐 아니라 너도 다쳐서 병원에 입원했잖아. 그래서 그날 이후로는 너한테 죽어도 소리 안 지르려고 용을 쓰지."

아버지는 미지와 말다툼을 할 때도 늘 두세 걸음 정도 거리를 두곤 했다. 미지가 다가오면 바로 몇 걸음 물러났다. 싸움이 점점 길어질수록 아버지의 입술도 더 굳게 다물렸다. 그 모습에 그녀가 뭐라도 좀 말해보라고 다그치면 아버지는 방으로 후퇴했다. 아무것도 모르는 미지의 눈에는 영락없이 삐진 모습으로만 보였다.

"그때 숙녀 선배가 고생 좀 했지. 기억 지우려고 부하 직원까지 데려왔어. 아, 지금은 그 선배가 국가인재관리원장이야. 뉴스에도 종종 나와. 전에 너 집에 몇 번 데려다준 적도 있는데."

"그랬나. 아니, 그럼 아빠가 출장 갔다는 것도 거짓말이었어?"

"응, 알리바이였지."

국자가 태연하게 대꾸하는 모습을 보면서 미지는 절로 속이 답답해지는 것만 같았다. 지금까지 국자가 털어놓은 이야기는 미지의 삶을 가볍게 뒤집어버렸다. 아버지는 미지를 위해서 그녀의 기억을 지우길 원했고, 혹여 딸이 다칠까 두려워 말싸움할 때마다 방으로 들어갔다. 이에 반해 국자는 규정이라는 이유로 자신의 정체를 가족 모두에게 숨겼다.

미지는 대학생이 되기 전까지 밖에서도 국자가 싸준 도시락만 먹었다. 아버지는 지금도 출장을 갈 때 집에 있는 반찬이며 간식거리를 가져갔다. 국자는 싫은 내색 한번 없었다. 미지가 아버지도 그냥 다른 회사원들처럼 밖에서 사먹으면 되지 않느냐고 물었을 때도 괜찮다고 했다. "네 아빠는 입이 짧아." 그간 미지는 그 모든 행동을 헌신이라고 믿었다. 그리고 지금은 자신의 삶마저 송두리째 허구가 된 것 같았다.

"엄마는 나한테 거짓말해놓고선 미안하지도 않아? 아니, 나는 그렇다 치고 아빠한테는 안 미안해? 아무리 아빠가 반동이라도 엄마가 능력자라는 사실을 숨긴 건 사기 결혼이야. 아빠는 아무것도 모르고 엄마가 해준 밥을 먹었을 거 아냐?"

"규정이라 어쩔 수 없다니까." 국자가 포트의 가열 버튼을 다시 누르면서 대꾸했다. "직업 정신이라고 볼 수도 있겠네. 너도 그랬잖아. 아이들이 미울 때도 있지만 잘 가르치고 이끄는 게 네 사명이라고."

기능력직 공무원으로서 반동을 감시하는 건 의무지만, 몇십 년간 가족을 속일 이유로는 충분치 않았다. 미지는 그렇게 생각했다. 테이블 아래에 둔 그녀의 손이 떨렸다. 아버지가 너무 불쌍했다. 지금 와서 국자가 아버지에게 솔직하게 말한들 용서받을 수 있을까. 확신할 순 없었다. 그렇다고 해서 용서조차 청하지 않는 건 너무 비겁한 처사였다. 미지는 부드럽게 말하려고 애썼다.

"엄마, 아무리 그래도 우린 가족이잖아. 지금이라도 아빠한테 사실대로 말하고 사과해."

"아니." 국자의 대답은 단호했다. "이게 최선이야."

미지가 예상한 답 중 가장 최악이었다.

미지는 초등학교 교사로 발령받은 지 삼 년 만에 3학년 담임을 맡았다. 2월의 찬 기운이 채 가시지 않은 3월이었다. 창밖에서 들어오는 햇빛은 교실을 데울 만큼 따스하지는 않았지만, 곳곳을 밝힐 만큼 환했다. 그녀는 자신에게서 눈을 떼지 못하는 아이들을 보며 웃었다. 크기나 모양은 다르지만 새 단추처럼 반짝이는 눈동자들. 그 아름다운 풍경처럼 시작은 나쁘지 않았다. 어떻게든 좋게 기억하려고 애쓴 건지도 모르지만.

3학년은 학교에서 가장 어중간한 학년이었다. 모르는 것투성이인 일, 2학년과 달리 줄을 선다거나 제때 조용히 할 만큼 눈치는 있었으나 시치미를 떼는 데 서툴렀고, 고학년처럼 어른스러운 척하려고 들다가도 종종 엉뚱한 짓을 벌였다. 수업 도중 연극 대본을 낭독하기 위해 배역을 정할 때도 그랬다. 제비뽑기로 악당 역할을 맡은 아이가 하기 싫다며 울먹거렸다. 미지가 달래기도 전에 누군가가 손을 들었다. 이번주 반장을 맡은 아이였다.

"선생님, 제가 대신할게요."

"괜찮겠니?" 과연 괜찮을까, 미지는 반신반의했다. 1학기는 주마다 아이들이 돌아가면서 반장을 맡았다. 공연히 반장이라는 사명감에 나서게 둘 순 없었다. "억지로 할 필요는 없어. 제비뽑기로 정한 거니까 받아들여야지."

"전 괜찮아요."

반장은 상냥하게 대답했다. 꾸며낸 티라고는 없었다. 반장이 다음 학기에 진짜 반장으로 뽑혔을 때 미지는 진심으로 기뻐했다. 반장은 친구들과 잘 어울리지 못하는 아이가 있으면 함께 어울려 다녔고, 싸우는 아이들을 말리고 화해시키는 데 몸을 사리지 않았다. 정말 책에서나 볼 법한 반장이었다. 아이들은 반장을 곧잘 따랐고, 다른 과목 선생님들도 반장을 기특하게 여겼다. 미지는 걱정스러운 마음에 반장을 따로 불러서 물어보기도 했다.

"너무 힘들면 도와달라고 해도 돼."

"괜찮아요." 반장이 고개를 젓자 양갈래로 땋은 머리카락도 세차게 흔들렸다. "전 선생님이 너무 좋아요. 제가 많이 도와드리고 싶어요."

그 말에 미지는 감동할 수밖에 없었다. 다른 선생님들은 삼삼오오 모일 때마다 자신이 담임을 맡은 반에 대한 푸념을 늘어놓았다. 그러고는 미지네 반장을 칭찬했다. 모범 사례가 있으면 으레 그쪽을 따라가기 마련이라면서. 운이 좋다는 말을 들을 때마다 미지는 좋아하는 티를 내지 않으려고 애썼다. 그녀의 눈에는 반 아이들이 모두 사랑스러웠지만 그중 반장이 제일이었다. 미지의 자랑을 들을 때마다 국자는 짤막하게 평했다.

"아직 애야. 뭘 너무 바라지 마라."

바라지 않아도 반장은 늘 기대 이상을 해내는 아이였다. 과목을 가리지 않고 우수한 평가를 받았고 체육 시간에도 자기편을 매번 승리로 이끌었다. 그러나 겸손했고, 늘 노력하는 모습을 보였다. 미지는 국자의 충고를 흘려들었다. 아이들을 어리게만 보는 건 교육자로서 좋은 자세가 아니라고 생각했다. 그녀는 아이들을, 특히 반장을 믿었다. 그저 국자가 찬물을 끼얹는 데 일가견이 있다고만 여겼다.

때마침 적합 판정자들로 구성된 아이돌 그룹 히어로가 인기를 끌고 있었다. 오디션 서바이벌 프로그램에 나온 그들은 대중의 관심을 한몸에 받았다. 음악으로 사람들의 마음을 지켜주고 싶다는 리더의 인터뷰가 그 인기에 화룡점정을 찍었다. 마약이나 음주운전 등 물의를 일으키는 다른 아이돌과 달리 다중능력검사를 통과한 만큼 인성도 일품이라며 호평이 쏟아졌다. 다중능력검사가 무슨 로르샤흐 테스트도 아니고, 미지는 조금 우습다고 생각했다.

프로그램 중간 평가에서 히어로가 2위를 차지했을 때, 심사위원들의 SNS는 악성 댓글로 가득찼다. PD의 제안으로 히어로가 팬들에게 보내는 영상을 찍고 나서야 악플 테러가 멈췄다. 최종 평가까지 심사위원 중 누구도 그들에게 혹평할 엄두를 내지 못했다. 1등은 결국 히어로의 차지였다. 몇몇 네티즌이 빤히 보이는 결과가 아니냐고 평했지만, 히어로의 팬들과 내리 댓글 싸움을 벌이다가 자신의 계정을 폭파하거나 잠그는 것으로 끝을 맺었다.

예전에는 초등학생들이 선망하는 직업 1순위에 아이돌과 영웅이 번갈아 오르내렸지만, 이제는 영웅이자 아이돌이 공고히 1위를 차지했다. 다중능력검사도 다시 유행처럼 번졌다. 미지네 반의 몇몇 아이도 부모님을 졸라 다중능력검사를 받았지만 이변은 없었다. 아이들은 반장에게 검사를 받아보라고 졸랐다. 반장은 무엇이든 잘하는데다 착하니까 분명히 영웅일 거라며 저들끼리 떠들어댔다. 미지가 말려도 소용없었다.

적합 판정자라도 다 영웅이 된다는 법은 없었고, 요즘 부모들은 아이의 직업으로 판에 박힌 공직자 대신 다른 직업들을 꼽았다. 반장의 장래 희망은 수의사였다. 가방에는 늘 길고양이들을 위한 간식이 들어 있었고, 용돈을 쪼개 동물 구조 단체에 기부도 한다고 했다. 하지만 아이들은 자신이 영웅이 될 수 없다면 영웅의 친구라도 되길 바랐다.

만일 과거로 돌아갈 수만 있다면, 미지는 반장이 상담을 요청했던 순간으로 시간을 돌리고 싶었다. 반장은 머뭇거리면서 자신에게 무슨 능력이 있는지 모르겠다고 말했다. 아이들이 실망하지 않겠느냐는 질문에 미지는 고개를 저었다. 굳이 비용과 시간을 들이면서 검사를 받을 필요는 없지만, 아이들도 검사 결과를 보면 금세 잠잠해지리라 생각했다.

미지의 예상은 보기 좋게 빗나갔다. 반장은 능력자였지만, 적합 판정자는 아니었다. 교무실에서 검사 결과를 들었을 때 미지는 반사적으로 다른 선생님들에게 함구해달라고 부탁했지만, 소문은 순식간에 퍼져나갔다. 반장은 삽시간에 공공의 적이 되었다. 피구 시합을 하면 아군과 적군을 불문하고 모든 공이 반장을 향했다. 반장은 연달아 공을 잡아서 던졌지만, 환호 대신 야유가 쏟아졌다. 일 대 다수의 싸움이었다. 선생님들마저 반장의 인사를 못 들은 척했다.

반장의 편은 미지뿐이었다. 그녀가 꾸짖자 반장을 향한 아이들의 적개심도 잠시 사그라지는 듯했으나 학부모들의 항의는 잦아들지 않았다. 축구 시합 도중 반장이 태클을 거는 바람에 아이가 다쳤다고 하면 미지는 축구 시합은 옆 반에서 했다고 소명했다. 반장이 복도에서 이유 없이 노려보는 바람에 밤새 잠을 이루지 못했다는 하소연도 정확히 언제 그랬는지 알려달라고 받아쳤다. 다른 선생님이 미꾸라지 한 마리가 물을 흐리게 만든다며 미지를 위로했을 때, 미지는 차마 웃어넘길 수 없었다. 반장은 여전히 착하고 상냥한 아이였다. 문제는 그마저도 교활한 처세로 받아들이는 사람들이었다. 혹시 선생님도 조종당하는 게 아니냐는 학부모의 말에 미지는 곧바로 전화를 끊어버렸다. 즉각 민원이 들어왔지만, 그녀는 사과하는 대신 인권위원회에 제소하겠다고 말했다.

교장은 미지를 타일렀다. 아이들이 종종 일어난 일과 일어나지 않은 일을 혼동하지만, 부모들은 반장이 어떤 아이인지 모르는 이상 아이들의 말만 듣고 두려워할 수밖에 없다고 했다. 입을 꾹 다문 미지를 바라보며 교장은 부모가 어리석은 게 아니라고, 만에 하나 사고가 일어나면 돌이킬 수 없을 거라고 말했다. 게다가 아직 반장의 능력이 무엇인지도 밝혀지지 않은 상태였다. 어쩔 수 없다는 말에 미지는 테이블 아래에서 말없이 주먹만 꽉 쥐었다.

2학기 시험에서 반장은 좋은 성적을 거뒀고, 체육대회에서도 눈부신 활약을 선보였다. 그에 비해 박수 소리는 영 시원치 않았다. 미지는 지지 않겠다는 듯이 환호했다. 사람들이 미심쩍은 눈빛을 보낼수록 반장에게 더 많은 격려와 칭찬을 퍼부어주었다. 반장도 미지에게 늘 감사를 표했고 그녀만 보이면 바로 달려와 뒤를 졸졸 따라다녔다.

"선생님은 아직도 제가 훌륭한 사람이 될 거라고 생각하세요?"

미지는 살짝 허리를 숙여 반장과 눈을 맞췄다. 반장의 눈동자는 맑고 깊었다. 언제든 뛰어들어 헤엄칠 수 있는 호수 같았다.

"그럼. 너는 정말 훌륭한 사람이 될 거야."

"제가 반동이 될지도 모르잖아요."

"부적합 판정자라고 해서 다 반동이 되는 건 아냐. 그건 그냥 검사 결과일 뿐이지. 넌 누구보다 올바르고 똑똑한 아이니까, 선생님은 네가 아주 멋진 어른이 될 수 있다고 생각해. 너도 그렇지?"

반장은 홀린 듯이 고개를 끄덕였다. 미지도 가슴이 벅차올랐다. 교무

회의에서 반 편성에 관한 이야기가 나왔을 때 그녀는 자신이 반장네 반을 맡겠다고 자처했다. 그 말에 교장이 미묘한 표정을 짓더니 과연 그래도 될지 모르겠다며 말끝을 흐렸다. 하지만 미지 말고는 그 누구도 반장을 맡으려 들지 않았다. 몰상식하고 편견에 찬 학부모들을 두려워하는 꼴이라니, 미지는 다른 선생님들이 못마땅했다.

종업식이 일주일도 채 남지 않았을 즈음 반장이 미지를 찾아왔다. 늘 양 갈래로 곱게 땋아내렸던 반장의 머리카락은 아이들이 뱉은 껌이 엉겨 붙는 바람에 단발로 잘렸고, 고왔던 손도 생채기로 가득했다. 미지가 코코아와 율무차 중 무엇을 마시겠냐고 물었을 때, 반장은 쉬이 대답하지 못하고 머뭇거렸다. 그녀는 반장에게 코코아와 율무차 둘 다 내주었다.

"너무 걱정하지 마. 4학년 때도 선생님이 함께 있을 테니까. 우리, 앞으로도 잘해나가자."

반장은 고개를 떨군 채 대답하지 않았다. 미지가 반장의 손을 잡고 말했다.

"괜찮아. 네가 잘못한 게 아니야."

"알아요." 반장이 고개를 들었다. 눈동자만큼은 여전히 맑았다. "죄송해요. 저, 내년에 캐나다에 가기로 했어요."

"가족이랑 함께?"

미지가 묻자 반장이 고개를 흔들었다. 혼자라니. 원체 똑부러졌다 해도 아직 초등학교도 채 졸업하지 않은 나이였다. 그녀는 반장을 붙잡고 부모님에게 대신 전화를 걸어주겠다고 했지만, 반장은 고개를 흔들었다.

"죄송해요. 더는 여기 있고 싶지 않아요."

"아니야. 여기서 견뎌낼 수 있어." 미지는 제 손에서 빠져나가려는 반장의 조그만 손가락들을 다시 고쳐 잡았다. “선생님이 도와줄게. 응? 넌 정말 대단한 아이야. 나약하지 않아.”

“저 안 대단해요.”

“아니야. 선생님을 믿어봐.”

“선생님을 못 믿는 건 아니에요. 하지만, 선생님이 계속 제 곁에 계실 순 없잖아요.”

교실에는 미지와 반장 둘뿐이었고, 창으로 들어오는 창백한 햇빛이 바닥에 그림자를 드리우고 있었다. 미지는 어떻게든 반장을 설득하고 싶었지만 이상하게도 입술이 무거웠다. 입술만이 아니라 온몸이 가라앉아서 어두운 심해로 끌려가는 기분이 들었다. 숨이 턱턱 막혔다. 멀리서 반장이 울먹이는 소리가 들려왔다. 선생님! 그녀를 부르는 소리가 귓가 주변에서 맴돌다가 큰 소리를 내며 터졌다.

캄캄했던 시야에 낯익은 사물들이 하나둘씩 돌아왔을 때, 미지는 참고 있던 숨을 길게 내쉬었다. 가늘게 떨리는 반장의 어깨가 보였다. 죄송하다고, 반장은 사과만 반복했다. 마음 같아서는 반장을 끌어안고 싶었으나 차마 그럴 수 없었다. 두려웠다. 망설이는 사이 의자가 끌리는 소리가 들렸다. 그녀가 다시 고개를 들었을 때 반장은 없었다. 손대지도 않은 코코아와 율무차만 빈자리 앞에서 차갑게 식어갔다.

이제 이 집은 미지에게 교도소나 다름없었다. 자신과 아버지는 이 집에 갇힌 유형수였고, 국자는 간수였다. 미지가 벼르고 별렀던 독립의 순간도 삼십 년 가까이 모범수로 복역한 성과일 뿐이었다. 허탈했다. 만일 국자의 허락이 없었다면 그녀가 아무리 노력하고 준비한들 독립은 불가능했을 터였다. 자신이 아버지와 달리 아무 능력도 없는 일반인이라서 순순히 내보내주는 걸지도 몰랐다.

"엄마는 뼛속까지 공무원이네. 영웅이야. 어떻게 사랑하지도 않는 사람과 결혼하고 애까지 낳았대. 나라를 위해서라면 뭐든 할 수 있어?"

"아닌데."

"뭐가?"

"난 이 나라가 어찌되든 상관없었거든."

8

재미있는 것만 살아남는 시대였다. 텔레비전을 틀면 손에 땀을 쥐게 하는 스포츠 경기 중계방송이나 마네킹처럼 아름다운 배우들이 주야장천 사랑을 나누는 드라마, 개그맨들이 이유 없이 자신의 이마를 때리다가 다른 사람의 볼기짝까지 차지게 때리는 오락 프로그램이 연달아 나왔지만, 정작 최고 시청률을 달성한 프로그램은 따로 있었다. 바로 뉴스였다.

뉴스를 처음부터 끝까지 보는 사람은 드물었다. 대부분 도중에 채널을 돌리거나 일기예보만 확인했다. 예보가 맞지 않으면 방송국으로 항의 전화가 빗발쳤다. 오늘은 비가 온다고 했는데 왜 날씨가 맑은가, 화창하다고 했는데 왜 천둥 번개가 몰아치나. 정작 다른 뉴스거리에 대해서는 잠잠하다못해 관심조차 없었다.

바닥을 기는 뉴스 시청률이 반짝 솟아오르는 순간은 영웅의 활약상이 나올 때였다. 특히 반동 세력에 맞서 싸우는 모습을 실시간으로 중계하면 사람들은 너 나 할 것 없이 뉴스로 채널을 돌렸고, 길을 걷던 사람들도 텔레비전이 있는 식당이나 카페로 들어가 영웅들을 응원했다. 신문사들도 이에 질세라 다음날 신문 1면에 '영웅 대 악당'이라는 표제어를 달아 판매량을 올렸다.

어떤 개그맨은 작금의 사태를 두고 '흥분의 도가니탕'이라고 일컬었다. 청중은 손뼉을 치며 가볍게 웃어넘겼지만, 모든 유머가 그렇듯 엉뚱한 말로만 그치진 않았다. 영웅과 반동의 격전 후 무너진 건물과 부상자는 잠시 스치는 배경으로 소비되었고, 빈민촌 철거 도중 사망한 주민이나 국회에서 정부의 뜻에 반대했다는 이유로 끌려나간 의원은 엑스트라에 불과했다.

전국이 영웅에 대한 애정과 애국심이라는 땔감으로 타오르는 가운데 모든 것이 뒤엉켜 녹아내렸다. 원래의 형체조차 알아볼 수 없어서 무엇이 문제고 무엇이 문제의 원인인지도 판명하기 어려웠다. 사람들은 보이고 들리는 대로 탓하면서 하루하루를 살아갔다. 지나간 걸 곱씹기도 전에 새로운 것들이 쏟아져들어오는 마당이니 따져볼 겨를조차 없었다.

정부는 올림픽 유치를 위해 해외 순방을 계획했다. 영웅들과 전세기를 타고 곳곳을 돌아다니며 대한민국이 얼마나 대단한 나라인지 보여주겠다는 취지였다. 영웅들의 빈자리는 아직 대중적인 인지도가 부족한 기능력직 공무원들과 훈련원 교관들이 대신했다. 강수자 교관의 부재로 군사학 휴강이 결정되자 훈련생들은 서로 은밀하게 시선을 나누었다. 군사학의 과제량이 제일 많았다.

기쁨도 잠시였다. 군사학 수업을 암호학 수업으로 대체한다는 소식에 이곳저곳에서 탄식이 나지막하게 흘러나왔다. 암호학 수업 과제는 양이 많지는 않았지만, 난도는 최상이었다. 암호학 교관은 이미 예상한 반응이라는 듯이 표정 하나 변하지 않고 말했다.

"이번에야말로 자네들 진면목을 보도록 하지." 그러고는 산더미처럼 많은 과제를 내주었다. "난 강교관처럼 차출될 일이 없으니 안심하고 해오게나."

제일 먼저 포기한 훈련생은 글로리아였다. 그녀는 국자에게 숙제 좀 보여달라며 온갖 애교를 떨었다. 불에 지진 면봉으로 둥글게 말아올린 속눈썹을 연신 깜박거리면서 매달렸다. 국자는 한숨을 쉬며 말했다.

"어제 내준 숙제잖아."

"내가 크림빵 사줄게."

"제출일이 일주일이나 남았어."

"크림빵 세 개."

"우선 해봐. 정말 못하겠으면 보여줄게."

"크림빵 다섯 개. 못해. 방금 느낌이 왔어. 아마 난 손도 못 댈 거야."

"엄살 부리기는."

"진짜라니까. 만약 너라도 하게 되면 보여주기야." 글로리아가 새끼손가락을 내밀며 졸랐다. "약속해, 응?"

암호학 교관이라면 단번에 알아챌 속임수였지만, 국자는 마지못해 승낙했다. 그저 제 철없는 친구가 그대로 베끼지 않도록 곁에서 훈수를 두는 게 최선일 터였다. 억지로 받아낸 약속에 마음이 놓였는지 글로리아는 침대에 대자로 누웠다. 국자도 과제를 한편에 치워두고 글로리아의 침대 머리맡에 쌓여 있는 잡지 중 한 권을 집었다. 『샘이 깊은 물』이었다.

이번 호에는 이은영 국회의원의 인터뷰가 실려 있었다. 그녀는 몇 안 되는 여성 국회의원이자 외교부 출신 기능력직 공무원으로 유명했다. 나름 진보정당에서 내세우는 아이콘이었지만, 그녀가 발의한 법안들은 번번이 기각되었다. 능력자 등급 재심사도 그중 하나였다. 그녀는 심사위원들의 개인적 선호도에 따라 턱없이 낮은 등급을 받은 능력자들을 재고해야 한다고 주장했다.

다른 의원들은 결국 본인의 등급을 정정하고 싶어서 내놓은 이기적인 법안이라며 원색적인 비난을 퍼부었다. 이은영은 표정 하나 변하지 않고 단언했다. 절대로 그럴 일은 없을 거라고. 그러나 법안은 끝내 계류되었다. 여당 의원들은 그녀에게 민생에 치중하되 여성으로서의 장점을 살려 부드럽게 말한다면 반대 여론을 잠재울 수 있을 거라고 충고했다.

『샘이 깊은 물』의 기자가 그 충고를 받아들일 의향이 있는지 물었을 때, 이은영은 대답하지 않았다. 국자는 정치가 뭔지 몰랐지만, 이은영이 대단하다고 생각했다. 매번 실패해도 포기하지 않고 계속 시도하는 모습이 멋져 보였다. 이은영에 비하면 그녀는 자신의 능력이 너무 소소하다고 생각했다. 글로리아도 마찬가지였다. 사람들이 먹지 않는 한 국자는 자신의 능력을 쓸 수 없었고, 글로리아가 미래를 예언한들 바꿀 방법을 모르니 소용이 없었다.

그들은 영화 속 주연이 되어 고생하느니 평화로이 구경하는 관객이 더 낫다고 생각했다. 둘은 전혀 달랐지만, 예언대로 좋은 친구가 되었다. 글로리아가 새로 바른 매니큐어 색이 잘 어울리냐고 물었을 때, 국자는 고개를 끄덕였다. 연둣빛 원피스에 주홍색 손톱이라니, 글로리아다웠다. 어릴 적엔 상주처럼 칙칙한 옷만 입었다고 했는데 남은 생애 동안 세상의 모든 화사한 색을 다 둘러볼 모양이었다.

별안간 천장에 달린 스피커에서 사이렌 소리가 났다. 그들이 두 손으로 귀를 단단히 틀어막은 채 기다리는 사이 안내 방송이 들렸다. 이 년차 이상 훈련생들은 전원 강당으로 집합하라는 말에 국자와 글로리아는 얼떨떨한 눈빛으로 서로를 바라보았다. 점호 시간이라기엔 일렀고 훈련생 중 누가 사고를 쳤다고 보기에는 창밖이 조용했다. 이번에도 글로리아의 예감은 적중했다.

고영준은 영화나 소설에 나올 법한 기자였다. 답변을 피하는 국회의원들의 차를 택시로 끝까지 따라가는가 하면 재개발 예정지에서 내쫓긴 철거민들을 찾아가 몇 시간이고 인터뷰했다. 하지만 각고의 노력을 거쳐 작성한 기사는 데스크에서 반 이상 삭제되거나 반려되기 일쑤였다. 가끔은 편집국장이 종이를 말아쥔 채 직접 고영준을 찾아 신문사 구석구석을 누비곤 했다. 어찌나 큰 소리로 이름을 부르고 다니는지 신문사 직원이라면 누구나 고영준을 알 정도였다.

선배 기자들은 고영준을 등신이라고 불렀다. 요령 없이 사서 고생이나 하는 멍청이. 그러면서도 국장에게서 도망쳐 온 고영준을 책상이나 외투와 가방더미 아래에 숨겨주곤 했다. 선배들은 고영준이 택시비와 인터뷰비로 월급을 거덜내면 밥과 술을 아낌없이 사주면서 타일렀다. 일단 너부터 살아야 한다고, 아무리 좋게 말해도 고영준은 고개를 끄덕이는 시늉조차 하지 않았다.

고영준은 국장이 시키는 대로 영웅들을 쫓아다니며 좋아하는 음식이나 관심 있는 이성에 관해 캐묻느니 신문사의 부조리한 행태에 관한 고발문을 적어 신문사 로비에 붙이는 쪽을 택했다. 대자보를 본 국장은 입에 거품을 물 정도로 화를 냈지만, 고영준을 자르지는 않았다. 대자보를 떼고 다른 기자들에게 입단속을 시킨 후 감봉 조치한 게 다였다. 후일 그는 주간지 편집장에게 고영준을 추천하면서 넌지시 대자보 사건에 대해 이렇게 말했다. "그 자식, 글 괜찮게 쓰더라."

단순히 글솜씨만을 평하는 말은 아니었다. 카메라 렌즈가 따라잡지 못할 직감과 이를 뒷받침하는 관찰력, 예리한 비판 의식, 물불을 가리지 않고 뛰어드는 사명감을 지닌 기자들이 이전에도 여럿 존재했지만, 그들은 어느 날 소리 소문 없이 사라졌다. 선득한 날이 소리 없이 다가와 잔디를 깎듯 그들을 깔끔하게 잘라냈다. 한때 그런 기자가 되길 꿈꿨던 이들은 눈에 띄지 않게 납작 엎드리는 법을 배웠다. 살아남아야 했다. 살아남지 못하면 아무것도 쓸 수 없었다.

대자보 사건 직후 국장은 고영준에게 지리산 근처 식당이나 취재해 오라며 출장을 보냈다. 말이 취재지 머리나 식히고 오라는 뜻이었다. 고영준은 마지못해 받아들였다. 사진이나 몇 장 찍고 적당히 그럴싸한 표현으로 얼버무린 기사 초안을 서울로 보낼 작정이었다. 마지막으로 들른 식당의 주인과 나눈 대화만 아니었다면 말이다.

주인은 자신이 이십 년 전 서울에서 내려온 외지인이라고 했다. 고영준은 이십 년이면 이제 외지인이 아니라 현지인이 아니냐고 묻고 싶었으나 꾹 참았다. 그가 열심히 맞장구를 치자 주인은 삼계탕 비법이 도라지라고 속닥거렸다. 그러고는 삼계탕에 들어가는 도라지가 지리산 중턱에서 자라서 산의 기운이 충만하다고 자랑했다. 도라지라곤 겨우 하나 들어 있는 게 다였고, 실처럼 가늘어서 국물을 저을 때마다 숟가락에 휘말렸다.

취재 수첩을 끄적거리던 고영준의 귀를 사로잡은 건 주인이 지나가듯 언급한 소문이었다. 주인은 도라지밭으로 올라가는 길에 불을 피운 흔적을 봤다고 했다. 딱히 등산객들이 자주 다니는 길목도 아니었다. 마을 사람들은 한동안 그게 지리산에 반동들이 산다는 증거라며 수군거렸다. 고영준은 저도 모르게 자세를 고쳐 앉았다.

결론인즉슨 삼계탕을 위해 위험을 무릅쓴다는 말이었다. 도라지를 넣은 삼계탕과 안 넣은 삼계탕의 차이가 뭔지는 몰랐지만, 고영준은 그 노력을 기사에 언급하겠노라 약속했다. 그러고는 기분이 좋아 보이는 식당 주인에게 슬며시 그 흔적을 어디서 봤느냐고 떠보았다. 주인은 의심어린 눈초리를 보냈다. 그깟 도라지, 고영준이 욱하는 마음을 억누른 채 도라지 삼계탕을 기사 첫머리에 쓰겠다고 살살 달래자 주인은 선뜻 지도까지 그려주었다.

고영준은 선배 기자에게 이 근처 축제까지 취재하고서 서울로 돌아가겠다고 말했다. 선배는 의아한 눈치였다. "축제? 약수제라면 늦어도 4월이라 이미 했을 텐데……" 고영준은 통신 상태가 영 좋지 않아서 그런지 잘 안 들린다고 둘러댄 다음 전화를 끊었다. 국장이었다면 단박에 거짓말이 들통났을 터였다. 그는 거짓말을 싫어했지만, 적어도 소위 영웅이라는 모범생들보다 국가 전복을 꾀하는 반동들이 더 흥미로운 기삿거리라고 생각했다.

문제는 고영준이 평지에서 걸어도 곧잘 고꾸라진다는 점이었다. 더군다나 등산 경험도 군 제대 후로는 전혀 없었거니와 지리산이 얼마나 험한지도 몰랐다. 식당 주인이 알려준 길은 사람들이 다니지 않는 길이라

덤불투성이였다. '곰 조심'이라고 쓰인 나무 팻말은 두 동강이 난 채 떨어져 있었다. 고영준은 카메라 가방을 품에 안고 조심스럽게 발을 디뎠다. 플래시와 수첩까지 챙겨온 터라 가방이 상당히 무거웠다.

지도에서 본 계곡에 다다랐을 때 고영준은 쾌재를 불렀다. 계곡 건너편에 식당 주인이 말한 굴이 보였다. 굴 입구는 성인 남성이 엉금엉금 기어야 들어갈 수 있을 정도로 작았다. 계곡을 건너려던 순간 고영준은 바스락거리는 소리를 들었다. 순간 기자의 감이 번득였다. 분명 누군가가 자신을 지켜보고 있었다. 그는 재빨리 카메라를 들고 소리가 난 쪽으로 뛰어갔다. 덤불을 헤치고 상반신을 앞으로 내민 순간 발아래가 푹 꺼졌다. 절벽이었다. 재빨리 옆으로 굴렀으나 그 역시 경사가 가팔랐다.

시야가 뒤집히고 온몸이 돌과 나무에 부딪히는 와중에도 고영준은 카메라를 껴안고 있었다. 속절없이 구르던 몸이 멈춘 곳은 낙엽더미였다. 어렴풋이 코를 스치는 탄내에 저도 모르게 웃었다. '여기구나.' 그는 품안에 있는 카메라를 확인했다. 플래시가 든 가방도 찾아야 한다는 생각에 몸을 일으키려 했지만 도로 주저앉았다. 오른쪽 발목이 시큰거렸다.

오른쪽으로 무게를 싣지 않으려고 애쓰며 움직였으나 소용없었다. 반쯤 드러나 있던 나무뿌리에 걸려 넘어지면서 고영준은 성했던 왼쪽 발목마저 접질렸다. 억눌렀던 비명이 터져나왔다. 심지어 갈비뼈에 금이 갔는지 가슴께에 통증이 있었고 열까지 오르기 시작했다. 온몸이 덜덜 떨렸다. 그가 걸친 옷이라고는 얄팍한 점퍼 한 장뿐이었다.

살려달라고 소리를 지를 때마다 돌아오는 답은 아주 가느다란 메아리가 다였다. 어디선가 희미하게 낙엽을 밟는 소리가 들렸지만 반갑지 않았다. 무심코 지나쳤던 팻말이 머릿속을 떠돌아다녔다. '지리산에 반달

곰이 살았던가, 반달곰도 사람을 먹을까?' 고영준은 굴러서라도 내려가야겠다고 생각했다. 점퍼 주머니에서 초콜릿 바를 꺼내 입에 쑤셔넣으며 마음을 다잡았으나 막상 깎아지르는 절벽을 보니 엄두가 나지 않았다.

나무들이 드리우는 그늘이 한층 짙어지자 고영준은 주머니에서 펜을 꺼냈다. 손바닥에 몇 자를 적다보니 눈물이 핑 돌았다. 부디 곰이든 호랑이든 손바닥만은 남겨주길 바랄 뿐이었다. 새삼 능력자들이 부러웠다. 능력자라면 이런 산쯤은 쉽게 내려갈 수 있을 테니까. 비록 어떤 능력인가에 따라 다를 테지만, 거기까지 생각할 겨를은 없었다.

나뭇잎 사이로 비친 새빨간 노을이 무릎을 적실 즈음 고영준은 두 손을 포갠 채 눈을 감았다. 눈꺼풀 안쪽에 머물던 빛이 희미해질 즈음 바로 옆에서 기척이 들렸다. 괜히 서러웠다. 잠들 때까지만이라도 기다려주면 안 되나? 말이 통하지 않는 동물에게 배려를 바랄 수는 없는 노릇이었다. 그는 바들바들 떨면서 두 손을 꼭 맞잡았다. 동물의 발처럼 뭉툭한 무언가가 제 이마를 툭툭 건드리는 것도 애써 무시했다.

"저기요. 정신 차리세요."

처음 그 목소리를 들었을 때 고영준은 눈을 질끈 감아버렸다. 죽음을 앞두고 과거의 모든 순간이 눈앞으로 지나가는 걸 뭐라고 했는지 가물가물했다. 백열등, 형광등, 온갖 등이 머릿속에 떠올랐다.

"죽은 척하지 마세요. 숨쉬고 있잖아."

주마등, 주마등이라는 단어가 떠오른 순간 고영준의 두 눈이 번쩍 뜨였다. 정확히 말하자면 누군가가 손가락으로 그의 두 눈꺼풀을 잡아당겨 열고 있었다. 커다란 고글이 보였다.

"뭐야?"

"괜찮으세요?" 고글을 쓴 사람은 저보다 몸집이 갑절로 큰 고영준의 몸을 가볍게 뒤집었다. 고영준이 신음을 흘리자 혀를 찼다. "어휴. 발목 두 쪽 다 삐셨네. 선생님, 일어나긴 어렵죠?"

"혹시……" 고영준은 남은 염치와 기운을 짜내 입을 열었다. "현 정부의 능력자 관리 정책에 관해 어떻게 생각하십니까?"

그가 생각하기에도 제법 비장한 어조였지만, 고글은 영문을 모르겠다는 듯이 고개를 갸웃거렸다.

"혹시 넘어지면서 머리 박았어요?"

"아뇨. 아니, 그럼 왜 구해준 겁니까?"

"선생님, 혹시 뭐 극단적인 생각이라도 하신 거라면, 아이, 아직 창창한 나이 같은데."

"아니, 그게 중요한 게 아닙니다. 중요한 건……" 고영준은 잠시 말을 멈췄다. 갑작스레 밀려든 통증이 목덜미를 잡고 이리저리 흔드는 것만 같았다. 그는 간신히 입을 열었다. "당신은, 누구십니까?"

어릴 적 부르던 노래 같았다. 누구냐고 물으면 이미 정해진 대답이 돌아오는 돌림노래. 그는 어쩌면 자신이 그토록 바라던 사람일지도 모른다고 기대했다. 기대하는 바람에 아무것도 짐작할 수 없었다. 자신이 평생 그 커다란 고글 너머의 얼굴을 잊지 못하리라는 것을. 고글이 고글을 벗자 중학생처럼 앳된 얼굴이 드러났다. 네에에. 노래를 부르듯 고글이 말끝을 늘이면서 말했다.

"전 산림청 소속 공무원 어윤경입니다. 제가 도와드릴 테니 이제 그만 내려가시죠."

그 아파트는 시공 전부터 모두의 이목을 끌었다. 가장 땅값이 비싼 동네 한가운데 서 있었거니와 이십층에 달하는 초고층이라는 점도 화제였지만, 무엇보다도 단지 내 조성될 상가가 일반 슈퍼마켓 수준이 아니라 고가에 양질의 물건만 모아놓은 백화점에 가깝다는 게 이유였다. 풍문에 의하면 다른 아파트를 분양할 때보다 복부인들이 더 많이 몰려들었다고 했다.

한 텔레비전 프로그램에서 그 아파트를 취재한 적이 있었다. 국자는 훈련원 휴게실에 앉아 리모컨을 누르던 중 산더미처럼 쌓여 있는 바나나를 보았다. 아파트 상가 관리자는 카메라를 향해 고당도에 품질이 좋은 과일만 엄선해서 판매하고 있다고 말했다. 실제로 바나나들은 갈색 반점이나 푸른 기 하나 없이 샛노랗고 먹음직스러워 보였다.

국자가 본 바나나는 보통 한 송이에 대여섯 개 정도 달려 있었지만, 화면 속 바나나 송이 열 개는 족히 넘을 듯했다. 바나나들은 오동통하고 길쭉하니 손가락처럼 보였다. 저 귀한 과일을 무성의해 보일 정도로 첩첩이 쌓아놓은 꼴이라니. 장바구니를 들고 상가를 유유자적하게 오가는 사람들은 저 바나나가 짓무르고 상할지도 모른다는 생각을 하지 않는 것 같았다.

사실 아파트 주민들이 당면한 문제는 바나나 더미가 아니라 아파트였다. 전 세대 입주가 끝나고 한 해도 채 지나지 않아 아파트 사무실로 온갖 항의가 빗발치기 시작했다. 벽에 금이 가고 바닥이 흔들린다는 내용이었다. 건설사측은 외국산 시멘트와 철근을 썼으니 내구성을 걱정할 필요가 없으며, 풀이 바람에 흔들리긴 하지만 꺾이지는 않는 것과 비슷하다고 답했다. 삼십 년 넘도록 건설소장으로 일했던 이모부는 그 시적인 답변에 헛웃음만 지었다.

항의는 금세 뜸해졌다. 뉴스에도 더는 나오지 않았다. 불안하다고 팔자니 매물을 기다리는 사람들이 줄을 이었고, 근처 유명한 사립 재단이 중고등학교를 만들 예정이라는 이야기가 떠돌았기 때문이었다. 주민들은 바람만 불지 않으면 좋은 아파트라고 생각했다. 아파트값이 배로 오를 수 있었고, 아이들은 명문 학교의 학생이 될 수 있었다. 그들은 조금만 버티면 된다고 생각했다. 설마 무슨 일이 나겠어. 그렇게만 믿었다.

아파트 상가는 저녁때면 늘 붐볐다. 아파트 거주민뿐 아니라 근처에 사는 주민, 잠깐 퇴근길에 구경하러 온 회사원들이 여유롭게 매대를 구경했다. 천장에 달린 스피커에서는 비발디의 〈사계〉가 흘러나왔다. 어떤 아이가 엄마의 손을 잡아당기며 음악 시간에 배운 노래라고 말했다. 엄마는 아이를 사랑스러운 눈빛으로 바라보며 그중 무슨 계절인지 맞추면 선물을 사주겠다고 말했다. 아이는 끙끙거리다가 외쳤다.

"가을!"

정답이었다. 〈사계〉의 가을 1악장이 끝나기도 전에 나란히 줄지어 선 아파트들이 도미노처럼 쓰러지며 상가를 덮쳤다. 천장이 무너지고 에스컬레이터는 엿가락처럼 휘었다. 사람들은 우왕좌왕하며 입구를 찾았다. 그 입구로 들어온 지 십 분도 채 지나지 않았지만, 마치 까맣게 잊어버린 것처럼 헤맸다.

간신히 도망쳐나온 사람들은 무너져내린 입구를 보고 비명을 질렀다. 그들은 기적을 바랐다. 그 기적을 일으킬 영웅이 나타나길 기다렸다. 그 유명한 영웅들은 전세기를 타고 프랑스 상공을 날고 있었다. 수도권에 남아 있는 기능력직 공무원 중 구조 작업에 동원될 만한 신체 계열 능력자는 얼마 되지 않았고, 염력을 쓸 수 있는 정신 계열 능력자도 손에 꼽을 정도였다.

강수자 교관은 회의실에 모인 능력자가 몇 명인지 세어보았다. 스무 명도 안 되는 인원으로 구조 작업에 임하는 건 무리였다. 그렇다고 해서 가만히 있을 수도 없었다. 동분서주하는 사이 소방대원들이 현장에 먼저 도착했다. 그들이 할 수 있는 일은 불이 더 퍼지거나 분진 폭발이 일어나지 않도록 계속 물을 끼얹는 것뿐이었다. 몇몇은 아직 무너지지 않은 건물 안으로 들어가려 시도했지만 실패했다. 붕괴는 진행중이었다.

능력자관리청장 대리가 훈련생들을 구조 작업에 동원하겠다고 했을 때 강수자는 반대했다. "이게 무슨 캠프파이어인 줄 아십니까?" 아직 능력을 제대로 다룰 줄 모르는 훈련생이 태반이었다. 그녀는 가능한 한 부드러운 어조로 말하려고 노력했다.

"잘못하면 훈련생들의 목숨도 위험할 수 있습니다."

"강교관, 훈련원 예산이 어디서 나옵니까?" 청장 대리가 답답하다는 듯이 책상을 두드렸다. "국가에서 나와요, 국가. 자고로 공무원이 될 재목이면 조국에 충성하고 헌신할 줄 알아야지요. 국가가 상사고 아버지입니다. 이번 기회에 그 충효 정신을 배워야지요."

호랑이 없는 골에 토끼가 왕 노릇을 한다더니, 몇몇 기능력직 공무원이 서로 눈빛을 주고받았다. 강수자는 간신히 청장 대리를 설득해서 이 년차 이상 훈련생만 동원하기로 했다. 훈련을 마치고 사회로 복귀한 하급 능력자들에게도 협조을 요청할 예정이었지만, 긍정적인 반응을 기대하는 건 무리였다.

상황은 이미 파탄에 가까웠다. 강수자는 먼저 현장으로 출동하겠다고 말한 후 차에 올라탔다. 덜덜 떨리는 손으로 핸들을 잡았을 때 누군가가 어깨를 두드렸다. "비켜." 어윤경이 그녀를 걱정하는 눈빛으로 바라보고 있었다.

"그 손으로 운전하면 사고 난다. 내가 할게."

"어딘지 모르잖아."

"아까 상황실에서 지도 봤어. 확 밀어버리기 전에 그냥 내리지 그래?"

강수자는 재빨리 차에서 내렸다. 어윤경은 한다면 하는 사람이었다. 그녀는 잽싸게 운전석으로 넘어가서 핸들을 잡더니 입을 꾹 다문 채 조수석에 올라탄 강수자에게 고개를 끄덕였다. 어떻게든 해내고야 말겠다고 결심할 때마다 짓는 표정이었다. 강수자는 과속 딱지를 몇 개 끊든 상관없으니 사고만 나지 않길 바랐다.

어윤경은 고영준에게 손전등을 쥐여주고 산 곳곳을 뛰어다녔다. 적적하게 내려앉은 어둠 가운데서도 그녀의 발소리는 거침이 없었다. 고영준이 손전등을 이리저리 비출 때마다 선뜻하니 움직이는 어윤경의 등과 머리, 다리가 보였다. 마치 다람쥐 같았다. 잠시 후 어윤경은 굵고 단단한 나뭇가지를 한 아름 들고 왔다. 그러더니 다짜고짜 나뭇가지를 고영준의 다리에 대고 주머니에서 꺼낸 노끈으로 동여맸다. 너무 꽉 묶어서 발끝이 저릴 정도였다.

"선생님, 버둥거리지 마세요. 잘못하면 저 절벽 아래로 떨어집니다."

"이러면 무릎도 못 구부리는데 어떻게 내려갑니까?" 고영준이 항의하는 동안 어윤경은 묵묵히 그의 양팔에도 부목을 댔다. 뿌리치려 해도 어윤경의 손아귀 힘이 어찌나 센지 꼼짝할 수 없었다. "아니, 상의라도 좀 하고 내려갑시다, 네?"

"내려가는 건 선생님이 아니라 저니까 걱정일랑 하지 마세요." 어윤경이 고영준에게 제 등을 대며 말했다. "자, 업히세요."

고영준은 잠시 망설였다. 팔다리가 다 부러졌다 한들 자신보다 작은 어윤경에게 덥석 업힐 수는 없었다. 게다가 한 치 앞도 보이지 않을 만큼 시야가 캄캄했다. 이런 어둠 속에서 길을 식별하는 건 불가능에 가까웠다. 자칫 어윤경마저 다칠지도 몰랐다.

"차라리 지금이라도 내려가서 도와줄 사람들을 데려오는 편이……"

"에이, 혹시 무서우시면 제가 기절시켜드릴까요?"

가벼운 어조였지만 진담처럼 들렸다. 고영준은 어윤경의 손날에 맞아 기절하느니 순순히 업히기로 했다. 어윤경이 짤막하게 기합을 지르면서 벌떡 일어설 때까지도 그는 반신반의했지만, 이내 겅중겅중 산길을 뛰어 내려가는 어윤경에게 잠자코 매달렸다. 정말 힘이 세긴 셌다. 그녀는 심지어 콧노래를 흥얼거렸다.

"아니, 산짐승이 들으면 어쩌려고요? 와서 잡아 잡수라는 겁니까?"

"어허. 서울 양반이라 모르시나. 산짐승들이야말로 인간 소리가 나면 피해요."

"여기 곰 조심이라는 팻말도 있던데……"

"그걸 아는 양반이 무슨 일로 여기까지 기어들어왔어요?"

예리한 지적이었다. 입을 다문 고영준에게 어윤경은 노래나 한 곡조 해달라고 졸라댔다. "힘 빠지는 노래를 부르면 제 다리에도 힘이 빠질지 몰라요." 그 엄포에 고영준은 필사적으로 기억을 헤집었다. 힘 나는 노래라니, 기자가 된 후 그는 운동화 밑창이 다 닳도록 뛰어다니기 바빴다.

노래를 부를 여유라곤 없었다. "어서요." 어윤경이 보챘다. 하는 수 없이 고영준은 그나마 기억에 또렷하게 남아 있는 노래를 불렀다. 대학에 다닐 무렵 목이 쉬도록 부른 노래였다.

"선생님, 예전에 데모 좀 하셨나보네요?"

"그러면 저 버리고 가실 겁니까?"

"아니, 내 동생이 그 노래를 많이 불렀거든요. 난 교가인가 하고 칭찬했는데 우리 엄마가 그걸 듣더니 애를 쥐 잡듯이 두들겨패더라고. 요즘 그런 거 함부로 부르면 큰일난다면서 말이에요. 난 잘 불렀다고 용돈까지 줬는데……"

재잘거리는 목소리를 듣다보니 고영준은 저도 모르게 꾸벅꾸벅 졸기 시작했다. 자동차 조수석에 앉아서 조는 게 예의에 어긋나는 것처럼 다른 사람의 등에 업힌 채로 조는 것도 무례한 행동일 텐데…… 그는 어윤경의 이야기에 귀를 기울였다. 동생과 삼 년 넘게 떨어져 지냈다느니, 자신이 맏이라서 동생을 자식처럼 돌봤다는 등 사사로운 이야기일 뿐이었지만, 덕분에 희미해지는 의식을 간신히 붙잡을 수 있었다.

고영준의 눈꺼풀이 완전히 감길 무렵 사람들의 목소리가 들렸다. 누군가가 어윤경에게 핀잔을 주었다. "이렇게 묶으면 어떡해. 팔다리 자를 셈이야?" 아마도 어윤경의 동료인 듯했다. 어쩐지 손발에 피가 안 통하는 것 같더라. 고영준은 이송용 침대에 누운 채 눈을 감았다. 너무 피곤했다. "선생님," 어윤경의 손가락이 그의 이마를 톡톡 두드렸다.

"구급차 올 테니까 이제 안심해도 됩니다."

그 말을 듣자 고영준은 저도 모르게 어윤경의 옷소매를 잡았다. 잊고 있었던 열이며 통증이 해일처럼 밀려왔지만 아프다는 말보다 먼저 해야 할 말이 있었다. 카메라 가방에 플래시랑 수첩이 있는데…… 띄엄띄엄 내뱉은 말에 어윤경이 그의 손등을 가볍게 두드렸다.

"거참, 보따리장수 구해줬더니 보따리 내놓으라는 격이네."

알겠으니 이제 쉬시라고, 어윤경이 고영준의 이마를 쓸어주면서 말했다. 어윤경의 손바닥에 박힌 굳은살 때문인지 다소 거친 느낌이었지만 나쁘진 않았다. 가방 걱정으로 뜨거웠던 머리통이 차차 식어가고 있었다. 잘 자라는 목소리가 나지막하게 귓가에서 맴돌다가 사라졌다. 고영준은 까무룩 정신을 놓았다.

사고 현장에서 강수자와 어윤경이 제일 먼저 맞닥뜨린 건 생존자 무리였다. 생존자 중 몇몇은 먼지와 피를 뒤집어쓴 채 멀거니 눕거나 앉아 있었다. 자신들이 저 콘크리트와 철근더미 속에서 빠져나왔다는 사실을 모르는 것 같았다. 뒤이어 도착한 훈련생들은 어쩔 줄 모르겠다는 듯 그 광경으로부터 고개를 돌리거나 숙였다. 강수자가 소리를 질렀다. "집합!"

강수자가 구급대원들과 아파트 구조도를 보면서 붕괴가 시작된 지점과 진입 가능한 입구를 파악하는 동안 어윤경은 훈련생들에 관한 서류를 빠르게 훑어보았다. 훈련생들은 일사불란하게 신체 계열과 정신 계열, 복합 계열로 나누어 줄을 섰다. 지시를 기다리는 것. 지금 당장 그들이 할 수 있는 전부였다. 서류를 펜으로 죽죽 긋던 어윤경이 고개를 들었다.

구조팀은 두 명씩 짝을 이루었고, 삼십 분이 지나면 사고 현장에서 무조건 나와야 했다. 나와서 상황을 보고하고 삼십 분간 휴식을 취하며 정신을 추스르고 다음 동선을 정하는 수순이었다. 훈련생들은 당연히 같은 계열끼리 팀이 될 거라 예상했지만, 어윤경은 그들의 예상을 비껴가는

지령을 내렸다.

1조는 박쥐보다 더 예민한 청력을 지닌 김명규와 염력을 쓰는 유정준이었다. 2조는 제 신체를 엿가락처럼 녹여 작은 틈이라도 비집고 들어갈 수 있는 최영주와 순간이동 능력자인 김지훈…… 훈련생들은 어윤경의 호명에 따라 줄에서 머뭇거리며 나왔다. 사이가 좋고 나쁘고를 떠나서 평소 같은 계열끼리 몰려다니니 다른 계열과는 말 한마디 나눠본 적도 없었다. 누군가가 잘 맞는 사람끼리 조를 짜는 편이 낫지 않겠냐고 묻자 어윤경은 틈도 주지 않고 대꾸했다.

"아니. 우리가 무슨 여기 보물찾기하러 온 것도 아니고." 그녀는 훈련생들 하나하나와 눈을 마주쳤다. 흔들림 없이 곧은 눈빛이었다. "구조에는 체력과 정신력, 둘 다 필요해. 하나라도 허술해지면 안 되니까 서로 감시하라는 거야. 상대방이 힘들어 보인다거나, 체력이 떨어져 보인다 싶거들랑 바로 끌고 나와."

"안 나오려고 하면요?"

누군가가 손을 들고 묻자 어윤경은 즉답했다.

"그럼 기절시켜."

훈련생들이 말없이 눈빛을 주고받았다. 어윤경은 여차하면 정말 직접 기절시켜서 끌고 나올 사람 같았다. 비록 체구는 작아도 언뜻 보이는 팔뚝이나 눈빛은 다부졌다. 무엇보다도 어윤경은 모두에게 할일을 착착 정해주었다. 국자와 몇 안 되는 복합 계열 능력자들은 구조팀에게 필요한 음식과 깨끗한 물을 조달하고 응급처치를 담당하기로 했다. 그중 부상을 완화하는 능력을 지닌 훈련생이 구조팀에 합류하겠다고 자원했으나 기각되었다. 어윤경은 그를 설득했다.

"지금 당장은 가벼운 부상에 일일이 대처하면 안 돼. 하루이틀 버텨서 해결될 문제가 아니야. 상황은 더 심각해질 테니까 일단은 밖에서 대기하도록 해."

진입 가능한 입구는 두 곳뿐이었다. 하나는 상가 뒤쪽의 화물용 출입구였고, 다른 하나는 아파트 지하 주차장으로 향하는 통로였다. 김숙녀가 자신이 직접 건물 잔해를 치우겠다고 말했을 때 아무도 반박하지 못했다. 원칙상 이곳 현장에서 등급이 제일 높은 그녀가 지휘관이었다. 어윤경이 손을 들고 말했다.

"진입로 확보한다고 해서 구조가 빨리 끝나는 게 아닌데요. 더 빨리 무너지겠죠."

다른 능력자들의 안색은 절로 새파래졌다. 고작 7등급에 지방 공무원인 어윤경이 3등급에 중앙 부처 소속인 김숙녀의 뜻을 꺾으려 들다니. 게다가 김숙녀의 성질머리만 봐도 하극상을 용납할 리 없었다.

"구조해본 적이 있습니까?"

"뭐, 우리야 산사태도 있고 절벽에서 떨어진 사람도 있고. 적지는 않죠."

"그건 산이고……"

김숙녀의 말이 끝나기도 전에 어윤경이 반문했다.

"그럼 그쪽은 구조 경험이 있습니까?"

둘을 제외한 모두가 숨죽인 채 눈만 굴렸다. 강수자는 여차하면 끼어들 작정이었다. 훈련원 기수는 공무원 사회에서나 유효할 뿐, 실질적인 위계는 능력 등급으로 갈렸다. 숙녀가 사냥감을 향해 낮게 포복한 채 접근하는 맹수처럼 천천히 어윤경에게 다가갔다. 반면 어윤경은 아무것도 모르는 채 풀이나 뜯는 초식동물처럼 태평해 보였다.

김숙녀가 그녀의 멱살을 향해 손을 뻗은 순간 전세는 역전되었다. 바닥에 누워 있는 쪽은 김숙녀였다. 어윤경의 한판승이었지만, 아무도 이에 환호하지 않았다. 김숙녀는 별다른 말 없이 어윤경에게 통솔권을 넘겼다. 몇몇 능력자들은 하늘이 내려준 기회라며 어윤경을 부러워했다. 잘만 하면 지방에서 중앙으로 재배치를 받을 수도 있었다.

강수자의 눈에는 호재로 보이지 않았다. 구조 작업이 길어질수록 생존자보다 사망자의 유해를 수습하는 일이 더 늘어날 테고, 동원된 훈련생들 역시 무사하리라는 보장이 없었다. 결국은 이 모든 책임을 어윤경이 짊어지게 될 터였다. 중앙은커녕 지방으로 무사히 돌아가지 못할 수도 있었다. 어윤경은 강수자의 말을 가로막고 말했다.

"그럼 누가 해?"

"김숙녀가 해야지. 아니면 애들이 귀국하면……"

"아무것도 모르는 사람한테 모든 걸 다 뒤집어씌우는 꼴밖에 더 돼?"

"그러면 1등급 능력자 중 한 명이라도 귀국하면 그쪽한테 바로 맡겨."

"언제 올 줄 알고?"

"그럼 안 오겠어?" 강수자는 어윤경의 손등을 토닥였다. "좀 영리하게 굴어. 제발."

"오기 전까지만 할게. 안 나설 테니까 걱정 마."

약속과 달리 어윤경은 뒤에서 명령만 하느니 직접 구조용 망치와 밧줄을 허리춤에 차고서 사고 현장을 오가는 쪽을 택했다. 그녀는 바닥과 벽에 붙어다니며 아주 작은 소리에도 귀를 기울였다. 덕분에 생존자가 묻혀 있는 지점을 찾아낼 수 있었다. 그리고 시간을 지키지 않는 능력자들을 직접 바깥으로 쫓아냈다. 그중 하나가 김숙녀였다. 그녀는 아무렇지도 않게 김숙녀의 무릎 뒤를 걷어찼다. 예상 밖의 공격에 김숙녀가 엎어지자 그녀의 짝인 텔레파시 능력자가 파들파들 떨었다.

"그, 선배가 나가야 후배들도 맘 놓고 나가지. 솔선수범합시다?"

훈련은 몰라도 실전 경험에서는 어윤경이 김숙녀보다 한 수 위였다. 김숙녀는 절뚝거리면서 밖으로 나가야 했다. 여전히 무표정했으나 꽤 분한 모양이었다. 텔레파시 능력자는 슬금슬금 눈치만 봤다. 국자가 보기에는 저 사람이 어윤경에게 텔레파시로 김숙녀가 너무 오랫동안 머무르고 있다고 일러바친 듯했다.

제일 먼저 탈진한 건 신체 계열 훈련생들이었다. 막판에는 그들과 팀을 이룬 정신 계열 훈련생들이 구조 대상자와 함께 그들을 데리고 나와야 했다. 의식을 잃은 경우야 그나마 나았다. 코피를 흘리거나 헛구역질이라도 한다면 불안정한 상태라는 증거였다. 자칫하면 자신의 능력을 제대로 제어하지 못해 더 큰 사고가 일어날 수 있었다.

최훈은 아직 등급 평가가 끝나지 않은 훈련생이었지만, 구조 대상자의 위치를 파악하는 역할을 맡았다. 꽤 막중한 역할이었다. 어윤경은 빠르게 걸을지언정 절대로 뛰면 안 된다고 주의를 시켰다. 자칫하면 진동으로 인해 바닥이 푹 꺼지거나 다른 구조팀이 매몰될 수도 있었다. 최훈은 알겠다고 대답했지만, 막상 제 속도를 조절하지 못해 뒤따라오던 투시 능력자가 천장에 깔릴 뻔했다. 어윤경은 최훈의 팔다리를 묶고 거꾸로 매달아놓았다.

응급처치를 맡은 복합 계열 능력자들도 분주했다. 구조 작업이 진전을 보일수록 응급처치를 맡은 훈련생들은 걷는 대신 뛰어다녔다. 인형에게 수십 번 심폐소생술을 시도해봤다 한들 막상 진짜 인간 앞에서는 어쩔 줄을 몰랐다. 반면 치유 능력이 있는 훈련생 몇몇은 무작정 능력을 써서 회복시켰다가 어윤경에게 혼나곤 했다. "너희도 쟤처럼 거꾸로 매달리고 싶어?" 그녀는 최훈을 가리키며 으름장을 놓았다.

어윤경의 지도 후 훈련생들은 부상자의 몸에 뒤덮인 먼지를 깨끗이 닦아내고 상처를 소독하거나 부목을 대는 일에 능숙해졌다. 환자들의 상태를 확인하고 구급차에 먼저 실어갈 이들을 선별했다. 가벼운 찰과상이더라도 충격 때문에 제대로 숨을 쉬지 못하는 이들도 있었다. 훈련생들은 남녀노소를 불문하고 손을 잡거나 끌어안고 호흡을 다시 가르쳤다. 하나, 둘, 셋……

무너진 잔해들을 치우고 건물 안쪽으로 진입할수록 구조자 중 부상자가 속출했다. 얼마 안 되는 방재 장비는 비능력자인 구급대원들의 몫이었다. 훈련생들은 훈련할 때 입는 전투복과 기본 보호 장비에 기대야 했다. 한 훈련생이 엘리베이터에 갇힌 사람들을 구하려다가 추가로 분진 폭발이 일어나 전신에 화상을 입었을 때, 울음을 터뜨린 같은 조 훈련생은 뒤따라온 교관에게 뺨을 맞았다. 구조 대상자들이 불안해할지도 모른다는 이유 때문이었다.

국자를 비롯해 배식을 맡은 복합 계열 훈련생들도 몇 시간마다 고비를 마주했다. 구조팀은 쉬는 시간만 되면 잽싸게 뛰어나와 먹을 것부터 찾았다. 씹지도 않고 목구멍에 쑤셔넣은 뒤 우유나 주스를 들이부었다. 빵이나 과일, 과자 등 인근 가게에서 음식을 다 쓸어왔으나 몇 분도 안 되어 바닥이 나기 일쑤였다. 훈련생들은 앞선 구조팀들의 행태를 경악에 찬 눈빛으로 바라보았지만, 세번째로 구조 현장에 들어갈 즈음에는 그들 역시 게걸스럽게 손에 잡히는 대로 먹어치웠다.

사흘째에 접어들 무렵 어윤경은 국자를 불러 주먹밥을 만들어달라고 말했다. 복합 계열 능력자들은 인근 아파트 주민과 식당에 협조를 요청해 쉴새없이 밥을 짓고 날랐다. 구조 작업에 동참하고 싶다고 나선 일반인들도 반찬을 가져왔다. 국자는 손바닥이 빨갛게 부어서 터질 정도로 밥을 쥐고 뭉치면서 주먹밥을 만들었다. 다행히도 그 주먹밥을 먹은 훈련생과 공무원들은 좀더 능력을 유지할 수 있었지만, 임시방편에 지나지 않았다.

남은 훈련생들도 구조 현장으로 보내라는 동원령이 내리자 어윤경은 영웅들이 돌아오지 않으리라는 사실을 알아챘다. 출입 금지 팻말을 세워놔도 기자들은 기어코 뚫고 들어와서는 훈련생들을 붙잡고 물었다. 영웅들은 대체 언제 온답니까, 어디쯤 왔답니까? 훈련생들도 몰랐다. 영웅들이 탄 전세기는 스위스 상공을 지나는 중이었다. 어윤경은 더는 영웅들을 기다리지 않기로 했다.

고영준은 곰에게 쫓겨 나무로 기어오른 후 깨달았다. '이건 꿈이구나.' 그는 나무를 타본 적이 한 번도 없었다. 나무 아래에서 곰이 이빨을 드러내며 외쳤다. "고영준씨!" 꿈이라도 곰에게 잡아먹히는 건 싫은지라 고영준은 나무를 있는 힘껏 껴안았다. 급기야 곰이 나무 밑동을 흔들기 시작했다. 그는 눈을 질끈 감고 버텼다. '제발, 날 좀……'

눈을 뜬 고영준이 제일 먼저 마주한 생명체는 곰이 아니라 어윤경이었다. 어윤경은 그의 다리를 벤 채 코를 골았다. 아무리 깁스한 다리라지만 베개 취급하다니, 마음 같아서는 어윤경의 머리를 치우고 싶었지만 고영준은 꼼짝도 하지 못했다. 사지에 다 깁스가 대어져 있었다. 의식을 따라 몸속 신경이 뒤늦게 깨어나는 모양인지 괜히 등이 간지러웠다. 침대에 대고 비비적거리는 사이 어윤경이 기지개를 켜며 일어났다. 어찌나 잘 잤는지 머리가 산발이었다.

"일어나셨네요. 등 간지러우면 긁어드릴까요?"

"아뇨. 괜찮습니다."

"에이, 빼시긴."

고영준은 어떻게든 어윤경의 손을 뿌리치려고 필사적으로 몸을 뒤틀었지만 무용했다. 작달막한 주제에 힘은 어찌나 센지, 등에 고랑이 파이는 것 같았다. 시원하기보다는 고통스러웠다. 어윤경은 파르르 떠는 고영준을 도로 눕힌 후 찬장을 열었다.

"기자님, 운이 정말 좋으신데요? 사지 멀쩡하게 구조되었잖아요. 산에서 조난되면 동상 때문에 손가락 발가락 잘리는 사람이 생각보다 많아요." 그녀는 고영준에게 카메라 가방을 건네며 눈을 찡긋했다. "게다가 그렇게 찾던 가방까지 찾았다니, 물건이 다 있는지 확인해보세요."

카메라 본체에 살짝 긁힌 자국이 남았지만 멀쩡했고, 플래시 레버가 조금 헐거웠으나 나사만 조이면 될 것 같았다. 자신을 업은 채 그 어두운 산길을 내려온 사람에게 카메라 타령이나 하다니, 고영준은 얼굴이 화끈거렸다. 고맙다고 말해야 하는데 차마 입이 떨어지지 않았다. 어윤경이 커튼을 들추고 나가더니 주스 두 병을 가져왔다. 그녀는 주스에 빨대를 꽂아 고영준에게 들이밀었다. 오렌지 주스였다. 그가 순순히 두어 모금을 마시고 고개를 젓자 어윤경은 주스를 탁자에 내려놓았다.

"신문사에서 보냈어요." 어윤경은 포도 주스를 빨대도 없이 꿀꺽꿀꺽

마신 후 옷소매로 입가를 훔쳤다. "기자님 선배가 묻던데, 식당 취재하러 간 사람이 왜 산에 있는지 모르겠다고. 산에는 왜 올라가셨어요?"

"아, 제가 산 타는 게 취미라……"

"등산이 취미인 사람이 초가을에 홑껍데기만 입고 산을 타요? 그리고 등산로가 떡하니 있는데 왜 엉뚱한 데로 갔대. 길을 잃어도 거기까지 들어가는 사람은 없어요. 도 닦는 사람들도 피할 만큼 험한 곳인데."

"아아니, 도라지밭을 취재하려고요."

"뭔 씨나락 까먹는 소릴……"

"자료 사진이 필요해서 간 겁니다. 식당 주인에게 지도까지 다 받았어요. 이름이라도 알려드려야 하나." 고영준은 일부러 불쾌한 척했다. 아무리 생명의 은인이라 하더라도 미주알고주알 다 이야기할 수는 없었다. "아니, 왜 그렇게 꼬치꼬치 캐물으십니까?"

"거기 그 도라지 삼계탕 하는 데잖아요. 우리 부장님 친구가 하는 곳이거든. 이미 이야기는 다 듣고 왔어요."

"그럼 다 알 텐데, 왜 아픈 사람을 못살게 굽니까?"

괜히 툴툴거리면서 고영준은 다시 눈을 감았다. 돌아눕고 싶었지만 마음처럼 되지 않았다. 사람이 눈치가 있으면 슬슬 떠날 만도 한데, 어윤경은 꼼짝도 하지 않았다.

"기자님, 나도 바쁜 사람이야. 내가 왜 여기서 죽치고 있겠어요."

"뭐 나쁜 생각이라도 한 줄 알고 걱정하시는 거면 괜찮습니다. 회복하는 대로 전 서울 가서 잘 살 겁니다."

"어쩌다 구조된 건지 궁금하지도 않아요?"

"식당 주인한테 다 들었다고 하셨잖습니까."

"우리 쪽으로 신고가 들어왔어요. 여자였는데, 어떤 사람이 발목을 삐어서 못 움직이는 것 같다고 했죠."

"여자요?" 고영준은 눈을 반짝이며 물었다. "뭐라고 했습니까?"

어윤경도 처음에는 진짜 신고 전화인지 긴가민가했다. 당장이라도 숨넘어갈 것처럼 굴면서 살려달라고 애걸복걸하거나 산에 무장 공비가 있다는 장난전화야 하루에도 수십 통 넘게 받는지라 이제는 목소리만 들어도 장난인지 아닌지 분간할 수 있었다. 신고 전화를 건 여자는 한 남자가 비탈에서 심하게 굴렀다고 알렸다. 산에 오르는 사람 복장 같지는 않았으며, 카메라를 가지고 있는 걸 보니 기자 같다고 차분한 목소리로 진술했다.

"혹시 그 신고했다는 사람 연락처 좀 알 수 있습니까?" 고영준이 애써 흥분을 억누르며 물었다. "사례를 좀 하고 싶은데……"

장난전화치고는 신고 내용이 상세했다. 발신 번호를 확인해보니 아무래도 공중전화로 건 전화 같았다. 어윤경이 신고 절차상 신고자의 신원 정보가 필요하다고 말하자 전화는 뚝 끊어졌다. 다시 전화했지만 신호음만 갈 뿐 연결되지 않았다. 동료들은 요즘 장난전화가 많다며 웃어넘겼다. 어윤경도 함께 웃었지만, 찜찜한 기분을 못내 떨칠 수 없었다. 핑계 삼아 나선 산책에서 그녀는 고영준을 발견했다.

"기자님은 도대체 무슨 생각으로 거기까지 간 겁니까?"

"그냥 도라지밭 사진 찍으러……"

고영준이 어물거리자 어윤경의 눈빛이 매서워졌다. 조그만 게 뭐 저렇게 사람 죽일 듯이 쏘아보나. 고영준은 계속 모르쇠로 일관할 자신이 없었다. 마지못해 식당 주인에게 들은 이야기를 그대로 털어놓았다. 그러고는 혹시 신고자가 전화를 건 공중전화의 위치가 어딘지 아느냐고 물었다.

“그 신고자가 기자님이 찾는 반동이라는 증거가 있어요?”

“아니, 그래도 확인은 해봐야 할 것 아닙니까.”

“왜 신원을 안 밝혔겠어요.” 빈 주스 병을 쥔 어윤경의 손에 힘이 들어갔다. “정말 기자님 말대로 반동이라 쳐요. 체제 전복을 꿈꾸는 반사회적인 능력자. 좋은 기삿거리겠죠. 그런데 생각이란 걸 좀 해봐요. 그 사람이 왜 기자님을 직접 구해주지 않고 굳이 공중전화로 가서 신고했을까요?”

“만일 이번 일이 기사로 나오면 그들에게 도움이 될 테고……”

“이봐요. 고영준 기자님. 그 사람들은 기자님 그냥 무시할 수도 있었어요. 그런데 신고까지 해줬잖아. 자신들의 위치가 발각될 위험을 무릅쓰고.”

“혹시 어윤경씨도 그 지리산에 숨어 산다는 능력자 이야기, 들어본 적 있습니까?”

“난 이번 일에 대해서는 아무 말도 안 할 겁니다.” 어윤경이 팔짱을 끼며 말했다. “아마 우리 팀장님도 그럴 거고. 그러면 이제 남은 건 기자님 입인데, 어떡할까요?”

끈기는 기자의 미덕인 한편 악덕이었다. 고영준의 선배들은 말했다. 눈치도 없이 계속 달라붙다간 한 대 얻어맞기 십상이지. 어윤경이 살짝 도드라진 앞니로 아랫입술을 깨물었을 때, 고영준은 저도 모르게 움찔거렸다. 애원하는 눈빛으로 맞은편 침대에 앉아 있는 노인을 바라보았지만, 돌아오는 건 혀 차는 소리뿐이었다.

"서울 양반이 뭘 모르시나본데. 그냥 알았다고 해."

노인 옆에서 사과를 깎던 보호자도 말을 보탰다.

"기자라고 하셨나, 어윤경 선생님이 그러라는 이유가 있을 텐데 그냥 그러겠다고 하쇼. 어윤경 선생님이 모르고 하는 말은 아닐 거요."

"어윤경씨가 뭘 압니까?"

살짝 억울한 마음에 고영준이 대꾸하고는 바로 어윤경의 눈치를 봤다. 아무래도 어윤경은 그의 생각보다 꽤 유명한 사람 같았다. 그녀보다 훨씬 나이가 들어 보이는 성인 남성의 입에서 선생님이라는 호칭이 자연스럽게 나오는 것만 봐도 얼추 가늠할 수 있었다. 보호자가 과도를 든 채 해맑게 대답했다.

"당연하죠. 어윤경 선생님은 함양군 영웅이시잖아요."

"아니, 영웅이라고 부르지 말라니까요. 오해하잖아요." 어윤경이 손사래를 치더니 고영준에게 다시 주스를 들이밀었다. 달라고 한 적도 없는데 왜…… 고영준은 눈알을 굴리며 주스를 몇 모금 더 마셨다. 이러다가 소변이라도 마려우면 어떡하나 싶었지만, 내색만 해도 어윤경이 직접 화장실에 데려갈 것 같았다. 어윤경이 정정했다. "전 그냥 공무원이죠. 무슨 영웅이에요."

"어윤경 선생님도 참, 우리 함양군의 자랑인데 너무 빼시면……"

어윤경은 보호자의 말이 채 끝나기도 전에 커튼을 닫아버렸다. 커튼 너머에서 웃는 소리가 들려왔다. 고영준은 어윤경의 안색을 유심히 살폈다.

"지리산에서 몇 명이나 구했길래 영웅이란 소리를 듣습니까?"

"구조로 치자면 우리 팀장님이 탑이죠. 그냥, 내가 기능력직 공무원이라 그래요."

"아." 고영준은 저도 모르게 입을 벌린 채 어윤경을 보았다. 확실히 범상치 않은 체력이기는 했다. "그럼 능력으로 절 구조한 겁니까?"

"아니, 원래 우리 집안 사람들이 통뼈고 힘이 세요. 능력으로 구조한 건 아니니까 걱정 말아요. 기자님이 기능력직 공무원 별로 안 좋아하는 거 나도 아니까. 본의 아니게 기자님이 쓴 기사들을 좀 찾아봤거든요. 어떤 사람인지 알아야겠다 싶어서."

"싫어하지는 않습니다." 새삼 데스크에서 자신의 원고를 반 이상 지운 게 다행이라는 생각이 들었다. 평소 습관대로 뒷머리라도 긁적이고 싶었지만, 깁스가 너무 무거웠다. "죄송합니다."

"됐어요. 기자님은 글쓰는 능력이 있고, 나는 나 나름대로 능력이 있는 거지. 그러고 보니 손바닥에 쓴 거 유서였죠. 내 책은 내 이름으로 모교 도서관에 기증하길 바라며. 맞죠? 아, 나 주스 한 병만 더 마셔도 되나."

"아니, 아니. 주스는 맘대로 마셔요." 고영준은 황급히 어윤경의 말을 가로막았다. 정말이지 어윤경은 여러모로 방심할 수 없는 사람이었다. 어윤경은 고영준의 허락이 떨어지자마자 잽싸게 냉장고로 가서 주스를 꺼내왔다. "그럼 어윤경씨 능력은 뭡니까?"

"시간이요. 시간을 되돌릴 수 있죠." 어윤경은 주스를 따서 쭉 들이켰다. "아, 난 포도 주스가 너무 좋아요. 사람들은 왜 포도 주스가 아니라 오렌지 주스를 마실까요? 정말 말도 안 돼."

단 두 모금에 포도 주스 한 병이 말끔하게 비었다. 고영준은 방금까지 자신이 마셨던 오렌지 주스 병을 보았다. 그가 취재한 영웅들은 다 점잔을 빼며 듣기 좋은 말만 했다. 그에 비하면 어윤경은 이상적인 영웅과 거리가 멀었다. 그런데도 기분이 나쁘기는커녕 웃음이 나왔다. 어윤경이 고개를 갸웃거리며 물었다. "혹시 화장실 가고 싶어요?" 고영준은 얼른 도리질을 쳤다.

첫 사망자는 텔레파시 능력이 있는 삼 년차 훈련생이었다. 훈련생들은 그를 모기라고 불렀는데, 수업 도중 심심하면 텔레파시로 다른 훈련생들에게 일방적으로 수다를 떤다는 이유였다. 모기는 무너진 천장에 깔려 사망했다. 같은 조였던 훈련생이 분신들을 동원해서 그를 구하려고 애썼지만 소용없었다. 어윤경은 울부짖는 훈련생을 끌어낸 후 모기의 시신을 수습했다.

현장 주변에서 진을 치고 있던 기자들은 바로 카메라를 들고 몰려왔다. "누가 죽었습니까? 어쩌다가 죽었습니까?" 그들은 구급차로 시신을 옮기는 훈련생들을 붙잡고 질문을 쏟아냈다. 훈련생들이 뿌리치면 더 득달같이 달라붙었다. "누구의 잘못이라고 보십니까. 사망자 본인 아니면 현장 책임자?" 옥신각신하는 가운데 시신의 얼굴이라도 가리려고 올려 둔 손수건이 떨어지자 사방에서 플래시가 터졌다.

다음날 신문 1면을 장식한 건 그리스 국무총리와 능력자관리청장이 골프를 치는 사진이었다. 기자는 한때 강대국의 원조에 기댔던 대한민국이 이제는 다른 나라와 어깨를 나란히 할 만큼 성장했다는 찬사를 늘어놓았다. 청장은 인터뷰에서 이제 우리가 멀리 보고 성실하게 나아가야 한다는 말을 남겼다. 어윤경은 쭉 훑어보고 나서 한마디했다.

"멀리 보면서 가다가 어디 돌부리에 걸려 넘어져서 이마라도 깨져봐야 그런 말을 안 하지."

모기의 사진은 2면에 실렸다. 기사는 영웅의 숭고한 희생에 대한 찬양 일색이었다. 모기의 어릴 적 친구에게 들은 이야기를 한껏 부풀린 뒤 유가족은 비통에 차 있다고 써놓았다. 모기의 어머니가 인터뷰를 거절했다는 사실은 언급조차 없었다. 그러고는 책임자 때문에 사고 정황을 정확히 알 수 없다는 변명을 덧붙이기까지 했다. 현장 출입을 가로막은 어윤경에 대한 소소한 복수였다.

물자와 인력이 절대적으로 부족했다. 시신을 덮을 흰 천이 없을 정도였다. 지방에서 동원된 기능력직 공무원들도 소속 관청의 소환 요청에 못 이겨 미안하다는 말을 남기고 하나둘씩 돌아갔다. 공직에서 밀려난 하위 등급 능력자들이 자원했지만, 훈련 내용도 가물가물한 이들을 무작정 투입할 수는 없었다. 일반인 구조대원들에게 지원을 요청하자는 제안에 청장 대리는 반감을 표했다.

"능력도 없는 일반인들이 무슨 도움이 되겠습니까. 희생양이라는 소리나 들을 겁니다."

구조 경험이 있는 일반인이 미숙한 능력자보다 훨씬 낫다고 설득한들 청장 대리의 뜻은 변하지 않았다. 되레 능력자들이 부족해서 일반인에게 도와달라고 말하면 체면이 뭐가 되느냐는 반박이 돌아왔다. 정 인력이 필요하다면 내년에 들어올 훈련생을 당장이라도 조기 소집하자는 말에 그 자리에 있던 모두가 할말을 잃었다. 강교관이 말했다.

"훈련도 받은 적 없는 애들을요? 아직 졸업도 안 했습니다. 아무것도 모르면 현장에서 짐이 될 게 뻔해요."

"조금 이를 뿐이지, 그애들도 장차 나라에 헌신해야 할 의무가 있습니다. 봉사하면서 실무를 배우는 거죠. 여기야말로 살아 있는 현장 아닙니까, 이런 경험을 어디서 해보겠어요?"

청장 대리의 열변에 어윤경이 자리에서 일어섰다.

"무슨 현장이고 경험입니까. 고작 능력청 체면 세우자고 애들을 희생양으로 삼는 거죠."

"발언을 좀 신중하게 해요. 어주사." 청장 대리는 어윤경에게 시선조차 주지 않았다. "여기가 무슨 산골짜기인 줄 아나본데, 사람 많은 곳에서는 좀 겸손해야지. 그렇게 잘난 사람이 언론 하나 다룰 줄 몰라서 그 사달을 냅니까?"

"일주일입니다." 강수자가 말렸지만, 어윤경은 아랑곳하지 않고 말했다. "일주일이 지나면 생존자가 아니라 온전한 시신 한 구 거두는 것조차 힘들 거예요. 신문이 그 사람들을 살릴 수 있나요?"

청장 대리의 얼굴이 붉으락푸르락 달아올랐다. 훈련생들은 둘의 접전을 숨죽인 채 바라보고 있었다. 청장 대리는 고함이라도 지르려는 듯이 입을 크게 벌렸다가 닫았다. 청장 대리의 주변에 있는 한두 명을 제외한 나머지는 다 능력자였다.

"어주사, 그렇게 잘난 양반이 왜 몸을 사립니까? 시간을 되돌릴 수 있잖습니까. 그러면 능력을 좀 써봐요. 사고가 일어나기 전으로 시간을 돌리면 되는데, 그냥 본인 안위가 걱정돼서 그런 거 아니오?"

청장 대리의 발언에 몇몇 훈련생이 웅성거렸다. 구조 작업이 진행되는 동안 그 누구도 어윤경이 능력을 쓰는 모습을 본 적이 없었다. 어윤경이 대답했다.

"제가 최대로 되돌릴 수 있는 시간은 하루입니다."

"하루? 하루가 얼마나 값진 시간입니까. 누굴 살릴 수도 있을 텐데?"

하루라도 시간을 돌릴 수 있다면. 국자는 모기를 떠올렸다. 훈련생 무리에서 누군가가 작게 흐느껴 울었다. 여태껏 어윤경의 능력이 정확히 무엇인지 몰랐다. 쓰는 모습조차 본 적이 없었으니까. 듣기로는 시간이나 공간 이동 능력자들은 능력을 쓰면 다른 사람보다 회복 시간이 배로 걸린다고는 했다. 현장 지휘를 맡은 이상 쉬거나 잠들 새가 없었다지만, 아마 누군가는 청장 대리와 같은 의문을 품을 수 있었다.

"살릴 수 없습니다." 어윤경이 무거운 침묵을 깨고 말했다. "시간을 되돌려도 이미 죽은 사람은 죽은 채로 남아 있어요."

"그래서 고작 7등급을 받았나보군. 나 참, 별 쓰잘데기 없는……"

청장 대리는 말을 마치기도 전에 김숙녀의 주먹에 나가떨어졌다. 뒤늦게 상황을 파악한 사람들이 김숙녀의 팔다리를 붙잡고 매달렸지만 소용없었다. 김숙녀는 그마저 다 뿌리치고 청장 대리를 두들겨팼다. 강수자가 김숙녀의 허리를 붙잡은 사이 글로리아가 청장 대리를 제 몸으로 감쌌다.

"비켜." 김숙녀가 말했다. "셋 센다."

대련 수업에서도 아픈 게 싫다며 먼저 항복을 외쳤던 글로리아였다. 하물며 그 누구도 봐주지 않기로 유명한 김숙녀라면 단순히 몇 대로 끝날 리 없었다. 글로리아가 말했다.

"선배, 이러면 더 불리해져요."

"하나." 김숙녀는 대꾸도 하지 않았다. "둘."

누군가에게 설득당할 김숙녀가 아니었다. 글로리아라면 뻔히 알 텐데, 국자는 얼른 글로리아가 포기하길 바랐다. 다른 사람들도 글로리아에게 나오라고 소리쳤다. 글로리아는 꿈쩍도 하지 않았다.
"선배뿐 아니라 어윤경 선배한테도 좋을 게 하나 없어요."
"셋." 김숙녀가 말했다. "안 비켜?"
김숙녀의 성미를 아는 사람들은 놀란 표정으로 이 상황을 바라보았다. 김숙녀가 베풀 수 있는 최대의 자비였지만, 글로리아는 고개를 저었다.
"네."
김숙녀는 글로리아의 어깨를 잡고 청장 대리로부터 우악스럽게 떼어 냈다. 그러고는 다시 제 목표물을 향해 주먹을 추켜올렸다. 청장 대리는 멱살을 틀어잡힌 채 애원했다. "그만, 그만." 숙녀의 주먹이 그의 얼굴을 향해 내리꽂히려는 찰나 누군가가 그 앞으로 끼어들었다. 글로리아였다. 김숙녀는 청장 대리를 내동댕이치고 글로리아의 멱살을 잡았다.
"죽고 싶어?"
"아뇨."
"그런데 왜 끼어들었어?"
"선배를 지키려고요." 글로리아가 대답했다. "어윤경 선배도요."
김숙녀의 눈썹이 살짝 꿈틀거렸다. 국자는 음료수든 먹을 것이든 김숙녀의 입에 넣을 수 있는 걸 찾았다. 자칫하면 글로리아가 김숙녀의 화풀이 대상이 될 판이었고, 그 자리에 있는 사람 대부분이 그렇게 되리라 예상했다. 하지만 김숙녀는 글로리아를 순순히 놓아주었다.
"쓸데없는 소리 하기는, 치료나 받아."
사람들은 청장 대리의 상태를 살피기 바빴다. 국자만 글로리아에게 괜찮냐고 물었다. 글로리아는 괜찮다는 듯이 어깨를 으쓱거렸다. "그 정도 가지고 뭘." 자못 여유로운 어조로 말했다. 그러더니 김숙녀가 시야에서 사라지자마자 바닥에 드러누웠다.

"죽을 거 같아. 깁스하면 당분간 퍼프 소매 블라우스는 못 입겠지?"

"그러길래 왜 미련한 짓을 해."

"선배가 저놈 때문에 감옥에 가는 꼴을 볼 순 없잖아."

"숙녀 선배가 감옥 가기 전에 네가 저세상 가겠다." 국자는 글로리아의 어깨를 살폈다. 부러지지는 않고 뼈가 살짝 어긋난 듯했다. "조금만 참아. 뼈 맞춰줄게."

글로리아가 질겁하면서 국자의 손을 붙잡았다.

"그냥 하면 아프잖아! 제발, 병원 가서 하면 안 될까?"

국자는 한숨을 쉬었다. 가뜩이나 엄살이 심한 애가 무슨 생각으로 끼어든 건지 모르겠다고 생각했다. 국자와 글로리아가 아웅다웅하는 사이 어윤경이 다가왔다.

"오래 끌면 염증이 생길 수도 있어. 경남이라고 했나?"

"글로리아예요."

"이름이 특이하네. 글로리아?" 어윤경은 글로리아의 새침한 대답에 웃었다. "그냥 딱 눈감고 참아봐. 잠깐이면 돼. 염증이 심해지면 팔도 제대로 못 들 텐데, 그러고 싶어?"

"아뇨. 그래도……"

"나 접골 잘해. 네가 구해줬는데, 은혜를 갚아야지."

국자도 옆에서 맞다고 거들었다. 글로리아는 잠시 고민하는 눈치더니 이내 고개를 끄덕였다. "생각 잘했어," 어윤경은 글로리아의 어깨에 손을 얹었다. 어느 정도 어긋났는지 살피더니 셋까지 세겠다고 말했다. 또 셋이라니, 어윤경의 눈짓에 국자가 글로리아의 손을 잡았다. 혹여 글로리아가 지레 겁을 먹고 움직이기라도 하면 더 다칠 수도 있었다.

"하나." 어윤경은 수를 세면서 글로리아의 어깨를 토닥였다. 글로리아의 얼굴이 창백하게 변했다. 국자는 글로리아의 손을 꽉 잡았다. 글로리아는 이상스러울 만큼 떨고 있었다. "둘."

셋을 채 세기도 전에 어윤경의 손이 움직였다. 국자는 글로리아를 껴안았다. 접골이 낯선 경험은 아니었다. 대련 수업에서 뼈가 어긋나거나 부러졌던 훈련생은 수두룩했고, 글로리아도 그중 하나였다. 국자는 글로리아가 갑자기 외마디 비명을 질러대는 이유를 알 수 없었다. 어윤경이 흐느끼는 글로리아에게 멋쩍게 사과한 다음 자리를 떠났다. 국자는 글로리아가 눈물을 멈출 때까지 기다렸다.

"오늘은 좀 쉬어. 다른 애들한테는 내가 말해둘게."

"국자야." 글로리아는 국자의 손을 세게 움켜쥐었다. "나, 저 안에 들어가고 싶지 않아."

"어딜?"

"구조팀이 되고 싶지 않아. 나는……"

"당연하지." 국자는 글로리아를 달랬다. 애당초 글로리아의 능력은 구조에 적합하지 않았다. "인원이 부족하다고 해도 어윤경 선배가 무작정 밀어넣을 사람은 아니잖아. 걱정하지 마. 네가 들어가면 나도 들어갈 텐데, 말이 안 되잖아."

"넌 들어갈 일 없어." 글로리아의 목소리는 평소보다 낮고 거칠었다. 마치 다른 사람 같았다. "넌 아냐. 나는 들어갈 수밖에 없어……"

국자는 글로리아에게 모포를 뒤집어씌우고 손에 따뜻한 차 한 잔을 쥐여주었다. 글로리아의 입에서 계속 말이 흘러나왔다. 목소리뿐 아니라 단어들도 무질서하게 뒤섞인 터라 알아듣기 어려웠다. 국자는 얼른 이 순간이 아무 일도 없이 빨리 지나가기만을 바랐다.

어느샌가 글로리아는 말하기를 멈추고 천천히 옆으로 쓰러지듯 누웠다. 그 모습에 국자가 안도의 한숨을 내쉬었다. 강수자가 와서 글로리아는 괜찮은지 물었을 때 괜찮다고, 그저 스트레스와 피로 때문에 잠시 넋두리하다가 잠들었다고 대답했다. 당시에는 미처 몰랐지만, 그건 국자가 목격한 첫번째 '천리안'이었다.

바쁘다는 말이 무색하게도 어윤경은 시시때때로 고영준을 보러 왔다. 그놈의 포도 주스, 고영준은 투덜거리면서도 내심 반가워했다. 회복은 순조로웠다. 금간 갈비뼈도 잘 붙어서 웃을 때 덜 아팠고, 팔 깁스를 푸니 도움 없이도 효자손으로 등을 긁을 수 있었다. 아직 자유로이 걸어다니는 건 무리라서 맞은편 환자의 남자 보호자에게 어윤경이 마실 포도 주스를 사다달라고 부탁했다. 그가 언제든 부탁하라며 곰살맞게 굴었다.

"어윤경 선생님 일이라면 해드려야죠."

"그, 궁금한 게 있는데. 언제부터 어윤경씨가 함양군 영웅이 된 겁니까?" 고영준은 최대한 남자의 비위를 거스르지 않으려고 노력했다. "능력이 있다고 해서 다 영웅이라고 부르지는 않는 추세라서, 아마 어윤경씨가 뭔가 아주 대단한 일을 해낸 것 같은데……"

대단한 일, 남자는 고개를 주억거리더니 기다렸다는 듯이 이야기를 쏟아놓았다. 이런 촌구석에 기능력직 공무원이 자원해서 오는 경우는 드물었다. 어윤경이 거의 처음이라고 해도 좋을 정도라고 했다. 아무리 고향이라고 해도 출셋길이 꽉 막힌 곳에 올 리가 있겠느냐고 묻더니 손가락으로 창밖의 산을 가리켰다.

"저랑 친구들이 산사태로 동굴에 갇혔을 때도 어윤경 선생님이 구하러 와주셨어요."

그때 남자는 고등학생이었다고 했다. 외양은 어윤경의 삼촌이라고 해도 믿을 판이었지만, 고영준은 내색하지 않았다.

"그래서 영웅이라고 부르는 겁니까?"

둘의 대화를 듣던 다른 환자들도 합세해 말을 얹기 시작했다. 어윤경의 업적은 끊이지 않고 이어졌다. 차라리 함양군 군수 선거에 나가면 좋겠다는 말도 나왔다. 고영준은 가만히 듣기만 했다. 대부분 비슷비슷한 일화였다.

"그런데 혹시 어윤경씨가 능력을 쓴 적은 없습니까?"

"있지. 없겠어?" 그의 발치에서 귤을 까먹던 환자가 대꾸했다. 병실 문가 쪽 침대에서 어윤경이 들어올 때마다 반갑게 인사하던 할머니였다. "우리 손자를 구해주셨지. 애가 갑자기 튀어나오는 바람에 영락없이 치일 판이었는데, 다행히도 어윤경 선생님이 마침 지나가던 중이었거든."

운전자가 브레이크를 급히 밟았지만, 아이와의 충돌은 막을 수 없었다. 할머니는 미용실에서 뛰쳐나왔다. 도로로 뛰어든 순간 그녀는 약간의 멀미와 함께 온몸이 휘청이는 걸 느꼈다. 누군가가 팔을 잡더니 말했다. "어르신, 위험해요." 그러고는 자신을 부축해 미용실로 데려갔다. 어윤경이었다. 어윤경은 방금 차에 치였던 아이를 안아든 채 할머니의 상태를 살폈다. 그 손자가 지금 벌써 중학생이라고, 할머니는 뿌듯한 표정으로 말했다.

"그런데 기자님, 우리 어윤경 선생님에게 관심이 많으시네요." 남자가 은근한 눈길로 고영준을 보았다. "혹시 선생님 가족 관계는 궁금하지 않으세요?"

"아뇨, 그게 아니라." 고영준은 황급히 손사래를 쳤다. "제가 기자라서, 궁금한 건 잘 못 참습니다. 절 구해주신 분이니까 궁금할 수밖에 없지 않겠습니까."

"기자님이면 우리 선생님 기사 쓰시면 어때요. 은혜도 갚을 겸."

"기사요?"

"네. 우리 선생님이 기자님 목숨도 구해주셨잖아요. 신문에 딱 나면 승진도 하지 않겠어요? 아, 그러면 근무지를 옮기시려나, 그건 싫은데……"

남자의 말을 필두로 사람들은 서로 어윤경의 장래에 대해 떠들기 시작했다. 그 가운데서 고영준만 골똘히 생각에 잠겨 있었다. 그런 대단한 능력이 있는데도 고작 7등급이라니, 괜히 어윤경이 의뭉스럽게 느껴졌다. 선배가 알려준 바에 따르면 어윤경은 스스로 함양군에 자원했다지만, 어쩌면 수도권에서 밀려났을 가능성도 적지 않았다. 여기서 명성을 얻어 다시 서울로 돌아갈 기회를 노리고 있는 건 아닐까. 때마침 간호사가 와서 서울서 전화가 왔다며 고영준을 불렀다.

국장은 회복에 차도가 있는지 묻고는 푹 쉬라고 말했다. 며칠 전 선배와 했던 통화 내용과 별다를 게 없었다. 고영준이 건성으로 대답하자 수화기 너머에서 국장이 피식거렸다. "여전하네, 고영준이." 그러고는 신문 같은 건 읽지 말고 회복에만 전념하라고 타일렀다. 고영준이 대꾸했다.

"어차피 볼 만한 기사도 없는데 왜 읽습니까. 시간 낭비지."

"말 좀 곱게 해라, 영준아." 국장이 쯧쯧거리는 소리가 들렸다. "다른 애들이 너 땜빵치려고 얼마나 뛰어다니는 줄 아냐? 네 선배 준식이는 말이야, 지금 일주일째 집에 못 들어가고 있어요."

"제 지면이 있기나 했습니까. 다 자르셨으면서."

"야, 그건 네가 앞뒤 분간 못하고 설치니까 그런 거지. 넌 목숨이 열 개는 되나보다."

고영준은 벽에 등을 기댔다. 평소와 똑같은 레퍼토리였다. 자신이 무슨 말을 하든 국장은 채신머리없다고 타박했고, 열심히 쓴 기사는 결국 뭉텅이로 잘려나갔다. 죽은 글이었다. 신문은 죽은 글들을 모아둔 장지였다. 그마저도 하루가 지나면 다른 죽은 글들을 위해 자리를 내주어야 했다.

의식을 찾자마자 고영준은 신문사 선배에게 전화를 걸었다. 처음에는 변명 일색이었으나 결국 반동을 취재하러 갔다가 사고를 당했다고 털어놓았다. 수화기 너머로 선배는 한숨만 푹푹 내쉬었다. 영준아, 선배는 그의 이름을 부르더니 제발 작작하라며, 헛물이나 켤 뿐이라고 했다.

한때 대학교 동아리에서 고영준과 함께 부정부패를 타도하자고 부르짖던 선배는 없었다. 이제는 가정을 건사해야 한다는 핑계를 대는 비겁한 속물에 불과했다. 그럴 거라면 왜 기자가 된 거냐고 묻고 싶었지만, 차마 입술이 떨어지지 않았다. 자신 역시 마찬가지였다. 그가 기자가 된 후 온전히 제 뜻으로 쓴 글은 대자보뿐이었다. 붙인 지 한 시간도 안 되어 뜯겼지만. 거동조차 못하고 외진 지방 병원에 처박힌 자신의 처지와 다르지 않았다.

"고영준, 실을 만한 기사를 써." 국장의 목소리는 한없이 가벼웠다. "이상한 거 취재하지 말고, 너 구해준 사람이 기능력직 공무원이라던데?

그 사람 인터뷰라도 따 오든지."

"그렇게 대단한 치가 아닙니다. 동네 이장 수준이에요. 차라리 친한 영웅들에게 전화해서 좋아하는 색깔이라도 물어보시지 그럽니까. 그러면 특집 기사 하나는 나올 텐데."

"이 새끼야, 넌 네 선배들이 다 좆같이 보이지?" 말하는 내용과 달리 국장의 목소리는 차분했다. "이럴 거면 그냥 신문사 때려치우고 네 맘대로 대자보나 써. 알겠냐?"

"저 돌아갈 겁니다. 돌아가서 계속 쓸 테니까 걱정하지 마시죠."

"알아서 해, 자식아."

전화는 형식상의 인사도 없이 뚝 끊겼다. 고영준이 수화기를 내려놓자 간호사가 다가와 그의 휠체어를 병실까지 밀어주었다. 병실은 여전히 소란스러웠다. 주인도 없는 침대에 몰려와서 수다를 떨다니, 고영준은 입을 일자로 다물었다. 어윤경이 그를 향해 손을 살랑살랑 흔들어 보였다. 간호사는 다른 환자들을 제자리로 돌려보낸 후 어윤경을 위아래로 훑어보았다.

"예전에도 말씀드렸지만, 환자를 면회할 때는 어떻게 해야 한다고 했죠?"

"입구에서 털기는 털었는데, 이게……" 어윤경이 말끝을 흐렸다. 몇 시간 전만 해도 깨끗했던 병실 바닥에는 그녀의 진흙투성이 발자국이 또렷하게 남아 있었다. 그녀가 멋쩍은 듯 뒷머리를 긁적이자 검불이 바닥으로 떨어졌다. 어디 늪이라도 다녀왔냐며 간호사가 기함하자 그녀는 어색하게 웃었다. "잠깐만 있다 갈게요. 서울 양반한테 뭐 좀 가져다주려고 온 거라."

그 소란에도 고영준은 침대에 모로 누워 잠든 척했다. 그저 간호사가 얼른 어윤경을 병실에서 내쫓아주길 바랐다. 어윤경은 생글생글 웃으면서 계속 버틴 끝에 삼십 분의 면회 시간을 얻어냈다. 간호사의 발소리가 멀어지자 그녀는 고영준을 쿡쿡 찔렀다. 손톱이 뭉툭해도 손가락 힘이 세서 그런지 찔린 데가 다 시큰거렸다.

"아니, 죽은 척하는 게 취미예요?"

"피곤해서 그럽니다." 고영준은 무뚝뚝하게 말했다. "바쁘실 텐데 여기서 한갓지게 시간 버리지 말고 가셔도 됩니다."

"그래, 내가 그렇게 바쁜데 말이죠. 기자님 먹으라고 호두과자 샀다니까. 이거 냄새가 진짜 좋으니까 일어나서 하나만 먹어봐요."

등뒤에서 어윤경이 부스럭거리는 소리가 들렸다. 호두과자 특유의 고소하고 달콤한 냄새가 코를 찔렀지만, 고영준은 눈을 더 꼭 감았다. 아무래도 어윤경이 지난번에 그가 다른 환자에게 받은 호두과자를 먹는 모습을 보고는 좋아한다고 지레짐작한 모양이었다. 그렇다고 해서 굳이 자는 사람 코밑으로 호두과자를 들이미는 건 억지였다. 대체 어윤경이 뭘 바라고 자신에게 잘해주나 싶었다.

"됐습니다. 치우세요. 기분 나쁘니까."

"에이, 알았어요. 지금 먹기 싫으면 여기 놔둘 테니까 드세요."

"가져가십시오. 난 뇌물 안 받습니다."

"뇌물이요?" 어윤경이 황당하다는 듯이 되물었다. "아니, 기자님한테 내가 잘 보여서 얻을 게 뭐라고."

"아무것도 얻을 수 없을 겁니다. 전 어윤경씨 기사를 쓸 생각이 없으니까."

"누가 써달라고 했나, 갑자기 왜 그래요?"

"그럼 왜 옵니까. 하릴없이 이런 병실에 드나들다니, 뭘 바라서 오는 거 아닙니까? 나는 영웅이니 뭐니 홍보하는 기사 안 씁니다. 원하면 내 선배 번호 줄 테니까 써달라고 하십시오. 아마 좋아할 겁니다."

나오는 대로 날카롭게 쏘아붙였지만, 고영준의 마음은 개운해지기는커녕 더 어수선해졌다. 그냥 가랄 때 가지, 괜히 이런 말까지 나오게 하는 어윤경이 성가시기만 했다. 주변 환자들이 자신을 어떻게 보든 상관없었다. 어차피 서울로 가면 다시는 보지 못할 테니까. 잠시 말이 없던 어윤경이 길게 한숨을 쉬었다.

"기자님, 내가 언제 기사 써달라고 했어요? 똑똑한 사람인 줄 알았는데 제멋대로 누가 뭐 어떻고 저렇고 넘겨짚는 걸 보니 아닌가보네. 그렇게 살면 재밌어요?"

어윤경의 신랄한 비난에 고영준은 저도 모르게 주먹을 꽉 쥔 채 대꾸했다.

"그러면 부탁할 것도 없는데 매일같이 오는 이유가 뭡니까?"

"걱정되니까 오죠."

"걱정하는 건지 아니면 자기만족에서 그러는 건지 내가 알 바 아닙니다. 귀찮게 굴지 마십시오."

"맞아요. 기자님은 자기 좋고 싫은 게 중요하겠지. 그런데 기자님이 그렇게 업신여기는 선배들이 나한테 전화해서 뭐라고 한 줄 알아요? 기자님이라면 가족들 걱정해서 아무 말 안 할 테고, 자기들은 내려갈 시간이 없으니 제발 잘 좀 챙겨달라고 합디다. 그렇게 부탁하는 건 쉬운 줄 알아요?"

부탁해달라고 말한 적도 없었다. 고영준은 이를 악문 채 베개에 얼굴을 비볐다. 가족을 걱정하다니, 가뜩이나 기자 일을 마땅치 않게 여기는 부모님에게 사고를 당했다는 소식만은 전하고 싶지 않았다. 기사도 제대로 실어주지 않으면서 자신을 걱정한다는 국장이나 선배들도 가소로웠다. 골칫덩이가 눈에 안 보이니 내심 희희낙락할 터였다. 그런 와중에 제멋대로 자신을 동정하려 드는 어윤경도 가당찮았다.

"민원 처리도 끝났으니 이만 나가주십시오. 수고하셨습니다."

"기자님." 어윤경이 뜸을 들이다가 말했다. "기자님이 기능력직 공무원들을 엄청 싫어라 하는 건 알겠는데요. 기자님은 누구 읽으라고 기사를 쓰는 거예요?"

"사람이죠."

"그래요. 기자님이 그렇게 치를 떠는 능력자들도 사람이고, 그 사람들도 신문 읽거든요."

"뭐, 불매운동이라도 하실 겁니까?"

"됐어요. 내가 무슨 말을 해요. 기자님은 배배 꼬여서 다 꼬아서 들을 텐데. 더 있다가는 나도 꼬이겠네. 난 이만 갑니다."

의자 다리가 달그락거리는 소리가 들렸다. 있는 대로 다 쏟아냈지만, 고영준은 마음이 후련해지기는커녕 부아가 치밀어올랐다. 분노는 불티처럼 날아다니면서 곳곳에 불을 옮겨 붙였다. 차라리 이럴 거면 다 타버리는 편이 낫겠다 싶었다.

"솔직히 내가 사고당했을 때, 다행이다 싶었죠? 괜히 반동들 기사라도 났다가는 어윤경씨가 곤란해질 거 아닙니까. 뭐 그 사람들 위하는 척을 합니까. 시끄러워지면 자리 보전하기 어려우니까 그러지. 괜한 위선

떨지 마십시오."

말이 끝나기 무섭게 고영준은 멱살을 움켜잡혔다. 눈앞에 어윤경의 얼굴이 떡하니 있었다. 창백하게 질린 낯과 달리 눈빛은 한없이 이글거렸다. 절로 겁이 났지만, 고영준은 힘껏 눈을 부릅떴다.

"기자님이야말로 웃기는 소리 하네. 그 사람들도 내가 지켜야 할 사람들이야. 원치도 않는데 취재하겠답시고 달려든 쪽이 누군데요. 그놈의 특종이 그렇게 중요한가, 기사만 내면 뭐가 달라질 것 같아요? 아무것도!" 멱살을 틀어쥔 어윤경의 손에 힘이 들어갔다. "무책임하게 들쑤셔 놓고 나 몰라라 버리고 가면 답니까, 그 사람들은 어쩌라고?"

"그러면," 고영준은 컥컥거리는 와중에도 꿋꿋이 말했다. "날 그냥 내버려두지 그랬습니까. 왜……"

"사람이니까 구했죠. 사람인 줄 알았는데, 아닌가 의심이 들려고 하네. 그러니까 제발 헛소리 좀 그만해요."

어윤경은 고영준의 멱살을 놓아주고는 뒤돌아 병실을 나섰다. 고영준은 목 부근을 떨리는 손으로 쓸어내렸다. 어쩐지 자국이 남을 것 같았다. 아마 퇴원할 때까지 어윤경을 다시 볼 일이 없을 거라는 생각도 들었다. 그는 병실 환자들의 시선을 등지고 돌아누웠다. 뒤늦게 얼굴이 화끈거렸지만, 이미 벌어진 일이니 어쩔 수 없었다.

"기자님." 누군가의 손가락이 고영준의 어깨를 조심스럽게 건드렸다. 마지못해 돌아보니 맞은편 환자의 보호자가 서 있었다. "저, 여기 우유요."

"괜찮습니다."

"어윤경 선생님이 부탁하셨어요. 호두과자 식은 거 그냥 먹으면 목 막

힌다면서 우유 사다 주라고." 고영준은 아무 말도 하지 않았다. 잠시 후 멀찍이서 냉장고 문 여닫는 소리가 들렸다. "냉장고에 넣어둘 테니 편히 드세요."

예상과 달리 병실 사람들은 고영준에게 아무것도 묻지 않았다. 다소 서먹해지기는 했으나 그가 움직일 때마다 나서서 도와주는 건 여전했다. 아마도 어윤경의 부탁일 터였다. 정말이지 오지랖 하나는 끝내준다고 생각했다. 그후로 기척이 들릴 때마다 그는 저도 모르게 고개를 돌렸지만 어윤경은 며칠째 병실을 찾지 않았다. 사흘 뒤 고영준은 찬장을 열었다. 호두과자는 며칠 동안 손도 대지 않아 우유 없이는 먹지 못할 만큼 딱딱했다.

구조가 시작된 지 엿새째에 진입로 중 하나인 지하 주차장 출입구가 무너졌다. 구조팀 세 명이 사망했고, 최훈만이 유일하게 살아남았다. 분명히 잡고 있었는데, 그는 제 빈손을 바라보며 뇌까렸다. 추가 붕괴가 우려되어 시신을 거두기는커녕 진입조차 불가했다.

며칠 후 최훈을 비롯한 훈련생 무리가 탈주에 실패해 도로 끌려왔다. 군법에 따라 처리될 수 있다는 강수자의 말에도 누구 하나 두려워하는 기색을 보이지 않았다.

"먼저 도망치자고 한 사람이 누구지?"

"접니다." 탈주자 중 한 명이 손을 들었다. 생쥐였다. 빠른 반사신경과 뛰어난 청력이 생쥐 같다고 해서 붙은 별명이었다. "차라리 감옥에 보내주십시오."

사람들은 곤혹스러운 기색을 감추지 못했다. 생쥐는 그간 잔해에 파묻힌 구조 대상자의 숨소리만 듣고도 위치를 파악하는 등 맹활약을 펼쳐왔다. 구조 현장의 울퉁불퉁한 바닥이나 벽에 바싹 붙어서 움직이는지라 그의 팔꿈치와 무릎에는 새까만 멍이 가실 날이 없었다.

"능력이 아무리 뛰어난들 뭐하나, 책임감도 없고 동료애도 없는데." 강수자의 눈빛은 싸늘했다. "다들 노력하고 있는데 혼자서 무섭다고 내빼는 꼴이라니."

생쥐가 희미한 목소리로 물었다.

"그럼 언제까지 참아야 합니까, 끝나기는 하는 건가요?"

"구조가 무슨 시일을 받아놓고 하는 놀이인 줄 아는가본데, 그만 좀 징징거려. 그간 했던 훈련이 다 무슨 소용인가 싶군." 강수자가 생쥐 옆에 선 최훈에게 화살을 돌렸다. "최훈, 대답해봐. 그렇게나 죽음이 두려웠나?"

"당연하죠. 교관님은 두렵지 않으십니까?" 대답한 쪽은 최훈이 아니라 생쥐였다. "이런 건 훈련원에서 배운 적 없다고요." 생쥐가 무릎을 꿇었다. 최훈과 다른 훈련생이 팔을 붙잡아 일으켰지만, 이내 종잇장처럼 흐물거리며 주저앉았다. "분명히 들었는데, 도와달라고…… 환청인지 아닌지 분간할 수가 없습니다. 겨우 빠져나와도 계속 그 소리가 들립니다. 자고 싶은데 눈을 감으면 더 선명해져요. 교관님, 제발……" 생쥐는 손바닥으로 제 얼굴을 덮었다. 며칠 동안 식사를 거른 터라 손목이 앙상했다. "살려주세요."

교관들은 상의 끝에 현장에 복귀하길 원치 않는 탈주자들을 훈련원 구금실에 보내기로 가닥을 잡았다. 정부 동원령에 거부할 경우 군법에 따라 감옥으로 보내야 했지만, 누구도 찬성하는 사람이 없었다. 능력자관리청에는 폭주할 위험이 있으므로 인근 주민의 안전을 위해 구조팀에서 잠시 제외한다는 사유서를 쓰기로 했다. 탈주자라도 그들의 제자였다.

탈주자들은 교관들이 내린 결정을 듣고도 아무 반응이 없었다. 저마다 천막 가장자리를 따라 웅크린 채 생각에 잠겼다. 돌연 생쥐가 고개를 들었다. 주먹밥과 주스를 든 국자가 허리를 수그리며 천막 안으로 들어왔다. 생쥐를 제외한 그 누구도 음식에 관심을 주지 않았다.

"이국자, 이거 네가 만든 거야?"

생쥐의 질문에 국자가 고개를 끄덕였다.

"네."

"내가 네 능력이 뭔지 모를 줄 아냐? 네가 만든 걸 먹느니 차라리 굶어 죽지." 생쥐는 국자가 들고 온 주먹밥을 바닥에 내던진 후 번득이는 눈으로 국자를 노려보았다. "네가 다 밀어넣었잖아. 거기 들어간 적도 없는 주제에, 감히 여기가 어디라고 와?"

"저도 교관님 부탁받고 온 건데요."

"핑계 대기는. 우리가 없으면 네가 들어가야 하니까 겁나는 거겠지."

"겁나진 않는데요."

"이게, 정말 어디서 선배한테 따박따박 말대꾸를……"

최훈이 생쥐 앞을 막아섰다. 얼른 가라고 눈짓하는 최훈을 보며 국자는 도망치듯 그 자리를 떠났다. 생쥐가 뭐라고 외치는 소리와 함께 등에 묵직하고 뜨거운 게 날아들었지만 확인할 겨를이 없었다. 속상하지는 않았다. 속상할 일이 아니라고 국자는 생각했다. 생쥐에게는 화풀이할 상대가 필요했고, 개중 만만한 게 자신일 터였다. 속상할 시간도 없었다. 주먹밥을 더 만들어야 했다.

멀찍이서 글로리아가 달려와 국자의 팔을 붙잡았다.

"등에 뭘 붙이고 온 거야?"

"일하다가 묻은 모양이지." 국자는 담담한 어조로 대답했다. 밥풀뿐 아니라 주먹밥에 넣은 채소며 참치 부스러기가 등에 고스란히 묻어 있었다. "괜찮아."

들통에 가득한 밥에서 모락모락 김이 났다. 밥이 식기를 기다리면서 국자는 손바닥을 천천히 쥐었다 펴기를 반복했다. 잘될 거라고 중얼거렸다. 모두가 무사한 미래를 믿었다. 그녀가 스스로 믿지 않는 한 능력은 발동되지 않았다. 기만이더라도 상관없었다. 동기와 선배들이 무거운 팔다리를 이끌고 현장에 들어갔다가 무사히 빠져나오게 하려면 자신의 능력이 필요했다.

펜스 너머로 카메라를 든 사람과 리포터가 보였다. 글로리아가 국자의 등에 묻은 밥알을 떼면서 또 실종자 가족을 인터뷰하러 온 모양이라고 말했다. 현장 주변에는 기자뿐 아니라 실종자가 발견되길 기다리는 사람들도 서성였다. 이제 누구든 살아 있을 가능성이 희박했지만, 도무지 떠날 줄을 몰랐다. 리포터의 질문과 사람들의 답변은 비슷비슷했다. 서로 가정법을 썼다. 만일 살아서 나온다면, 살아서 돌아온다면.

아직은 희망이 필요했다. 희망과 절망은 한 장의 종이였다. 먼저 읽는 쪽이 앞면이고, 나중에 읽는 쪽이 뒷면이었다. 단면만 읽고 구겨서 버리는 건 일시적인 도피였다. 절망과 희망 중 어느 쪽을 먼저 읽어야 할는지는 알 수 없었다. 언젠가는 남은 면도 읽어야 했다. 묵묵히 다 읽어낸 후 받아들여야만 남은 시간을 살아갈 수 있었다.

한때 국자도 가정법에 기대곤 했다. 폐허가 된 동네에서 자신의 동생이 그 끔찍한 기억을 깡그리 잊어버린 채 극적으로 구조되었다면 어떨까. 꿈에서 장성한 동생과 마주한 순간 국자는 이 모든 게 상상에 불과하다는 사실을 깨달았다. 그후로는 그런 꿈조차 꾸지 못했다. 그녀는 손가락을 쫙 펼쳐 밥을 한 움큼 움켜쥐었다. 아직 뜨거웠다.

그날 밤 국자는 다시 생쥐와 탈주자들을 찾아갔다. 인사를 받아주는 사람은 최훈밖에 없었다. 그녀는 최훈에게 슈퍼에서 산 빵과 주스를 건넸다. 빵이나 주스는 슈퍼에서 나온 그대로였다. 매서운 눈빛들이 쏟아지는 가운데 그녀가 입을 열었다.

"아무 짓도 하지 않았어요."

생쥐가 비틀거리면서 일어났다. 달려들고 싶은지 눈빛이 형형했지만 그럴 기운은 없는 모양이었다.

"아무 짓도 아니라니, 지금 네가 한 건 뭔데? 우리가 무슨 떼쓰는 아이도 아니고, 회유하려고 들지 마. 착한 척하기는……"

"그럼 굶어죽든가요."

국자의 담담한 어조에 몇몇이 얼굴을 붉히며 달려들 태세였으나 최훈이 그들을 가로막았다. 그만 가라는 최훈의 말에 국자는 이번에도 순순히 자리를 떴다. 이번에는 등으로 아무것도 날아오지 않았다.

다음날 교관들이 탈주자들에게 어떻게 하고 싶은지 물었을 때 최훈은 이곳에 남겠다고 대답했다. 그 소식에 글로리아가 입술을 삐죽거렸다. 어차피 남을 거면서 왜 그런 사고를 쳤는지 모르겠다고 말했다. 국자는 밥을 뭉치느라 붉게 달아오른 손바닥을 쥐었다 펴면서 물었다.

"걔가 남을 걸 알았어?"

"어쩌다보니 봤어. 명줄은 기니까 네가 굳이 그놈 걱정할 필요는 없단다." 글로리아가 입꼬리를 올리며 단언했다. "다 괜찮을 거야. 괜찮지 않더라도, 내가 그렇게 되도록 할 거고."

교관에게 들키지 않고 기숙사 담을 넘겠다고 말할 때처럼 자신만만한 목소리였다. 국자는 정말이냐고 물었다. 글로리아가 그녀의 손바닥을 얼음주머니로 문지르면서 걱정할 필요 없다고 재차 말했다. 미래가 어떤지 본 사람은 글로리아뿐이니 국자로서는 믿을 수밖에 없었다. 그저 얼른 손바닥의 열기가 가시길 기다렸다.

어윤경은 고영준이 깁스를 푼 날 다시 병실을 찾아왔다. 지난번 간호사에게 꾸중을 들어서인지 비교적 차림새가 깔끔했지만, 평퍼짐한 점퍼나 짧게 자른 머리카락만 보면 이제 막 사춘기를 지난 소년 같았다. 고영준은 머릿속으로 냉장고에 포도 주스가 몇 병이나 남아 있는지 헤아렸다. 어윤경이 그의 몸을 이리저리 훑어보더니 말했다.

"오, 이제 움직일 만해요?" 그러고는 마치 제 자리인 양 고영준의 침대 옆 간이의자에 걸터앉았다. "그, 커튼 좀 쳐줘요."

아직 환자인 사람을 이래라저래라 부려먹는 건 좀 경우가 아니라고 생각했지만, 고영준은 입술을 꾹 다물고 커튼을 쳤다. 주스라도 마시겠냐고 물어보려는 순간 어윤경이 입술에 검지를 댔다. 쉿, 고영준은 저도 모르게 제 입을 손바닥으로 가린 채 고개를 끄덕였다. 다행히도 병실 사람들은 드라마에 한창 정신이 팔려 있었다.

"오다가 애가 다쳤길래 주워왔어요." 어윤경이 점퍼 지퍼를 내리자 그 사이로 기다란 귀가 삐죽 튀어나왔다. 토끼였다. 그녀는 한껏 목소리를 낮췄다. "간호사한테 들키면 난 평생 출입 금지예요."

"아니, 어윤경씨는 누구 구해주는 게 습관입니까?"

"그럼 기자님은 이렇게 귀여운 애가 아픈데 그냥 버리고 올 건가. 들개한테 해코지당하면 어째요?"

"동물원이 왜 있겠습니까. 토끼도 벼룩이 있을 텐데 병원에 데리고 오는 건……"

"기자님은 그럼 절대로 손대지 마세요. 나만 만져야지."

어윤경은 작게 콧노래를 부르며 토끼의 다갈색 털을 쓰다듬고 얼렀다. 며칠 병실에 발길을 끊은 사람치고는 너무 태연자약했다. 고영준은 할말을 잃은 채 어윤경과 토끼를 바라보았다. 자신과 저 토끼 둘 다 누군가의 도움이 필요했고, 어윤경은 거리낌 없이 손길을 내밀었다. 그녀는 어떤 대가도 바라지 않았다. 대가 없는 선의, 고영준에게는 농담처럼 들렸다.

거짓이 먼지 한 톨 없이 세련된 모습을 하고 있다면, 진실은 땅속 깊숙이 파묻혔다가 간신히 기어나온 사람 같았다. 보통 사람들은 진실의 흙 묻은 손보다 거짓의 깔끔한 손과 악수하는 쪽을 선호했다. 잠깐 손을 잡았다가 놓는 정도니 별일 없을 거라고 믿었다. 고영준은 기자란 거짓과 잠깐이라도 악수하기를 거부하는 사람이라고 생각했다. 대신 모두가 마다하는 진실의 손을 잡는, 말하자면 사서 고생하는 업이었다.

거짓은 날이 갈수록 교묘해졌다. 거짓에 속지 않기 위해서는 의심해야 했다. 의심은 기자의 갑옷이고, 두꺼울수록 안전하다고 할 수 있었다. 고영준은 의심하는 데 익숙해지다보니 믿는 법을 까맣게 잊어버렸다. 인정하기 싫지만 받아들여야 했다. 고영준은 제 이마를 두드리며 할말을 골랐다.

"어윤경씨. 나는 영웅을 싫어하는 게 아닙니다. 나는…… 지금 이 나라가 돌아가는 꼴이 싫은 겁니다. 개개인에게 기대어 미봉책만 꾀할 뿐이지, 정작 근본적인 문제는 회피하고 있지 않습니까." 어윤경과 시선이 맞부딪치는 순간 그의 말문이 턱 막혔다. "그러니까, 제 말은……"

"기자님, 정말 먹물이네." 어윤경이 피식 웃었다. "그냥 미안하다고 하면 될걸, 뭐 어렵게 빙빙 돌려서 말해요?"

"미안합니다."

"나도 미안해요. 인간 말종이라고 해서."

"구해준 사람한테 보따리 내놓으라고 하는 것만으로도 모자라서 의심까지 했으니 말종 맞죠."

"아휴, 됐어요. 미안하면 뭐 마실 것좀 줘요. 목이 타네."

고영준이 커튼을 젖히기 전 어윤경은 황급히 점퍼 지퍼를 올렸다. 그녀는 버둥거리는 토끼를 토닥이며 달랬다. 뭐가 튀어나올지 모르는 어두운 산길보다 간호사를 더 무서워하다니, 고영준은 웃음을 참았다. 드라마를 보던 병실 사람들이 그를 힐끔거렸으나 모르는 척했다. 지난번에 맞은편 보호자에게 부탁해 사둔 포도 주스가 아직 냉장고에 남아 있었다. 그는 침대로 돌아와 도로 커튼을 쳤다. 어윤경은 버둥거리는 토끼를 달래느라 바빴다.

"여기 있습니다." 고영준이 뚜껑을 딴 주스를 어윤경에게 내밀면서 말했다. "선배가 또 보냈는데, 난 주스 별로 안 좋아하니까 맘껏 마셔도 됩니다."

어윤경이 눈을 반짝이며 주스를 받아들었다.

"고마워요. 선배가 후배 생각하는 마음이 지극하네."

"지극하긴 무슨, 얼른 나아서 복귀하라는 겁니다."

"삐딱하게 생각하지 마요. 팔다리 다 붙었으니 얼른 서울 올라가야죠. 좋겠다. 나도 서울 놀러가고 싶은데."

"전 놀러가는 게 아니라 일하러 가는 겁니다. 정 서울에 오고 싶다면," 고영준은 잠시 뜸을 들이다가 말했다. "외국에서는 시간 관련 능력을 상위로 친다는데, 어윤경씨도 더 높은 등급을 받아야 하지 않습니까."

"아니, 뭐. 꼭 서울에서 일하고 싶단 건 아니에요. 그냥 친구가 거기서 일하니까 보고 싶은 거지. 그리고 기자님, 외국은 그렇다 쳐도 일단 우리나라에서는 시간 관련 능력을 그다지 좋아하지 않아요. 제대로 된 훈련이 불가능하거든."

"왜요?"

"그런 능력자가 얼마 없어요. 가르칠 사람이 없으니, 훈련 방법도 없죠." 어윤경이 주스를 마시고는 입맛을 다셨다. "이거 저번 것보다 비싼 것 같은데? 진짜 기자님은 선배 복이 있나봐. 이게 선배의 내리사랑이지."

"그렇다는 건 굉장히 희귀한 능력이란 말 아닙니까."

"희귀해도 무작정 쓰다가는 폭주할 수 있으니까, 욕심이 화를 부르는 셈이죠."

"있어도 쓸 수 없다면, 그냥 일반인이나 다름없지 않습니까."

"아예 못 쓰는 건 아닌데…… 나도 나름 노력했거든. 이게 시간을 앞으로 돌린 만큼 회복하는 시간이 몇 배로 걸려요."

"왜, 겁이 났습니까?"

"기자님, 그 동해 추암에 있는 출렁다리 알아요? 그게 막 이리저리 출렁이는데 기자님이 거기 중간에 서 있다고 상상해봐요. 고작 십 분 앞으로 돌렸다고 한 시간 가량 그 출렁다리에서 쓰러지지 않고 버텨야 하는 거야. 뭐, 나도 훈련원에서 나름 내 한계가 어느 정도인지 시도해보기는 했어요."

"어느 정도였습니까?"

"하루? 대신 일주일 내내 출렁다리 신세였죠. 화장실을 몇 번이나 드나들었는지 몰라요. 열 번 넘은 후로는 안 셌으니까."

하루는 생각보다 긴 시간이었다. 다만 그 대가로 일주일이라는 시간이 소요된다는 건 상당히 비효율적으로 들렸다. 그래서 7등급인가. 고영준은 어윤경의 표정을 유심히 관찰했다. 만일 시간 능력자가 많은 해외에서 훈련을 받았다면 그에 따른 부작용을 최소화할 수도 있었을 테고, 그러면 상위 등급자가 되었을 것이다. 하지만 능력자들은 쉽게 국경을 넘지 못했고, 실권자의 전폭적인 지지가 없는 한 외국 능력자를 초빙해서 훈련한다는 건 꿈같은 이야기였다.

차라리 하위 등급을 매겨 일반인으로 살아가게 내버려둬도 좋으련만, 국가는 굳이 어중간한 등급을 매겨 어윤경을 공직에 붙들어놓았다. 그래야 계속 감시 아래 둘 수 있을 테니까. 고영준은 이 나라가 지긋지긋했다. 어윤경은 점퍼 지퍼를 내려 계속 버둥거리는 토끼를 침대에 올려놓았다. 고영준이 손을 뻗어 토끼의 이마를 엄지로 쓸었다. 생각보다 부드럽고 매끈매끈했다.

"그런 능력이 있다는 건 언제 알게 된 겁니까?"

"기자님, 왜 그리 꼬치꼬치 캐물어요. 정말 기사라도 쓰려고?"

"안 씁니다. 이미 써야 할 기사가 산더미인데 내가 왜 어윤경씨 기사를 씁니까?"

"어릴 때 알았어요." 어윤경은 토끼를 토닥이며 말을 이었다. "계곡에서 물장난하다가 친구가 발을 헛디뎌서 소용돌이에 빠졌어요. 내 눈앞에서. 난 몰랐는데, 내가 계속 시간을 돌려서 걜 끌어내려고 했대."

돌리고, 또 돌리고. 고영준은 자신을 업고 어두운 산길을 걸어서 내려왔던 어윤경을 떠올렸다. 그 와중에도 흥얼거리던 알 수 없는 노래와 그녀의 등에서 났던 땀냄새를 기억했다. 그는 이보다 더 조그맣고 어린 어윤경이 얼마나 악착같이 친구를 구하려고 했을지 상상할 수 있었다. 어린 어윤경은 자신이 시간을 돌린다는 사실도 모른 채 그 손을 잡기 위해서 계속 물속으로 뛰어드는 선택을 했다.

"그래서, 친구는 구했습니까?"

"아뇨." 어윤경은 고개를 젖히고 남은 주스를 입안에 털었다. "시신만 겨우 건졌어요. 이미 죽은 사람은 시간을 돌려도 되살릴 수 없더라고."

내가 소용돌이로 뛰어들기 전에 그런 능력이 있다는 걸 알았으면 어땠을까.

"그건 어윤경씨 잘못이 아닙니다."

"기자님 말이랑 비슷해요. 어떤 능력에만 기대면 일을 그르치기 쉬워요." 어윤경이 어깨를 으쓱거렸다. "그래서 타고난 능력에만 의지하지 않으려고 다른 능력도 갈고닦은 거죠. 산 타기라든가 수영, 응급처치 같은 거."

보통 고영준이 만난 기능력직 공무원이나 영웅들은 자신의 등급이 1등급이 아니라는 사실에 부끄러워하거나 변명을 일삼았지만, 어윤경에게서는 부끄러워하는 기색이라고는 찾아볼 수 없었다. 그녀는 자신의 부족한 점을 솔직하게 고백했다. 그 역시 능력이었다.

어릴 적 고영준은 다중능력검사 결과지를 받았을 때 내심 실망했다.

장래희망은 딱히 없었지만, 꿈꾸기도 전에 가로막힌 기분이었다. 비능력자가 아니라 무능력자가 된 것 같았다. 그는 영웅이 될 수 없다면 영웅처럼 정의로운 사람이 되겠노라고 결심했다. 펜은 칼보다 강하다, 그 격언대로 눈앞에 종이가 있고 손에 펜을 쥘 수만 있다면 얼마든지 정의의 수호자가 될 수 있다고 믿었다.

하지만 펜 끝은 휘어지기 쉽고, 종이는 너무 연약했다. 아무리 빼곡하게 진실을 적어놓은들 불에 타고 물에 젖으면 누구도 읽을 수 없었다. 고영준은 기자가 되었지만, 정의로운 사람은 되지 못했다. 유능해지기는커녕 영영 무능해진 것 같았다. 선배들은 고영준에게 언제까지 애처럼 살 생각이냐며 훈계했다.

자신과 달리 영웅들은 정의를 실현할 능력이 있었지만, 정작 그들은 정의에 별 관심이 없었다. 자신의 안위를 지키는 데 급급한 건 비능력자들과 다르지 않았다. 고영준이 보기에는 그들 역시 자신만큼이나 무능력했다. 영웅이란 그저 정부가 반동을 국가의 유일한 위협인 양 몰아세우면서 상대적으로 추켜올린 선전물일 뿐이었다. 적어도 자신은 그 장단에 놀아날 만큼 한심하고 멍청하지는 않다고 생각했지만, 그 역시 자기변명에 지나지 않았다.

아직 어윤경에게 영웅이라는 칭호는 어울리지 않았다. 하지만 영웅이 될 가능성이 있다고, 고영준은 생각했다. 비록 지금은 어윤경이 토끼를 점퍼 속에 감추느라 정신이 없지만, 그가 만난 능력자 중 가장 괜찮은 사람 같았다.

"은혜도 갚을 겸, 퇴원하면 사진 한 장 멋지게 찍어드리겠습니다. 비싼 카메라라 아주 멋지게 나올 겁니다."

"좋아요." 어윤경이 흔쾌히 승낙했다. "얼른 낫기나 하세요."

"어느 장소가 좋겠습니까? 어윤경씨가 정해도 됩니다. 포즈도 생각해 두고요."

고영준은 어디든 좋았다. 어윤경에게 미안한 만큼, 아주 멋진 사진을 찍어줄 생각이었다. 곰곰이 생각하던 어윤경이 손뼉을 쳤다. 노고단이 제일 좋다고 했다. 시야가 탁 트여서 시원한데다 공기도 맑다고. 고영준은 노고단이 어딘지 몰랐지만 고개를 끄덕였다. 어윤경이 말한 노고단이 지리산 정상이라는 건 나중에서야 알았다.

민간 자원봉사자들이 합류하면서 구조 현장은 다시 활기를 띠기 시작했다. 지리산에서 함께 일했던 산악 구조대원들이 서울로 올라온 날, 어윤경은 그들 한 명 한 명을 안아주었다. 자원봉사자들은 비록 비능력자일지언정 구조 경험으로 보면 훈련생들을 뛰어넘는 프로였다. 그중 몇몇은 방재 장비라고는 하나도 없던 훈련생들에게 자비로 안전화를 구매해 나누어주는가 하면, 천장이나 바닥이 무너져내릴 때 대피하는 방법을 알려주기도 했다.

사람이 많아지니 음식이 더 빨리 소진되었지만, 조달은 이전보다 더 어려워졌다. 군대 때문이었다. 군인들은 시민들이 기부한 빵이며 우유에 무엇이 들었을지 모른다는 이유로 되돌려보냈고, 구조 현장을 둘러싼 펜스 사이에서 종종 발견되는 음식 보따리도 가차없이 버렸다.

청장 대리는 일반인 구조대원의 도움을 받겠다는 어윤경의 제안을 받아들이는 대신 구조 현장에 군대를 파견하겠다고 했다. 반동 세력이 혼란을 틈타 능력자들에게 해를 끼칠지 모른다는 이유였다. 군인들은 무장

한 채 현장 주변을 순찰하거나 현장으로 들어오려는 기자들을 막을 뿐, 구조 작업에는 일절 관여하지 않았다. 마치 남의 일인 양 멀찍이서 바라보기만 했다. 보호보다 감시에 가까웠다.

군인들이 식사를 자급자족으로 해결한다면 국자가 상관할 이유는 없었다. 저들 몫의 주먹밥까지 만들 생각만 하면 손이 아렸다. 간이 막사를 치고 총을 닦는 군인들을 보면서 글로리아가 국자에게 말했다.

"대체 저 총으로 뭘 하려는 걸까?"

"모르지, 기자들이 못 들어오니 조용하긴 하네."

"무슨 사고가 나길 기다리는 것 같아."

말하는 내내 글로리아는 생글생글 웃고 있었다. 군인들이 힐끔거리자 여유롭게 손을 흔들어주기도 했다. 국자가 글로리아의 손을 잡아서 내렸다.

"그런 소리 하지 마."

구조는 순조로웠다. 구조팀의 부상자 수가 줄었고, 기적적으로 숨이 붙어 있는 생존자를 두 명이나 구해내기도 했다. 어윤경은 들뜬 이들에게 경고했다. 이럴수록 헌신과 투신을 구별할 줄 알아야 한다고, 구조 대상자를 안전하게 구할 방법을 택해야지 자신마저 구조 대상이 되지는 않게 주의하라며 못을 박았다. 그들은 누군가를 구조할 뿐, 아무도 구원할 순 없었다. 자기 자신도 마찬가지였다. 착각과 방심은 금물이었다. 구조자가 죽는 순간 구조는 실패로 돌아갔다.

"궁금하지 않아?" 글로리아의 목소리는 가벼웠다. "이 구조 작업이 언제 끝날지."

"다 구조해야 끝나겠지."

"그때까지 저 사람들이 기다리겠니, 우리는 버틸 수 있을 것 같아?"
국자는 대답하지 않았다. 아무 말도 할 수 없었다. 글로리아는 말했다.
"영웅들은 이 풍경을 볼 일이 없을 거야."

사고가 일어났다 한들 여기가 서울에서 내로라하는 노른자위 땅이라는 점은 변함없었다. 국자는 글로리아의 시선이 향하는 곳을 좇았다. 글로리아가 바라보는 건 군인들이 아니었다. 국자의 시선이 따라갈 수 없는 아득히 먼 곳, 미래였다. 반면 국자가 볼 수 있는 건 현재뿐이었다. 거대하고 희뿌연 산 너머 아직 무너지지 않은 아파트와 학교가 있었고, 그 사이를 바삐 오가는 사람들이 보였다.

휘어진 철근이나 깨진 타일이며 허공에 날리는 콘크리트 가루, 천이나 뭉개진 과일을 치우는 건 정부가 아니라 시민들이었다. 과일을 나르던 조그만 포터부터 화장품 회사에서 일한다는 오 톤 트럭 운전사까지 자진해서 현장에서 나오는 폐자재를 날랐다. 덕분에 구조팀이 폐자재에 걸려 넘어지거나 다치는 일도 감소했지만, 군인들은 이마저도 막아섰다. 구조팀이 항의하자 지휘관은 청장님 명령이라며 일축했다. 대신 색색의 건설사 로고를 단 트럭들이 줄지어 현장으로 들어왔고, 헬멧을 쓴 양복쟁이 무리가 거드럭거리면서 현장을 누비고 다녔다. 산책이라도 하는 듯 여유로운 작태에 훈련생 몇몇이 그들을 노려보았다. 기능직 공무원들은 흔히 있는 일이라는 듯 짤막한 한숨만 내뱉고 제 할일에 몰두했다.

구조가 길어지고, 나서는 시민들이 늘어날수록 실패는 공고해졌다. 정부는 구조 작업이 길어지는 것을 그다지 달가워하지 않았다. 그들이야말로 영웅 놀이의 한계를 잘 알고 있었다. 병원에 있는 생존자들이 입을 열기 전에 이 모든 실패의 흔적을 말끔히 지워야 했다. 국자가 살던 동네도 마찬가지일 터였다. 신문 기사에서 다시 본 동네는 전소했던 흔적이 온데간데없고 그녀가 모르는 건물과 사람들로 가득차 있었다. 기사 제목이 뚜렷하게 기억나지는 않았지만, 한 단어만은 선명하게 뇌리에 남았다. 성공.

성공이란 건 실패를 완벽하게 지우는 걸까. 지우고 또 지우면 결국 뭐가 남을지 국자는 궁금했다. 궁금해도 궁금해하지 않으려고 애썼다. 국자는 자신의 손을 붙잡고 있는 글로리아의 손등을, 얼굴을 바라보았다.

"국자야." 글로리아가 입을 열었다. "나 구조팀에 들어가기로 했어."

"왜?"

"윤경 선배가 도와달라고 해서."

"그럴 리 없을 텐데." 어윤경도 복합 계열 능력자였지만, 다른 복합 계열 훈련생들을 구조에 적합하지 않다는 이유로 구조팀에 편성하지 않았다. 국자는 글로리아의 안색을 살폈다. "너 대체 무슨 생각 하는 거야?"

요즘 들어 글로리아가 어윤경과 부쩍 가까워졌다는 건 알고 있었다. 선배에 대한 반감은 없었지만 영 마음이 쓰였다. 국자가 쉬는 시간이면 글로리아는 어윤경에게 들은 이야기를 종알종알 떠들곤 했다. 강수자가 훈련생 시절 영화배우를 보러 가자는 어윤경의 유혹에 넘어가서 수업을 땡땡이쳤다는 일화는 국자도 재미있게 들었다. 그게 다였다. 글로리아가 말했다.

"저 사람들은 선배가 죽으면 모조리 다 덮어버릴 거야. 구조 작전은 실패하고, 책임은 모조리 선배에게 떠넘기겠지."

"네가 들어가면 뭐가 달라지는데." 국자는 깊게 숨을 들이쉬었다. "개죽음당하기 싫다면서."

"난 안 죽어. 이미 미래를 봤거든."

"그러면 결국 실패한다는 거잖아."

미래는 바뀌지 않았다. 글로리아의 예지력이 빛나는 이유인 한편, 가장 무력해지는 순간이기도 했다. 글로리아가 처음으로 본 미래는 어머니의 죽음이었다. 그 미래를 막기 위해 어머니의 치맛자락을 붙잡고 절에 가지 말라고 졸랐지만, 아버지에게 결국 발로 차였다. 그때 생긴 상처가 아직도 글로리아의 이마에 흉터로 남아 있었다. 미래는 바뀌지 않았다. 쓰라린 교훈이었다.

"이번에는 바꿀 수 있어." 글로리아가 확신에 찬 목소리로 말했다. "뭐가 문제인지 알아. 윤경 선배도 나한테 협조하겠다고 약속했어."

실패를 받아들이거나 책임을 진다는 건 그 누구에게도 기쁜 일이 아니겠지만, 국자는 어윤경에게 조금 실망했다. 만일 글로리아의 말대로 미래를 바꿀 수 있다면 글로리아의 생사도 바뀔 수 있었다. 그녀는 글로리아의 눈을 바라보았다. 유일한 단짝 친구의 시선은 여전히 먼 곳에 붙박인 채였다.

다음날 조회 자리에서 어윤경은 글로리아가 자신과 짝을 이뤄 현장에 투입될 예정이라고 말했다. 국자는 강수자가 조회가 끝나자마자 어윤경의 옷자락을 붙잡고 따지는 모습을 가만히 지켜보았다. 어윤경은 짤막하게 대꾸했다. 무슨 말인지 들을 수는 없었으나 강수자가 이마를 짚고 물러나는 모습은 똑똑히 보았다. 현장을 드나들던 훈련생들은 구조에 능숙하지 않은 글로리아가 자신들의 발목을 잡는 게 아니냐며 께름칙한 기색이었다.

우려와 달리 글로리아는 금방 구조 현장에 적응했다. 휴식 시간이면 국자에게 쪼르르 달려와 주먹밥을 받아먹으면서 재잘거렸다. 짓뭉개진 채 바닥에 들러붙은 과일에서 달콤하면서도 기분 나쁜 냄새가 올라와도 어윤경은 명랑한 어조로 글로리아에게 자신이 훈련생일 적 겪었던 일들을 이야기해주었다. 암호학 교관이 국자와 글로리아뿐 아니라 어윤경도 가르쳤다는 이야기를 들었을 때는 국자도 놀란 기색을 감추지 못했다. 글로리아가 진지하게 물었다.

"혹시 도깨비 아닐까?"

"그럼 나중에 팥죽이라도 쒀 가든가." 국자는 주먹밥을 만드는 손을 늦추지 않은 채 대꾸했다. "효과 있으면 알려줘."

"당연하지. 그럼 팥죽은 네가 만들어줘."

"그냥 시장에서 한 그릇 사."

"치사해." 글로리아가 어깨를 으쓱거렸다. 그 바람에 희뿌연 먼지가 작게 일었으나 국자는 묵묵히 손을 내저었다. 글로리아가 깔깔 웃어댔다. 듣기 좋았다. 국자는 어쩌면, 정말로 글로리아가 해낼지도 모르겠다고 생각했다. 선배 몫까지 챙겨가겠다며 글로리아가 주먹밥을 두 개 더 집었다. "다녀올게."

늘 그랬듯이 국자는 조심해서 다녀오라고 답했다. 진입로가 하나밖에 남지 않았으나 소방관 출신의 자원봉사자 덕분에 버팀대를 세워 무너지지 않도록 막을 수 있었다. 며칠 동안 붕괴가 일어나지 않았으니 슬슬 다른 진입로를 찾자거나 좀더 구조 속도에 박차를 가해도 좋겠다는 의견들이 오갔다. 호조였다.

근처 식당에서 나른 밥들이 식기를 기다리는 동안 국자는 다른 훈련생들과 주먹밥에 무슨 재료를 넣을지 상의했다. 짭조름하게 간을 한 참치와 고춧가루로 무친 단무지를 두고 고민하는 사이 멀찍이서 무언가가 내려앉는 소리가 났다. 끊이지 않고 계속되었다. 국자의 고개가 절로 돌아갔다. 다시 붕괴가 시작되고 있었다. 진입로에서 뛰쳐나오는 사람들이 보였다. 그중 글로리아와 어윤경은 없었다.

현장으로 들어가려는 국자를 말린 사람은 김숙녀였다. 김숙녀가 국자의 등을 한 손으로 누른 채 정신 차리라고 윽박질렀다. 저항한들 소용없다는 걸 알았지만, 국자는 어떻게든 김숙녀에게서 빠져나오려고 했다. 이내 진입로 천장을 지탱하던 버팀목이 부러지는 동시에 무언가가 데굴데굴 밖으로 굴러나왔다. 글로리아였다. 그녀의 품에는 웬 어린애가 안겨 있었다. 그애가 마지막 생존자가 됐다. 구조팀 중 현장에서 빠져나오지 못한 사람은 어윤경뿐이었다.

아파트 단지가 처음으로 무너지기 시작했을 때 고영준은 야당 국회의원 인터뷰를 마치고 신문사로 돌아가는 중이었다. 도로는 꽉 막혔고 수첩에 끼적거리는 기사도 첫 문장에서 다음 문장으로 도통 넘어가지 않았다. 그는 슬그머니 차창을 열었다. 옆 차선에 입술을 살짝 벌린 채 멀거니 앞을 바라보는 운전자가 보였다. 눈꺼풀을 감았다가 뜨는 속도가 점점 느려지는 걸 보니 막 점심식사를 마치고 운전대를 잡은 모양이었다. 고영준도 덩달아 졸음이 밀려왔다.

차라리 택시에서 내릴지 잠시 고민했지만 이내 그만두었다. 같은 속도로 가더라도 매연을 맡으며 걸어가느니 앉아 있는 편이 나았다. 고영준을 가르쳤던 선배들은 대부분 그만두거나 다른 신문사로 자리를 옮겼고, 몇몇은 자취도 없이 사라졌다. 아무도 그들의 행방을 묻지 않았다. 머리가 하얗게 센 국장은 고영준에게 생각보다 오래 버틴다며 농을 던졌고, 그는 같이 나가자고 받아쳤다.

택시기사가 졸음을 쫓으려는 듯 라디오를 틀었다. 구슬픈 트로트 음악이 흘러나왔다. 고영준은 차창 너머를 맥없이 바라보았다. 신문사까지 걸어서 삼십 분 거리였다. 언제 생겼을지 모를 두둑한 뱃살을 어루만지며 택시에서 내릴지 말지 재차 고민했다. 몇 년 전 함양군 소재의 병원에 머물렀던 기억이 떠올랐다. 아마 지리산을 하루에도 수십 번씩 오르내리는 어윤경이라면 뱃살 따위는 생기지 않을 터였다.

공기가 좋아서 담배를 피워도 건강해지는 기분이 드는 곳이었다. 거기에 지리산 정상까지 올라가게 될 줄이야, 고영준은 생각만 해도 절로 웃음이 나왔다. 어윤경은 정말로 고영준을 노고단까지 업고 갔다. 그냥 평지에서 찍자고 사정하는 고영준에게 그녀는 비싼 카메라일수록 좋은 곳에서 찍어야 하지 않겠느냐고 대꾸했다. 고영준이 듣기에도 틀린 말은 아니었다.

지리산을 오르내리는 사람들을 마주칠 때마다 고영준은 어윤경의 등에 얼굴을 파묻었다. 어윤경이 놀리듯 왜 그리 부끄럼을 타느냐고 말했다. 서울 양반이라 그러냐면서. 그 말에 어떻게 대답했더라. 아마도 자신은 서울 출신이 아니라고 쏘아붙였을 것이다. 어윤경이 몸을 흔들며 웃는 바람에 떨어질까봐 기겁했던 기억이 났다.

처음으로 밟은 노고단 정상에서는 가볍게 고개만 젖혀도 하늘이 시야에 가득했다. 하늘이야 언제든 머리 위에 있었지만, 이처럼 넋을 잃고 쳐다본 건 오랜만이었다. 정말 높았다. 고개를 내리자 푸른 숲 너머로 마을이 보였다. 까마득히 멀고 작았다. 고영준은 저도 모르게 맺힌 눈물을 옷소매로 훔쳤다. 어윤경이 살짝 부은 눈가를 보더니 운 만큼 물이라도 마시라며 수통을 건넸다. 물은 미지근했지만 달았다.

고영준이 카메라를 꺼내자 어윤경은 바위에 한쪽 발을 딛고 오른손 엄지를 치켜세웠다. 좀더 멋지게 찍자고 닦아세웠더니 왼손 엄지도 올라갔다. 두 배로 촌스러워 보였다. 고영준은 포기하고 셔터를 몇 번 눌렀다. 사진을 인화해서 보내주겠다고 약속했지만, 막상 서울로 올라오니 밀린 일을 처리하느라 바빠서 현상소에 들르지 못했다.

그 필름이 어디 있더라, 고영준이 생각에 잠긴 사이 라디오에서 뉴스가 흘러나왔다. 속보였다. 도심의 아파트 단지가 무너졌다는 말에 그는 택시기사에게 소리를 높여달라고 부탁했다. 귀에 익은 이름이 들렸다. 어윤경. 차를 돌리자는 요청에 택시기사는 작게 탄식을 했다. 앞뒤가 차로 꽉꽉 막힌 상황이었다. 고영준은 결국 택시에서 내려야 했다.

현장에 도착하자 이미 카메라를 들고 온 기자 무리가 보였다. 고영준은 그들에게 담배를 한 개비씩 주면서 이야기를 들었다. 본래 등급으로 따지면 현장 책임자는 3등급 김숙녀였지만, 실질적인 지휘는 어윤경이 맡고 있다고 했다. 한 기자가 잇새로 침을 뱉으며 투덜거렸다. 어윤경에게 잠깐 인터뷰를 요청했지만 바쁘다는 이유로 거절당한 듯했다. 고작 7등급 주제에 고고하게 군다는 말을 듣고 고영준이 웃었다. 본래 성질대로라면 어윤경은 저 기자가 입을 다물 때까지 노려봤을 것이다.

현장 주변에 세운 펜스 때문에 어떤 기자도 안으로 들어갈 수 없었다. 물론 펜스 사이로 몸을 비집고 들어가는 기자들도 있었지만, 주변을 배회하던 훈련생들에게 걸려 금방 쫓겨났다. 고영준은 주변 슈퍼로 달려가 가지고 있는 돈을 탈탈 털었다. 빵과 과자뿐 아니라 어윤경이 좋아하는 포도 주스도 한 박스 샀다. 그는 펜스 사이로 비닐봉지를 밀어넣었다. 멀리서 서성이던 훈련생이 다가왔다.

"여기서 이러시면 안 됩니다." 청바지에 운동화를 신은 차림새가 방금 대학교 교정에서 거닐다 온 사람 같았다. "붕괴가 언제 또 일어날지 모르니 돌아가세요."

고영준은 비닐봉지를 든 손을 힘껏 뻗으면서 말했다.

"이거, 꼭 어윤경씨한테 전해줘요."

훈련생이 놀란 듯 동그랗게 눈을 떴다. 성년을 갓 지나면 훈련원에 입소할 수 있다 쳐도 너무 어설퍼 보였다. 고영준은 비닐봉지를 끌어안은 훈련생의 뒷모습이 시야에서 사라질 때까지 자리를 뜨지 못했다.

다음날 고영준은 다시 사고 현장을 찾았다. 그는 기자들과 함께 발돋움하면서 펜스 너머를 보려고 애썼다. 기능력직 공무원들과 훈련생 무리가 보였다. 기자들은 그나마 대중에게 인지도가 있는 능력자들의 사진을 찍기 위해 이름을 불렀다. 김숙녀가 귀찮다는 듯이 그들을 노려보자 곳곳에서 플래시가 터졌다. 고영준은 김숙녀의 사진에는 별 관심이 없었다. 고개를 두리번거리는 사이 유독 자그마한 체구가 보였다. 어윤경이었다. 그는 바로 카메라를 꺼냈다.

어윤경은 자신보다 등급이 높은 능력자와 훈련생들을 바라보며 뭐라고 말하고 있었다. 그녀가 말할 때마다 사람들이 고개를 주억거렸다. 고영준은 렌즈를 최대한 당겼다. 끝까지 확대해야만 어윤경의 모습을 프레임에 담을 수 있었다. 어윤경이 무슨 표정을 짓고 있는지 알 수 없어 좀 아쉬웠지만, 주저하지 않고 셔터를 눌렀다. 이번에는 꼭 사진을 보내주겠다고 결심했다. 어윤경은 정말 영웅 같았다.

9

'죽음이 그녀를 영웅으로 만든 게 아니다. 그녀가 영웅으로서 죽은 것이다.'

고영준은 어윤경의 부고 기사를 그렇게 끝맺었다. 펜스 밖에서 찍은 어윤경의 사진도 함께 게재했다. 그날 신문 1면에는 미국 국무장관과 악수하는 영웅의 사진이 대문짝만하게 실렸다. 어윤경의 부고 기사는 4면으로 밀려났고 분량도 반으로 줄었다. 구조 현장의 실상이나 부실 공사 여부는 언론의 관심에서 벗어난 지 오래였다.

삼십여 년이 지난 후 고영준은 자신의 이름으로 책 한 권을 발간했다. 책에는 어윤경의 부고 기사 전문과 사진, 그 외 소소한 일화들이 실렸다. 책 발간 기념으로 토크쇼에 출연한 날, 그는 기다렸다는 듯이 진행자에게 물었다. 어윤경이라는 영웅의 이름을 들어본 적이 있느냐고. 진행자의 얼굴에 당황한 기색이 역력했다. 대본에는 없는 질문이었다. 슬쩍 시선을 내려 큐 카드를 확인하는 진행자를 보며 고영준이 손사래를 쳤다.

"미안합니다. 오늘 오면서 생각했는데, 내가 꼭 하고 싶었던 이야기가 있어서요."

구조 작업은 어윤경의 사망이 확정된 순간 종결되었다. 국자가 주먹밥을 만들던 간이 주방이나 구조팀이 쉬던 천막을 거둔 자리에 굴착기와 레미콘이 밀고 들어오면서 구조 현장은 공사판으로 변했다. 한 해가 채 지나기도 전에 새로운 아파트가 들어섰다. 인근 아파트 단지 주민들이 일조권을 침해당했다는 플래카드를 붙일 정도로 아찔한 고층 아파트였다. 입주율은 여전히 높았다.

어윤경은 언론이 바라던 '새로운 영웅'과는 거리가 멀었다. 상위 등급 능력자도 아니었고, 구조 작업이 어떻게 진행되는지 기자들에게 브리핑조차 하지 않았다. 결론인즉슨, 그럴싸한 이야깃거리가 없었다. 그나마 3등급 김숙녀가 구색에 맞았으나 인터뷰를 요청하다가 펜스 너머로 던져질 위험을 감수해야 했다. 현장에는 뭣도 모르는 막내 기자나 남은 기삿거리라도 주워먹으려는 황색지 기자뿐이었다. 어윤경의 부고 기사는 고영준이 쓴 한 편이 다였다.

정부 역시 어윤경의 활약을 묵살했다. 오히려 어윤경이 동원령을 받기도 전에 구조 작업에 참여한 점을 문제삼았다. 기존 소속 부서 상관에게 허가도 받지 않았으므로 엄연한 근무지 이탈이고 직무유기라는 죄목을 덧붙였다. 심지어 윗선에서는 어윤경의 공직을 박탈하겠다는 이야기까지 오고갔지만, 산림청 직원과 구조대원들이 잇따라 제출한 청원서 덕분에 간신히 처벌을 면할 수 있었다.

진행자는 기계적으로 맞장구를 치고 다시 책으로 화두를 돌렸다. 책을 쓰면서 언제 가장 힘들었냐는 질문에 고영준은 하마터면 책 일부를 들어낼 뻔했다고 대답했다. 이유를 묻자 주저 없이 입을 열었다. 또 어윤경 이야기였다. 대통령이 바뀌면서 형세가 한결 누그러졌지만, 집권 여당은 그대로라 이전 대통령을 예우하는 차원에서 과거사는 언급하지 않는다는 불문율이 존재했다.

어윤경에 관한 글을 뺀다는 건 책의 심장을 들어내는 일이나 다름없었다. 편집자의 우려와 주변의 만류에 고영준은 급기야 출간을 미룰지 고민했다. 누군가는 혹시 어윤경을 사랑했느냐고 물었다. 그는 심장 대신 간이나 콩팥 정도로 표현하기로 했다. 간이나 콩팥도 없으면 죽기는 매한가지니까. 그가 옥신각신하는 사이 다른 사람이 그 공고한 불문율을 먼저 깨버렸다. 이은영이었다.

이은영은 이전 정권에서 부당한 처우를 받았던 능력자들의 사례를 일일이 언급하면서 등급 재심사를 청구해야 한다고 주장했다. 이미 수년간 국회 문턱에 머물러 있던 법안이라 그 누구도 통과할 거라 기대하지 않았다. 이은영 역시 마찬가지였다. 법안이 열 표 차로 통과되었을 때, 그녀는 저도 모르게 두 팔을 번쩍 들어 환호했다. 고영준은 편집자에게 전화를 걸었다. 책 내용을 수정하는 일도 없을 테지만, 출간 일정도 미루지 않을 것이라고 못박았다.

어윤경의 등급은 7등급에서 3등급으로 정정되었고, 유해도 국립 현충원으로 이장되었다. 고영준은 토크쇼 진행자에게 그 점만 조금 아쉽다는 기색을 내비쳤다. 아마 어윤경이라면 갑갑하게 상사들하고 있느니 전망 좋고 공기 좋은 곳에 묻히고 싶었을 거라고. 그는 고개를 젓히며 웃고는 이내 재빨리 불그스름한 눈가를 문질렀다.

어윤경의 처벌이 기각된 날, 고영준은 구조 현장을 찾았다. 그는 주머니에 들어 있는 지압 공을 만지작거리면서 한참 동안 머물렀다. 그 자리에서 언젠가는 이 매끈한 아파트를 짓기 위해 무엇을 묻어버려야 했는지 쓰겠다고 결심했다. 그는 진행자에게 손을 펼쳐 보였다. 지압 공의 뾰족뾰족하게 돋았던 가시들은 뭉툭하게 닳았고, 금칠도 군데군데 벗어져 얼룩덜룩했다. 아무리 세게 쥐어도 아프지 않았다.

국자가 글로리아에게 들은 바에 따르면 어윤경은 그날 좀더 깊이 들어가보자고 제안했다. 그들은 늘 그랬듯이 수다를 떨면서 앞으로 걸어갔고, 어느새 굳게 닫힌 승강기 문 앞에 다다라 있었다. 상가 안내도를 보니 지하 주차장에서 올라오는 승강기였다. 어윤경은 승강기 문을 몇 번 두드린 후 말했다. 거기, 누가 있느냐고.

일종의 습관이었다. 아무 대답도 돌아오지 않았다. 글로리아가 어윤경에게 이제 곧 나갈 시간이라고 말한 순간, 희미한 울음소리가 들려왔다. "방금 무슨 소리가 들렸는데." 어윤경의 말에 글로리아는 필사적으로 고개를 저었다. 바람소리라고 우겼다. 어윤경은 허리에 차고 있던 지레를 승강기 문 사이에 끼우고 있는 힘껏 비틀었다.

문이 열린 순간 그들은 어둠과 마주했다. 글로리아가 손전등을 비추자 새카맣고 굵은 쇠사슬 타래가 보였다. 소리는 그 끝에 매달린 승강기에서 흘러나오고 있었다. 어윤경이 승강기 천장으로 뛰어내리려는 순간 글로리아가 제지했다. 절대로 능력을 써서는 안 된다며, 그들이 했던 약속을 상기시켰다. 그녀는 자신과 어윤경의 허리를 밧줄로 단단히 동여맨 뒤에야 손을 놓았다.

어윤경이 승강기 천장을 지레로 내리칠 때마다 덜걱거리는 소리가 쇠사슬 타래를 타고 내려왔다. 글로리아가 쥔 손전등도 이리저리 흔들렸다. 집중하라고, 당장은 떨어지지 않을 테니 걱정하지 말라며 어윤경이 타이르듯 말했다. 이윽고 지레 소리가 멈췄다. 구멍은 성인 남성이라면 엄두도 내지 못할 만큼 작았으나 어윤경은 쏙 들어갔다. 글로리아는 통로로 얼굴을 빠끔히 내민 채 손전등을 비추었다. 어윤경의 목소리가 들렸다. 여자애가 살아 있다고 했다.

곁에 있는 남자애는 죽은 지 오래였고, 엄마로 보이는 성인 여성도 미동이 없었다. 어윤경은 여자애를 먼저 구멍으로 올려보냈다. 글로리아가 손을 뻗으면 아슬아슬하게 닿을 거리였다. "잡아줘." 어윤경의 말을 듣고도 글로리아는 선뜻 손을 내밀지 않았다. 이내 어윤경의 머리가 구멍에서 불쑥 나온 후에야 글로리아는 여자애의 옷자락을 잡아당겼다.

구조된 여자애는 대여섯 살 즈음 같았다. 어윤경이 여자애의 코 아래에 손가락을 대고 숨을 쉬는지 재차 확인했다. 글로리아는 누그러진 어조로 농담을 던졌다. 구조 시간을 지키지 않으면 기절시켜서라도 데리고 나가라던 게 누구였는지 기억하느냐고. 어윤경도 그 말에 웃었다.

"너 둘이나 짊어지고 갈 수 있겠어?"

"애가 정신만 차리면 될 텐데요." 글로리아가 여자애의 머리를 쓸어주었다. 어린애들을 그다지 좋아하진 않았지만 한없이 너그럽게 말했다. "조금만 참아. 얼른 밖으로 나가자."

그 말에 여자애가 눈을 떴다. 동그랗고 까만 눈 한 쌍이 어둠 속에서 글로리아와 어윤경을 번갈아 보았다. 여자애의 입술이 달싹거렸다. 그 사이로 새어나오는 목소리는 아주 작았지만, 또렷했다. 엄마가 아직 살아 있다고. 그 말에 글로리아는 여자애의 등을 쓸던 손을 멈췄다. 그럴

리 없어, 웃으면서 착각일 거라고 말했다. 살아남은 건 너 하나뿐이라고 타이르면서도 그녀의 시선은 어윤경에게서 떠날 줄을 몰랐다. 어윤경이 여자애에게 물었다.

"정말로 엄마가 살아 있었어?"

글로리아가 어윤경을 말렸다. 어린애의 바람일 뿐이라며, 얼른 나가서 병원으로 보내는 게 이 아이에게 더 좋을 거라고 설득했다. 어윤경 너머 찌그러진 승강기 입구 사이로 쇠사슬 타래가 보였다. 쇠사슬들은 승강기가 미미하게 흔들릴 때마다 귀에 거슬리는 소리를 냈다. 서로를 친친 감은 채 가만히 때를 노리는 뱀들처럼 보였다. 어쩐지 눈에 익었다. 글로리아는 묘한 기시감에 사로잡혔다.

"그럼 일단 네가 애를 데리고 나가." 한번 더 확인하는 것쯤이야, 어윤경은 대수롭지 않다는 듯이 굴었다. "어차피 능력도 쓰지 않는데, 난 좀 더 오래 있어도 괜찮아. 주먹밥도 있고."

"규칙을 만든 사람은 선배잖아요. 저하고 약속한 사람도 선배고요." 글로리아가 힘주어 말했다. "같이 안 나가면, 나도 여기 있을 거예요."

이제 살아남은 사람은 없다고 생각하던 중 발견된 기적의 생존자였다. 어윤경은 글로리아로부터 시선을 거두고 여자애를 안아올렸다. 우선 나가서 보자, 그 말에 여자애가 엄마를 두고 갈 수 없다며 남아 있는 힘을 쥐어짜 떼를 부리기 시작했다. 곳곳에 깨진 콘크리트 파편이며 삐죽삐죽 솟은 철근 조각이 있어서 자칫 떨어지기라도 하면 더 크게 다칠 수 있었다. 어윤경은 여자애를 도로 내려놓았다.

"그러면 얘야, 이렇게 하자. 아줌마가 가서 한번 더 확인해볼게."

"선배. 고작 어린애 맘 하나 달래자고 다시 저기로 내려가겠다고요?"

글로리아가 여자애의 어깨를 세게 움켜쥐었다. "정신 차려. 너희 엄마는 죽었고, 네 동생인지 오빠인지도 죽었어. 너만 살아남은 거야. 네 투정 하나 들어주자고 목숨을 걸 순 없어. 알겠니?"

"안 죽었어." 여자애는 글로리아의 손에 잡혀 흔들리면서도 제 주장을 굽히지 않았다. "엄마가 나한테 말했단 말이에요."

여차하면 글로리아는 여자애를 기절시킬 생각이었다. 손을 높이 치켜 든 순간 그녀는 제 허리를 죄는 밧줄에 고개를 돌렸다. 어윤경이 없었다. 그녀는 승강기로 달려갔다. 손전등을 비추자 승강기 바닥에 늘어진 여자의 목에 손가락을 대고 맥박이 뛰는지 확인하는 어윤경이 보였다. 어윤경이 고개를 젖히더니 환하게 웃었다. 순간 글로리아는 이 낯익은 느낌이 어디에서 오는지 깨달았다.

"애 말이 맞네. 다행이다."

손전등을 든 글로리아의 손이 속절없이 떨리기 시작했다. 천장에 난 구멍은 너무 작았다. 그나마 작고 가벼운 아이니 어윤경이 무리 없이 들어올렸을 뿐, 성인 여자는 어떨지 확신할 수 없었다. 어윤경이 들쳐멘 여자의 다리가 승강기 바닥에 질질 끌렸다. 아무리 힘이 세더라도 누군가를 들쳐멘 채 천장까지 기어오르는 건 불가능했다. 글로리아는 귓가에 울리는 쇠사슬 소리를 무시하려고 애썼다.

"구멍이 너무 작아서 무리예요. 포기해요."

"그, 포기하란 말 좀 그만하고, 거기 지레나 좀 줘."

어윤경이 승강기 위로 뛰어오르자 쇠사슬 타래에서 또 크게 뒤트는 소리가 났다. 글로리아의 손이 파르르 떨렸다. 얼른, 어윤경이 손을 내밀면서 재촉했지만, 글로리아는 고개를 저었다.

"약속했잖아요. 선배."

"아직 능력도 안 썼는데 뭘. 얼른, 나 계속 여기 있을까?"

어윤경도 그 자리에서 꿈쩍하지 않았다. 어지간한 고집이어야지, 글로리아는 하는 수 없이 바닥에 나뒹굴던 지레를 집어서 어윤경에게 건넸다. 어윤경이 지레 끝으로 합판을 들추고 천장을 내리칠 때마다 통로 위쪽에서 딸깍이는 소리가 들렸다. "힘드네." 어윤경이 푸념하더니 주머니에서 주먹밥을 꺼냈다. 두려운 기색도 없이 양볼을 부풀리며 열심히 먹는 모습에 글로리아는 저도 모르게 웃었다. 올라오면 핀잔이라도 줘야겠다고 생각했다.

"이제 밧줄 당길까요?"

"아니, 됐어. 일단 한번 올라가볼게." 어윤경이 여자를 들쳐메며 말했다. "애는 어때?"

"괜찮을 거예요. 선배, 얼른 올라와요."

밧줄을 왼손에 감아쥔 채 어윤경이 승강기 벽을 오르려던 순간 무언가가 뚝 끊어지는 소리가 났다. 승강기를 매달고 있던 쇠사슬 타래에서 난 소리였다. 어윤경이 휘청이는 사이 글로리아는 이를 악문 채 승강장 문을 잡았다. 자칫하면 통로로 끌려들어갈 수도 있었다. 팽팽하게 당겨진 밧줄로 허리가 욱신거렸다.

"이제 그만 포기해요!" 글로리아가 구멍에 대고 소리를 질렀다. 쇠사슬 하나만 끊어진 게 다라면 아직 무사히 빠져나올 가능성은 있었지만, 아니라면 어윤경만이라도 나와야 했다. "나랑 약속했잖아요."

손전등을 놓치는 바람에 승강기가 얼마나 멀어졌는지 확인할 수 없었다. 다만 어윤경의 숨소리는 선명하게 들렸다. 간 떨어지는 줄 알았다느니 너스레를 떠는 목소리도 여전히 태평했다. 그 소리와 함께 어둠 속에서 어윤경의 형체가 어렴풋하게 보였다. 가쁘게 몰아쉬는 숨소리도 점점 가까워지는 것 같았다. 글로리아는 기다렸다. 됐다고, 괜찮다고 말하는 어윤경의 목소리를.

저멀리서 무언가가 바람을 가르고 떨어지고 있었다. 천장에 붙어 있던 도르래였다. 쇠사슬 타래가 허공에서 꿈틀거리며 승강기와 함께 추락했다. 조금만 더 시간이 있다면 가능했다. 미래를 바꿀 수 있었다. 조금만 더, 글로리아는 버티려고 했지만, 허리를 옭아매는 밧줄에 감겨 그녀의 몸도 승강기 통로 안으로 빨려들어갔다. 그녀는 끝없는 어둠과 마주했다. '난 아닌데.' 그 순간 눈앞이 번쩍였다.

시야가 다시 또렷해진 순간 글로리아는 승강장 문을 붙잡은 자신의 손가락들을 보았다. 차갑고 미끄러웠다. 쇠사슬 타래도 더는 꿈틀거리지 않았다. 어윤경이 시간을 돌렸다. 글로리아는 무작정 밧줄을 잡아당기기 시작했다. 어윤경이 약속을 어긴 이상 자신도 더는 그 고집대로 움직여 줄 의사가 없었다. 이내 어윤경의 웃음 섞인 목소리가 통로 안쪽에서 들려왔다.

"그러다가 나 허리 삐겠어."

"선배." 글로리아는 땀과 눈물로 범벅이 된 눈가를 훔쳤다. 이미 어윤경이 능력을 썼지만, 아직은 가능했다. 미래를 바꿀 수 있었다. "시간을 조금만 더 앞으로 당겨요. 이제는 안 돼요. 포기해줘요. 제발."

어윤경의 대답은 돌아오지 않았다. 그저 가쁜 숨소리만 들리는 걸 보니 대답할 겨를도 없는 듯했다. 글로리아는 눈앞에서 쇠사슬 타래가 끊어지는 모습을 보았다. 눈앞이 새하얗게 변하는 순간이 몇 번이고 반복되었다. 다시, 다시, 다시…… 몇 번이나 능력을 썼는지 헤아리는 것조차 무의미했다.

"글로리아." 어윤경의 목소리가 들렸다.

"다시 해보자. 이번에는 돌리는 즉시 밧줄을 끊을게."

"그럼 선배는 어떻게 올라오려고요?"

"나 지리산 날다람쥐야. 암벽 등반은 눈감고도 해."

"꼭 그래야 해요?"

"그래야지. 승강기가 떨어지면 그 충격으로 추가 붕괴가 일어날 거야. 그러면 우리 다 죽어. 일단 시간을 좀 벌어보자고."

"시간을 조금 더 앞으로 당기는 건 불가능해요?"

"악덕 상사가 따로 없네." 어윤경이 소리내어 웃었다. 평상시와 달리 웃음소리는 금세 끊어지고 거칠게 숨 고르는 소리만 들렸다. "그냥 좀 해! 힘들어 죽겠어. 셋까지 셀게. 셋 하면 돌아보지 말고 도망쳐. 알겠지? 나도 따라갈 테니까. 너 이렇게 질질 끈 만큼 나한테 혼날 줄 알아. 일 초당 한 대로 치자."

"알겠어요. 얼마든지 혼내도 되니까 꼭 올라와요."

그 한마디를 기점으로 시간이 다시 되돌아갔다. 시야에 있는 모든 것이 요동치다가 잠잠해진 순간, 글로리아는 승강기로부터 돌아서서 무작정 뛰었다. 허리에 감긴 밧줄 토막이 바닥을 두드리는 소리가 들렸다. 그녀는 바닥에 쓰러져 있는 여자애를 안아들었다. 여자애가 엄마를 찾으면서 울었지만 무시했다. 달리고 또 달렸다. 천천히 기울어지는 벽과 낮아지는 천장, 어디가 무너지고 어디가 무너지지 않는지 판별할 겨를도 없었다. 멀리서 어윤경이 고함을 쳤다.

"미안해!"

'안 돼,' 글로리아가 외칠 새도 없이 다시 시야가 뒤틀렸다가 돌아왔다. 흘러갔던 시간이 되돌아오고 있었다. 글로리아는 다시 아이를 안고 달리기 시작했다. 오른쪽이 무너지면 왼쪽으로, 왼쪽이 무너지면 오른쪽으로 재차 방향을 바꿨다. 저멀리 빛이 보였다. 빛은 멀어지다가 가까워지기를 반복했다. 그녀는 마지막으로 빛을 향해 몸을 던졌다. 귀에 익은 목소리가 들렸을 때 깨달았다. 시간이 다시 흘러가고 있었다. 끊임없이, 까마득히 먼 곳으로.

국자는 고영준이 나온 토크쇼를 채널을 돌리지 않고 끝까지 시청했다. 웃기거나 진행자가 빼어나게 잘생긴 편도 아니었는데 재방뿐 아니라 삼방, 사방까지 챙겨보았다. 드문 일이라 당시 중학생이었던 미지도 똑똑히 기억하고 있었다. 자료화면으로 고영준이 찍은 어윤경의 사진들이 나왔다. 그의 말마따나 어윤경의 자세는 정말 촌스러웠지만, 미소만은 시원시원하니 보기 좋았다. 미지는 경남 아줌마가 조금 딱하다고 생각했다.

"영웅들이 얼른 귀국했더라면 어윤경도 죽지 않았을 텐데."

"아니." 국자는 무감한 어조로 말을 이었다. "그리고 이미 실패한 판에 영웅들을 투입할 필요도 없지. 괜히 이미지만 나빠질 테니까."

구조 작업 당시 훈련생들은 미지보다 한참 어린 나이였다. 얼마나 위험한 상황인지는 몰랐고, 구조 작업에 관해서도 아는 게 없었다. 그들은 언제 무너질지 모르는 곳에서 생각지도 못한 죽음을 맞거나 맞닥뜨렸다. 기댈 곳이라곤 어윤경과 자원봉사자가 자비로 사서 나눠준 안전화, 시민들이 날라준 음식뿐이었다. 지지부진하게 하루하루를 견디며 영웅들을 기다렸지만, 아무도 오지 않았다.

만일 영웅들이 와서 구조 작업이 조금 더 빨리 진행되었더라면 몇 명이나 더 구할 수 있었을까. 훈련생과 구조대원들이 어떤 부상자를 구급차에 먼저 태울지 선별하느라 시간을 끌 필요가 없을 정도로 구급차와 환자를 받아줄 병원이 충분했다면? 무너지는 순간 아파트와 상가에 제대로 된 탈출구가 있었고 사람들이 대피 훈련을 잘 받았다면 우왕좌왕하는 대신 빨리 빠져나올 수 있었을 것이다. 아니, 애초에 아파트가 무너지지 말았어야 했다.

얼마나 많은 시간을 되돌려야 했을까. 얼마나 많은 시간을 되풀이해야 그 모든 사고의 가능성이 줄어들다못해 사라질지 상상조차 할 수 없었다. 아마도 어마어마하게 긴 시간이 필요할 것이다. 미지는 어윤경을 생각하면 안타까웠다.

"차라리 그때 좀더 시간을 앞으로 당겼다면 어윤경도 살 수 있었을 텐데. 경남 아줌마가 솔직하게 말했어야 했어."

"경남이는 자기가 본 건 다 말했어."

경남 아줌마, 글로리아는 어윤경에게 자신이 본 미래를 알려주었다. 구조 작업은 어윤경의 죽음을 기점으로 종결될 테고, 어윤경은 능력을 쓰는 도중 죽음을 맞이할 것이다. 글로리아는 어윤경이 죽지 않는 미래를 원했고, 어윤경은 구조 작업이 도중에 흐지부지되지 않는 것을 바랐다. 둘은 서로 원하는 바를 이루기 위해서 약속했다.

"그러면 어윤경이 스스로 죽음을 자처한 거야?"

"아니, 오판한 거지."

"본인이 죽을 거라고 생각을 못한 거야?"

"강교관이 글로리아 능력이 뭔지 말해줬을 텐데 못 믿긴." 국자가 잠시 뜸을 들였다. 또 무슨 말을 꺼내려는지, 미지는 긴장했다. "냉장고에 곶감말이 있어. 가져와."

곶감말이도 국자가 손수 만든 간식 중 하나였다. 곶감 씨앗을 빼내고 잘라서 호두와 크림치즈를 올린 후 돌돌 마는 작업이 꽤 번거로웠다. 레시피를 먼저 본 사람은 미지였지만, 미지가 만든 곶감말이는 크림치즈가 비어져나오는가 하면 호두에서 살짝 쓴맛도 났다. 포기하려는 그녀를 말린 건 국자였다. 국자의 곶감말이는 크림치즈 양도 적당했고 호두도 끓는 물에 데쳐서 떫은 맛이 나지 않았다. 미지는 무심코 손을 뻗었다가 거두었다. 아직은 무리였다.

"애시당초 윤경 선배는 시간을 돌리는 능력을 쓸 생각이 없었을 거야."

"왜? 그러고 보니 사고 전으로 시간을 돌리면 되잖아."

"청장 대리가 그러라고 했었지." 국자가 곶감말이를 포크로 쿡쿡 찌르며 말했다. "아까도 말했지만, 시간을 돌린다고 해서 사고로 죽은 사람들이 다시 살아나지는 않거든. 게다가 그 많은 사람을 어떻게 설득해서 대피시키겠어?"

"그래도 시도는 해봐야 하지 않아?"

"도박이야. 하루 시간을 당기면 일주일 동안 꼼짝 못하는데, 만약 잘못된다면?"

어윤경은 눈앞의 현실을 택했고, 영웅들을 대신해서 구조팀을 이끌었다. 산악 구조대원이었던 만큼 촌각을 지체하느니 행동하는 쪽이 낫다는 결론을 내렸다. 글로리아의 예언을 들었을 때도 자신이 맞이하게 될 죽음에 압도당하는 대신 다른 가능성을 보았다. 누군가를 구하다가 죽는다는 말은 곧 생존자가 아직 있다는 걸 의미했다. 시간이 흐른 후 강수자는 어윤경의 이야기를 국자와 글로리아에게 털어놓았다.

"처음부터 아줌마랑 한 약속을 어길 생각이었던 걸까."

"꼭 그러진 않았을 거야. 안 그랬으면 경남이를 구조 현장에 데려가지도 않았겠지." 국자가 말랑말랑하게 녹은 곶감말이 한 조각을 입에 넣고 말했다. "마지막은 선배가 잘못 판단한 거라니까."

글로리아가 어윤경에게 내건 조건은 딱 두 가지였다. 구조할 때 시간을 돌리는 능력은 절대로 쓰지 말 것, 그리고 위태로운 상황일 경우 전적으로 자신의 의견에 따를 것. 대신 현장에서 어디가 언제 무너질지 알려주겠다고 약속했다. 어윤경은 흔쾌히 그 제안을 받아들였다. 어차피 자신의 능력을 쓸 일은 없다고 생각했을 것이다. 민첩하게 움직여야 할 상황에서 고작 십 분이라는 시간을 돌리고 한 시간 가량 회복한답시고 누워 있는 건 비효율적이었다.

쇠사슬이 끊어지는 순간 어윤경은 저도 모르게 능력을 써버리고 말았다. 자신을 부르는 글로리아의 목소리를 들은 순간 약속을 깼다는 걸 알아차렸을 것이다. 강수자는 어윤경에게는 죽을 생각이 없었다고 했다. 어윤경은 자신이 죽는 걸 막지 못했다는 이유로 글로리아가 죄책감에 시달리지 않길 바랐다. 어릴 적 친구를 구하지 못해 괴로워했던 자신을 떠올리면서.

어윤경은 어떻게든 승강기 통로를 나오려고 노력했다. 살아나가기 위해서 시간을 돌리고 또 돌렸다. 눈앞이 핑핑 돌고 머리가 어지러웠지만,

울먹이는 글로리아의 목소리만은 또렷하게 귓속으로 파고들었을 것이다. 그 혼란을 꿰뚫은 건 날카롭고 단단한 직감이었다. 머리 위에서 매달린 쇠사슬 타래는 당장이라도 어윤경뿐 아니라 글로리아, 겨우 구조한 여자애까지도 저 바닥으로 끌고 들어가기라도 할 양 꿈틀거렸다.

강수자는 글로리아의 예언이 한 번도 빗나간 적이 없다고 했다. 어윤경은 이미 능력을 쓴 이상 죽을 운명이었다. 그렇다면 계속 능력을 쓴들 연거푸 실패하는 게 당연했다. 곧 붕괴가 곧 일어나리라는 걸 직감한 어윤경은 거짓말로 글로리아를 안심시켰다. 밧줄을 끊은 다음 남은 힘을 쥐어짜 시간을 돌리길 반복했다. 둘이라도 구하기 위해서.

"아줌마가 힘들었겠네."

미지는 어쩐지 경남 아줌마가 안쓰러웠다. 국자가 곶감말이를 우물거리면서 대답했다.

"어, 그래서 나랏일이라면 진력이 났지."

눈앞에서 곶감말이가 하나씩 사라지는 모습을 가만히 보고 있는 건 고역이었다. 미지는 찬장에서 라면을 꺼내왔다. 건더기와 분말수프를 빼내고 라면 봉지를 이리저리 꺾어가며 면을 부수기 시작했다. 달콤하고 부드러운 곶감말이 대신 라면의 맵고 짠 맛으로 아쉬움을 달랠 생각이었다. 멀뚱멀뚱 구경하던 국자가 말했다.

"경남이도 이렇게 먹는 걸 좋아했는데, 살찐다고 끊었어."

"하여간 관리 하나는 철저하게 하시네." 미지는 분말수프가 묻은 손가락을 쪽쪽 빨았다. "그래서 일부러 등급을 낮게 받은 거예요? 그냥 훈련원을 나가면 될 텐데."

"안 돼. 처벌받거든."

구조가 종결된 후 그들은 훈련원으로 복귀했다. 몇몇 빈자리를 제외하면 이전과 똑같은 일상의 반복이었다. 평온했다. 간혹 웃고 떠드는 와중에도 칼로 도려낸 듯 침묵이 찾아왔지만, 이내 누군가가 다시 농담을 던졌다. 재미없는 농담이라도 다들 웃어주려고 애썼다. 국자는 원체 잘 웃지 않던 터라 가만히 듣기만 했다.

글로리아는 한 달 넘게 방에 처박혀 있었다. 강수자나 다른 훈련생이 찾아오면 쾌활하게 떠들다가도 떠나면 이불을 뒤집어쓴 채 웅크렸다. 고치 같았다. 국자는 식사 때에 맞춰 빵이나 우유, 김밥을 글로리아의 책상에 놓아두고 훈련하러 나가곤 했다. 그 어떤 강요나 걱정하는 말도 없었다. 그저 방을 나가고 들어올 때 인사하는 정도였다.

어느 날 방으로 돌아왔더니 글로리아가 일어나 있었다. 국자는 놀란 기색 없이 가방에서 사과 한 알과 빵을 꺼냈다. 글로리아가 입을 열었다. 나가고 싶다고 했다. 훈련원에 입소하기 전 받은 서약서에는 불복종과 무단이탈, 소소한 규율을 어길 시 받게 될 처벌들이 빼곡하게 쓰여 있었다.

"무덤에서 무사히 탈출한 줄 알았는데……"

글로리아가 볼을 씰룩였다. 애매하게 웃는 얼굴 같기도 했고 애써 울음을 참는 것 같기도 했다. 국자는 가만히 글로리아의 이야기를 들어주었다. 글로리아의 예지 능력은 어머니의 태중에서부터 두각을 드러냈다. 그녀의 아버지는 내리 딸만 셋인 집안에 딸 하나를 더 들일 생각이 없었고, 친할머니는 어머니의 소변 색부터 입덧, 배가 부푸는 모양까지 꼼꼼히 살폈다.

아직 형태가 채 갖춰지지 않은 상태에서도 글로리아는 무진 애를 썼다. 살아남기 위해서. 덕분에 어머니의 소변 색은 진했고, 입덧은 거의 없었으며 배는 아래로 축 처졌다. 아버지는 이번에야말로 아들일 거라고 확신했다. 해산일이 되기도 전에 말린 고추 타래를 대문에 내걸 정도였다. 덕분에 글로리아는 무사히 태어났다. 아버지는 태어나지 않은 아들의 이름을 그녀에게 주었지만, 정작 제대로 부른 적이 없었다. 욕설과 폭언이 그 자리를 대신했다.

제대로 이름을 불러주는 사람은 어머니뿐이었다. 그마저도 잡다한 심부름을 시킬 때 마지못해 부르는 것에 가까웠지만. 조산으로 어머니가 다섯째 딸과 함께 세상을 뜨자 아버지는 더더욱 넷째 딸을 미워했다. 다중능력검사에서 적합 판정이 나온 후로는 아예 학교에 보내지 않겠다며 집안의 문이란 문을 다 걸어잠갔다.

언니들은 모두 타지로 시집을 간 지 오래였다. 글로리아는 창문으로 빠져나와 근처 수녀원 부엌에 숨었다. 차라리 수녀가 될까 고민도 했지만, 그 말을 들은 수녀들은 웃기만 했다. 원장 수녀는 글로리아를 타일렀다. 도망치려면 있는 힘을 다해서 멀리 도망쳐야 한다고. 글로리아는 언니들이 보내준 돈으로 서울행 기차를 탔다. 뒤늦게 알아챈 아버지가 역으로 달려왔지만 이미 기차는 떠난 뒤였다. 글로리아는 멀어지는 고향을 바라보면서 울고 웃기를 반복했다.

서울에서 눈칫밥을 먹으면서 언니들 집을 전전하다가 무사히 훈련원 문턱을 밟은 순간, 글로리아는 무한한 행복을 느꼈다. 해냈다고 믿었다. 탄탄대로처럼 펼쳐진 미래가 사실상 의무라는 울타리로 둘러싸인 외길이라는 사실을 깨달았을 때 다시금 무덤에 갇힌 기분이 든다고 했다. 글로리아가 도와달라는 말과 함께 크림빵 반쪽을 건넸을 때, 국자는 말없이 그 빵조각을 받아들였다.

미지는 의외라고 생각했다. 자신이 아는 한 국자는 누가 한다는 이유로 따라 할 사람이 아니었다. 어릴 적 미지가 친구들처럼 포켓몬 스티커북을 갖고 싶다고 말했을 때도 국자는 그런 불충분한 이유로는 사줄 수 없다며 못을 박았다. 친구들도 가지고 있다는 이유가 통하는 물건은 준비물밖에 없었다.

"굳이 엄마까지 등급을 낮게 받을 필요가 있었어요? 잘살고 싶으면 등급을 높이 받았어야지. 그래야 최훈처럼 돈도 많이 벌고, 인기도 얻고."

"귀찮잖아." 국자는 라면 조각을 입에 넣더니 고개를 갸웃거렸다. 끓여먹는 편이 낫다고 하면서도 계속 집어먹는 걸 보니 입맛에 맞는 모양이었다. 괜히 생라면을 먹는 게 아니라니까. 미지는 못 본 척했다. "난 그냥 맛있는 거 먹고, 잠도 잘 자면서 건강하게 살고 싶었어."

"그건…… 제일 힘든 건데."

누구나 그런 삶을 바랐다. 미지도 마찬가지였다. 너무 과하거나 부족하지 않은, 적당한 삶. 적당하다는 말은 음식 간을 맞추는 일과 비슷했다. 비가 추적추적 와서 서늘한 날씨면 조금 더 맵고 짜야 입에 착착 붙었고, 해가 이글이글 타올라 정수리가 달아오를 만큼 더운 날씨면 달게 하되 살짝 밋밋한 맛이어야 부담스럽지 않았다. 삶 역시 입맛처럼 변덕스럽다 여길 만큼 상대적이었다.

한때는 미지도 빛나는 삶을 선망했다. 친구들과 어울려 영웅 놀이를 했고, 자고 일어나면 능력이 생기게 해달라고 소원을 빌었다. 시간이 지나면서 자신이 생각보다 더 평범하다는 사실을 깨달았으나 어렵지 않게 받아들였다. 영웅 놀이도 그만두었다. 청소년기에 접어들면서 그녀는 평범해 보이는 삶이 얼마나 파란만장해질 수 있는지 깨달았다. 그녀는 대학을 졸업하고 임용고시에 무사히 합격한 순간 게임의 마지막 스테이지를 깬 양 기뻐했다.

너무 이른 팡파르였다. 등급 심사에서 심사위원들을 속여 최하위 등급을 받았지만, 애석하게도 국자는 그 노력에도 불구하고 김포공항 국제선으로 끌려간 후 지금까지 거기에서 벗어나지 못했다. 국자의 처지가 딱했으나 미지의 안타깝다는 말 한마디로 정리할 수 있는 과거가 아니었다. 국자가 반동인 남편에게 자신의 정체를 삽십 년 이상 속이며 함께 살았다는 사실이 여전히 미지의 마음에 걸렸다.

"나는 그렇다고 쳐. 그래도 아빠까지 속일 필요는 없잖아요."

"다른 방법은 없었어. 아니, 몰랐지. 말한다고 뭐가 달라지겠니." 국자의 목소리에서는 뉘우치거나 후회하는 기색이라곤 찾아볼 수 없었다. 그저 담담했다. "너야 좀더 쉬울지도 모르지. 더 많이 공부했고, 세상도 좀 나아졌으니까. 엄마처럼 살지 않겠다고 했지. 꼭 그래라, 난 네가 그랬으면 좋겠어."

그 말에는 원망이나 비난은 한 점도 가미되어 있지 않았다. 국자가 만든 잔치국수의 맛과 비슷했다. 언뜻 보면 시판 면에 고명이라곤 달걀지단과 종종 썰어 넣은 고추뿐이라 구색이 영 초라했다. 하지만 국수의 맛을 좌우하는 건 육수였다. 멸치로만 맑게 우려낸 육수는 깔끔하고 담백한 맛이 났다. 미지는 국자가 만든 잔치국수를 좋아했다. 그래서 더는 국자의 말을 의심하고 싶지 않았다. 다만 꼭 물어보고 싶은 게 하나 있었다.

"그러니까 엄마, 나는……" 미지는 자신이 다른 선택지의 유무나 내용에 관심이 없다는 걸 깨달았다. 정말 궁금했던 건 국자의 의도였다. "정말로, 아버지와 왜 결혼한 거예요?"

국자는 당연하다는 듯이 대답했다.

"사랑하니까."

10

남자는 기름때 묻은 손으로 우체통에서 전단 뭉치를 꺼냈다. 군데군데 녹슨 우체통을 여닫으려면 힘과 요령 둘 다 필요했다. 아내는 요령은 있어도 힘이 부족했고, 아이들은 아직 우체통에 손이 닿지 않았다. 우편물을 확인하는 일은 자연스레 남자의 몫이 되었다. 그는 도보로 삼십 분은 족히 걸리는 자동차 정비소에서 일하면서도 하루 두 번씩 꼬박꼬박 우체통을 살폈다.

이민국에서 발급한 노동 허가증은 자동차 정비소 사장의 태도에 하등 영향을 미칠 수 없었고, 남자는 다른 불법 체류자들처럼 구인란에 기재된 월급의 반도 되지 않는 돈을 받아야 했다. 그는 망명만 허가된다면 이보다 나은 직장을 구할 수 있을 거라 믿었다. 비록 다른 자동차 정비소일지라도 좋았다. 그의 두뇌는 자동차 배기 장치나 엔진에서 나는 원인 불명의 소음을 해결하기보다는 자동차를 흔적도 없이 날려버리는 데에 더 적합했지만, 그가 기꺼이 포기한 것 중 하나였다.

정비소에서 퇴근할 때면 어두운 하늘에 뜬 창백한 달을 볼 수 있었다. 그의 모국에서는 달빛마저도 너무 밝아 피해 다녀야 했지만, 이곳 사람들은 달빛만으로는 부족해서 밤새도록 가로등 불을 켜두곤 했다. 보도블록에 간 금까지 보일 정도로 밝았다. 너무 밝아서 그는 그늘만 골라 다녔다. 아직도 충분히 밝지 않다며 불평하는 사람들이 있다는 사실이 새삼 놀라웠지만, 자신의 아이들도 빛나는 곳만 골라 디디면서 살아가길 바랐다.

무심히 전단을 솎아내던 남자의 손이 멈췄다. 통지서였다. 어둠에 익숙해진 눈은 어렵잖게 몇몇 단어들을 읽어냈다. 그가 떨리는 손으로 난간을 짚자 복도 끄트머리에서 웃음소리가 들렸다. 누군가가 자신의 머리통을 후려치는 것만 같았다. 그들이 스스로 선택한 결과였다. 마땅히 받아들여야 했다. 남자는 평소와 달리 한 칸 한 칸 조심스럽게 계단을 올랐다.

문을 두드리는 대신 열쇠로 열고 들어간 그는 저도 모르게 멈칫했다. 거실에서 빛이 새어나오는 가운데 아내의 목소리가 들렸다. 아내는 근처 보육원에서 일했다. 아이를 둘이나 낳았지만, 아이들을 안는 자세는 퍽 어설펐다. 과거 그녀는 그보다 많은 아이를 버튼 하나로 단번에 조용히 만들 수 있는 사람이었으나, 이제는 기꺼이 자장가를 부르며 어르곤 했다. 그 목소리는 한없이 부드러웠다.

다녀왔다는 인사는커녕 거실 문턱에 서서 자신과 아이들을 멀거니 바라보는 남편을 본 순간 그녀는 모든 걸 알아차렸다. 그들은 모국에서 쌓아온 모든 것을 버리고 떠났다. 죽지 않기 위해서, 죽음과 손잡는 대신 도망쳤지만 죽음의 추격에서 벗어날 순 없었다. 남매는 색칠 놀이를 멈추고 부모님을 빤히 바라보았다. 어제 막 열 살이 된 소년은 색연필 대신 두 살 터울인 동생의 손을 쥐었다.

아이들은 자신의 부모가 예전에 어떤 일을 했는지 몰랐으나 굳이 물어보지 않을 만큼 현명했다. 부모가 물려준 비상한 두뇌 혹은 부모에게 없는 능력 덕분일지도 몰랐다. 남편은 부엌 찬장에서 사제로 만든 알약 네 알을 가져왔다. 한 사람당 한 알이면 충분했다. 아내는 고개를 저었다. 그녀는 아이들을 차례로 포옹한 다음 오랫동안 눈을 바라보았다. 여동생은 영문을 모르겠다는 듯이 제 엄지만 빨고 있었지만, 오빠는 작게 고개를 끄덕였다.

부부는 아이들을 침실로 올려보냈다. 그들이 선택한 이상 그들만 감당하면 될 운명이었다. 남편이 흐느끼는 가운데 아내는 소파 아래에서 권총 한 정과 소음기를 꺼냈다. 이상하게도 손은 떨리지 않았다. 그러고는 라디오 볼륨을 최대한 높였다. 마침 그들이 좋아하는 노래가 나오는 중이었다.

소년은 방문이 제대로 잠겼는지 확인한 다음 침대 아래에서 조그만 트렁크를 꺼냈다. 트렁크에는 할머니가 챙겨준 귀금속과 돈이 들어 있었다. 동생은 두 팔을 늘어뜨린 채 제 오빠를 지켜보기만 했다. 소년은 아무 말도 하지 않았다. 이 모든 걸 기억하는 게 동생이 할 일이었다. 벽 너머로 들리는 색소폰 소리가 등줄기를 선뜩하게 훑고 지나가는 듯했지만, 그는 아무 내색도 하지 않고 동생에게 부엌에 다녀오겠다고 말했다.

문을 열자 흥겨운 트럼펫 소리가 들렸다. 베니 굿맨의 곡이었다. 절로 발재간이 나올 만큼 좋아했던 곡이었지만, 소년은 애써 무시한 채 부엌으로 향했다. 냉장고에서 주스 병을 꺼내고 찬장에서 그릇을 챙겼다. 마음 같아서는 라디오를 끄고 싶었으나 차마 거실을 가로질러갈 용기는 나지 않았다.

동생은 소년 말대로 토끼 인형을 품에 꼭 안고 있었다. 소년은 주스 병과 그릇을 내려놓은 후 다시 방을 나갔다. 거실 옆에 딸린 작은방은 부모님만 들어갈 수 있는 곳이었다. 어머니는 작은방 열쇠를 늘 들고 다니는 손가방 안쪽에 숨겨두곤 했다. 손가방은 거실 소파 옆에 있었다. 소년은 주먹을 쥐고 거실로 들어갔다. 거실 바닥에는 쿠션에서 나온 깃털들이 어지러이 흩어져 있었다.

아이들은 늘 부모의 예상을 뛰어넘는 존재였다. 소년은 작은방에 있는 설계도 중 몇 장만 골라내고 나머지는 램프 불로 태웠다. 거실 벽난로를 쓰면 굴뚝에 연기가 나니 들킬 확률이 높았다. 적어도 그들에게는 단 한 장도 남겨줄 생각이 없었다. 방으로 돌아온 소년은 설계도를 잘게 찢어 그릇에 수북하게 쌓았다. 그리고 주스 병과 함께 여동생 쪽으로 밀어주며 당부했다. 절대로 토하면 안 돼. 동생은 순순히 오빠 말에 따랐다. 끊임없이 종이를 씹어 삼켰다.

그릇이 빌 즈음 동생은 배가 부른지 꾸벅꾸벅 졸기 시작했다. 곧 있으면 그들이 올 시간이었다. 소년은 동생에게 담요를 덮어준 후 옷소매로 얼굴을 세차게 문질러댔다. 눈가가 발갛게 부어오를 즈음 멀리서 문 두드리는 소리가 들렸다. 그는 동생을 안고 울음을 터뜨릴 준비를 했다.

남매는 위탁 가정과 보육원을 전전하며 자랐다. 몇몇 가정에서 입양 의사를 밝혔으나 그들은 끝끝내 거절당할 이유를 만들어내곤 했다. 청년이 된 소년은 동생과 함께 세계 곳곳을 누비며 전쟁을 일으켰다. 적군과 아군을 가르는 건 그들에게 별 의미가 없었다. 악어새처럼 전장 한가운데로 들어가 이리저리 휘젓다가 성난 누군가에게 물리기 전 재빨리 도망치는 게 그들의 특기였다.

아무도 남매가 어떤 능력을 지니고 있으며 진짜 이름은 무엇인지 알지 못했다. 그들은 수시로 이름을 바꾸고 거처를 옮겼다. 모두가 자기편으로 끌어들이려고 노력했지만 늘 실패했다. 마지막으로 알려진 거취는 중화인민공화국이었다. 국빈 대접을 받으면서 지내던 남매는 돌연 어느 찻집에서 우연히 마주친 외신 기자의 인터뷰에 응했다. 여동생이 눈독을 들이던 찻잔을 기자가 양보했다는 이유였다.

첫 단독 인터뷰라니, 남매는 늘 대변인이나 서신으로 기자들의 요청에 응하곤 했다. 기자는 인터뷰하는 내내 손바닥을 연신 제 바지에 문질렀다. 조심스럽게 고른 질문들이지만, 혹여 남매의 비위에 거슬릴까 두려웠다. 만일 답변을 거부하면 더는 캐묻지 않겠다고 다짐했다. 그러나 예상과 달리 남매는 시종일관 우호적인 태도를 보였다. 마치 기자가 오래된 친구라도 되는 양 차를 대접하며 무엇이든 질문하라고 했다. 기자는 머뭇거리다가 물었다.

"다음 목적지는 어디신가요?"

남매는 서로 눈빛을 교환했다. 기자가 손을 내저으며 사과하자 오빠가 말렸다. 괜찮아요. 그는 눈꼬리를 늘어뜨리면서 사람 좋은 웃음을 지었다. 여동생도 따라 웃더니 대답했다.

"남한이요. 친구가 보고 싶어서요."

세계의 관심이 쏠리자 남한 언론은 숫제 헐리우드 배우가 내한하기라도 한 듯 법석을 떨었다. 휴전 협정이 깨질지도 모른다는 소문이 횡행하자 국방부에서는 그들을 초청한 적이 없음을 밝혔다. 부디 자중하라는 말도 효과가 없었다. 어느 신문에서는 그들의 입국 자체를 허용해서는 안 된다는 칼럼을 실었고, 어느 방송은 그들이 들고 다니는 가방이 중동 어느 국왕의 하사품이라는 등 잡다한 정보들을 늘어놓았다.

수많은 매체를 관통하는 질문은 하나였다. 누가 그들을 불렀는가? 국방부 장관의 성명문은 의미심장한 질문을 내포하고 있었다. 정부는 분열이나 갈등이 아니라 질서의 정립을 원했다. 그렇다면 그 반대편에는 누가 있는가. 며칠 전 있었던 반동 세력의 서대문경찰서 점거 사건은 이 의혹에 불을 댕겼고, 반동 세력이 남매를 남한으로 불러들였다는 가설이 기정사실인 양 공고해졌다.

여론은 반동 세력을 향한 반감을 노골적으로 드러냈다. 목적을 위해서라면 악마의 손이라도 잡을 놈들이라며 비난을 퍼붓는가 하면 시설 수감자들에게 일찌감치 손을 써서 반동의 싹부터 잘라버려야 한다는 주장을 내세우는 이들도 있었다. 어느 시사 프로그램은 전문가들을 초빙해 영웅과 반동 세력의 충돌이 어떤 양상으로 전개될지 예상 시나리오를 짜기도 했다.

때마침 정부가 중립지대 중 일부를 지정 취소할지도 모른다는 소문이 돌자 분위기는 극적으로 달아올랐다. 아직 접전이 벌어지지도 않은 상황에서 대다수가 무턱대고 영웅의 승리를 예상했다. 국자의 레스토랑 동료들도 쉬는 시간마다 그 화제로 수다를 떨었다. 반동만 없다면 레스토랑 분위기가 얼마나 좋아지겠냐는 말이 나오자 대부분 동의했다. 국자는 말없이 초콜릿만 먹었다. 반동이 아니라도 진상인 손님은 많았다.

레스토랑에 수일의 발길이 끊긴 지 벌써 열하루째였다. 국자는 수시로 홀을 들락날락하면서 오가는 손님들의 얼굴을 살폈고, 쉬는 시간이면 부리나케 담배를 챙겨 직원용 통로로 나갔다. 앞치마 주머니에는 늘 박하사탕 서너 알이 들어 있었다. 보지 않던 신문도 확인했다. 세간의 관심은 서대문경찰서 점거 사건에서 이방인들의 방문으로 쏠린 지 오래였다.

바람맞은 사람이 바람맞힌 사람의 행방을 궁금해하다니, 국자도 자신이 왜 이러는지 궁금했다. 화난 걸까? 곰곰이 생각해봐도 숙녀 선배처럼 메다꽂고 싶다는 생각이 들진 않았다. 수일의 얼굴에 상처가 나는 건 싫었고 심심해서라기에도 하루하루가 주방일로 바빴다. 그녀는 고민 끝에 글로리아에게 전화를 걸었다.

"웬일이야. 이국자가 먼저 전화를 다 주고."

"지난번에 준 크림 좋더라." 사실 글로리아에게 받은 크림은 새것 그대로 책상 위 장식품이 된 지 오래였다. 국자는 다음에 무슨 말을 꺼내야 할지 고민했다. "일본은 언제 또 가?"

"이번 일요일에 간다고 했잖아. 뭐 필요한 거라도 있어?"

"그랬지. 아니, 없는데……" 국자는 저도 모르게 말꼬리를 늘였다. 손가락에 돌돌 감기는 전화선을 만지작거리며 어디서부터 어떻게, 무엇을 말하고 무엇은 말하지 말아야 할지 고민했다. 아는 사람 이야기라고 둘러대자니 그녀는 아는 사람이 몇 없었다. 괜히 돌려서 말하고 싶지도 않았다. "네가 누군가와 약속을 했다 쳐. 그런데 그 사람이 안, 아니 못 왔어."

"갑자기 무슨…… 그래서 못 온다고 연락은 왔니?"

"아니. 그게, 사정이 있긴 했어. 그……" 국자는 괜스레 천장을 이리저리 살피다가 말을 이었다. "사고를 당했거든."

"어머, 어머머." 글로리아의 목소리가 한껏 올라갔다. "설마 차 사고야? 끝내준다. 드라마 같아."

"무슨 사고인지는 잘 모르겠는데. 아마 사람일걸."

"설마 폭력배야? 아냐, 국자 네가 그런 사람을 만날 리 없지. 혹시 삼각관계야?"

아무래도 글로리아가 요즘 드라마에 푹 빠진 모양이었다. 국자는 잠시 전화가 고장났다고 핑계를 댈지 고민했다. 생각해보니 신문 기사에선 수일이 다쳤다고만 나와 있었다. 그녀는 손가락으로 머리카락을 배배 꼬면서 생각에 잠겼다. 도대체 누구에게 상처를 입은 걸까. 이내 글로리아의 호들갑에 퍼뜩 정신이 들었다.

"그래서 국자 너한테 무슨 사고인지 얘기도 안 했어? 그다음에 만나기는 했고?"

"아니. 못 만났는데."

"쭉정이네."

"만나지 못할 사정이 있었어."

"그럼 전화는, 설마 전화번호도 몰라?"

"물어본 적 없어."

"자주 보는 사람인가. 같은 레스토랑에서 일해? 혹시 외국인이면 눈이 무슨 색이야? 파란색이면 좋겠다. 테렌스 힐처럼. 아, 우리 국자가 영어를 못해서 어떡해! 못해도 별문제는 아니지. 아이 투 아이, 눈빛만 봐도 알 수 있잖아?"

"그냥 봐줄 만해. 난 그냥 물어본 거야."

"그러면 보고서에도 쓸 수 있겠다. 그치?" 글로리아가 한껏 까불거렸다. "그래서, 어떻게 대시해야 할지 궁금해? 아, 이거 공짜로 알려주기는 좀 그런데……"

"금요일에 보자."

국자는 잽싸게 글로리아의 말을 잘랐다. 어영부영하다가는 족히 한 시간 넘게 통화할 게 분명했다. 기숙사 경비는 전화를 오래 쓰는 사람에게 대놓고 눈치를 줬다. 손에 든 수화기가 뜨끈했다. 만일 전화 한 통만 더 걸 수 있다면 수일의 목소리를 듣고 싶었다. 그러나 그녀는 수일의 전화번호를 몰랐다. "이국자씨," 경비가 그녀의 이름을 부르더니 우편 봉투를 건넸다. 은행 로고가 그려져 있는 흰 봉투였다.

국자는 방으로 올라와 문을 잠근 후 봉투를 확인했다. 진짜로 은행에서 보낸 우편물처럼 보였지만, 봉투 안에는 달랑 종이 한 장만 들어있었다. 종이에 적힌 것이라곤 계좌에 일시적인 문제가 생겼으니 근시일 내로 은행에 방문하길 바란다는 문구와 전화번호가 다였다. 그녀는 황급히 외투를 걸치고 기숙사를 나섰다.

버스 정류장 옆 공중전화부스 인근은 평소처럼 고적했다. 국자는 부스로 들어가 종이에 적힌 번호를 누르고 기다렸다. 높낮이 없이 단조로운 목소리가 들려왔다. 그 목소리는 구체적인 일시를 언급했지만, 정확히 어느 지점으로 방문하라는 말은 하지 않았다. 무엇이 필요한지 묻자 아무것도 필요 없다는 대답이 돌아왔다. 꼭 시일을 지키라는 당부를 마지막으로 통화는 끝났다. 목소리가 언급한 날짜는 보름 뒤였다. 그날은 휴가를 내고 공항에서 벗어나야 했다. 국자가 알 수 있는 건 그게 전부였다. 전부이나 가짜 전부, 전부의 일부에 불과했다. 진짜 전부는 자신의 삶을 짓뭉갤 만큼 더 거대하고 위험할 테지만, 그녀는 알고 싶었다.

윤수일이 다시 김포공항 국제선에 출몰한다는 소문이 돌자 레스토랑 직원들은 눈살을 찌푸리는 등 싫은 기색을 역력하게 드러냈다. 그들의 우려와 달리 윤수일은 라운지 근처에는 얼씬도 하지 않았다. 대신 반동 세력과 함께 인적이 드문 카페나 레스토랑을 골라 다닌다고 했다. 다 비싸고 맛없기로 유명한 곳이었다. 국자는 쉬는 시간이면 개중 제일 나은 카페에 가서 파르페나 커피를 시켰다.

파르페를 두번째로 주문한 날, 국자는 속절없이 녹아내리는 아이스크림을 숟가락으로 푹푹 쑤시고 있었다. 파르페는 너무 달았고 맛도 없었다. 막대 과자만 뽑아서 먹는 사이 카페로 사람들이 우르르 들어오는 소리가 들렸다. 카페 직원이 주춤거리자 그녀는 슬그머니 돌아보았다. 윤수일이었다.

여전히 윤수일은 검은색 선글라스에 검은 가죽 코트를 걸치고 있었다. 국자는 그의 일행들이 앉아 있는 테이블 쪽으로 슬쩍 돌아앉았다. 맛없는 곳만 골라 다녀서 그런지 윤수일의 볼이 핼쑥해 보였다. 오른발을 내디딜 때 살짝 절룩이는 것도 같았다. 그녀가 긴 숟가락으로 무고한 파르페를 다시 푹푹 들쑤시는 사이 카페 종업원이 다가왔다. 종업원은 케이크 접시를 내려놓더니 계산서에 펜으로 계산이 됐다는 표시를 남겼다. 케이크도 별로 맛이 없었다.

신문에서는 서대문경찰서 점거 당시 반동 세력과 기능력직 공무원 간의 협상이 실패하면서 물리적인 충돌이 일어났다고 했다. 협상보다는 한쪽의 일방적인 퇴거 통보에 가까웠다. 반동 세력은 범법자였고, 범법자의 요구를 들어줄 리 없었다. 병원에서도 그들을 환자로 받아들이지 않았다. 윤수일도 자신의 다리가 저절로 낫기만을 기다려야 할 터였다. 국자는 파르페와 케이크 접시를 밀어놓았다.

윤수일 일행이 부산스럽게 나갈 채비를 할 즈음 국자도 자리에서 일어섰다. 그녀는 일부러 동전 지갑을 꺼냈다. 하나, 둘, 셋…… 그녀가 동전 세는 모습을 가만히 지켜보던 종업원이 한숨을 내쉬고는 주문부터 받고 올 테니 천천히 하라고 말한 뒤 계산대를 떠났다. 국자는 계속 동전을 세는 척했다. 등뒤로 누군가의 기척이 느껴졌다. 윤수일이었다.

"제가 사도 되겠습니까?"

"됐어요." 조금 매몰차게 들릴 것 같았다. 국자는 고쳐 말했다. "케이크도 얻어먹었는데요."

"미안합니다."

조심스러운 몸짓과 달리 급작스러운 사과였다. 윤수일은 지갑에서 지폐 몇 장을 꺼내 계산대에 놓았다. 일행들은 먼저 나간 모양이었다. 가까이서 보니 낯빛도 창백했다. 국자가 물었다.

"왜 식사하러 안 오세요?"

"당분간은 단독 행동이 어려울 것 같습니다."

다행히 종업원은 다른 손님들의 주문을 받느라 바빴다. 어둑어둑한 카페 조명 아래 윤수일이 쓴 선글라스는 더 새카매 보였다. 국자가 무심결에 선글라스를 향해 손을 뻗었다. 윤수일이 움찔거리자 재빨리 말했다.

"뭐가 묻었어요."

거짓말이었다. 국자는 윤수일이 황급히 선글라스를 벗어 계산대 위 휴지로 문지르는 모습을 가만히 지켜보았다. 윤수일은 아침에 닦았다고 말하면서도 못내 부끄러운 기색이었다. 붉게 달아오른 볼 위로 살짝 내리깐 속눈썹이 가늘게 떨렸다. 국자는 그의 당황한 모습이 보기 좋다고 생각했다. 마음 같아서는 오른쪽 볼의 보조개를 눌러보고 싶었다. 대신 입이 움직였다.

"왜 사과하셨는지 알 것 같네요." 동그랗게 뜬 윤수일의 눈을 마주보며 국자가 말했다. "여기 케이크, 정말 맛없거든요."

"아." 윤수일의 눈이 깜박거렸다. "미안합니다. 케이크도 그렇고, 우리 약속도……"

그가 말을 채 끝내기도 전에 종업원이 계산대로 돌아왔다. 둘 중 누구의 계산부터 처리해야 할지 고민하는 종업원에게 국자가 지폐를 내민 후 동전을 도로 지갑에 쓸어담았다. 그러고는 윤수일이 계산을 마칠 때까지 기다렸다. 윤수일은 지갑을 집어넣고 살짝 고개를 숙였다. 이 카페가 아니면 더는 이야기할 기회가 없었다. 국자는 그의 옷소매를 붙잡았다.

"할말이 있어요."

"말씀하십시오."

"여기서는 안 돼요. 레스토랑으로 오세요."

"당분간은 어려울 것 같습니다. 미안합니다." 윤수일이 입꼬리를 살짝 올리면서 말했다. "모쪼록 국자씨가 잘 지내셨으면 좋겠습니다."

마치 작별인사처럼 들렸다. 국자는 제 손에서 빠져나가려는 수일의 소매를 다시 고쳐 잡았다. 지금이 아니면 말할 기회가 없을 것 같았지만, 하고 싶은 말을 쉽사리 내뱉을 수도 없었다. 무슨 일이 일어날 것 같다고, 그날 그 시간만큼은 절대로 여기 오지 말라는 경고를 어떻게 돌려 말할 수 있을까. 어설프게 말했다가는 반동 세력에 협조했다는 혐의를 받을 수도 있거니와 윤수일이 자신의 정체를 알게 될지도 몰랐다.

“다리는 어때요?” 화술 수업을 제대로 들어놓을걸. 국자는 내심 후회했다. “신문에서, 다쳤다고 해서……”

물수제비를 뜨듯 가벼운 안부 인사만 술술 나왔다. 윤수일은 고개를 주억거리며 괜찮다고 대답했다. 그 바람에 선글라스가 콧대를 따라 살짝 흘러내렸다. 선글라스 너머로 보이는 눈동자는 깊고 어두웠다. 돌멩이 하나로는 쉽사리 그 고요를 깰 수 없을 것 같았다. 국자는 그의 눈동자 아래 가라앉아 있을 돌들을 상상했다.

“조심해요.”

그 한마디에 윤수일의 눈동자가 미미하게 흔들렸다. 국자는 그가 고개를 돌리고 멀어질 때까지 계속 주시했다. 다른 반동들은 파란색이며 초록색 등 다양한 색깔의 점퍼에 스카프까지 둘렀지만, 수일은 혼자 검은색 일색으로 차려입고 있었다. 그래선지 유독 외로워 보였다. 어쩐지 답답했다. 국자는 명치께를 두드렸다. 아무래도 좀전에 먹었던 막대 과자가 얹힌 모양이었다.

글로리아는 약속했던 시간보다 일찍 레스토랑에 들이닥쳤다. 오늘도 어깨선을 한껏 부각한 재킷에 검은 벨벳 원피스까지 화려하지 않은 구석이 없었다. 국자가 잠시 기다리라며 내어준 테이블에 앉을 때는 얼굴도 가릴 법한 귀걸이가 턱 부근에서 찰랑거렸다. 자기를 향한 몇몇 노골적인 시선에도 글로리아는 주눅이 들기는커녕 눈웃음으로 받아쳤다. 호감의 표시로 오인할 만큼 매력적이었다.

여기서 글로리아의 성질머리를 아는 사람은 국자가 유일했다. 국자는 샌드위치와 주스를 테이블에 내려놓는 척하면서 글로리아에게 속삭였다.

"안 돼."

"내가 뭘 한다고, 나 이래봬도 교양인이야."

말로는 글로리아를 이길 수 없었다. 화술 수업에서 늘 일등을 차지할 정도였으니까. 국자는 글로리아의 손에서 핸드백을 빼앗아 맞은편 의자에 내려놓았다. 악어가죽으로 만들었다더니 꽤 묵직하고 단단했다. 아직도 상황 파악을 못하고 글로리아를 힐끔거리는 사람의 얼굴에 푸르스름한 멍 하나쯤은 족히 새길 수 있을 터였다. 국자는 조금만 기다리라고 당부했다. 글로리아가 볼을 끌어올리며 생글생글 웃었다.

"그럼 하나만 알려줘. 혹시 저 사람이야?"

"아니." 국자는 글로리아가 뭘 가리키는지 보지도 않고 대답했다. "지금은 여기 없어."

"그럼 어디다가 숨겨놨나, 주방? 야, 얼굴 한 번만 보여줘." 글로리아는 국자의 팔을 잡아 흔들면서 졸랐다. "내가 관상 봐줄게. 바람둥이인지 아닌지 궁금하잖아, 그치?"

"안 돼." 국자는 조금 혹했지만 이내 완강하게 고개를 저었다. "오늘 안 와."

"알았어. 오늘은 내가 넘어갈게. 여기서 얌전히 기다리고 있을 테니까 천천히 정리하고 와."

국자는 일하는 내내 틈만 나면 홀 쪽을 살폈다. 글로리아라면 이 사람 저 사람에게 요즘 국자가 누구와 만나는지 캐물을 게 뻔했다. 쉬는 시간이 되자마자 글로리아는 주방으로 달려왔다. 국자는 요전번에 갔던 커피

숍으로 글로리아를 데리고 갔다. 자리에 앉기 무섭게 글로리아의 질문 세례가 쏟아졌다.

"그래서 뭐하는 사람인데? 카페에서 일하는 사람은 아니잖아."

"뭘 하냐면……" 국자는 잠시 고심했다. 정확히 윤수일이 무슨 일을 하는지는 모르지만, 사람들하고 같이 공항을 배회한다고 말하는 건 좀 이상하게 들릴 것 같았다. "그냥 뭐, 이곳저곳 다녀."

"비행기 타는 사람이야? 조종사인가, 승무원? 아니면 사업가인가. 너무 괜찮다. 어제 내가 본 드라마 남자 주인공이 사업가인데 젠틀하니 괜찮더라. 근데 왜 사고를 당했는지는 들었어? 아직도 말 안 해준 건 아니겠지. 혹시 물에 빠지면 입만 동동 뜰 놈 아냐?"

"입이 아니라 머리부터 뜨지 않나."

국자는 잠시 망설였다. 훈련원에서 배운 적이 있었는데 기억이 영 가물가물했다. 머리부터 뜨는 건 산 사람이 아니라 죽은 사람이던가. 재차 정정하려던 순간 글로리아의 표정을 보고선 입을 다물었다. 아무래도 원하던 답은 아닌 듯했다. 대신 지나가던 종업원을 불렀다. 글로리아는 기다렸다는 듯이 메뉴판을 콕콕 찔러가며 주문했다. 둘이서 먹기에는 너무 많은 양이었지만, 국자는 아무 말도 하지 않았다. 오늘 부탁할 게 한둘이 아니었다.

"그래서, 그 사람이랑 만나기는 했어?" 글로리아가 국자 쪽으로 몸을 숙였다. "뭐라고 하던?"

"미안하대. 그리고 고맙대."

"개만도 못한 놈이네." 국자는 윤수일이 왜 개만도 못하냐고 물어보고 싶었지만 참았다. 글로리아는 헤어지라고 한마디로 일축하고는 가방에서 색색의 팸플릿을 꺼내 테이블 위에 펼쳤다. "자, 우리 여행 가자. 여기서 골라봐. 샹젤리제도 좋고, 아니면 온천 갈까?"

"나 근무해야 하는데."

"아픈데 어떻게 일을 해." 글로리아가 손을 들어 국자의 말을 막았다. "몸이 아프다는 게 아니라, 마음이 아프다는 거야. 여행비는 내가 낼게."

"지금은 가고 싶은 곳 없어. 그보다 부탁하고 싶은 게 있는데."

"말만 해. 어디 사는 놈인데?"

"어디 사는지는 몰라." 국자는 글로리아에게 손을 내밀었다. "봐줘."

"아니, 얼마나 푹 빠졌길래. 어떤 기라성 같은 사람인 거야?"

이국자가 빠진 남자가 얼마나 잘생겼는지 두고 보자며 투덜거리는 것도 잠시였다. 글로리아는 국자의 손을 잡고 눈을 감았다. 국자는 그녀의 얼굴에서 미소가 차차 사라지는 모습을 유심히 살폈다. 이내 입매가 일자를 그리다못해 일그러졌지만, 잡은 손은 놓지 않았다. 글로리아의 미간은 눈썹이 서로 만날 정도로 바짝 좁아졌다. 잇새로 고통에 찬 목소리가 흘러나왔다. 국자는 손을 놓아주었다.

"대체 뭐야?" 글로리아는 눈을 뜨자마자 불안한 듯이 주변을 살폈다. 그녀의 이마에는 땀이 흥건했다. 국자가 티슈를 건넸지만 거들떠보지도 않았다. "너 뭐하자는 건데?"

국자는 글로리아에게 은행에서 온 우편물에 관해 이야기했다. 공중전화부스에서 흘러나왔던 목소리며 구체적인 날짜와 시간, 그녀가 해석한 메시지까지. 윤수일에 관해서는 거론하지 않았다. 글로리아는 가만히 듣기만 했다.

"뭘 봤는지 얘기해줘." 국자가 글로리아에게 물었다. "무슨 일이 일어나는 거야?"

"네가 상관할 바 아니야."

"글로리아."

글로리아는 국자와 시선을 맞추려 들지 않았다. 살짝 옆으로 돌린 턱 끝이 가늘게 떨리고 있었다. "글로리아." 국자가 손을 뻗었지만, 글로리아는 차갑게 뿌리쳤다. 흉흉한 분위기 가운데 종업원이 쟁반을 들고 왔다. 크림을 얹은 커피와 조그만 파라솔로 장식한 주스, 코코아며 이쑤시개를 꽂은 샌드위치와 프루트칵테일 젤리로 장식한 아이스크림 그릇이 테이블을 채웠다. 국자는 계산서를 확인했다. 예상을 뛰어넘는 가격이었지만, 특수활동비를 떠올리며 커피에서 크림을 걷어내고 마셨다.

"알아봤자 뭐할 건데. 이국자, 다른 사람들은 바보인 줄 알아? 왜 알면서도 가만히 있다고 생각해. 이미 결정된 사안이야. 무를 수도 없어. 너도 그냥 받아들여. 원래 나랏일은 다 그런 거야." 글로리아가 고개를 젖히고 주스를 들이켰다. 미처 건지지 못한 파라솔 장식이 주스 바닥으로 가라앉았다. "명령대로 해. 정 불편하면 그냥 휴가 가는 거라고 여겨."

"무슨 일이 일어나는 게 맞지?"

"아니."

"그러면 휴가 안 내도 되겠네. 요즘 주방이 바빠서."

"왜 일을 복잡하게 만들어. 알아봤자 그냥 속상할 뿐이야. 너, 아무것도 못해."

"공항에서 무슨 일이 일어나기는 하는구나."

"거기까지만 해." 글로리아가 스푼으로 아이스크림을 들쑤시기 시작했다. 빨간 체리와 희고 노란 과일맛 젤리들이 그릇에서 하나둘씩 떨어졌다. 아이스크림 그릇은 어느새 쑥대밭이 되어 있었다. "네가 고를 수 있는 건 여행지하고 코스뿐이야."

"무슨 일인지만 알려달라고 하잖아."

"싫은데. 나한테 그 꼴을 또 보라고? 속이려고 하지 마."

"안 먹을 거면 그만해." 국자는 글로리아의 손에서 스푼을 빼앗았다. "안됐잖아."

"안된 건 너랑 나야. 너, 나 돌게 하려고 작정했니? 영웅 놀이가 하고 싶었으면 등급을 높게 받았어야지."

"글로리아."

"그때는 사고였지만 이번에는 아냐." 글로리아가 주먹을 말아쥔 채 말했다. "윤경 선배가 무슨 꼴을 당했는지 잊었어? 아주 제대로 묻어버렸잖아. 하물며 너는 무사할 것 같니? 어림도 없는 소릴, 쌔고 쌘 게 11등급이야. 넌 별것도 아냐."

"잊어버리지 않았어."

"그럼 적어도 네가 친구라면, 나한테 이러면 안 되지. 나보고 지금 어떻게 죽을지 봐달라고? 또?"

국자는 할말이 없었다. 윤경 선배는 모두의 기억에서 지워지지 않는 상처였다. 특히 글로리아에게는 더 쓰라리게 남았다. 자발적인 희생, 숭고해 보일지언정 그들에게는 비참하고 쓰라린 굴욕을 감수해야 했던 순간이었다. 그마저도 정부는 한마디로 일축했다. 개죽음. 글로리아는 그렇게 죽고 싶지 않다고 했고, 국자도 마찬가지였다.

"나 갈래." 글로리아가 웅얼거리듯 대답했다. 그리고는 지갑에서 지폐 몇 장을 꺼내 테이블에 내려놓았다. "휴가지 정하면 연락해."

아이스크림은 다 녹아내렸고 샌드위치 사이에 끼운 양상추는 그새 시들었는지 축 처져 있었다. 통곱 소리가 국자의 귓가를 빠르게 스쳐갔다. 글로리아의 말마따나 모르는 척하고 바짝 엎드리는 게 상책이었다. 국자도 알고 있었으나 그 떨리는 눈동자 한 쌍이 그녀의 머릿속을 계속 맴돌았다. 차마 잊을 수가 없었다. 국자는 자리에서 일어났다. 이제 주방으로 돌아갈 시간이었다.

휴가는 최소 일주일 전에 신청하는 게 레스토랑 내 불문율이지만, 국자는 매니저에게 아무런 언질도 주지 않았다. 그저 달력을 보면서 남은 날을 헤아리는 게 다였다. 다시 우편물이 오거나 수화기 너머로 들리는 목소리가 그날 휴가를 냈는지 물어보는 일은 없었다. 당연히 신청했으리라 여기는 듯했다. 국자는 그들이 착각하도록 내버려두었다.

어느 날 홀 직원이 상기된 얼굴로 주방에 들어오더니 국자를 찾았다. 누가 찾아왔다고 했다. 때마침 국자는 체기 때문에 자리를 비운 주방장을 대신해 스파게티를 만드는 중이었다. 그녀는 다급한 손길로 스파게티 위에 치즈 가루를 뿌린 후 거울을 확인했다. 이마는 땀투성이고 앞치마도 토마토소스로 엉망이었다. 궁여지책으로 앞치마 주머니에서 립스틱을 꺼내 발랐다.

홀로 나가자 테이블에 앉아 있던 누군가가 번쩍 손을 들어 보였다. 최훈이었다. 국자는 잠시 주방으로 돌아갈까 고민했다. 최훈은 뭇 사람들의 시선을 즐기고 있었다. 홀 직원들은 물론이고 손님들까지 식사하던 손을 멈춘 채 그들을 바라보았다. 뭘 바르고 온 건지 최훈의 앞머리는 막 세차를 마친 자동차 보닛처럼 반짝거렸다.

"이국자!" 최훈의 목소리는 다른 테이블에 앉은 손님에게도 들릴 만큼 우렁찼다. "여기야, 얼른 와!"

여차하면 공항에 있는 모든 사람의 이목을 끌 기세였다. 국자는 순순히 최훈의 맞은편 자리에 앉았다. 이렇게나 사리를 분별하지 못할 줄이야, 글로리아가 왜 최훈이라면 질색하는지 재차 체감했다. 대한민국 국민인 이상 최훈이 국방부 소속 1등급 능력자라는 사실을 모르는 사람은 없었다. 반면 여기서 국자의 정체를 아는 사람은 눈앞의 최훈뿐이라고 봐도 무방했다. 영웅과 일반인이라니, 너무 어울리지 않는 조합이었다.

"무슨 일이야?"

"꼭 일이 있어야 찾아오나." 최훈의 손짓에 근처를 서성이던 홀 직원이 기다렸다는 듯이 달려왔다. 최훈은 메뉴판을 국자의 눈앞에 들이밀었다. "일단 뭐든 시켜. 내가 쏠게. 스파게티 먹을래?"

국자는 커피만 주문했다. 스파게티라면 방금 질리도록 만들고 온 참이라 당기지 않았다. 최훈이 재킷 앞섶을 두드리며 어제 막 월급을 받았다고 했다. 위험수당이며 이것저것 합산하니 금액이 꽤 되더라는 그의 말에 그녀는 별 감흥 없이 고개만 끄덕였고, 얼마나 받았는지 궁금하지 않느냐는 질문에는 고개를 저었다.

"국자 너도 열심히 해. 나만큼은 못 받겠지만."

"그래." 국자도 위험수당을 챙겨받긴 했지만 말하지 않았다. 레스토랑과 정부로부터 각각 월급까지 받으니 어쩌면 최훈보다 많이 받을지도 모른다는 생각이 들었다. "그런데 너, 이렇게 맘대로 오면 안 돼. 이러다가 또 숙녀 선배한테 혼난다."

"걱정하지 마. 사람들한테 네가 고향 동생이라고 했어. 내가 바보인 줄 아냐?"

국자는 대답하지 않았다. 레스토랑에서 잘리면 보고서에 최훈의 이름을 적겠다고 다짐했다. 홀 직원이 종종거리며 커피 두 잔과 케이크 접시를 내려놓자 최훈은 보란 듯이 환하게 웃었다. 사인을 해주면서도 굳이 이국자와 자기가 동향이라는 말을 재차 반복했다. 국자는 긍정도 부정도 하지 않았다.

"여자들은 케이크 좋아한다던데." 최훈이 케이크 접시를 국자 쪽으로 밀었다. "원하는 만큼 시켜."

굳이 따지자면 국자는 크림빵을 더 좋아했다. 케이크나 크림빵이나 크림이 들어가기는 마찬가지지만, 크림빵에 들어가는 크림의 밀도는 진하면서도 가벼워서 몇 개든 먹을 수 있었다. 그녀는 케이크를 포크로 숭덩숭덩 잘랐다. 최훈이 눈꼬리를 접으며 웃었다. 윤수일과 같은 쌍꺼풀인데, 국자는 최훈의 눈웃음만 유독 느끼하다고 생각했다.

"보기 좋네. 다음에 내가 태극당에서 버터케이크 하나 사줄게."

"아냐." 국자가 태극당에서 제일 좋아하는 건 버터케이크가 아니라 크림빵과 모나카 아이스크림이었다. "용건부터 말해."

"우리가 꼭 무슨 일이 있어야 보러 오는 사이인가."

"글로리아도 부를까?"

"박경남?" 최훈이 진저리를 치더니 반사적으로 주변을 살폈다. 호랑이도 제 말 하면 온다는데, 국자는 조금 아쉬웠다. 최훈의 얼굴이 붉어졌다. "혹시 국자, 너 질투해? 그럴 필요 없어. 난 그렇게 허영심만 잔뜩 든 데다 기만 바짝 살아서 바락바락 대드는 애는 질색이야. 걱정하지 마."

"걱정 안 하는데."

국자는 마지막 케이크 조각을 입에 쓸어넣고 남은 커피도 다 마셨다. 점심시간이 막 끝난 터라 바쁘지는 않았지만, 주방장의 빈자리를 감안하여 저녁 식사를 준비해야 했다.

"다 먹었으니까 일어날게."

"너 왜 휴가 안 내냐?"

"왜 내야 하는데."

"몰라서 물어? 나라에서 시켰잖아. 지금 너만 철수하는 줄 알아?" 최훈의 목소리가 낮아졌다. "하라는 대로 하면 되는데, 왜 그래?"

"그날 매니저가 휴가 내주기 힘들다고 했어." 국자는 빈 커피잔을 들었다가 내려놓았다. 최훈이 손을 들어 직원을 부르더니 커피 두 잔과 케이크 한 조각을 더 부탁했다. 더 먹을 생각은 없지만 그녀는 말리지 않았다. 미련이 가득 남은 눈빛으로 최훈을 바라보던 직원이 주방 쪽으로 미적미적 사라진 후에야 질문을 던졌다. "중공에서 온다는 사람들 때문이야?"

최훈이 파드득 몸을 떨었다.

"조심해! 누가 들으면 어쩌려고?"

애당초 그런 걸 걱정했다면 최훈은 아예 여기로 발길조차 해선 안 됐다는 생각이 들었지만, 국자는 아무 말도 하지 않았다.

전장의 악령들. 심리학 교관은 과거 파병 군인일 적 어느 내전국에서 그들을 마주했다. 상냥하고 예의바른 남매였다. 아무리 경계심이나 불신이 심한 사람이라도 무장해제가 될 만큼 매력적이기도 했다. 심지어 누군가는 남매를 승리의 신이라고 불렀다. 그 호칭에 여동생은 살포시 웃기만 했다. 사람들은 그녀가 부끄러워하는 줄 알았지만, 착각이었다는 사실이 밝혀지기까지는 얼마 걸리지 않았다.

적군과의 휴전 협상을 하루 앞둔 날, 남매는 적진에 생화학 무기를 살포하자고 했다. 그들은 난색을 표하는 군부 고관들을 설득했다. 먼저, 일시적인 휴전일 뿐 완벽한 종전이 아니니 이때 승기를 잡을 필요가 있다고 했다. 그리고 적진의 휴전 선언은 가장일 뿐 실은 급습을 꾀하는 중이라고 덧붙였다. 장군은 설복당하지 않으려 애썼다. 아무리 그래도 같은 나라의 국민인데 배신할 리 있겠냐며 반박했다.

오빠가 눈썹 끝을 늘어뜨리며 장군의 이름을 친근하게 불렀다. 충분히 이해한다고, 같은 땅에서 난 곡식을 먹고 같은 강물을 마시면서 자라난 만큼 믿고 싶지 않을 것이라고 말했다. 장군이 고개를 끄덕였다. 오빠는 말없이 여동생이 내민 사진을 장군에게 건넸다. 그날 바로 은밀하게 회의가 진행되었고, 다음날 휴전을 발표하는 대신 남매가 세운 작전을 수행하기로 했다.

교관은 단 하루 만에 판도가 뒤집혔다는 사실을 믿을 수 없었다. 적군이라 한들 그들이 지닌 무기라곤 낡은 카빈총과 수류탄이 다였고, 군부의 독재에 맞서기 위해 나선 시민에 지나지 않았다. 그런 사람들이 뒤통수를 칠 준비를 한다니, 사진의 진위조차 믿을 수 없었다. 그의 의심을 알아채기라도 한 듯이 남매는 요리조리 그를 피했다.

간신히 교관이 여동생을 붙잡아 물어보았을 때, 예상치 못한 답변이 돌아왔다. 그녀는 눈웃음을 치며 미안하지만 다음 일정이 있다고 말했다. 마치 함께 춤추자는 청을 거절하듯 여유로운 태도였다. 교관은 남매가 아군이라도 안심할 수 없는 상대라는 걸 깨달았다. 다음날 남매는 흔적도 없이 사라졌다. 군부의 승리로 기나긴 내전이 끝난 날, 장군은 테라스에서 쑥대밭이 된 나라를 말없이 바라보았다.

남매가 또 내전을 일으키려는 걸까, 국자는 궁금했다. 만일 정부가 남매를 초청하지 않았다면 굳이 성명문을 발표할 필요가 없었을 터였다. 게다가 언론이 지대한 관심을 쏟아도 엠바고를 내리거나 제지하지 않는 것도 의문스러웠다. 남매의 입국을 저지할 생각이라면 입국 심사대에서 돌려보내거나 항구를 폐쇄하면 될 일이었다. 그런 마당에 공항 국제선에 주둔중인 능력자들을 철수시키겠다는 결정은 영 아귀가 맞지 않았다.

"그 사람들, 정말 오기는 하는 거야?"

"그게 너랑 무슨 상관이야." 최훈이 퉁명스럽게 되물었다. "왜, 무섭냐?"

순간 국자는 작전을 바꿀 필요를 느꼈다.

"응. 무서워."

"아니, 뭐 그게 무서워. 이국자 너도 무서워하는 게 있구나." 최훈의 목소리가 살짝 들떴다. "괜찮아. 이번 작전 타깃은 그쪽이 아니거든."

"그럼 누군데?" 국자는 그 순간 깨달았다. 공무원들이 철수한다면 공항 국제선에 남는 건 두 종류의 인간이었다. "설마, 아무리 그래도 일반인까지 휘말릴 텐데."

"어쩔 수 없어. 대의에는 희생이 필요한 법이야." 최훈이 소리 죽여 말했다. "국자야, 여긴 훈련원이 아니야. 합심해서 나라를 선진국으로 키워야 하는데, 반동 놈들이 중립지대랍시고 여기저기 설치고 다니잖아. 이게 나라냐?"

"나라가 뭔데?"

"뭐냐니, 우리한테 월급도 주고……"

"돈만 주면 무슨 명령이든 다 따르는 거야?"

"야, 넌 무슨 말을 그렇게 하냐. 네가 누구 덕분에 케이크를 먹고 커피를 마시냐? 이 휘황찬란한 공항은 또 누가 지었는데. 국가란 말이야, 국자야. 우리가 잘살 수 있도록 도와주는 거야."

국자는 그 말에 동의할 수 없었다. 국가란 그녀의 모든 것을 앗아가고도 더 가져갈 게 없는지 호시탐탐 노리는 존재였다. 대체 나라란 게 뭐길래. 최훈은 그녀의 침묵을 수긍으로 받아들였는지 누그러진 어조로 말했다.

"국자야, 잘못하다간 너도 폭발에 휘말릴 거야. 네 능력으로 거기서 살아남을 수 있겠냐. 아무것도 못해. 넌 솔직히 누굴 구해본 적도 없잖아. 그냥 후방 담당이었지. 우리도 다 끝난 다음에 투입될 텐데, 누가 널 구해줄 수 있겠어."

폭탄이었다. 국자의 머릿속이 바쁘게 돌아갔다. 폭탄이 터질 때 국제선에는 일반인 아니면 반동 세력만이 남아 있을 테고, 증인이나 증거물이 없더라도 얼마든지 심증으로 반동 세력을 범인으로 몰아갈 가능성이 농후했다. 기능력직 공무원들의 부재 역시 반동들이 틈새를 노렸다는 근거가 될 터였다. 정부는 반동 세력에게 누명을 씌울 생각이었다. 일반인들이 그 소요에 휩쓸려 다치면 반동 세력을 향한 반감은 더 거세질 것이었다.

"그만해. 이러면 난 국자 널 상부에 보고할 수밖에 없어."

"녹음기도 없잖아."

국자의 지적에 최훈은 허를 찔린 표정을 지었다. 국방부 소속 공무원들은 모두 녹음기를 들고 다닌다고 했다. 녹취의 주된 목적은 감시였다.

국자는 최훈이 레스토랑에 들어와 자신을 찾은 순간부터 녹음기를 들고 오지 않았을 가능성을 생각했다. 만일 녹취중이라면 정보를 줄줄이 흘리는 일은 물론이고 자신이 불리해질 만한 언사는 하지 않았을 것이다.

"국자야. 그냥 휴가 내라. 말 들어, 지금은 그럴 때야. 그냥 모르는 척해! 살아서 올라가야 뭘 하지, 당장 널 봐라. 뭘 할 수 있는데?"

"난 공무원 되고 싶었던 적 없어."

"알아. 어지간하면 너랑 박경남이 등급 심사 때 장난을 쳤겠냐." 최훈이 웃었다. "내가 기다리랬지. 누가 널 추천했다고 생각해? 내가 정말 바보인 줄 알았냐?"

국자는 이번에도 대답하지 않았다. 예상치 못했던 터라 놀라기도 했지만, 차마 최훈에게 상처를 줄 수 없었다. 그녀와 최훈은 동기고 암호학 수업 내내 같은 조였다. 윤경 선배가 지휘했던 구조 현장에도 함께 있었다. 최훈은 그녀의 침묵에 기분이 상했는지 미간을 바짝 좁혔다.

"야, 사람을 우습게 봐도 유분수지. 너까지……"

"윤경 선배가 지금 널 보면 뭐라고 할까."

최훈은 입매를 딱딱하게 굳혔다. 어윤경이라는 이름은 훈련생들의 마음 한구석에 박힌 거울 조각이었다. 맑고 깨끗하나 모서리는 날카로웠다. 빼내자니 너무 깊숙이 박혀 있었고, 품고 살자니 늘 그 표면에 자신을 비춰볼 수밖에 없었다. 생쥐는 훈련원에서 어윤경의 사망 소식을 전해 듣고는 간신히 먹었던 것을 모두 게워냈다. 국자와 다른 구조팀이 만신창이가 된 채 훈련원으로 돌아오기도 전에 그는 요양원으로 떠났다.

"개죽음이었지." 최훈의 목소리는 울분에 차 있었다. "내가 잊어버렸겠냐? 그 사람은 너무 순진했어. 혼자 밑바닥에서 헤엄쳐봤자 뭘 바꿀 수 있는데? 내가 영웅이 되면, 겉절이 같은 것들을 다 밟아버리고 나면 장관까지 못 올라가겠어? 그러면 뭐든 할 수 있어."

글로리아는 늘 최훈과 으르렁대곤 했지만, 구조 현장에서 돌아온 후로는 그를 볼 때마다 미간을 찡그렸다. 최훈은 이전보다 훈련에 열심히 임했다. 열성적이니 좋지 않냐고 국자가 묻자 글로리아는 고개를 저었다. "저거, 화풀이하는 거야." 최훈은 결국 1등급이 되어 국방부로 발령을 받았다. 아직 신입인데도 선배들의 지시를 무시하고 계속 단독행동을 했고, 사람들의 눈에 들려고 오만 애를 썼다. 국자는 그가 '스타병'이 있는 줄로만 알았다.

"이국자, 희생해봤자 너만 덤터기 써. 네가 휴가 안 내면 내가 보고할 거야. 그러면 넌 여기서 아예 잘릴 거고, 안기부에서도 무슨 조치를 하겠지. 그래도 난 그럴 거야. 네가 죽는 것보다는 나으니까."

의자가 바닥에 끌리는 소리가 들렸다. 국자는 최훈이 계산서를 들고 멀어질 때까지 움직이지 않았다. 최훈을 비난할 순 없었다. 국자는 제 안위를 지키기 위해 등급 심사를 조작했다. 이번에도 무엇을 선택해야 할지 알고는 있었다. 하지만. 머릿속에서는 하지만, 이라는 단어가 수도 없이 떠올랐다가 미처 문장을 끝맺지 못한 채 가라앉기를 반복했다. 그녀는 당혹스러웠다.

다음날 또 누가 찾아왔다는 말에 국자는 거울 한번 보지 않고 홀로 나갔다. 어차피 십 분 후면 주문 마감이었다. 홀 직원의 떨떠름한 표정을 맞닥뜨린 순간 그녀의 고개는 저절로 난간 쪽 테이블을 향했다. 윤수일이었다. 주문서에는 토마토 스파게티가 표시되어 있었으나 국자는 일부러 새 기름에 돈가스를 튀겼다. 돼지고기 질도 좋고 빵가루 납품 업체도 꽤 괜찮은 곳으로 바뀌었으니 스파게티보다 더 맛있을 것이라고 자부했다.

마지막으로 양배추 샐러드에 소스를 뿌릴 때까지 국자는 몇 번이고 계속 입안에서 같은 말을 되뇌었다. 훈련원에서 수도 없이 연습했거니와 그 효과도 익히 알고 있었으나 오늘따라 불안했다. 쓸데없는 걱정이었다. 국자의 능력이 무엇인지 알아차릴 가능성은 희박했다. 우선은 시험 삼아 한번, 그녀는 돈가스 접시를 쟁반에 받쳐들고 나갔다.

윤수일은 국자에게 살짝 고개를 숙여 인사했다. 주문과 다른 음식이 나왔지만 그럴 줄 알았다는 듯이 웃었다. 국자가 말했다.

"오늘은 돈가스가 맛있어요."

"고맙습니다."

한밤중에 선글라스라니, 국자는 쟁반을 끌어안은 채 윤수일을 살폈다. 윤수일은 조심스러운 손길로 포크와 나이프를 집더니 돈가스를 썰기 시작했다. 손놀림이 영 어설펐다. 어떻게 칼질을 하면 저렇게 튀김옷과 고기가 다 분리되는지 궁금했다. 국자는 그의 손에서 식기를 빼앗았다. 선글라스 너머로 수일의 눈이 놀란 듯 깜박거렸다.

"제가 썰어드릴게요."

"아, 괜찮습니다."

국자가 칼과 포크를 집었다. 수일은 두 손을 테이블 가장자리에 올려둔 채 잠자코 그녀의 칼질을 구경했다.

"고마워요."

"아직 마감까지는 시간이 남았으니 천천히 드세요."

국자는 목소리에 살짝 힘을 실었다. 그러고는 주방으로 들어가기 전에 거울을 확인했다. 어제 잠을 설쳤더니 얼굴이 더 초췌해 보였다. 하필이면 오늘은 립스틱도 없었다. 두 손으로 얼굴을 문지르자 조금 불그스름한 기가 돌았지만 이내 사라졌다. 국자는 다음날 쓸 감자를 포대째 대야에 부은 후 손질하기 시작했다. 주문 마감 시간이 지나자 다른 주방 직원들도 하나둘씩 주방을 떠났지만, 그녀는 아쉬운 기색 없이 손을 흔들었다.

홀 마감까지 얼마 남지 않았을 무렵 홀 직원 한 명이 주방으로 들어왔다. 도통 윤수일의 식사가 끝나질 않는다며 하소연을 늘어놓았고, 국자는 자신이 남아서 정리하겠다고 했다. 이전에 홀 직원으로도 일했으니 계산이야 쉬웠고, 매니저도 오늘 조퇴한 참이었다. 혼자서 괜찮겠냐는 말에 국자는 대답하는 대신 산더미처럼 쌓인 당근을 가리켰다.

홀 직원들은 바삐 짐을 챙기면서도 국자를 걱정했다. 만일을 대비해 보안 요원에게 미리 말해두겠다는 사람도 있었지만, 국자가 단호하게 안 된다고 못을 박았다. 괜히 법석을 떨면 매니저가 가만있지 않을 거라고 덧붙였다. 홀 마감을 왜 주방 직원이 하느냐며 꼬투리를 잡을 게 뻔했다. 다들 수긍하는 눈치였다. 그래도 윤수일이 무슨 짓이라도 저지르면 어떡하냐는 말에 그녀는 괜찮다며 타일렀다. 무슨 짓을 저지를 사람은 윤수일이 아니라 국자였다.

퇴근하는 직원들을 배웅하는 척하면서 국자는 입구를 줄로 막았다. 남은 사람은 윤수일과 그녀 둘뿐이었다. 테이블로 다가가자 윤수일이 어설프게 웃어 보였다. 접시에 아직 돈가스 몇 조각이 남아 있었다.

"오늘따라 이상하게 밥이 잘 안 넘어가네요. 죄송합니다."

"괜찮아요." 국자는 최대한 담담한 목소리로 말했다. 윤수일의 식사 속도를 늦추는 것도 계획 중 일부였다. "천천히 드셔도 돼요. 손질할 재료가 많거든요."

감자와 당근만 각각 두 포대씩이나 손질했으니 모레까지는 족히 쓰고도 남을 것이었다. 너무 과한가, 국자도 손질하는 속도를 좀 늦출 걸 그랬다는 생각이 뒤늦게 들긴 했다.

"그런데 밤에도 선글라스를 쓰고 계시네요. 벗으면 안 되나요?"

국자의 말에 윤수일이 난처한 양 입꼬리를 늘어뜨리더니 선글라스 테를 만지작거렸다. 국자는 윤수일의 선글라스가 최훈의 앞머리와 비슷한 것일지도 모른다고 생각했다. 최훈은 아무리 시간이 없어도 앞머리 손질만은 잊지 않았다. 국자가 그대로도 괜찮다고 말하려는 순간 윤수일이 머뭇거리며 입을 열었다.

"그게, 좀 보기 흉할 텐데."

"뭐가요?" 국자가 반문했다. 어불성설이었다. 윤수일의 속눈썹은 그녀가 아는 사람 중 제일 길었고, 눈동자도 맑았다. "예쁘기만 하던데요."

"아니, 감사합니다. 그런데 그게……"

갑작스러운 칭찬에 윤수일이 낯을 확 붉혔다. 얼굴을 식히려는 양 고개를 이리저리 돌리다가 선글라스를 벗었다. 눈가에 거뭇거뭇한 멍이 보였다. 국자가 물었다.

"무슨 일이에요?"

"별일 아닙니다. 그냥 공항에서……"

기능력직 공무원과 부딪혔다면 공항이 한바탕 시끄러웠을 테지만, 오늘은 잠잠했다. 제지할 수 없는 경우는 하나뿐이었다. 사람들은 반동이 존재만으로도 일반인에게 해를 가할 수 있다고 여겼다. 그 반대의 경우는 상상하지 못했거니와 상상하려고 들지도 않았다. 일반인은 능력자에 비하면 무해한 존재였다. 설령 능력자가 그들에게 해를 입더라도 입증할 길은 없었다. 아무리 그래도 저 얼굴에 어디 때릴 데가 있다고. 국자는 어쩐지 가슴 한편이 욱신거리는 것만 같았다.

"달걀이라도 갖다줄까요?"

"괜찮습니다." 윤수일이 자리에서 일어서는 국자를 말렸다. "금방 없앨 수 있습니다."

하마터면 국자는 반동 쪽에 상처를 치료하는 능력자가 있느냐고 물어볼 뻔했다. 괜히 캐묻는 인상을 주고 싶진 않았다. 그녀가 순순히 자리에 앉자 윤수일은 다시 선글라스를 썼다.

"오늘 돈가스, 제가 먹어본 돈가스 중 제일이었습니다."

윤수일의 미소를 본 순간 국자는 무언가 명료해지는 기분을 느꼈다. 이제는 선택할 수 있었다. 그녀는 잠시 양해를 구하고 바삐 주방으로 향했다. 그러고는 냉장고에서 감자 샐러드를 꺼냈다. 방금 손질한 감자와 당근으로 만든 요리였다. 다진 감자와 마요네즈가 어우러져 부드러웠고, 잘게 썬 당근은 식감이 좋았다. 소금과 후추로만 간을 맞추는 게 정석이나 오늘은 꿀도 한 숟갈 넣었다. 혹시 몰라서 준비한 방책이기도 했다.

보통은 감자 샐러드를 전채 요리로 내놓았지만, 단맛이 더해지면 후식에도 어울렸다. 모양새는 영 나지 않았지만, 아이스크림이나 케이크를 만들자니 시간이 부족했다. 이게 국자의 최선이었다. 아이스크림용 그릇에 소복하게 담긴 감자 샐러드는 꽤 그럴싸해 보였다. 제발, 윤수일이 자신의 제안을 받아들이길 바랐다. 물론 돈가스로 이미 효과를 입증한 만큼, 더 손이 많이 간 감자 샐러드의 효력이야 두말할 필요가 없었다.

홀은 조용했다. 윤수일은 주방에서 나오는 국자를 향해 환하게 웃어 보였다. 맛 좀 봐달라는 부탁에 선선히 숟가락을 들었다. 이유도 묻지 않았다. 국자는 맞은편 의자에 앉아서 그가 다 먹을 때까지 기다렸다.

"어때요?"

"맛있습니다." 윤수일이 남은 샐러드를 숟가락으로 긁어모으며 말했다. "고맙습니다."

"그럼 제 부탁 좀 들어주세요." 국자는 윤수일 쪽으로 몸을 기울였다. "이번주 금요일에 저한테 시간 좀 내주세요."

금요일, 상부에서 휴가를 신청하라고 명령한 날이었다. 수일의 입술은 달싹이기만 할 뿐 아무 말도 내놓지 못했다. 어쩐지 국자도 초조해졌다. 돈가스보다 효과가 더했으면 더했지 덜하진 않을 텐데…… 이내 나온 대답은 국자의 예상을 가볍게 비껴갔다.

"제가 국자씨를 힘들게 만드는 게 아닌지 모르겠습니다."

"왜요?"

"사람들이 오해할 수도 있지 않습니까. 전 반동이고, 반동과 어울리면 썩 좋은 말은 못 듣습니다." 수일이 담담하게 말했다. "전 국자씨가 사람들에게 오해받길 원치 않습니다. 국자씨는 좋은 사람이니까요."

"제가 왜 좋은 사람이라는 거죠?"

"나쁜 짓을 하지 않잖습니까."

"딱히 착한 짓을 한 적도 없는데요."

"그래도 좋은 사람입니다."

"아무것도 하지 않는다면 좋은 사람인가요?"

"적어도 저희보다는 좋은 사람일 겁니다."

감자 샐러드가 효과가 없는 게 아니었다. 윤수일의 목소리는 부드러운 한편 단호했다. 그는 진심으로 국자를 걱정하고 있었다. 자신이 속은 줄도 모른 채 국자와의 관계를 더는 지속해서는 안 된다고 말했다. 무작정 자신이 바라는 대로 행동하고 싶다는 욕망보다 이국자의 안위를 위하는 마음이 앞서고 있었다. 대체 누가 나쁜 사람인 걸까. 국자는 자문했다.

"수일씨가 왜 나쁜 사람인가요?"

"착한 사람이라면 살아남지 못했을 테니까요." 수일이 쓰게 웃었다. "우리 중 착한 사람이 있었다면 진작에 죽었을 겁니다. 이 나라는 우리가 조용히 살아가는 것도 원치 않거든요. 그들이 바라는 좋은 반동은 죽은 반동이죠…… 미안합니다. 이런 말이나 하고."

"잠시만요." 국자는 일어서려는 수일을 붙잡았다. "드릴 게 있어요. 기다려주세요."

윤수일이 고개를 끄덕였다. 국자는 다급히 주방으로 들어가 냉장고를 열었다. 그러고는 남은 감자 샐러드와 박하사탕을 모조리 포장 용기에 담았다. 그날 공항에서 배회하는 수일을 보고 싶지 않다고 중얼거렸다. 제발. 그녀는 윤수일에게 감자 샐러드를 떠안긴 후 당부했다.

"창경궁, 한시예요. 꽃은 다 졌지만 상관없어요. 절 바람맞힐 생각이 아니라면 꼭 오세요."

"그날은 미안했습니다. 정말로……"

"그러면 이번에는 꼭 나와요. 감자 샐러드는 상하니까 내일 중으로 다 먹고요."

윤수일은 웃기만 할뿐 대답은 하지 않았다. 은근히 고집이 셌다. 국자는 레스토랑 입구에 서서 윤수일의 뒷모습을 바라보았다. 윤수일은 어느 정도 멀어지자 멈춰섰다. 그러고는 이내 다리를 절룩거리며 다시 걸어가기 시작했다. 다친 곳이 한두 군데가 아닌 모양이었다. 얼른 나아야 할 텐데, 국자는 그가 창경궁에서 자신을 기다리는 모습을 상상했다. 그녀가 오지 못한다는 건 모르는 채로.

기숙사 방문을 열기 전 국자는 잠시 뜸을 들였다. 이왕 맞을 매라면 일찍 맞는 편이 낫다고 생각했다. 문이 열리기가 무섭게 방안에서 손이 뻗어나오더니 그녀의 멱살을 잡아당겼다. 순식간이었다. 국자는 제 머리를 팔로 감쌌다. 바닥으로 내팽개쳐지긴 했지만, 평상시치고는 꽤 부드러운 처사에 속했다. 그녀는 반쯤 몸을 일으킨 채 제 앞을 가로막은 사람을 보았다.

"숙녀 선배, 문 좀 닫아주세요."

이내 문 잠그는 소리가 들리더니 눈앞이 덩달아 환해졌다. 김숙녀는 자기가 끊어트린 형광등 끈을 말없이 바라보더니 다가왔다. 영 심상치 않은 눈빛에 국자가 반사적으로 팔을 들어 얼굴을 가렸다. 옆방 사람이 좀 늦게 들어오기만을 바랄 수밖에 없었다. 예상과 달리 주먹이나 발길질은 날아들지 않았다. 김숙녀는 국자의 멱살을 잡더니 번쩍 들어올렸다. 키는 국자가 김숙녀보다 한 뼘 정도 더 컸지만, 신장 차는 하등 문제가 되지 않았다.

"무슨 꿍꿍이인지 말해봐."

"휴가 문제라면 내일 해결할 수 있어요. 오늘은 매니저가 조퇴해서 못한 거고……"

"웃기는 소리. 휴가 낼 생각도 없으면서."

"최훈이 뭐라고 하던가요?"

"아니."

생각보다 최훈이 사리분별을 좀 할 줄 아는 모양이었다. 김숙녀가 국자를 침대에 내팽개치듯 내려놓았다. 국자는 목 부근을 어루만지면서 김숙녀의 눈치를 살폈다. 마침 어제 방을 정리하길 잘했다는 생각이 들었다. 책상 위는 깨끗했고 캐비닛에는 내일 입으려고 다려놓은 셔츠와 더플백 하나가 다였다. 김숙녀도 별 관심이 없는지 슥 훑어보기만 했다. 괜히 글로리아처럼 싹싹하게 굴자니 어색했고, 평소처럼 끊어진 형광등 줄에 관해 얘기하면 얻어맞을지도 몰랐다. 국자는 그냥 솔직하게 물어보기로 했다.

"그럼 누구예요?"

"박경남."

"경남이가 뭘 봤대요?"

"뭔지는 말 안했어." 김숙녀는 팔짱을 낀 채 국자를 응시했다. "네가 뭘 하든 막아달라고만 했지."

국자는 놀랐지만 아무 내색도 하지 않았다. 김숙녀는 누군가의 부탁으로 움직일 사람이 아니었다. 하물며 상부의 지시도 아닌데 남의 기숙사에 숨어들 줄은 상상조차 못했다. 국자는 바로 본론으로 들어갔다.

"전 이번 작전에 반대해요."

"너만 그러는 건 아냐. 하지만 명령이야."

"공항에 얼마나 많은 사람이 오가는데요. 일하는 사람들은요? 다 일반인이잖아요."

김숙녀의 눈썹이 꿈틀거렸다. 괜히 대왕 팬더의 화를 돋웠다가 모든 작전이 수포로 돌아갈 수도 있었지만, 국자는 오늘만큼은 물러서고 싶지 않았다.

"그냥 중립지대 지정을 취소하면 되잖아요."

"대통령 선거가 얼마 안 남았으니까."

국자는 정치에 별 관심이 없었지만, 물밑에서 정권 교체가 가능할지도 모른다는 소문은 익히 들은 바 있었다. 야당측 후보들이 쟁쟁하다고는 하나 오히려 저들끼리 표가 갈릴 확률이 높았다. 여당측 후보는 고정된 지지층을 등에 업고 있었으나 당선을 확신할 만한 성과가 없었다. 이전 정권의 기조를 이어가되 단순한 승계가 아니라는 걸 증명해야 했다. 어떤 의혹이나 불신 없이, 하나의 목소리만 듣고 따라 말하도록 만들 필요가 있었다. 국자가 물었다.

"또 반동 선전인가요?"

숙녀는 말없이 고개만 끄덕였다. 반동 선전은 편을 가르고 적을 만들어 하나로 뭉치게 만드는 효과가 있었다. 유엔인권위원회가 능력자 인권 탄압을 이유로 대한민국을 올림픽 개최국 후보에서 제해야 한다는 성명을 냈을 때, 정부에서는 충분히 반성하며 잘못된 점들을 바로잡겠다고 발표했다. 중립지대를 지정하여 반동들이 드나들 수 있도록 하고, 교정시설도 순차적으로 폐지할 예정이라며 그럴싸한 계획들을 늘어놓았다. 하지만 겉치레에 불과했다.

올림픽 개최국으로 확정되자 정부는 손바닥 뒤집듯 태도를 바꾸었다. 다시 정치인들은 대중을 향해서 반동들을 몰아내야 한다고 주장했다. 그들의 논리에 따르면 반동들은 평화로운 삶에 해를 끼치는 존재였고, 반동들이 향해야 할 최종 목적지는 교정시설이었다.

어느 병원에서 반동이 의사를 공격했다는 뉴스로 포문이 열렸다. 국회의원들은 병원의 중립지대 지정을 취소하고 반동들의 출입을 금지하는 법안을 발의했다. 사고 당시 정황은 구체적으로 밝혀지지 않았다. 목격자라곤 복도에서 대기하던 한 환자와 청원경찰 두 명이 다였다. 반동은 그 자리에서 즉시 사살되었고, 반동에게 공격당했다던 의사도 자취를 감췄다.

정부는 기다렸다는 듯이 병원을 중립지대에서 제하겠다고 발표했다. 반동은 물론 출입 금지였고 부적합 판정자는 범죄 이력이 없다는 사실을 증명해야만 병원에 들어갈 수 있었다. 인권 단체들은 인간이라면 누구든 병원에서 치료받을 권리가 있다는 내용의 성명문을 발표했고, 의사들도 히포크라테스 선서에 따라 차별 없이 치료하겠다는 뜻을 밝혔다. 그러나 병원에는 경찰 인력이 배치되었다.

어느 날 한 소년이 차에 치여 응급실로 실려왔다. 의사들은 응급처치부터 하려 들었지만, 응급실 문 앞을 오가던 경찰에게 저지당했다. 소년의 신원이 불분명하다는 이유였다. 게다가 주머니에서는 다른 사람들의 것일 법한 지갑이 서너 개씩 나왔다. 행색도 초라한 것이 보살핌을 받지 못한 듯했다. 의사들은 말없이 불안한 눈빛을 주고받았다.

간신히 경찰을 설득해 진통제를 투여한 사이 접수처에서 연락이 왔다. 소년의 신원을 들은 한 의사가 환자 명부에 자기 아들의 이름을 대신 적으려 했지만, 이미 경찰들의 귀에도 들어간 후였다. 우선 살리고 봐야 한다는 호소에도 경찰들은 요지부동이었다. 의사들이 소년의 침대를 둘러싼 채 경찰과 대치하는 가운데, 간호사들은 하루만이라도 머무르며 치료를 받을 수 있게 해달라며 스크럼을 짜고 병실 문을 막았다.

경찰들은 시설에도 병원이 딸려 있으니 충분히 치료를 받을 수 있다며 의사와 간호사들을 설득하는 한편, 공무집행방해죄로 처벌받을 수도 있다며 은근한 협박도 더했다. 소년은 의식불명인 상태로 경찰차에 실려 갔다. 의료진들은 하는 수 없이 다른 환자들을 치료하러 가야 했다. 며칠 후, 소년은 길거리에서 싸늘한 시신으로 발견되었다.

병원은 여전히 중립지대에서 제외된 상태였다. 정부는 모든 항의에 똑같은 반응으로 일관하며 되레 과거의 사건을 들먹였다. 선거는 예정대로 치러졌고 모두가 예상했던 후보가 당선되었다. 후보는 선량하고 올바른 삶을 살아가는 시민을 보호할 의무가 있다고 외쳤다. 시민은 방금 알을 깨고 나온 병아리처럼 연약하므로 마땅히 보호받아야 했다. 국자는 궁금했다. 윤수일의 얼굴에 멍을 남긴 이들을 연약하다고만 볼 수 있을까.

윤수일은 범죄자였다. 국자도 부인할 생각은 없었다. 다른 선택지가 없었다 할지라도 그가 저지른 일은 옳지 않았다. 하지만 그 이유만으로 모든 반동을 척결해야만 한다는 주장에 마냥 동의할 순 없었다. 윤수일도 결국 기능력직 공무원으로서 그녀가 지켜야 할 시민 중 하나였다. 그렇다고 해서 반동의 편을 들겠다는 건 아니었다. 정확히 말하자면 그녀는 어느 한쪽의 편도 들고 싶지 않았다.

"전 더는 후회할 일을 만들고 싶지 않아요. 사람이 죽게 내버려두는 것도 싫고, 내 몸 하나 보전하자고 내빼기도 싫어요. 이런 일은 일어나선 안 돼요." 입 밖으로 그 말을 내보낸 순간 마음이 홀가분해졌다. 국자는 그 말을 반복했다. "절대로 일어나면 안 돼요."

"너 하나만 반대한 줄 알아?" 김숙녀가 국자를 쏘아보았다. "오만하게 굴기는."

"비난할 생각은 없었어요."

"그래서, 네가 뭘 할 수 있는데?"

"폭탄이 어디 있는지 알려주세요. 몇 개나 돼요?"

"어떡하게, 해체라도 하려고?"

국자는 책상 서랍에서 공항 안내도를 꺼내 침대에 펼쳤다. 안내도에는 감시 카메라의 위치와 개수, 보안 요원들이 어디에 서 있는지까지 작은 글씨로 쓰여 있었다. 김숙녀의 가슴이 몇 차례 빠르게 오르내리다가 이내 잠잠하게 가라앉았다. 이내 김숙녀가 말했다.

"고작 둘이서는 무리야."

"저 혼자 할 거예요." 처음부터 그럴 생각이었다. 국자는 숙녀의 눈썹이 꿈틀거리는 모습을 보았다. "실패하면 괜히 다른 사람들까지 말려들 테니까요."

"그런 사람이 폭탄 위치를 물어?" 김숙녀는 노기가 등등한 목소리로 물었다. "내가 널 신고하기라도 하면 어쩌려고. 박경남은?"

"혹시 무슨 일이 생기면 부탁할게요."

김숙녀는 국자의 말에 반박하지 않았다. 대신 손을 내밀었다. 국자가 펜을 건네자 김숙녀는 공항 안내도에 동그라미를 네 개 그렸다. 일부러 조잡하게 만든 폭탄이지만 위력은 무시할 만한 수준이 아니라고 했다. 반동들이 얼마나 보잘것없으면서도 위험한 존재인지 보여주려는 의도였다.

"한두 개는 더 있을 거야." 김숙녀가 펜을 돌려주면서 말했다. "다는 알려주지 않았어. 너 같은 놈들이 나올 수도 있으니까 저들도 조심하는 눈치야. 혹시 알게 되면 연락하지."

"감사합니다."

"감사하다고? 내가 널 사지로 몰아넣었는데?" 김숙녀의 날카로운 눈빛에 국자는 반사적으로 팔을 들어 제 머리를 감쌌다. 이윽고 혀 차는 소리가 들렸다. "내가 널 때릴 자격이나 있나."

김숙녀는 국자가 아는 사람 중 가장 강했다. 물리적인 힘뿐 아니라 그 어떤 강요에도 구부러지지 않을 만큼 꿋꿋했지만, 오늘은 너무나도 연약해 보였다. 언제라도 제 몸을 얽매는 사슬을 끊을 수 있으나 차마 끊을 엄두를 내지 못한 채 길들여진 맹수 같았다. 숙녀가 짓씹듯이 물었다.

"네가 죽어도 넌 그냥 국가 체제 전복에 협력한 변절자 취급을 받을 거다. 그러길 바라나?"

당연히, 국자는 그러고 싶지 않았다. 자신은 윤경 선배처럼 누군가를 위해 무작정 뛰어들 만큼 대단한 사람이 아니었다. 어윤경은 훈련생들이 꿈꾸던 영웅의 모습인 한편 아무도 바라지 않는 미래였고, 긍지인 한편 수치였다. 그녀는 어윤경이 될 수 없었다. 그래서 글로리아와 함께 도망쳤다. 아무것도 되고 싶지 않았다.

지금은? 지금도 국자는 모두에게 인정과 사랑을 받는 영웅이 될 생각이 없었다. 다만 자신이 그랬던 것처럼, 별수없다는 이유로 포기하고 타협하고 싶지는 않았다. 어른들은 어린 국자가 어른스럽다며 칭찬했다. 더는 저 암묵적인 동조에 끼어 선을 긋고, 누군가를 밀어내며 자신의 안위에 급급해하고 싶지 않았다. 국자는 기꺼이 어리석어지고 싶었다.

"잘해볼게요."

"말이 되는 소리를 해야지." 김숙녀가 안내도를 국자의 가슴에 내팽개

쳤다. "유서에 내 이름 쓰면 죽여버린다."

"네. 감사합니다." 유서를 쓸 생각은 없었지만, 국자는 순순히 대답했다. "장갑, 잘 어울리네요."

창문을 열고 아래를 살피던 김숙녀가 매서운 눈빛으로 국자를 돌아보았다. 국자는 재빨리 어깨를 움츠렸다. 역시 글로리아의 눈썰미는 정확했다. 가죽장갑은 숙녀에게 정말 잘 어울렸다.

"휴가부터 신청해. 안 그러면 괜히 감시 대상이 될 테니까."

김숙녀는 가볍게 한숨을 쉬었다. 그러고는 바로 창문 밖으로 뛰어내렸다. 높이가 꽤 되는데도 큰 소리는 나지 않았다. 아마 다른 사람들은 고양이인 줄 알 터였다. 국자는 공항 안내도를 확인했다. 숙녀가 표시한 곳들을 손가락으로 짚으면서 동선을 짰다. 흐르듯이 움직여야 했다. 그녀는 머릿속으로 몇 번씩 그 순간들을 상상해보았다. 아무리 생각해도 혼자서는 무리였다. 암호학 교관은 자신이 어떤 점에서 불리한지 인지해야 하는 한편, 그 불리한 부분을 약점으로 만들지 말아야 한다고 했다. 아무리 건장하고 유능한 병사라도 자신이 약하다고 생각하는 순간 무력해졌다. 약점은 말벌과 같았다. 말벌은 자신을 두려워하는 이를 제일 먼저 쏘기 마련이었다. 두려워하지 않는 것. 국자는 침대 아래 숨겨두었던 암호학 교재를 꺼냈다.

다음날 국자는 레스토랑 마감 시간 즈음 매니저를 붙잡고 휴가를 요청했다. 부모님이 아프시다고 하자 매니저는 떨떠름한 표정을 지었다. 원체 금요일은 승객이 많아서 분주했고, 특히 이번주는 공항 직원들이 점심 도시락을 단체로 주문하기도 했다. 매니저가 망설이자 국자는 갑작스러운 요청이니만큼 점심 도시락을 직접 카트로 배달한 후 퇴근하겠다고 덧붙였다. 매니저는 결국 승낙했다.

라디오에서 하루종일 서울 날씨가 좋을 것이라는 예보가 나왔을 때, 국자는 빵가루에 물을 뿌리고 있었다. 빵가루가 촉촉해지면 고기에 더 잘 달라붙었고, 돈가스도 더 먹음직스러워 보였다. 평소에는 할일이 차고 넘치는 터라 휘뚜루마뚜루 해치우던 작업이었다. 하지만 오늘만큼은 무엇 하나 허투루 넘기고 싶지 않았다.

바닥을 닦던 홀 직원이 오늘따라 공항에 사람이 없다고 말했을 때 일제히 핀잔이 날아들었다. 그런 말을 하면 오후에 단체 손님이 온다는 징크스 때문이었다. 하지만 공항은 정말로 한적했다. 날씨도 좋았고 결항한 비행기도 없었다. 레스토랑 직원들은 다른 음식점이나 카페에도 휴가를 낸 사람들이 꽤 있다고 했다. 미리 날을 점지받기라도 한 모양이라며 입을 삐죽대는 사람도 있었다. 똑같이 휴가를 낸 국자는 가만히 듣기만 했다.

매니저가 돌연 직원들 사이에 끼어들더니 요즘 젊은 세대는 책임감이 없다며 흉을 보았다. 놀러 다닐 생각에 일은 뒷전으로 미루고 휴가나 내다니, 그에 비하면 이국자씨는 귀하디귀한 휴가를 부모님 병간호로 쓴다며 칭찬을 퍼부었다. 마음 씀씀이가 부처님 가운데 토막 같다고도 했다. 사실 부모님은 돌아가신 지 오래였으나 국자는 매니저의 말을 부인하지 않았다. 그저 짤막하게 감사를 표했다.

도시락 메뉴는 돈가스였다. 국자는 도시락 용기에 돈가스와 밥을 담았다. 주방장을 도와 돈가스를 튀길지 고민했지만, 가능한 한 손길이 골고루 닿는 편이 나을 듯했다. 적어도 무엇 하나는 사람들의 입에 들어갈 테니까. 매니저의 재촉에 누군가가 아직 정오까지 십 분이나 남았다고 맞받아쳤다. 시간이 너무 빨리 흘러갔다. 그녀는 직원들과 함께 카트에 도시락을 차곡차곡 담았다.

회의실로 들어오는 카트를 본 공항 직원들의 표정이 환해졌다. 고소한 돈가스 냄새 때문인지 다들 들뜬 얼굴이었다. 국자는 도시락을 건네면서 맛있게, 남기지 말고 다 드시라고 말했다. 그 말에 공항 직원들이 웃었다. 도시락이 떨어질 즈음 그녀는 카트에서 상자를 하나 꺼냈다. 새벽에 구운 쿠키로, 일종의 보험이었다.

카트를 반납한 후 국자는 매니저에게 이만 가보겠다고 말했다. "그냥 가도 되는데." 매니저는 얼떨떨한 표정으로 고개를 끄덕였다. 그녀에게는 알리바이가 필요했다. 직원들이 내일 보자며 손을 흔들었지만 대답할 시간조차 없었다. 국자는 서둘러 직원용 탈의실로 향했다.

한창 바쁜 점심때라 그런지 직원용 탈의실에는 아무도 없었다. 국자는 탈의실 문을 잠그고 옷핀으로 한식당 직원의 캐비닛을 땄다. 눈대중으로 본 게 다였지만, 확실히 한식당 유니폼은 품이 넉넉하고 주머니도 컸다. 니퍼와 가위, 드라이버를 넣어도 티가 나지 않았다. 문제는 망치였다. 망치 자루가 너무 길어서 사람들의 눈에 띌 것 같았다.

잠깐의 고민 끝에 국자는 동료 직원의 캐비닛도 따기로 했다. 그녀보다 한 살 어린 홀 직원이었다. 쉬는 시간에 하겠다며 배드민턴 가방을 가져왔지만, 하는 모습은 한 번도 보지 못했다. 납작하고 길쭉한 배드민턴 가방은 망치 수납에 딱이었다. 그녀는 약간의 죄책감을 느끼면서 가방에 든 물건들을 캐비닛에 탈탈 털었다. 가방에는 예상대로 망치가 가뿐히 들어갔다.

공항 안내도는 벌써 너덜너덜해져 있었다. 국자는 다시 안내도를 살펴 미리 짜둔 동선을 확인했다. 미처 파악하지 못한 감시 카메라가 있을 확률이 높았지만, 걱정할 필요는 없었다. 지금쯤 공항 직원들은 식사를 마치고 나서 그녀가 구운 쿠키를 적어도 한두 개는 먹었을 터였다. 의미인즉슨 직원용 구역뿐 아니라 공항 전역의 감시카메라 대다수가 꺼져 있다는 뜻이었다.

국자는 배드민턴 가방을 메고 직원용 통로로 향했다. 맞닥뜨린 사람이라곤 보안 요원 두엇이 다였지만, 그들은 자기들끼리 수다를 떠느라 바빴다. 그녀가 목표물로 삼은 경보기 앞에 다다랐을 때, 주변에는 아무도 없었다. 수건으로 친친 감은 망치 머리로 단번에 화재경보기를 내리쳤다. 경보음이 귀를 세차게 때렸지만, 당황하지 않고 다른 화재경보기들을 순서대로 깼다.

이내 스피커에서 승객과 직원들은 공항 밖으로 대피하라는 안내 방송이 나왔다. 성공이었다. 국자는 통로 문가에 서서 발소리가 멈추길 기다렸다가 이층 라운지로 나갔다. 로비를 지나 바깥으로 달려나가는 사람들이 보였다. 시간이 없었다. 그녀는 허리를 수그린 채 엘리베이터로 달려갔다. 엘리베이터 앞 쓰레기통은 꽉 차 있었지만, 주저하지 않고 손을 넣었다. 쓰레깃더미를 파헤치던 중 손가락 끝에 딱딱한 게 닿았다. 미미한 맥이 느껴졌다.

마음 같아서는 쓰레기통을 뒤집어서 꺼내고 싶었다. 국자는 심호흡을 두어 번 한 뒤 조심스러운 손길로 폭탄을 들어올렸다. 숙녀의 말대로 단순하고 조잡한 폭탄이었다. 타이머와 전선, 폭약이 전부였다. 국자의 실력이라면 해체야 식은 죽 먹기였지만, 김숙녀의 충고를 생각하면 방심할 순 없었다.

암호학 교관은 두려움이야말로 최대의 적이라고 했다. 두려움은 손발을 얼어붙게 만들고 신경을 날뛰게 몰아붙여서 이성을 마비시켰다. 그는 훈련생들에게 그 두려움이 현재와 미래, 어느 쪽에서 기인하는지 아느냐고 물었다. 아무도 대답할 엄두를 내지 못하자 교관이 대신 답했다. 두려움은 현재에서 기인한다고. 현재라는 상황에 압도된 채 맹렬하게 다가오는 미래와 무력하게 맞닥뜨리는 순간, 두려움은 가차 없이 그들을 깔아뭉개고 지나갈 것이다.

국자는 제 오른뺨을 세차게 갈겼다. 눈앞이 아찔했지만, 떨림은 잦아들었다. 그녀는 폭탄 신관을 제거한 후 타이머가 멈추는 걸 확인했다. 바닥을 굴러다니던 생수병의 남은 물을 폭약에 붓고 일어섰다. 등이 땀으로 흠뻑 젖었지만, 출국장이 있는 쪽으로 구르듯이 뛰어갔다.

네번째 폭탄은 로비 공중전화기에 설치되어 있었다. 국자는 수리중이라는 팻말을 떼어내고 드라이버로 조심스럽게 전화기를 해체했다. 손이 땀으로 인해 헛돌 때마다 입술을 깨물었다. 씁쓰레한 맛이 났다. 그녀가 아는 한 이번이 마지막 폭탄이었다. 부디 마지막이기만을 바랐지만, 숙녀 선배의 말대로라면 남은 폭탄이 더 있을 터였다.

타이머가 멎은 걸 확인한 후 국자는 비척대며 가까운 벤치로 걸어갔다. 전날만 해도 텔레비전을 보려는 승객들로 즐비했으나 지금은 아무도 없었다. 그녀는 간신히 의자에 다리를 올렸다. 오른쪽 발목이 무시무시한 속도로 부어오르고 있었다. 서두르다가 나동그라진 게 문제였다. 폭탄을 찾으러 가야 했지만, 더는 움직일 엄두가 나지 않았다. 그녀는 잠깐 한숨 돌렸다가 움직이자고 마음먹었다.

텔레비전에서 아나운서의 또렷한 목소리가 흘러나왔다. 국자는 멍하니 화면들이 눈앞으로 흘러가게 두었다. 화면으로 국제선의 전경이 보였다. 공항 안에 폭탄이 있다는 제보가 들어왔으나 다행히도 화재 경보로 공항 내 직원과 승객 전원이 빠져나왔다고 했다. 화면 아래로 인명 피해를 최소화하기 위해 공항 주변을 폐쇄하고 진입 작전을 짜는 중이라는 자막이 나왔다.

시간이 없었다. 공항은 너무 넓었고, 국자는 혼자였다. 남은 폭탄이 어디 있을지는 모르겠지만, 운좋게 폭발을 피하더라도 포위된 공항을 빠져나갈 방법이 없었다. 차라리 폭발하는 순간 휩쓸려 죽는다면 공식적으로 휴가중이니 실종으로 처리될지도 몰랐다. 만일 살아남는다면 정부는 이 모든 게 공작이라는 사실을 부인하기 위해 그녀를 반동 세력의 테러 모의에 동참한 배신자로 취급할 터였다.

억울하다는 생각은 들지 않았다. 국자도 이미 충분히 짐작하고 선택한 길이었다. 그래도 무너진 집 앞에서 무력하게 두 팔을 늘어뜨린 채 서 있던 여자애보다는 훨씬 나은 처지라고 생각했다. 적어도 이번에는 아무도 죽지 않았다. 그녀 자신의 생사는 확실치 않았으나 제법 괜찮은 결과였다. 다수를 위한 소수의 희생. 최훈의 말대로 된 셈이었다.

많은 사람이 영웅들의 희생을 기리고 기억하겠다고 약속했다. 그래봤자 죽으면 끝이었다. 윤경 선배는 구조란 구조자의 생존 여부로 성패가 갈린다고 했다. 구조자가 살아 있지 않는 한 구조 대상자는 구조될 수 없으니까. 국자의 구조는 영락없는 실패였다. 구조 대상자들을 살려냈지만, 구조자 본인은 구하지 못했다.

국자는 외로웠다. 난생처음 느끼는 감정이었다. 장례식장에서 홀로 상주 자리에 앉아 있었을 때도 그저 다음에 뭘 해야 할지 고민했을 뿐이었다. 학교에서도 혼자 다녔지만, 그다지 신경쓰지 않았다. 어차피 이사 가면 서로를 잊을 테니 구태여 뿌리내릴 필요가 없다는 판단이었다. 지금도 혼자라서 다행이었다. 글로리아나 이모 부부, 은수까지 그녀 주변의 사람들은 모두 무사한 곳에서 무사할 테니까. 그녀는 그렇게 생각했다. 그러려고 애썼다.

어디선가 전화가 울렸다. 국자는 받을지 말지 고민했다. 누구든 상관없으니 목소리를 듣고 싶었다. 절뚝이며 공중전화기로 다가갔다. 수화기를 들자 귀에 익은 목소리가 들렸다. 글로리아. 그녀는 나지막한 목소리로 인사했다.

"기어코 네가 일을 벌였구나."

"남은 폭탄이 어디 있는지 알아?"

"넋 빠진 소리 하지 말고 지금이라도 얼른 빠져나와."

"싫어."

"이게 싫다고 할 문제야?" 수화기 너머로 글로리아가 분에 차서 훌쩍거렸다. "내가 무슨 죄가 있어서 이런 꼴을 당해야 하니, 대체 왜?"

"미안해."

"제발 그 미안하다는 말 좀 하지 마. 미안하다는 말이라면 이제 진절머리가 다 난다. 이 이기적인 계집애야…… 하나 남았어. 이층 화장실로 가서 마지막 칸까지 다 뒤져봐."

"고마워."

외롭다고 고백할 뻔했지만, 국자는 마지막 인사로 고맙다는 말이 더 낫겠다고 생각했다. 글로리아의 마음을 더는 헤집어놓고 싶지 않았다. 나오기만 해보라는 글로리아의 협박 아닌 협박에 그녀는 차마 대꾸하지 못하고 전화를 끊었다. 그러고는 잠시 공중전화기 아래 웅크리고 앉아 재차 마음을 다잡았다.

국자는 절뚝이며 화장실들을 돌아다녔다. 남자 화장실이고 여자 화장실이고 가리지 않고 들어가 변기 뒤를 살피고 천장을 걸레 자루로 살살 두드렸지만 별 수확은 없었다. 타이머 소리조차 들리지 않았다. 탁 트인 로비와 달리 이층은 레스토랑이나 카페 때문에 화장실이 곳곳에 숨어 있었다. 가끔 목구멍으로 마른 울음이 올라올 때면 그녀는 숨을 꾹 참았다. 울 여유는 없었다.

남은 곳은 후미진 구석에 있는 직원용 화장실 하나였다. 여자 화장실에는 아무것도 없었다. 국자가 남자 화장실로 들어가려던 순간 누군가의 기척이 들렸다. 반사적으로 돌아보다가 발을 헛디디는 바람에 휘청했다. 발목 두 쪽 다 접질리거나 같은 발목을 두 번이나 삐면 아예 걷지도 못할 것 같았다. 차라리 낙법으로 구르려던 찰나 누군가의 팔이 그녀를 끌어당겼다.

"거긴 남자 화장실입니다." 윤수일이었다. "괜찮습니까?"

생각지도 못한 수일의 등장에 국자는 할말을 잃은 채 눈만 깜박였다. 이렇게나 가까이서 보는 건 처음이었다. 이내 입술을 비쭉대는 대별레도 보였다.

"경복궁은요?"

"우리 약속 장소는 창경궁이었습니다." 수일이 국자를 부축했다. "뉴스에서 봤는데, 공항에 폭탄이 설치되어 있다고 해서요. 대피소에 가도 보이지 않아 와봤습니다. 얼른 나가죠. 주호가 순간이동 능력자니까 들키지 않고 나갈 수 있어요."

"대벌레가요?"

얼떨결에 튀어나온 말에 주호가 눈을 치켜떴다. 아무래도 대벌레라는 별명을 한두 번 들어본 게 아닌 듯했다. 윤수일이 얼른 가자고 재촉했지만, 국자는 무작정 남자 화장실 안으로 밀고 들어갔다. 뒤에서 대벌레가 저 사람 변태 아니냐고 투덜거리는 소리가 들렸지만 무시했다. 윤수일이 뭘 찾느냐고 물었다. 국자는 찾아야 할 게 있다고만 대답했다. 윤수일은 잠자코 그녀 대신 화장실 칸마다 문을 열어젖혔다. 텅 비어 있었다.

마지막 칸만 안에서 걸어 잠근 모양인지 아무리 잡아당겨도 열리지 않았다. 국자가 문을 주먹으로 내리치자 윤수일이 다친다며 말렸다. 아웅다웅하는 사이 닫힌 문 너머로 흐느끼는 소리가 났다. 어른치고는 가느다란 소리였다. 국자는 바닥에 바싹 엎드린 채 문틈으로 칸 안쪽을 들여다보았다. 걸레와 빗자루, 쓰레받기가 첩첩이 쌓인 가운데 달랑거리는 조그만 발이 보였다.

"문 열어. 얼른!"

"엄마가 열어주지 말라고 했어요."

아이는 훌쩍거리면서도 대답 하나는 잘했다. 국자는 당혹스러웠다. 아이를 맡길 만한 곳이 마땅치 않아 몰래 데려오는 직원들이 있다는 이야기는 들은 적이 있었다. 그들은 매니저나 관리 직원들의 시선을 피해서 휴게실이나 식당 곳곳에 아이들을 감쪽같이 숨겨두고 보살폈다. 만약 자신이 폭탄을 찾길 포기했다면 저 아이가 어찌되었을지 상상조차 하고 싶지 않았다. 어쩌면 다른 화장실이나 캐비닛에 아이들이 더 숨어 있을지도 모른다고 생각하니 절로 한숨이 나왔다.

계속 아이를 어르고 달랬지만, 문은 열리지 않았다. 국자는 차라리 문을 부술지 고민했다. 아이가 조금 다치더라도 폭탄과 함께 죽는 것보다는 나을 테니까. 윤수일이 그녀에게 속삭였다.

"아는 애입니까?"

"네." 국자는 고민 끝에 대답했다. 아는 애가 아니라고 하면 왜 구하냐는 질문이 따라올 것 같았다. "아는 애예요. 애 엄마한테 데려가기로 했어요."

윤수일은 알겠다며 고개를 끄덕였다. 뭘 알겠다는 건지, 국자가 의아하게 쳐다보는 가운데 그는 조심스럽게 문을 두드린 후 아이에게 말을 걸었다.

"너 참 똑똑하구나. 너희 어머니께서 말씀하신 대로네. 내가 너희 어머니하고 친해서 네 이야기를 많이 들었거든. 사실 지금 누가 주스를 엎어서 대걸레가 필요한데, 혹시 좀 건네줄 수 있을까? 문 열기 싫으면 아래로 줘도 돼."

아이는 윤수일의 상냥한 어조에 넘어간 듯했다. 잠시 후 안쪽에서 부스럭거리는 소리가 들렸다. 국자는 문 아래로 주기에는 대걸레 자루가 너무 길다고 생각했다. 그녀가 한마디하려고 입을 열자 윤수일이 검지로 제 입술을 꾹 눌렀다. 아이가 낑낑거렸지만 역시 불가능했다. 윤수일이 짐짓 난처한 척 한숨을 쉬었다.

"얼른 치워야 퇴근하실 수 있다는데, 어떡하지?"

"엄마가요?"

아이의 목소리가 살짝 떨렸다. 국자가 말할 때는 꿈쩍 않더니, 윤수일에게 홀라당 넘어온 것 같았다. 윤수일은 거짓말에 꽤 능해 보였다. 목소리가 사근사근해서 듣기만 해도 혹할 정도인데, 직접 얼굴까지 보면 아마 누구라도 속아넘어갈 것 같았다. 국자는 반동들이 저런 교육을 따로 받는지 궁금했다. 어쩌면 저런 목소리 역시 그의 능력 중 하나일지도 몰랐다.

“응. 곤란하네…… 미안한데 혹시 문 사이로 대걸레만 주면 안 될까?”

이윽고 문이 열렸다. 아이는 눈물범벅이 된 얼굴로 그들을 바라보았다. 윤수일이 아이를 안아올려 등을 토닥여주는 동안 국자는 대걸레와 빗자루 등 거추장스러운 것들을 서슴없이 바깥으로 내던졌다. 대벌레가 투덜거리든 말든 신경쓰지 않았다. 폭탄은 변기 뒤에 있었다. 그녀는 타이머를 확인했다. 삼 분도 채 남아 있지 않으니 해체할 여유도 없었다.

“주호씨는 한 번에 몇 명까지 같이 이동할 수 있어요?”

“보통은 셋입니다.” 윤수일은 아이를 주호에게 건네고 국자에게 다가왔다. “무슨 일입니까, 그건 뭐고요?”

“시간이 없어요. 먼저 가세요.”

“국자씨를 두고 가라는 말입니까?”

“아이는 살리고 싶어요.” 국자는 진심이었다. “그리고 당신도요. 얼른 주호씨랑 같이……”

말이 끝나기도 전에 윤수일의 손이 폭탄을 낚아챘다. 그러더니 화장실 밖으로 뛰쳐나갔다. 국자는 허둥지둥 그를 쫓아가려 했지만, 대벌레의 팔에 가로막혔다. 난간을 향해 뛰어가는 윤수일을 바라보며 소리를 질렀다. 이런 걸 바라지는 않았다. 돈가스를 튀기고 감자 샐러드를 만들면서 그녀가 바랐던 건 전혀 다른 전개고 결말이었다.

윤수일은 폭탄을 든 손을 뒤로 젖혔다가 있는 힘껏 천장을 향해 던졌다. 국자는 허공에서 햇빛을 받아 반짝이는 폭탄을 보았다. 대벌레가 그녀와 아이를 바닥에 바싹 엎드리게 하고서 입고 있던 재킷을 벗어 머리에 덮어씌웠다. 졸지에 시야가 차단된 터라 국자가 버둥거렸지만 금방 제지당했다. 대벌레가 소리쳤다.

"나, 나중에 원망하지 마, 말고 귀나 막아요!"

재킷이나 손으로는 턱도 없었다. 머릿속까지 먹먹해질 정도로 큰 소리였다. 국자는 귀를 감싼 채 바닥을 뒹굴었다. 흡사 비명 같았지만, 그보다 처참하고 끔찍했다. 하나의 소리가 갈라졌다가 뒤엉키기를 반복하면서 점점 커졌다. 소리의 덩어리가 그들을 내리눌렀다. 국자는 간신히 고개를 들어 눈앞에 펼쳐진 광경을 보았다. 태양처럼 거대하고 불그스름한 덩어리가 허공에서 타오르고 있었다. 그 앞에 버티고 선 윤수일은 너무나도 작아 보였다. 저 불덩어리가 그를 흔적도 없이 삼킬 것만 같았다.

국자는 윤수일의 이름을 불렀다. 남은 힘을 쥐어짰지만, 지금 윤수일의 목소리에 비하면 너무 작아서 들리지도 않을 것 같았다. 대벌레가 아이를 어깨에 들쳐멘 채 그녀를 억지로 일으켜세웠다. 입술을 오므리고 벌리면서 뭔가를 말하려고 했다. 무슨 말인지는 하나도 알아들을 수 없었지만, 대벌레의 손가락은 분명히 윤수일 쪽을 가리키고 있었다. 국자는 고개를 끄덕였다.

그들은 서로 눈빛을 주고받은 후 앞으로 달려갔다. 목에 핏대를 세워가며 불길을 향해 소리를 지르는 윤수일이 보였다. 그는 종잇장처럼 휘청거리면서도 계속 버티고 있었다. 머리가 터질 것만 같았지만, 국자는 윤수일을 끌어안았다. 절대로 놓으면 안 된다고, 대벌레가 외쳤다. 놓아줄 생각이라곤 추호도 없었다. 악다문 이까지 사정없이 흔들리는 가운데 파도처럼 높이 일어나는 불길이 보였다. 국자는 눈을 질끈 감았다.

제일 먼저 느릿하게 손뼉 치는 소리가 멀리서 들렸고, 다음으로는 단내가 났다. 국자는 눈을 감은 채 하나하나 밀려오는 감각들을 느꼈다. 따스한 바람이 온몸을 와락 덮쳐들었다가 물러났다. 그녀는 무거운 눈꺼풀을 겨우 들어올렸다. 천장은 낡은 신문지로 대충 도배를 한 모양인지 여기저기 들떠 있었다. 다른 글자는 흐릿해지고 뭉개져서 보이지 않았지만, 강원일보라는 글자만은 또렷했다.

아이는 곁에서 쌕쌕거리며 잠들어 있었다. 국자는 조심스럽게 옆으로 돌아누웠다. 구멍이 숭숭 난 장지문 너머로 누군가의 그림자가 비쳤다. 등지고 돌아앉은 모습이 익숙했다. 그녀는 바닥에 손을 짚고 천천히 몸을 일으켰다. 아직은 몸이 천근만근처럼 무거웠다. 기척을 느낀 모양인지 그림자가 일어섰다. 국자는 저도 모르게 외쳤다.

"잠깐만요." 밀고 잡아당겨도 문은 꿈쩍도 하지 않았다. 혹시 밖에서 잠갔나, 국자는 초조한 마음에 무작정 문을 두드렸다. "얘기 좀 하자니까, 문 좀 열어봐요!"

멀어지던 그림자가 순순히 다가왔다. 문도 거짓말처럼 스르르 열렸다. 미닫이문일 줄이야, 국자는 머쓱했다. 눈앞에 윤수일이 서 있었다. 그는 선글라스 없이 맨눈으로 그녀를 응시했다. 안부는커녕 자초지종조차 묻지 않았다. 막상 불러세우고 나니 그에게 무슨 말부터 하면 좋을지 아득하기만 했다.

가만히 기다리던 윤수일이 살짝 고개를 숙이더니 돌아섰다. 마치 작별 인사라도 하는 것 같았다. 국자는 다급한 마음에 그를 향해 손을 뻗었다. 따라가려고 했지만, 아직 몸이 제 상태로 돌아오지 않은 듯했다. 문지방에 걸려 볼썽사납게 넘어질 뻔한 그녀를 잡아준 사람은 윤수일이었다. 가까이서 본 그의 얼굴은 희멀겋다 못해 창백했다. 뒤에서 대벌레의 목소리가 들렸다.

"뭐, 뭐해요?"

"주호씨." 국자는 하마터면 또 대벌레라고 부를 뻔했다. 얼굴이 괜히 화끈거렸다. 아무래도 놀라서 머리로 피가 쏠린 모양이었다. "여긴 어디예요?"

"동해요. 가, 강원도 동해. 순간이동, 처음이면 어지러울걸."

정말 바다가 보였다. 노래로만 들었던 동해라니, 국자가 입을 다물지 못하자 대벌레는 바다를 본 적이 없느냐고 물었다. 그녀는 고개를 끄덕였다. 수일은 묵묵히 그녀를 부축해 마루에 앉혔다. 옷자락에 묻은 모래를 털어내는 손길만은 여전히 친절했다. 대벌레가 쟁반을 내려놓았다. 쟁반에는 커피 가루와 설탕, 이가 빠진 잔들이 놓여 있었다.

"형님 좀 내버려둬요. 당분간은 마, 말 못 하시니까."

"무슨 일이에요?"

"모, 목이 상해서 그렇지." 대벌레는 영 퉁명스러웠다. 그는 바삐 움직이는 윤수일의 손을 보고는 못마땅한 표정을 지었다. "아, 사실이잖아요. 각혈까지 하고선."

"피요?"

"그냥 일시적인 증상이니까 거, 걱정하지 말래요. 나 원 참, 그럴 거면 형님이 말해요!"

빽 소리를 지르는 대벌레를 향해 윤수일이 손짓했다. 뭔가 쓸 만한 걸 가져다달라고 부탁하는 중이었다. 대벌레는 투덜거리면서도 방에서 수첩과 연필을 찾아왔다. 아이의 바지 주머니에 들어 있었다고 했다. 윤수일이 수첩을 펼쳐 이리저리 살피는 사이 대벌레가 국자에게 꼬깃꼬깃 접은 지폐를 건넸다.

"애 깨어나면 데리고 올라가요. 우리랑 같이 있어봤자 조, 좋을 거 없으니까."

"여기 좀더 있을 건가요. 아니면 어디 다른 곳으로 가요?"

"그걸 아, 알려주면 우리가 바, 바보게요."

대벌레는 입술을 삐죽대더니 부엌으로 들어갔다. 국자의 예상보다 똑똑한 모양이었다. 국자는 슬쩍 윤수일 곁에 앉았다. 윤수일은 수첩에 뭔가를 열심히 쓰고 있었다. 글씨도 얼굴만큼이나 정갈했다. 그는 한시가 되어도 국자가 오지 않아 걱정했다고, 뉴스를 본 순간 국자를 다시 보지 못할까 두려웠다고 썼다. 망설임 없이 써내려가는 그의 손을 바라보노라니 국자는 뭔가 얹힌 것 같이 마음이 답답해졌다.

"미안해요. 나도 가고 싶었는데……"

윤수일이 고개를 옆으로 저었다. 괜찮다고 적은 후 다시 국자를 지그시 바라보았다. 그 시선만으로도 국자는 그가 미처 적지 못한 말이 무엇인지 알 수 있었다. 불안과 안도, 두려움과 기쁨. 그 엇갈리는 감정에 입이 바싹 마르는 것만 같았다. 그들은 평생 엇갈릴 사이였다. 그녀의 마음을 모르는지 수일의 손은 쓰고 또 썼다. 보고 싶었다고, 마지막으로 창경궁을 함께 걷고 싶었다는 구구절절한 마음을 풀어놓았다. 국자는 그 솔직함이 두려웠다.

"왜 마지막이에요?"

마지막이니까, 수일의 손이 그 한 마디에서 멈췄다. 국자는 윤수일에게서 수첩을 낚아채 다음 장으로 넘겼다. 아직 쓸 자리는 충분했다. 그녀는 다시 수첩을 돌려주면서 왜 마지막이냐고 물었다. 이내 수일이 쥔 연필이 움직이기 시작했다. 평양, 그 단어에 국자의 손에 절로 힘이 빠졌다.

부적합 판정자 중 몇몇이 휴전선을 넘는다는 소문은 익히 들은 바 있었다. 유용한 능력이라는 점만 인정받으면 사회의 일원으로 인정받아서 남부럽지 않게 살 수 있다고 했다. 반대로 능력자 자체를 인정하지 않아 오히려 숙청당할 위험이 다분하다는 설도 돌았다. 동기 중 한 명은 어느 쪽이 사실이든 간에 차라리 반동 세력이 다 그쪽으로 넘어가는 편이 낫지 않겠냐는 농담으로 받아쳤다. 그러면 이 나라는 평화로워질 텐데. 그 말도 농담 같았다.

온전한 평화란 불가능했다. 반동이 사라져도 금세 그들을 대체할 또다른 적이 생길 테니까. 적은 늘 새로워지지만 싸움은 구태의연할 것이다. 그게 이 나라가 가르치는 평화의 방식이었다. 모두가 은연중에 알고 있지만, 애써 알려고 하지 않는 사실이기도 했다. 알아도 어떻게 바꿔야 할지 모르니까. 사람들은 불안정한 변화보다 확실한 고착이 낫다고 믿었다. 그렇게 믿도록 길들여졌다. 국자는 수일의 손을 잡았다.

"거기로 간다고 해서 달라질 건 없을 텐데요?"

수일이 조심스럽게 제 손을 빼내더니 다시 적었다. 알아요. 그의 대답은 간명했다. 삼촌이 평양으로 넘어가려고 했다고, 사각거리는 연필 소리가 계속 이어졌다.

윤석중은 평양에 가는 대신 제 조카 수일을 데리고 염미상이 있는 마을로 피신했다. 염미상은 분신을 만들어내는 능력을 가졌지만, 선천적 농인이었다. 그녀의 부모는 까막눈이었으나 현명했다. 장애가 있는 능력자들은 능력을 제어할 방법을 배우지도 못한 채 교정시설로 끌려갔다. 염미상의 부모는 딸이 다 자랄 때까지 거주지를 이리저리 옮겨다녔다.

염미상은 강원도 산골에 터를 잡고 학교를 열었다. 학교에서는 농인 아이들과 농인 가정에서 태어난 청인 아이들을 함께 가르쳤다. 나중에 조카를 데리고 온 윤석중도 음악 선생으로 일했다. 염미상은 어린 윤수일에게 수화뿐 아니라 능력을 제어하는 법도 가르쳐주었다. 작은 소리에도 예민하게 굴던 수일은 금세 안정을 되찾았다. 친구도 사귈 수 있었다.

그러나 평온한 일상은 어느 날 요란한 소리와 함께 산산조각이 났다. 한 타지 사람이 산에서 길을 잃고 헤매다가 학교 뒷산까지 흘러들어온 게 시작이었다. 그는 약초를 캐던 농인 여자애와 마주쳤다. 듣지 못한다고 해서 비명을 지르지 못하는 건 아니었다. 윤석중은 여자애의 비명을 듣고 달려갔다. 다음날 아침, 타지인은 만신창이가 된 채 강원도 경찰서 앞에서 발견되었다.

군대가 들이닥쳤을 때, 윤석중은 염미상에게 농담조로 말했다. 차라리 그놈 혀를 뽑을 걸 그랬다면서. 염미상은 반동 시절 성질이 어디 가지 않는다며 받아친 후 타일렀다. 그녀의 능력으로 윤석중의 분신을 만든다면, 윤석중 본인은 경계가 허술해진 틈을 타 평양으로 도망치면 될 일이었다. 윤석중은 일언지하에 거절했다. 만일 들통이라도 난다면 염미상은 물론이고 그의 조카, 동네 주민들까지 위험해질 터였다. 그는 마지막으로 윤수일을 부탁했다.

어린 윤수일은 제 삼촌이 끌려가는 모습을 지켜보았다. 분노로 걷잡을 수 없이 떨리는 그의 주먹을 감싼 채 제 주머니에 찔러넣은 친구가 아니었더라면 그 자리에서 삼촌과 함께 끌려갔을 것이다. 염미상은 윤석중과의 약속을 지키려고 노력했다. 폐렴이 도져 숨을 거두기 전, 그녀는 자신이 아는 능력자에게 윤수일을 부탁한다는 편지를 썼다.

너무 오랫동안 말하다보면 목소리가 쉬듯, 윤수일의 글씨도 뭉그러지고 비틀렸다. 그러면서도 계속 이어지고 있었다. 국자는 쉬지 않는 연필을, 그 연필을 쥔 손가락을 가만히 바라보았다. 윤수일을 마냥 불쌍하게 여길 수도 있었다. 가엾다고 생각하면 그가 저지른 죄들도 어쩔 수 없는 일이 될 테니까. 동정하지 않는 편도 수월하기는 마찬가지였다. 그러면 그 죄들을 따져 묻기만 하면 됐다.

하지만. 여전히 이 말이 국자의 눈앞을 흐리게 만들었다. 눈시울이 뜨거워졌고, 가슴이 토할 것처럼 울렁였다. 윤수일을 만날 때마다 그녀는 왕왕 그런 느낌에 시달리곤 했다. 어느 쪽이든 딱 자를 수 없었다. 맘을 단단히 먹고 단번에 내리치지 않는 이상 무든 배추든 깨끗하게 자를 수 없기 마련이거늘, 계속 머뭇거리기만 했다. 분명한 건 단 하나였다. 이 국자는 윤수일을 붙잡아두고 싶었다. 그가 자신의 곁을 떠나지 않길 바랐다.

문제는 윤수일을 설득할 만큼 국자의 언변이 뛰어나지 않다는 점이었다. 누군가를 제 뜻대로 움직이기 위해서는 그의 입장을 충분히 이해하고 있다는 인상을 주어야 했지만, 그녀는 윤수일을 다 이해하지 못했다. 아직도 의문투성이였다. 가령 자신의 손을 힘껏 뿌리칠 엄두도 내지 못해서 번거롭게 손가락을 하나하나 조심스럽게 떼어내는 윤수일이 어떻게 중령의 뇌를 터뜨릴 수 있었는지.

“나는 당신을 잘 모르겠어요.” 국자는 솔직하게 말했다. 그러고는 윤수일의 손을 잡았다. “대체 어떤 사람인지 도무지 감이 잡히지 않아. 하지만……”

윤수일의 손에 들려 있던 연필이 바닥에 떨어져 굴렀다. 때마침 주방에서 나온 대벌레가 그 연필을 주웠다. 그는 국자와 윤수일을 보고는 헛기침을 두어 번 했다. 그러고는 하늘이 맑다느니 쓸데없는 소리를 주워섬겼다. 국자는 가만히 윤수일을 응시했다. 이내 대벌레가 쟁반을 마루에 내려놓았다.

“그, 커피 좀 마, 마실래요?”

커피를 타는 데 오랜 시간이 걸리거나 손이 많이 가진 않았지만, 국자에게는 마지막 기회였다. 국자는 쟁반을 제 쪽으로 끌어당기면서 말했다.

“아뇨. 제가 할게요. 고생하셨으니까, 커피라도 한잔 타드려야죠.”

대벌레가 의심하는 기색 없이 물러섰다. 국자는 여상스러운 어조로 설탕을 몇 순갈이나 넣을지 물어보았다. 윤수일이 손가락 두 개를 폈고, 대벌레는 커피 반 순갈에 설탕 세 순갈이라고 대답했다. 대벌레가 꽤 커피 취향이 까다롭다고 생각하면서 그녀는 주전자 표면을 손등으로 쓸었다. 미지근했다. 물이 식었느냐고 묻는 대벌레에게 고개를 저어 보였다. 나쁘지 않았다.

컵에 커피 가루와 설탕을 넣은 후 국자는 주전자를 들었다. 그다지 무겁지는 않았지만 손이 절로 떨렸다. 그녀는 애써 태연한 척 물을 따랐다.

수저로 휘휘 젓자 갈색 커피 가루와 흰 설탕이 회오리치며 한데 녹아내렸다. 국자는 입속으로 같은 말을 반복했다. 은연중에 속마음이 새어나갈까 두려워 입술을 꾹 다문 채로. 그러다가 커피가 다 말라버리겠다는 대벌레의 핀잔을 듣고 나서야 국자는 젓던 손을 멈췄다.

윤수일의 눈꼬리가 둥글게 휘어졌다. 국자는 그가 잔을 받아들고 마실 때까지 눈을 떼지 않았다. 대벌레도 꽤 마음에 드는지 입을 쩝쩝 다시더니 한 잔 더 타달라고 부탁했다. 요리를 잘하면 커피도 잘 타느냐는 너스레까지 떨었다. 그녀는 기꺼이 승낙했다. 대벌레가 커피를 연거푸 다섯 잔이나 마시는 동안 윤수일은 한 잔만 홀짝거렸다. 국자는 그가 저 한 잔이라도 남기지 않기만을 바랐다.

방에서 훌쩍이는 소리가 들렸다. 아이가 깬 모양이었다. 대벌레는 아이를 달래러 방으로 들어갔다. 이제 국자와 아이가 돌아가야 할 시간이었다. 윤수일이 잔을 내려놓더니 수첩에 뭔가를 끼적였다. 그의 머리카락은 거센 바닷바람에 한껏 흐트러져 마치 새 둥지 같았다. 국자는 무심코 손을 뻗었다. 손끝에 닿는 머리카락은 상상한 것보다 부드러웠다. 수일이 천천히 고개를 들어 국자를 보았다. 국자는 충동적으로 말했다.

"나한테 물어보고 싶은 거 없어요?"

마지막일지도 모르니까, 차마 그 말만은 할 수 없었다. 오히려 국자가 수일에게 물어보고 싶었다. 왜 자신이 공항에 홀로 남아 있었는지, 그가 능력을 쓰는 모습을 보고도 놀란 기색이 없었는지. 제 몸 하나 건사하기도 힘든 일개 레스토랑 직원이 누굴 구하겠다고 뛰어다니는 꼴이라니. 연필을 쥔 수일의 손은 미동조차 하지 않았다.

"정말로 없어요?"

국자도 자신이 뭘 원하는지 알 수 없었다. 수일에게 다 털어놓고 싶은 걸까, 아니면 이대로 그가 순순히 넘어가길 바라는 걸까. 다 털어놓으면 잠깐은 개운할지 모르지만, 수일이 화를 낼지도 모른다고 생각하니 눈앞이 깜깜했다. 이내 사각거리는 소리가 났고, 그녀는 기다렸다. 수일이 수첩을 내밀었다.

"저애 이름이 뭐냐고요?" 국자는 눈을 깜박이다가 대답했다. "이경수?"

그 대답에 윤수일의 어깨가 들썩거렸다. 이까지 내보이며 웃는 걸 보니 즐거운 듯했다. 국자는 뚱한 얼굴로 기다렸다. 웃으니 보기는 좋았지만 연유를 알 수 없었다. 이윽고 그가 수첩 표지를 손가락으로 가리켰다. 오요한, 이름 석 자가 떡하니 쓰여 있었다. 그녀는 요한보다는 경수라는 이름이 낫다고 생각했다.

윤수일의 미소를 바라보던 국자는 수첩에서 종이를 한 장 뜯어낸 다음 연필로 이모 집 전화번호와 주소며 직원 기숙사 번호까지 모조리 적었다. 어느 번호로든 연락이 오기만을 바라며. 윤수일이라면, 언제든 반가울 것이다. 그녀는 손톱으로 꾹꾹 눌러 접은 쪽지를 그의 손에 쥐여주었다.

"난 사실 꽃 별로예요. 그런데 창경궁에서 파는 솜사탕 맛은 궁금해요. 먹어본 적 있어요?" 윤수일은 고개를 흔들었다. 위아래가 아니라 옆으로. 국자는 그에게 말했다. "그럼 다음에 나랑 같이 먹어봐요. 알겠죠?"

그들은 말을 건네거나 글자를 끼적이는 대신 서로의 눈을 바라보았다. 해석하려고만 한다면 무엇이든 읽어낼 수 있을 테지만, 다 지레짐작일

뿐이었다. 잔에 남은 커피 자국처럼 국자의 마음도 새카맣게 말라붙는 것 같았다. 그래도 기다릴 수밖에 없었다. 윤수일이 결정을 내릴 때까지.

한때 국자는 자신의 능력이 쓸모없다고 생각했다. 최훈의 말이 맞았다. 누구도 구할 수 없고, 누구를 구하거나 도움이 되기에는 보잘것없었다. 하지만 지금은 이 능력만이 그녀가 기대할 수 있는 전부였다.

11

사랑이라니, 국자가 그 말을 꺼낸 순간 미지는 이 이야기의 끝을 짐작할 수 있었다. 둘은 결혼했고, 아이를 낳았다. 멍처럼 얼룩덜룩한 복선과 곪아터진 상처 같은 갈등 중 무엇 하나 제대로 해결하지 못하고 200회 넘게 지지부진하게 끌다가 돌연 최종회라는 핑계로 얼렁뚱땅 끝맺는 드라마처럼, 국자는 얼렁뚱땅 사랑이라는 구실로 매듭을 지으려고 했다. 그러면 어떤 질문이나 반박도 소용없었다. 끝이 좋으면 다 좋다. 지루하고 뻔한 결말이었다.

애석하게도 이 기나긴 이야기에 넋을 잃고 넘어갈 만큼 미지는 어리거나 순진하지 않았다. 결말은 흔한 러브스토리 같았지만, 결국 국자는 삼십 년 넘게 가족들을 속였다. 그 사실만큼은 벽에 남은 못 자국처럼 선명했다. 미지의 눈에 국자는 한결 후련해 보였다. 공소시효가 끝난 다음에야 모든 범행을 고백한 범인처럼. 이 모든 이야기를 들은 미지는 공범이 된 기분이 들었다.

"엄마는 왜 나한테 이런 이야기를 한 거야. 내가 아빠한테 다 말하면 어쩌려고?"

국자는 말없이 손톱으로 잔의 가장자리를 두드렸다. 미지는 국자를 응시했다. 한때 그녀도 사랑과 소유욕을 혼동한 적이 있었다. 누군가를 사랑하면 응당 독점하고 싶어지는 게 당연하다고 생각했다. 배경에서 그 사람만 오려내 주머니에 넣고 다닐 수만 있다면 가슴 속에서 끓어오르는 불안이 가시리라 믿었다. 누군가를 온전히 소유한다는 건 불가능하다는 걸 알면서도, 기어이 소유하려 드는 게 사랑인 줄 알았다.

욕구는 충족되는 순간 스러지는 법이었다. 일단 주머니에 넣으면 안심했다. 안심한 후로는 자연스레 망각이 찾아왔다. 영수증처럼 잉크가 날아가고 구겨진 채 처박혀 있다가 다른 허섭쓰레기와 함께 버려졌다. 미지가 그런 취급을 받은 적도 있고, 그런 적도 있었다. 국자나 아버지의 눈에는 아직도 세상 물정 모르는 어린애처럼 보일 테지만, 그녀는 이제 어리다고 할 수만은 없는 나이였다.

"그거야 네 자유지."

"아빠가 떠난다고 하면?"

"떠난다고 하면 어쩔 수 없지."

"차라리 처음부터 사실대로 말하지 그랬어. 엄마는 대체 뭘 원한 거야?"

"단란하고 행복한 가정을 만들고 싶었어."

"그게 다라고?"

"그럼 뭘 더 바라니."

그들이 앉은 식탁 유리 아래에는 종이 도일리가 깔려 있었다. 미지가 중학생이었을 적 수행평가로 만든 터라 가장자리가 노랗게 바래 있었다. 국자는 도일리뿐 아니라 미지가 사생대회에서 상을 받은 그림을 액자에 넣어 거실 벽에 걸어놓기도 했다. 다 어릴 적 일이고, 이제 미지는 어른이었다. 식사는 끝났고 입가심도 마쳤으니, 식탁에서 떠나야 할 때였다.

"그리고 네가 행복하게 자랐으면 했지. 그런데," 국자가 잠시 뜸을 들이다가 말했다. "시간이 너무 빨리 가더라."

국자의 답만으로 충분했던 시절도 있었다. 미지의 초등학교 선생님은 급식을 남기지 말라며 점심시간에 제삼세계의 기아와 식량난에 관한 다큐멘터리를 틀어놓았다. 그러고는 물었다. 너희들은 이 아이보다 훨씬 행복하지 않으냐고. 아이들은 마지못해 고개를 끄덕였다. 텔레비전 화면에 들어찬 아이의 눈꺼풀이 느릿하게 감길 때마다 미지는 저도 모르게 숨을 참았다. 아이가 영영 눈을 뜨지 못할까 두려웠다.

그후로 식판에 음식이 남아 있으면 선생님은 기다렸다는 듯이 다큐멘터리를 언급했다. 급식으로 나온 뭇국에서 쾨쾨한 냄새가 나고 밥이 풀처럼 질어도 누구 하나 불평할 수 없었다. 다른 반 선생님들은 미지의 담임선생님에게 감탄했다. 일일이 급식 식판을 확인하며 손바닥을 때리지 않고도 아이들이 식판을 비우도록 가르치다니, 담임선생님에 대한 평가는 칭찬 일색이었다.

갈 곳을 잃은 아이들의 불평은 애꿎은 미지에게 쏠렸다. 교실에서 급식을 먹지 않아도 되는 아이는 미지가 유일했다. 미지가 아토피 때문에 급식 대신 도시락을 먹을 수밖에 없다고 변명해도 소용없었다. 아이들은 그녀가 반에서 제일 행복한 아이라며 밑도 끝도 없이 부러워했다.

그 기대에 부응하기 위해서라도 미지는 도시락을 남김없이 먹어야 했다. 갑작스러운 더위로 도시락 한구석에 담긴 게맛살 무침이 상한 날도 마찬가지였다. 시큼한 내가 풀풀 나는 반찬을 씹지도 않고 삼켰으니 배탈이 나는 건 당연했다. 국자는 미지의 두서없는 한탄을 끝까지 듣고 행복하냐고 물었다. 미지는 대답하지 못했다.

미지의 배탈이 나은 날 국자는 커다란 저금통을 하나 샀다. 저금통이 꽉 차면 그 돈을 기아들을 위한 재단에 기부하겠다고 했다. 그러니까 더는 스스로를 괴롭히지 말라며, 국자는 미지의 눈을 들여다보며 타일렀다. 자신이 불행하거나 행복하다고 해서, 누군가가 행복해지거나 불행해지지는 않는다고. 그 말에 미지의 마음이 한결 가벼워졌다.

행복하다고 할 순 없어도 불행하지도 않았던 어린 시절이었다. 높은 곳에서 뛰어내릴 때 넘어져서 데굴데굴 구른 적도 있지만, 무사히 착지한 적도 있듯이. 다만 실패와 두려움의 기억들은 암초와 같았다. 아무리 시간이 빨리 흘러가도 함께 떠내려가지 않고 단단히 자리잡고 있었다. 그러다가 예상치 못한 순간에 제 존재감을 드러내곤 했다.

학교에서 체벌이 사라지고, 대표적인 국제선이었던 김포공항은 새로 지어진 인천공항에 밀려났다. 미지는 자라서 초등학교 선생님이 되었다. 가끔 게맛살이 든 샌드위치나 반찬을 마주하면 반사적으로 피했다. 쉰내는커녕 먹음직스러워 보이는데도 손 한번 댈 수 없었다. 그 선생님이 그녀가 겪어온 선생님 중 최악은 아니지만, 잊지 못할 선생님이라는 건 확실했다. 자신이 선생님이 된 후로는 더 자주 생각이 났다.

"이제 나도 독립해야죠. 억지로 뭘 먹이면서 붙잡아두지는 마요. 이제는 한계니까."

"억지로는 아닌데."

"내가 나간다고 할 때마다 무슨 진수성찬을 차려놨잖아요. 엄마 능력이 그거라며?"

"독립을 포기하라고는 하지 않았어. 충동적으로 굴지 말고, 신중하게 결정하길 바랐을 뿐이야. 지금은 미주알고주알 털어놓지 않아도 혼자서 결정했잖아."

"그야 뭐, 나도 어른이잖아요."

"네가 가르치는 애들도 어른이 될 거야. 자기가 뭘 잘했고 잘못했는지 알겠지."

"어른이 된다고 해서 다 사리분별을 잘하는 건 아닌데요. 현명해지는 것도 다른 문제고."

"안다고 해도 모르는 척할 수 있지. 모르는 척하는 데도 한계가 있고. 언젠가는 책임져야 할 순간이 오기 마련이야. 어떻게 책임지느냐에 따라서 다른 어른이 되겠지. 그러니까," 국자가 담담하게 말했다. "네 잘못만은 아니라는 소리야."

동료 선생님은 미지가 너무 착해서 힘들어하는 거라며 휴직을 극구 말렸다. 미지는 차마 부인할 용기가 나지 않았다. 한때 그녀는 사람이란 한 채의 집과 같다고 믿었다. 곧게 토대를 세우고 벽돌을 꼼꼼하게 쌓으면 튼튼한 집을 지을 수 있듯이 아이들도 좋은 사람이 될 수 있다고 생각했다. 하지만 그녀는 어떤 사람이 좋은 사람인지 몰랐다. 예전에는 분명히 알고 있다고 확신했으나 순전한 오만이었다.

아이들의 본성을, 부모를, 부족한 교육 환경과 제도를 탓할 수도 있었다. 탓하면서 자신의 책임을 가뿐히 벗어던지면 한결 어깨가 가벼워졌다. 계속 일하려면 스스로 속일 줄도 알아야 했다. 회피는 생선회 접시

가장자리에 놓인 레몬 조각과 같았다. 신경썼다는 티를 은근히 내면서도 횟감에서 비린내가 나면 레몬즙을 뿌리지 않았기 때문이라는 핑곗거리가 되기도 했다. 막상 레몬 조각을 짜다보면 레몬즙은 회가 아니라 애먼 손만 흠뻑 적시기 마련이었다.

국자는 미지가 휴직한 사실을 알고도 내내 침묵을 지켰다. 깨울 때가 되면 깨웠고 식사할 때가 되면 식탁으로 불러냈다. 아버지도 잠잠했다. 임용고시를 준비하던 시절로 돌아간 것만 같았다. 미지는 아침이 되면 동네 도서관으로 향했다. 문제집과 노트 대신 서가를 돌아다니며 눈에 들어오는 책들을 뽑아 쌓아놓고 뒤적인다는 점만 달랐다.

알 수 없는 외국어로 쓰인 책, 기이한 모양새의 심해 생물들이 헤엄치는 사진집, 묵시록 같은 시집과 허구의 인물들이 있지도 않은 일을 길게 늘어놓는 소설책, 모든 페이지에 걸쳐 자신이 솔직하다고 말하면서 솔직해지고 싶다 외치는 에세이, 토성의 고리가 무엇으로 이루어져 있는지 설명하는 과학 도서나, 죽음과 삶의 무게를 천칭에 올려두고 가늠하는 철학책 등 온갖 책을 가져와 제 자리에 쌓아두고 펼쳤다가 닫기를 반복했다.

사회과학 서가에는 발도 들이지 않았다. 저자들은 부조리와 모순 범벅인 세상을 누구보다도 예리하고 정확하게 바라보려고 애썼지만, 그 노력이 무색하게도 다다르는 결론은 늘 초라했다. 그러나. 그 말 뒤로 자신의 신념이나 다른 사람의 의견을 빌려 보기 좋게 늘어놓을 뿐이었다. 어디서는 딱 맞아떨어져 보일지언정 저기서는 들어맞지 않는 경우가 허다했다.

혹자는 그런 사회과학자들을 사기꾼이라고 비난했지만, 미지는 그렇게 생각하지 않았다. 그들은 크게 두 부류로 나뉘었다. 세상이 변할 수 있다며 믿고 배신당하기를 반복하거나 세상은 변하지 않는다고 생각하면서 냉소적인 태도를 취했다. 어느 쪽도 미지가 바라는 답은 내놓지 못했다. 그저 사회나 편견, 빈부격차 등 탓할 거리만 늘어났다.

미지가 책에서 얻고 싶었던 건 단 하나의 답이었다. 자신이 왜, 어떻게 아이들을 가르쳐야 하는지 궁금했다. 사회과학서들은 현실에서 가장 가까운 척하다가도 결론부에서는 하늘에 떠 있는 열기구처럼 땅에서 멀어졌다. 차라리 자신과 전혀 다른 사람의 삶이나 이야기 속에서 헤매다보면 지칠지언정 괴롭지는 않았다. 잠시라도 그녀가 딛고 있는 현실을 잊을 수 있었다.

희망도 절망도 없이 빈손으로 귀가할 때면 미지는 차라리 도서관이 무너지길 바라곤 했다. 그 끔찍한 생각이야말로 자신이 어느 쪽에 가까운지 알려주는 것 같았다. 굳이 다중능력검사를 치를 필요도 없었다. 시간이 지날수록 그녀는 점차 기대하고 실망하는 데 무뎌졌고, 불쑥불쑥 과거가 떠오를 때마다 치받는 감정에도 거리를 둘 수 있었다. 그즈음 복직을 신청했다. 새로 발령을 받은 초등학교는 이전 학교와 거리가 멀었다. 동료 선생님들과 연락이 끊어진 지도 오래였다. 어느새 세월이 이 년 가까이 지나 있었다.

"엄마는 내가 무슨 이유로 휴직했는지 왜 물어보지도 않았어?"

"이유가 있겠거니 싶었지."

"관심이 없었던 건 아니고?"

"네가 한두 살 먹은 애도 아닌데 뭐. 제주에 뭐가 유명하지? 네 아빠한테 사오라고 하게."

"갈치 맛있지. 갈칫국 먹고 싶다. 제주도면 오메기떡도 유명한데."

미지가 말을 끝맺지 못하고 웃었다. 어차피 집에 갈치가 도착할 즈음이면 자신은 독립해 있을 터였다.

"불안해?"

"뭐가?"

"아직도 아빠한테 도시락 싸주잖아."

"아니, 그건 네 아빠가 맛없는 음식에는 손도 안 대서 그래. 예전에도 네가 먹고 싶다고 해서 백숙집 갔던 거 기억 안 나?"

가족끼리 외식이 드문 터라 미지도 똑똑히 기억하고 있었다. 아버지는 간이 밍밍하다면서 젓가락을 내려놓더니 팔짱을 끼고 텔레비전만 봤다. 하필이면 자리가 계산대 근처라 주인이 계속 힐끔거렸다. 미지는 밥이 코로 들어가는지 입으로 들어가는지도 몰랐다. 반면 국자는 느긋하게 식사했다. 집으로 돌아온 아버지가 제일 먼저 찾은 건 전날 먹다 남은 된장찌개였다. 된장찌개에 찬밥을 썩썩 비벼서 한 그릇을 뚝딱 비웠다. 미지는 마지못해 수긍했다.

"그리고 네 아빠랑 내가 결혼한 건 내 능력과는 상관이 없어."

"왜 없어? 나중에 나 과자 좀 만들어줘. 말썽 피우는 애들한테 먹이게." 국자가 눈썹을 늘어뜨린 채 미지를 바라보았다. 한심해하는 기색이 역력했다. "아니, 엄마. 농담이야. 난 교육의 힘을 믿어."

"너, 어제 저녁에 뭐 먹었니?"

"게국지에 미역무침?"

"그건 그저께고, 돼지고기 묵은지찜 먹었잖아."

국자의 지적에 미지가 입맛을 다셨다. 아직도 혀에 묵은지의 새콤한 맛이 남아 있는 것만 같았다. 국자는 두툼하게 썬 돼지고기 목살을 묵은지에 돌돌 말아 냄비를 차곡차곡 채운 후 육수를 부었다. 그러면 고기에도 묵은지 양념의 개운한 맛이 충분히 우러났다. 반찬은 달래무침이었다. 가늘지만 아삭한 달래 줄기를 씹으면 입안이 절로 산뜻해졌다.

"그럼 돼지고기 묵은지찜, 소화됐어?"

"당연하지. 어제 먹었잖아."

좀전에 먹은 생라면도 소화된 지 오래였다. 미지는 허한 배를 쓰다듬었다.

"난 음식으로 누군가의 생각이나 마음을 바꿀 순 있긴 해. 하지만 위장에 머물러 있는 동안이면 모를까. 평생은 무리야. 그래서 나도 기대는 안 했다." 국자가 헛기침을 했다. "커피 한 잔만 더 타와. 냉장고 열어보면 안쪽에 참깨 강정 있으니까 그것도 가져오고."

달큼한 믹스커피와 고소한 참깨 강정은 생각보다 잘 어울렸다. 미지는 커피에 강정을 푹 찍어 먹었다.

"그럼 엄마, 아빠 옷 좀 제대로 입고 다니게 해봐. 아니, 나이가 있는데 이제 좀 점잖게 입어야지."

"원래 나이가 들수록 밝은색을 입어야 해. 신수가 훤해 보이잖아. 어두침침한 옷 입고 다니면 복 달아난다."

빨간색 점퍼나 노란색 셔츠, 초록색 바지는 꽤 경쾌해 보였다. 게다가 친구들이 인정했다시피 아버지는 중년 남성답지 않게 날렵한 멋이 있었다. 저중 하나만 입어도 패션 포인트로 충분했다. 아버지가 저 세 가지를 다 걸친다는 게 문제였다. 대체 그런 취향이 어디서 온 건지 늘 궁금했는데, 바로 맞은편에 그 원인이 앉아 있었다.

아직도 미지는 대학교 입학식 때 아버지의 차림새를 잊지 못했다. 본관 앞에서 막 뜯어낸 잔디처럼 푸른 재킷에 연보랏빛 바지라니. 그 잘난 얼굴을 낭비하는 꼴이었다. 한번은 그녀가 어버이날에 큰맘 먹고 아버지에게 진회색 정장을 한 벌 맞춰주었지만, 아버지의 표정은 영 시큰둥했다. 성의를 봐서 한번 걸쳐보기라도 할 텐데 아버지는 시늉조차 하지 않았다. 그저 너무 칙칙하지 않냐는 감상이 다였다.

"적어도 상견례 때는 알록달록하게 입고 나오면 안 될 거 아냐."

"만나는 사람도 없는데 상견례는 무슨."

"지금은 없어도 나중에 생길 수 있잖아."

"그 사람이 너랑 결혼하지, 아빠랑 결혼하는 것도 아니잖니."

"그러면 내 결혼식 때는 어쩌려고. 다 검은색 정장 입는데 아빠가 무슨 광대처럼 입고 나타나면? 난 그럼 혼자 입장할 거야."

"그러든가, 뭐. 네 결혼식이잖아."

미지는 대꾸하는 대신 한숨만 푹푹 쉬었다. 여전하네. 그녀가 한창 사춘기일 적에도 국자는 한마디를 져주지 않았다. 결혼식장에서 알록달록한 옷차림으로 돌아다니는 아버지의 모습을 상상하니 절로 웃음이 나왔다. 움직이는 화환이라고 치면 괜찮을지도 몰랐다. 국자라면 아마 그런 남편을 부끄러워하기는커녕 제 할일에 열중할 것이다. 미지가 아는 한 국자는 늘 그랬다. 변한 게 없어, 어쩐지 미지는 마음이 놓였다.

"박미지, 거실에서 엄마 전화기 좀 가져와라. 너희 아빠한테 오메기떡 좀 사오라고 하게."

"엄마, 거리상 엄마가 더 가까운 거 알아?"

"그래서?"

국자의 휴대전화는 소파 팔걸이에 놓여 있었다. 휴대전화 화면에서는 그새 아버지가 메시지를 보냈다는 알림이 반짝거렸다. 정확히 무슨 내용인지는 몰라도 미지는 짐작할 수 있었다. 종종 국자 어깨너머로 훔쳐볼 때마다 온갖 이모티콘이며 애정 표현이 보였으니까. 국자는 미지가 내민 휴대전화를 받아들더니 메시지를 확인했다. 미지가 물었다.

"아빠가 뭐래?"

"보고 싶대, 그리고 사랑한대."

"그래서 엄마는 뭐라고 보냈어?"

"갈치랑 오메기떡 사오라고." 국자는 무덤덤하게 덧붙였다. "나도 그렇다고 했어."

미지는 저도 모르게 웃었다. 뻔하고 지루한 결말이지만 나쁘진 않았다.

12

공항은 테러 사건 관련 수사가 종결된 지 일주일도 채 안 되어 정상으로 돌아왔다. 정부는 테러 사건을 반동 세력의 음모와 실패로 일축했다. 역시 희생자나 부상자는커녕 반동들이 범인이라는 뚜렷한 증거는 없고, 모두 심증에 가까웠다. 뒤이어 기다렸다는 듯이 당분간 공항에 능력자 출입을 제한한다는 조치를 시행했다. 반동들은 자동으로 내란음모죄가 적용되니 공항에 발조차 들일 수 없었고, 감시 대상이 없으니 기능력직 공무원들도 뜸해졌다.

매출이 줄어들지도 모른다는 매니저의 우려와 달리 공항은 점점 더 사람들로 북적거렸다. 트렁크 바퀴 소리와 안내 방송이 로비를 메웠고, 벤치도 빈자리라곤 없이 가득찼다. 국자가 일하는 레스토랑도 여전히 문전성시였다. 변화라면 일반인 손님들이 배로 늘어났다는 점이었다. 동해나 제주도 대신 괌과 사이판 같은 곳이 새로운 신혼여행지로 떠오르면서 정장에 구두를 신은 손님뿐 아니라 평상복을 입은 손님들도 꽤 많이 눈에 띄었다.

바쁜 와중에도 레스토랑 직원들은 쉬는 시간에 빙 둘러앉아 간식을 나눠먹곤 했다. 영웅들이 뜸하다며 아쉬워하는 한편 무례한 손님들이 점점 늘어난다며 불평했지만, 진상들이 이제까지 능력자들의 눈치를 보느라 얌전하게 굴었을 뿐이라는 의견도 있었다. 조만간 청주에 새로운 국제선 공항이 들어선다는 소문도 돌았다. 반동들은 화두에 오르지도 못했다.

짬이 날 때마다 국자는 담배를 피운다는 핑계를 대고 활주로를 보러 갔다. 쉴새없이 떠나고 돌아오는 비행기를 보면 마음이 싱숭생숭했다. 주머니에 든 담뱃갑은 까맣게 잊어버린 채 내내 서 있었다. 인기척이 나면 뒤늦게 담배를 꺼내 물었다가 도로 집어넣기 일쑤였다. 덕분에 몇 달간 담뱃값이 줄기는 했다. 그 말에 글로리아가 손뼉을 쳤다.

"이참에 금연해. 담배 피우면 이가 누레진다잖아."

"그럼 너도 커피 끊어야겠네."

국자는 손가락을 하나하나 접으면서 오늘 글로리아가 마신 커피가 몇 잔이나 되는지 세었다. 벌써 넉 잔째였다. 글로리아는 반쯤 남은 커피잔을 두 손으로 감싼 채 국자의 눈치를 보았다.

"안 돼. 난 하루에 다섯 잔은 마셔야 해. 안 그러면 진짜 죽어."

"안 죽어."

"그럼. 난 안 죽어. 대신 최훈이 죽을 거야." 글로리아의 목소리에서 진심이 느껴졌다. 글로리아는 국자가 안기부에 들어간 연유를 들은 후로는 최훈이라면 더욱 이를 득득 갈았다. "당분간 내 눈에 띄지도 말라 그래. 너도 괜히 말 섞지 마. 무시해버려."

어떻게 무시하면서 그 경고를 전할 수 있을지 의구심이 들었지만, 국자는 일단 고개를 끄덕였다. 최훈은 일주일에 한 번은 꼬박꼬박 레스토랑을 방문했다. 그는 괜히 주방까지 들릴 만큼 큰 소리로 웃는가 하면 팬들에게 사인해준다는 핑계로 식사를 마치고도 한참 동안 테이블을 떠나지 않았다. 국자는 주방 일에 바빠 홀에는 시선조차 주지 못했다. 그저 요즘 기능력직 공무원들이 한가한가보다 생각할 뿐이었다.

"국자야, 최훈한테 넘어가면 안 돼. 걔 외양만 번지르르하지 알고 보면 속 빈 강정이야. 걔는 평생 혼자 살 처지다."

"너 관상도 볼 줄 알아?"

"몰라. 안다고 해도 내가 뭐가 궁금하다고 걔 얼굴을 자세히 들여다보겠니. 멀리서 봐도 이마에 쓰여 있잖아."

"인기는 많던데. 홀 직원들이 모두 최훈 팬이거든."

"야, 나도 박남정 팬이지만 박남정하고 결혼할 생각은 없어요. 좋아하는 거랑 사랑하는 건 다른 거야. 강수지라면 모를까."

"강수지는 누군데?"

"모르니? 어쩜 좋아. 너 텔레비전 좀 봐라." 글로리아가 국자의 손을 꼭 잡았다. "그래서, 최훈이 단풍 구경 가자고 하면 뭐라고 대답할 거니?"

글로리아의 목소리가 꽤나 비장했지만, 국자에겐 그다지 어려운 질문이 아니었다.

"나는 낙엽이 싫은데."

"낙엽이 아니라 단풍이라니까."

"단풍이 떨어지면 낙엽이잖아." 글로리아의 깊은 한숨에 국자는 재차 강조했다. "나 정말로 낙엽 싫어해."

이모 가족과 함께 전국을 떠돌아다니던 중 나무로 뒤덮인 집에 잠시 머문 적이 있었다. 담장 밖에서 보면 제법 운치가 있었지만, 며칠만 마당 쓰는 일을 게을리하면 폐가처럼 보였다. 이모부가 아침마다 마당을 쓸고 나가기는 했지만, 낙엽이 한창 지는 가을이면 수시로 마당을 쓸어야 했다. 낙엽더미는 비에 젖으면 배로 무거워졌고, 쓸 때마다 먼지가 일어 기침이 났다.

이모 부부만 유독 나무를 좋아했다. 이모는 번역이 도중에 막히면 나무 아래를 거닐었고, 이모부는 낙엽으로 불을 지펴 고구마를 구워주었다. 태우거나 덜 익히는 법 없이, 국자의 아버지처럼 잘 구웠다. 집안에 군고구마의 달콤한 냄새가 가득차면 국자는 온갖 핑계를 대고 밖으로 나가곤 했다. 한참 쏘다니다 오면 어수선했던 마음이 조금 차분해졌다. 이모와 이모부는 아무것도 묻지 않았다.

몇 달만 지나면 국자는 그 집으로 돌아가야 했다. 안기부는 공항에서 능력자의 출입이 제한되자 그녀의 근로 기간을 절반으로 줄였다. 국자가 예정대로 이 년간 근무하고 싶다는 의사를 밝혔으나 소용없었다. 그녀의 요청에 묵묵부답으로 일관하던 수화기 너머의 사람은 냉랭하게 대꾸했다. 철수 후 다시 발령이 날 때까지 대기할 것. 그뿐이었다.

"대기하는 동안 난 그냥 공항에서 일하고 있으면 안 되나."

"공항에 뼈라도 묻으려고? 아서라, 네가 여기에만 처박혀 있으니까 강수지도 모르는 거야. 좀 사람 복작거리는 데서 일해봐야지."

"여기도 사람 많아."

"아니면 우리 국자, 여기서 만날 사람이라도 있니?"

"아니, 없는데."

"이것 보게." 글로리아가 히죽거리면서 국자의 팔꿈치를 찔렀다. "언니 앞에서 거짓말을 하면 쓰나? 얼른 자수하여 광명 찾자. 언니한테 한번 데리고 와봐. 설마 결혼식에서 얼굴 보여줄 건 아니지?"

국자는 고개를 모로 돌린 채 남은 커피를 마셨다.

"관상 볼 줄 알면 은수 좀 봐달라고 부탁할 생각이었는데."

"걔는 걱정하지도 마. 우리 훈련원 때였지. 은수가 나한테 저녁 얻어먹은 거 기억하니? 날 몇 번이나 봤다고 어찌나 살갑게 굴던지. 너보다 잘살 거다."

"그러면 다행이지."

지난주에는 은수도 군대에서 휴가를 받아 공항에 놀러왔다. 레스토랑 직원들에게 누나를 잘 부탁한다며 인사하는 은수를 보면서 국자는 새삼 놀랐다. 떡볶이를 해달라며 울고불고 떼를 쓰던 모습이 엊그제처럼 눈에 선한데, 이제는 제법 의젓해 보였다. 어쩐지 가슴 한구석이 저릿했다. 어른이 다 됐어, 국자의 소회에 글로리아가 어이없다는 듯이 웃었다.

"누가 보면 은수가 네 자식인 줄 알겠다."

"날 잘 따랐으니까."

"다 자란 놈은 이제 놓아주고, 여행이나 가자. 이태리나 불란서 어때? 내가 널 머리부터 발끝까지 싹 바꿔줄게. 너무 멀면 일본도 괜찮고. 일본이면 내가 아는 사모님들이 자주 가는 온천이 있으니까 거기 가서 느긋하게 있다 오면 돼. 아니면 미국 갈까?"

"숙녀 선배는? 선배랑 여행 가지 그래."

"무리야. 그 선배 비행기 무서워하거든." 글로리아가 속삭였다. "높은 곳이 무섭대. 귀엽지 않니?"

숙녀 선배를 귀엽다고 생각해본 적은 없지만, 국자는 말없이 아이스크림만 먹었다. 오늘따라 아이스크림이 빨리 녹았다. 글로리아가 신난 목소리로 숙녀 선배와 무슨 대화를 나누었는지 얘기하는 걸 보니 자주 통화하는 모양이었다. 보통 먼저 거는 쪽은 글로리아고 숙녀 선배는 몇 분 안 되어 끊어버리는 듯했으나 적어도 제 친구가 맞지는 않는다니 다행이라고 생각했다. 국자가 아는 한, 장갑도 아직 선배에게 있었다.

"배는? 일본은 배 타고 가면 되잖아."

"멀미가 심하대. 정 같이 가고 싶으면 재워서라도 데리고 갈까 생각중이야."

"선배가 그렇게 해달래?"

"아니. 내가 선배랑 가고 싶으면 그러려고."

국자는 글로리아가 숙녀 선배에게 너무 많이 얻어맞지 않기만을 바랐다. 국자와 글로리아는 외양부터 취미까지 딴판이지만, 고집이 센 것 하나는 비슷했다. 친구라 그런 걸까, 지금 와서 그 사실이 새삼스러웠다. 국자는 소리 없이 웃었다.

카페에 흐르던 음악이 뚝 끊겼다. 직원은 손님들에게 라디오 채널을 좀 바꾸겠다며 양해를 구했다. 이내 팝송이며 디제이들의 목소리와 최신 가요가 무작위로 흘러나오다가 뉴스 채널에서 잠시 멈췄다. 낯익은 이름이 들렸다. 국자가 고개를 돌렸지만 벌써 클래식 채널로 넘어가 있었다. 글로리아는 아이스크림에 장식된 체리를 엄지와 검지로 조심스럽게 집어올리며 말했다.

"그러고 보니 소식이 없네. 행방불명인가?"

"누가?"

"그 전쟁광 남매, 중공에서 남한으로 온다고 대서특필을 하더니만 온데간데없이 사라졌잖아."

윤수일도 그날 이후로 자취를 감췄다. 마지막으로 포착된 장소는 민통선 인근 초소였다. 언론에서는 그를 비롯한 반동들이 대거 북으로 넘어갔다며 노발대발했다. 눈에 보이면 없애지 못해 난리고, 보이지 않으면 사라졌다고 안달을 내는 꼴이었다. 맞불을 놓듯 최근 월남했다는 사람을 뉴스며 토크쇼에 내세워 북한 체제를 비난하게 했다. 국자는 굳이 그 의도를 이해할 마음이 없었다.

다만 월남민이 토크쇼에서 남한에서 넘어왔다는 반동들의 생김새나 특징을 설명할 때면 국자의 귀는 자연스레 그쪽으로 쏠렸다. 신문에 윤수일의 몽타주가 실렸다길래 일부러 신문 가판대에 들르기도 했다. 목격자들의 진술을 토대로 그린 몽타주라지만, 아무리 뜯어보아도 닮은 구석이라고는 없었다. 그녀가 기억하는 윤수일은 콧대가 좀더 곧았고, 눈도 더 컸다. 차라리 선글라스를 그리는 편이 나을 터였다. 적어도 몽타주로 검거될 일은 없겠거니 싶었다.

단풍이 질 무렵 국자는 공항 로비에서 요한을 보았다. 아이는 승객들과 함께 벤치에 앉아서 책을 읽고 있었다. 국자는 냄새나는 화장실에 숨어 있는 것보다야 로비에 앉아 있는 편이 낫다고 생각했다. 키가 반 뼘 정도 자랐고, 주변 승객들이 움직일 때 요령껏 자리를 옮기는 걸 보니 눈치도 제법 는 모양이었다. 국자는 요한이 자신을 발견하기 전에 몸을 돌려 레스토랑으로 향했다.

철수령은 번복되지 않았다. 처음 왔을 때처럼 국자는 더플백 하나만 들고 공항 기숙사를 나왔다. 다른 점이 있다면 더플백이 곧 터질 것 같다는 점이었다. 레스토랑 직원들은 그녀가 그리울 거라며 끌어안았다. 매니저도 다시 일할 의향만 있다면 언제든 연락하라고 당부했다. 붙잡는 손을 마지못해 뿌리치고 나오는 와중에도 국자는 웃고 있었다.

버스가 공항을 벗어날 때까지 국자는 차창 너머를 쭉 바라보았다. 어느새 멀어진 공항과 화물청사가 장난감처럼 조그맣게 보였다. 직원용 앞치마를 물에 적신 수건으로 대충 닦아두기만 했는데, 귀찮아도 빨아놓을 걸 그랬다는 생각이 들었다. 문득 윤수일이 준 립스틱이 머릿속을 스쳤다. 가방을 이리저리 헤집어보았으나 도무지 찾을 수 없었다. 앞치마 주머니에 그대로 넣어두고 왔나, 눈앞이 깜깜했다.

국자는 급기야 가방에서 짐을 하나씩 꺼내며 다시 립스틱이 있는지 살폈다. 옆자리가 비어 있길 천만다행이었다. 옷가지며 수건, 카세트 플레이어까지 꺼낸 후에야 가방 바닥에 있는 립스틱이 보였다. 다행히 부러지지도 않고 멀쩡했다. 안도도 잠시, 그녀는 황급히 몸을 돌려 창밖을 내다봤다. 정류장이라고는 하나 없는 길에서 누군가가 버스를 향해 손을 흔들고 있었다. 까만 코트를 입고 있는 것 같았는데. 국자가 자리에서 일어난 순간 버스는 고속도로로 진입했다.

국자는 글로리아의 소개로 여성용 속옷을 만드는 회사에 경리로 취직했다. 고등학교 때 따놓은 주산 자격증을 이제야 써먹게 될 줄이야 싶었고, 오랜만에 주판을 잡자니 조금 어색했지만 금세 익숙해졌다. 안기부에서는 별다른 제재가 없었다. 그저 회사에 신상 공개가 되지 않도록 주의하라는 지시가 다였다.

회사 사람들은 국자가 능력자라는 사실을 몰랐다. 그냥 그녀를 평범한 고졸 사원이라고만 여겼다. 나이가 꽤 있는 편인데 결혼할 생각은 없냐며 참견하는 사람도 있었지만, 차라리 평생 혼자서 사는 편이 낫다며 하소연하는 사람도 있었다. 어느 쪽이든 회사 앞 빵집에서 파는 크림빵을 잘 사주는 터라 국자는 딱히 기분이 나쁘지 않았다. 훈련원에서 먹은 크림빵보다는 아니지만 그럭저럭 괜찮은 맛이었다.

글로리아도 툭하면 사무실로 놀러왔다. 종종 묻지도 않은 숙녀 선배의 근황을 줄줄이 읊곤 했다. 이모는 처음으로 역자 소개란에 자신의 이름과 이력을 있는 그대로 실은 책을 받았다. 편집자의 제안이라고 했다. 국자와 은수가 감탄하는 가운데 자신은 원저자도 아니고 번역자일 뿐이니 유난 떨 필요는 없다며 선을 그었다. 그러나 이모부가 그 책을 장식장에 앞표지가 보이도록 놓았을 때는 이모도 굳이 말리지 않았다.

최훈은 국자에게 단풍을 구경하러 가자고 제안했다가 거절당한 후로는 연락을 뚝 끊었다. 어차피 국자가 굳이 안부를 묻지 않아도 최훈은 껌 광고판이나 뉴스에 수시로 얼굴을 비쳤다. 회사 직원들은 최훈보다 국방부에서 새로 영입했다는 2등급 능력자를 더 좋아했다. 브래드 피트를 닮았다고들 했는데, 국자는 브래드 피트가 누군지도 몰랐다.

삐삐에 모르는 번호가 찍히면 국자는 반사적으로 주변부터 확인했다. 윤수일과 마지막으로 만났을 때는 삐삐가 없었으니 번호를 알려줄 수도 없었다. 그에게서 전화가 올 리 만무하다는 걸 알면서도 그녀는 늘 전화를 받았다. 대부분 잘못 건 전화나 장난전화였다. 그가 선물한 립스틱도 어느새 다 닳아 똑같은 립스틱을 하나 더 샀지만, 도무지 손이 가지 않아 직장 동료에게 주었다.

눈이 다 녹고 벚꽃이 다시 만개한 순간부터 국자는 주말마다 창경궁을 찾았다. 창경궁은 봄나들이를 온 사람들로 붐볐다. 고개를 젖히면 진주처럼 둥근 벚꽃이, 가지에 다닥다닥 붙은 매화가 보였다. 카메라 셔터 소리며 재잘거리는 목소리로 시야뿐 아니라 귀도 어수선했지만, 모두가 서로에게 너그러웠다. 사람들은 평소보다 비싼 값을 부르는 간식 장수와 사진사에게 흔쾌히 지갑을 열었다.

국자는 푸른색 스카프를 수차례 고쳐 맸다. 여기서 그녀만 혼자였다. 잡지에서 오려낸 총천연색 사진들로 가득한 스크랩북에 잘못 끼어든 신문 쪼가리가 된 양 거북스러웠다. 그녀는 벤치에 앉아서 바닥에 떨어진 꽃잎을 꾹꾹 밟았다. 어쩐지 허기가 졌다. 웃돈을 주고서라도 뭘 먹을지 고민하는 사이 누군가의 목소리가 들렸다.

"여기 자리 있습니까?"

갈색 트렌치코트를 입은 남자가 국자 앞에 서 있었다. 얼굴은 손에 들고 있는 커다란 분홍색 솜사탕에 가려 보이지 않았다. 다른 벤치는 연인이나 삼삼오오 모인 사람들로 미어터질 지경이었다. 국자는 마지못해 옆으로 비켜 앉았다. 고맙다는 인사에 대충 고개를 주억거리며 다시 꽃잎을 밟는 데 열중했다.

"혼자 오셨습니까?"

"아뇨." 국자는 번데기장수가 붙인 가격표를 유심히 보았다. 점심을 걸렀더니 배가 영 헛헛했다. 예상했지만 시장보다 비쌌다. "친구랑 왔어요."

"친구는 어디 있습니까?"

"친구인데 애인이에요."

"애인은 언제 온답니까?"

솜사탕 남자는 어조만 정중할 뿐 이상스레 끈질겼다. 국자는 시계를 확인했다. 벌써 세시였다. 마음 같아서는 자리를 옮기고 싶었으나 사람들이 점심식사를 마친 후 나올 시간이라 더 붐빌 게 뻔했다. 차라리 집에 가서 이모와 삼겹살이나 구워 먹는 편이 나을지도 몰랐다. 그녀가 대답이 없자 솜사탕 남자가 말했다.

"전 약속이 있어서 왔습니다."

"그래요. 얼른 오시면 좋겠네요."

"그런데 상대방이 깜빡한 모양입니다."

"늦게라도 오겠죠."

"번데기 좋아하십니까?"

"아뇨. 냄새만 좋잖아요."

그래도 국자는 늘 저 냄새에 못 이겨 볼 때마다 한 컵씩 샀다. 반도 채 먹지 못하고 버릴 때마다 항상 후회했지만, 마주치면 또 사고야 말았다. 돈과 번데기 둘 다 버리는 셈이었다. 하지만 정말로 먹고 싶은 간식들은 너무 양이 적거나 쓸데없이 비쌌다. 솜사탕도 그중 하나였다.

"그럼 좋아하는 간식은 뭡니까. 제가 기억하기로는 국자씨가 솜사탕을 좋아했는데."

남자가 솜사탕을 내밀었다. 선글라스가 아니라 얇은 은테 안경을 쓰고 있어 곱게 접히는 눈꼬리가 고스란히 다 보였다. 국자는 순순히 솜사탕을 받았다. 역시 몽타주는 실패작이었다. 윤수일이 놀리듯 말했다.

"그래서, 친구이자 애인은 언제 온답니까?"

"저 솜사탕은 처음 먹어봐요."

솜사탕은 혀에 닿자마자 녹았다. 국자는 솜사탕을 조금씩 뜯어 입에 넣었다. 마음 같아서는 입안 한가득 먹어보고 싶었지만, 어쩐지 볼썽사

나올 것 같았다. 윤수일이 솜사탕을 뜯어 돌돌 말아 보였다. 주호에게 배운 방법이라고 했다. 대벌레치고는 제법이었다. 요령을 익힌 덕에 솜사탕은 금세 사라졌다. 수일이 물었다.

"어떻습니까?"

"혼자 먹기에는 너무 큰가 싶었는데, 생각보다는 많지 않네요."

"그런데 왜 번데기를 보고 있었습니까?"

"배가 헛헛해서 뭘 먹고 싶었거든요. 그나마 번데기가 양이랑 가격으로 보면 적당해 보여서."

"이제는 솜사탕을 드세요. 좋아하니까. 부족하더라도 앞으로 국자씨가 좋아하는 걸 드세요. 번데기 같은 것 말고요. 뭐가 먹고 싶습니까?"

"돈가스요."

"갑시다."

수일은 국자가 내민 손을 잠시 바라보다가 잡았다. 사뭇 조심스러워서 어쩐지 국자의 손바닥까지 간지러웠다. 국자가 힘주어 잡자 수일의 귓가가 불그스름하게 달아올랐다.

"까만 코트는 안 입었네요."

"이상합니까?"

"아뇨. 더 보기 좋아요. 앞으로 밝은색만 입으세요."

"그러겠습니다."

둘은 레스토랑까지 걸어가면서 계속 대화를 나누었다. 눈앞에 보이는 아이들, 솜사탕의 색깔, 수일이 쓰고 있는 은테 안경을 맞춘 장소며 국자가 지금 근무하는 회사에 대해. 레스토랑에서도 대화는 계속 이어졌다. 돈가스가 눅눅해지고 나서야 그들은 멋쩍게 웃으며 포크를 들었다. 카페에 가서도 마찬가지였다.

식은 커피라도 향은 나쁘지 않았다. 국자가 커피를 홀짝거리는 사이 수일은 자신의 새 이름을 알려주었다. 박종일, 남동생의 이름이라고 했다. 남동생은 미국에서 심장마비로 사망했고, 부모님은 다시 찾아온 아들에게 그 이름을 물려주었다. 어머니는 동생의 장례를 치르기 전에 수일이 찾아와서 다행이라고 말했다.

"한 번도 본 적 없는 동생이 죽어서 다행이라고 해야 할지, 아니면 슬프다고 해야 할지……"

수일이 씁쓰레하게 웃었다. 국자는 가만히 그를 응시하다가 각설탕을 하나 골랐다. 갈색 종이로 포장된 각설탕은 언뜻 보면 가로가 긴 직육면체처럼 보였지만, 막상 포장지를 벗기면 정육면체 모양의 각설탕 두 개가 나란히 들어 있었다. 잔에 커피가 얼마나 남았는지 보니 두 개는 너무 많고 하나면 적당할 것 같았다. 그녀는 수일과 자신의 잔에 각설탕을 하나씩 넣고 저었다. 각설탕은 금세 형체를 잃고 녹아내렸다.

"슬픈 건 슬픈 거고, 다행인 건 다행인 거죠."

국자는 수일 쪽으로 커피잔을 밀었다. 수일이 한 모금 마시더니 달다고 말했다. 그렇지만 나쁘지는 않다고 덧붙였다. 레스토랑이든 카페든 누구도 윤수일을 흘끔거리지 않았다. 그는 이제 자유로웠다. 그리고 평생 동생의 이름을 짊어지고 살아가야만 했다. 국자는 수일이 괜찮다고 말할 때까지 기다렸다. 기꺼이 기다릴 수 있었다.

국자와 수일은 혼인신고만 하고 식은 올리지 않기로 했다. 이모와 이모부는 어쩐지 실망한 눈치였다. 은수가 슬쩍 국자의 팔꿈치를 찌르며 귀띔했다. 아무래도 이모부는 국자의 손을 잡고 식장으로 들어가는 순간을 고대했고, 이모는 국자가 전통 혼례복이든 웨딩드레스든 차려입은 모습을 보는 게 소원이었다. 그 사이에서 인사차 온 수일은 이리저리 눈치만 살폈다. 국자는 그의 손을 힘주어 잡았다.

"이모, 결혼식은 돈이 너무 많이 들어서 좀 그래요."

"그래도 국자야, 남들 하는 거 안 해보면 나중에 후회할 수도 있어. 이모 말 들어."

"그냥 형식이잖아요. 그리고 저야 이모랑 이모부가 계시지만, 종일씨는 혼주석이 비거든요. 모양새가 영 안 좋을 것 같아서요."

그 말에 이모가 미간을 찌푸렸다. 국자는 수일과 이모부의 표정을 보면서 자신이 실수했다는 생각이 뒤늦게 들었다. 이모부가 말릴 새도 없이 이모는 자리에서 일어나 방으로 들어갔다. 은수는 눈을 데굴데굴 굴리다가 물었다.

"그런데 매형이 나랑 동갑이라며? 그럼 말 놔도 되나."

그 한마디에 국자와 수일의 시선이 빠르게 오갔다. 국자의 패착이었다. 이모가 수일이 몇 살이냐고 물어봤을 때 그녀는 고민 끝에 종일의 나이를 말했다. 은수와 동갑일 줄이야, 미처 생각지 못한 문제였다. 제 동생뻘인 은수가 반말하면 수일의 기분이 상하지 않을까? 고민하는 국자를 바라보던 수일이 웃었다. 그러더니 괜찮다는 듯이 그녀의 손을 잡았다.

"매형한테 함부로 말 놓는 건 어디서 배운 버르장머리야." 난처한 기류를 읽어냈는지 이모부가 은수의 머리를 살짝 쥐어박았다. 국자는 은수가 머리를 싸맨 채 거실을 데굴데굴 구르는 모습을 보면서 안도했다.

"국자야, 잠깐 나 좀 보자. 자네도 거기서 무슨 죄인처럼 앉아 있지 마. 우리가 불편해. 정 그러면 남희, 아니, 얘 이모 방에나 들어가보게."

국자는 순순히 이모부를 따라 마당으로 나갔다. 아무래도 이모 방에 수일을 들여보내고 싶지 않았지만, 이모부가 이렇게 확고하게 말하는 경우는 거의 없었다. 얼굴에 와닿는 밤바람이 제법 쌀쌀했다. 겉옷을 가져온다는 핑계로 다시 수일에게 가볼까, 그녀는 슬쩍 집 안쪽을 들여다보았다. 이모부의 웃음소리가 들렸다.

"벌써 네 남편이라고 감싸고 돌면 섭섭하지. 그래도 보기 좋다."

"이해해주세요. 종일씨나 저나 결혼식에 부를 만한 사람이 별로 없어서요."

"결혼식이야 그렇다 치고, 네 이모는 마음에 걸리는 거야. 네가 그래도 가족이 화목한 집에 가서 복작복작하게 살길 바랐는데."

"저도 종일씨처럼 부모님이 없잖아요."

"넌 인마, 무슨 말을 그렇게 서운하게 하니."

"죄송해요."

"사람이 그래도 착해 보이더라."

"착하진 않은데, 그냥저냥 괜찮아요."

"뭐가 그렇게 맘에 들든?"

"잘생겼어요."

"반반한 얼굴 하나만 믿고 나서는 놈은 별로인데." 이모부가 헛웃음을 지었다. "남희랑 똑같네."

"설마 이모도 이모부 얼굴 보고 만났어요?"

"설마라니, 그 반응은 뭐냐. 이모부가 젊었을 때는 그래도 괜찮게 생겼었다. 공사판에서 일하다보니 고생해서 그렇지. 진짜야, 나중에 네 이모한테 물어봐."

"네. 믿어요."

국자는 취향이야 사람마다 다를 수 있다고 생각했다. 최훈을 죽어라고 쫓아다니는 사람이 있는가 하면 글로리아처럼 치를 떠는 사람도 있었다. 그녀는 최훈이 좋지도 싫지도 않았고 그냥 귀찮았다. 이모부가 국자의 어깨를 두드렸다.

"국자 네가 처음 우리한테 왔을 때, 난 솔직히 그냥 애처럼 자랐으면 했어. 좋아하는 거 있으면 갖고 싶다고 떼쓰고, 먹기 싫은 게 있으면 편식도 하고. 그런데 이모부가 너무 바빠서 너도 은수도 어째 신경을 못 썼네. 데려올 때 잘 돌보겠다고 약속했는데, 내가 처형을 뵐 낯이 없어."

"충분히 잘해주셨는걸요."

"네가 너무 일찍 어른이 되어버렸잖니. 좋아하는 게 있으면 다 주고, 하고 싶은 게 있으면 다 시켜주고 싶었는데. 네가 좋아하는 사람을 이렇게 데려왔으니 어떻게 우리가 안 된다고 하겠니. 범죄자라면 모를까. 그래도 혹시 마음 바뀌걸랑 바로 이모부한테 와라. 나이가 들었어도 아직 저런 놈은 내 한주먹거리도 안 돼."

"잘살게요."

"남희도 또 마음이 약해서 네 남편한테 뭐라고 모진 소리는 못할 거다."

이모부의 말대로 이모는 한결 온화해진 얼굴로 방에서 나왔다. 무슨 대화를 했는지는 몰라도 은수가 큰 소리는 들리지 않았다고 했다. 수일은 이모부를 따라 장식장을 구경했고, 이모가 번역한 책 한 권을 선물로 받았다. 밤이 이슥해지자 이모는 국자와 함께 수일을 배웅했다. 멀어지는 수일의 뒷모습을 바라보며 이모가 물었다.

"쟤, 술도 안 마신다며?"

"네. 취해서 주사를 부리는 것보다는 낫잖아요."

"담배는 끊은 거니? 아까 불은 잘 붙이던데."

"담배는 안 피워요. 목쉬는 걸 별로 안 좋아한다고 하더라고요."

"재미없는 놈이야." 핀잔과 달리 이모의 얼굴에는 미소가 만연했다. "괜찮네."

수일과 국자는 조그만 아파트 한 채를 얻어 살림을 꾸렸다. 결혼식은 없었지만 축의금과 결혼 선물이 곳곳에서 들어왔다. 글로리아는 수입 식기 세트와 커다란 냉장고를 그들의 신혼집으로 배달시켰다. 며칠 후에는 언질도 없이 숙녀 선배가 부탁했다는 축의금 봉투를 들고 나타났다. 국자야 글로리아의 그런 행동에 익숙했지만 수일은 우물쭈물했다. 글로리아가 힐끗 수일을 보더니 국자에게 속삭였다. 최훈보다는 낫다고. 국자는 부인하지 않았다.

청소와 세탁은 수일이, 부엌 정리와 요리는 국자가 담당했다. 둘 다 회사를 그만두지 않아서 평일에는 눈코 뜰 새 없이 바빴으나 아침식사는 늘 함께했다. 주말이면 가까운 공원으로 산책하러 갔다. 글로리아가 무슨 노부부 같은 삶이냐며 핀잔을 주었지만, 국자는 충분히 만족스러웠다. 하루하루가 흐르는 물처럼 지나가도 조바심이라고는 전혀 들지 않았다. 둘만으로도 충분히 행복했다. 어느 날 글로리아가 돌연 질문을 던지기 전까지는 그렇다고 믿었다.

"애는 안 가질 거야?"

"갑자기 무슨 애야. 애 키우는 게 쉬운 일도 아니고." 글로리아가 백화점에서 사온 수박은 꽤 달았다. 국자는 수일 몫으로 남은 반쪽을 냉장고에 넣어두었다. "갑자기 왜?"

"내가 그저께 꿈을 꿨는데, 커다란 복숭아에서……"

"나는 복숭아보다는 수박이 좋은데."

"딱 봐도 태몽인데. 내 건 아니고, 숙녀 선배 건 더더욱 아니고. 그럼 누구겠어?"

"나 어제 생리했어. 차라리 복권을 사지 그래."

국자는 눈 하나 깜박하지 않고 거짓말을 했다. 어쩐지 날이 갈수록 거짓말에 능숙해지는 것만 같았다. 글로리아가 수박을 우물거리면서 말했다.

"궁금하단 말이야. 과연 네 애는 어떨지."

"호기심만으로 애를 낳는 게 말이 되니."

"알잖아. 나 원래 애들 불편해하는 거. 그런데 네 애라면 무진장 예뻐할 것 같거든. 내가 대모가 되어서 예쁜 옷도 입히고 멋진 가방도 들려주면 좋을 것 같은데."

글로리아의 애정은 양날의 검이라 사람에 따라 행운 혹은 크나큰 시련으로 변모했다. 수일만 해도 몸 둘 바를 몰랐다. 글로리아는 그에게 국자의 취향은 양조위보다 장국영이라며 물어보지도 않은 이야기를 늘어놓거나 중국어 대사를 읊어보라고 조르곤 했다. 그러면 수일은 갖가지 핑계를 대며 방으로 들어갔다. 오늘도 글로리아가 온다는 말에 황급히 산책하러 나간 참이었다.

"무슨 인형놀이 하는 것도 아니고."

"네 허락은 꼭 맡을게. 그리고 여기, 방이 세 개나 되잖아. 하나 남지?"

국자는 부인하지 않았다. 지금 다니는 회사는 결혼했다는 소식을 듣더니 당연하다는 듯이 그녀를 승진 명단에서 빼버렸다. 어차피 안기부에서 꼬박꼬박 월급이 들어오니 그만두어도 상관은 없었고, 하나 남는 방도 크기가 넉넉했다. 마음에 걸리는 점이라면 아이였다. 능력자 사이에서 꼭 능력자가 태어난다는 법은 없었지만, 그러지 않을 확률에 기대어 마냥 낙관할 수도 없는 노릇이었다. 모든 짐을 짊어지는 건 결국 그들이 아니라 아이였다.

"넌 정말 지나치게 걱정이 많아. 세상살이가 그렇게 팍팍하지만은 않단다." 글로리아가 국자에게 핀잔을 주더니 리모컨 버튼을 눌렀다. "백 번 천번 말해봤자 뭐해. 네 눈으로 직접 봐."

텔레비전 화면에 이은영의 얼굴이 나왔다. 곧이어 이은영 뒤에 서 있던 사람 중 한 명이 단상에 올라서더니 자신을 씨앗이라고 밝혔다. 턱수염이 거뭇하고 얼굴도 퀭했으나 눈만은 생생하게 빛났다. 국자가 바라보는 가운데, 화면 속 그는 천천히 성명문을 읽었다.

발음이 어눌해서 잘 들리지 않았으나 화면 아래로 자막이 보였다. 나는 옛날 사람이 되고 싶습니다. 내가 겪었던 모든 경험이 고리타분한 옛날이야기가 되고, 차마 누구도 이뤄지지 않을 거라고 믿었던 미래가 다가오길 바랍니다. 내가 겪지 못했던, 그저 바라기만 했던 꿈이 아주 당연한 현실이 되길…… 국자는 낭독이 끝날 때까지 화면에서 시선을 떼지 못했다. 미지의 순간이 다가오고 있었다.

13

미지는 이제 모든 일이 순탄하게 흘러갈 거라고 믿었다. 아버지에게 전화를 걸어 독립하겠다고 말했을 때도 그 확신은 변치 않았다. 비록 아버지가 갑자기 출장 도중에 휴가를 내고 제주도에서 올라오긴 했지만, 예상치 못한 바는 아니었다. 아버지는 오자마자 방에 틀어박혔다. 정작 연락하라고 권한 국자는 갈치와 오메기떡을 어떻게 보관할지 골몰했다. 미지는 예전처럼 방문을 두드리지 않았다. 대신 문 아래 틈으로 편지를 밀어넣고 조용히 기다렸다.

방문이 열린 건 다음날 아침이었다. 미지는 발코니에서 화분에 물을 주는 아버지의 뒷모습을 보았다. 조심스레 다가가 인사하자 아버지는 다짜고짜 질문을 던졌다. 전세 보증금은 어떻게 해결했고, 전세계약서를 쓸 때 집주인이 직접 왔는지 등등. 이미 편지에 쓰긴 했으나 미지는 하나하나 빠짐없이 대답했다. 가만히 듣던 아버지가 고개를 주억거렸다. "다 컸구나." 미지는 아버지의 불그스름한 눈가를 못 본 척해주기로 했다.

국자에게 부탁할 것이라곤 김치 한 통이 다였다. 가져갈 짐은 최대한 줄일 생각이었다. 침대나 책상, 옷장이야 언제 와서 하룻밤 자고 갈지도 모르니 그냥 두기로 했다. 어릴 적부터 보물처럼 간직했던 색색의 편지지며 친구에게 받은 열쇠고리, 귀여워서 샀지만 귀여워서 차마 쓰지 못했던 스티커들, 좋아하던 밴드 CD와 테이프며 대학 전공 서적까지 싹 다 버렸다. 모두 소중했지만 미지가 바라는 집의 이상향에는 어울리지 않는 물건들이었다.

집을 구하러 돌아다니는 와중에도 미지는 인테리어 잡지를 살피고 가구가 전시된 쇼룸을 구경하러 다녔다. 새 가구를 들이고 싶었다. 쿨 화이트와 쿨 그레이 톤으로 통일하고, 협탁과 테이블은 연한 단풍나무 목재를 고르면 한층 세련돼 보일 터였다. 거꾸로 된 장미무늬 벽지는 커다란 패브릭 포스터로 가리기로 했다. 혜수의 아이디어였다.

아버지가 혹시 필요한 게 있는지 물어봤을 때 미지는 바로 없다고 대답했다. 얼마 안 되는 짐이지만 포장 이사를 불렀고, 친구 혜수까지 도와주러 올 거라고 덧붙였다. 가능하다면 김치 한 통만 싸달라고 했다. 국자가 물었다.

"너 집에서 밥해 먹을 거니?"

"뭐, 그러면 좋지. 요즘 밖에서 먹으면 얼마나 비싼데."

라면도 밥이고, 라면을 먹을 때 김치는 필수였다. 그게 국자가 만든 김치라면 더할 나위 없이 좋았다.

이사 당일, 하늘은 비구름 한 점 없이 맑고 쾌청했다. 이삿짐센터 직원들도 친절하고 손이 야무졌다. 미지는 그들에게 음료수와 간식을 건네며 잘 부탁한다고 인사했다. 국자와 아버지는 새벽부터 일하러 나가서 집에 없었다. 전날 밤 미리 작별인사를 해둘 것을, 미지는 조금 아쉬웠다. 혜수가 운전하는 차의 조수석에서도 어쩐지 싱숭생숭해서 괜히 두리번거렸다. 마트와 카페 등 낯익은 풍경들을 차례차례 지나치자 낯선 건물들이 하나둘씩 눈에 들어왔다.

"혜수야, 넌 독립할 때 무슨 기분이 들었어?"

"기억도 안 난다. 아마 좋아서 난리쳤겠지. 뭘 모를 때잖아."

"나도 좀 어릴 때 독립했으면 좋기만 했으려나."

"난 딱 첫날까지만 좋았어. 너도 거기 와봐서 알잖아."

혜수가 처음으로 독립한 집은 대학가의 원룸이었다. 대학가에는 투룸을 쪼개서 만든 원룸이 많았다. 법학과니 방 쪼개는 게 불법이라는 걸 알면서도 혜수는 저렴한 임대료와 한 시간 이상 단축되는 통학 시간의 유혹에 넘어가버렸다. 대가는 가벽 너머로 들리는 이웃의 노랫소리와 천장에서 불규칙적으로 떨어지는 물방울이었다. 직접 보고 따질 용기가 없어 집주인에게 항의 문자를 보냈지만 답신은 오지 않았다. 그녀는 그 비좁은 방에서 4학기 동안 버텼다.

그때 집들이를 왔던 미지는 울먹이는 혜수의 등을 토닥여주었다. 생일 선물로 헤드폰을 선물했던 기억이 났다. 다 옛날 일이었다. 지난번 혜수가 사는 집에 놀러간 날 위층에서 누가 뛰는지 발소리가 유난히 크게 들렸다. 미지가 위로하려는 순간 혜수는 고무망치를 가져와 맹렬하게 천장을 두드려댔다. 이내 잠잠해지자 혜수는 늘 있는 일이라는 듯이 어깨를 으쓱거렸다.

이제 혜수나 미지는 마냥 행운을 바랄 나이도 아니었지만, 불운에 대처하지 못하고 급급해할 만큼 어리숙하지도 않았다. 그들의 삶을 위태롭게 만드는 건 시끄러운 이웃이나 허술한 집, 양심 없는 집주인뿐만이 아니었다. 행운이든 불운이든 의연하게 대처해야 했다. 아니면 순식간에 말려들기 십상이었다.

"나, 집 잘 구한 거겠지?"

"박미지가 얼마나 꼼꼼한데, 괜찮을 거야." 혜수가 옆 차선으로 끼어들면서 말했다. "뭐, 집주인이 작정하고 사기를 칠 수도 있고 이웃이 이상한 사람일 수도 있지만, 그건 네가 어쩔 수 없는 일이니까."

"이웃은 모르겠고 집주인은 인상이 괜찮았는데."

"사기꾼은 원래 인상이 좋아요. 차라리 궁합을 봐라."

"그래, 내가 언제 태어나셨는지 물어볼게. 출생 시간도."

"너무 재밌겠다. 천생연분인 거 아냐?" 혜수의 너스레에 미지가 웃었다. 혜수는 기어코 허벅지를 한 대 얻어맞더니 괜한 엄살을 피우며 말했다. "너 운전중인 사람 함부로 건드는 거 아니다."

"진짜 세상살이가 무섭다."

"좀 무섭긴 해."

"무서워할 필요 없어. 여차하면 내가 고소장 양식 보내줄게."

미지는 웃으면서 고개를 돌렸다. 혜수의 말이 진심이라는 건 알고 있었다. 그녀에게 나이가 든다는 건 아는 게 많아진다는 뜻이었다. 많이 알수록 더 많이 보였다. 쓸데없는 것이든 중요한 것이든. 숨은그림찾기를 할 때와 같았다. 처음에는 영문 모르고 그림만 주시하지만 몇 번 하다보면 곳곳에 숨어 있는 게 보였다. 덕분에 좀더 나은 판단을 내릴 수 있지만, 그 역시 익숙해져서 방심할 수 있었다. 그러니 낙관보다 걱정이 더 쉬웠다.

"미지야, 나 독립하고 나서 한동안은 실감이 안 났다. 너무 바빴잖아. 그때 전공필수 과목들도 한둘이 아니고 공부할 것도 산더미 같았으니까. 밥 먹고 나서 청소하고 잠들었다가 나가서 공부하고 돌아오면 하루가 끝났어. 지로가 날아오면 그제야 시간이 좀 지났구나 했지."

"그래서 네 방이 그렇게 쑥대밭이었구나."

"뭐, 거의 잠만 잤지. 시간 날 때는 집이 아니라 본가에 갔고, 반찬이랑 이것저것 가져온 덕분에 굶지 않고 잘 살았지."

"도둑이네."

"야, 박미지 너도 공범이다. 너 우리집에서 밥 몇 번이나 먹었냐? 장물인 줄 모르고 먹은 거 아니잖아. 이미 공범으로 인정될 사유가 충분한 거야." 먹긴 했지만 그다지 맛있지도 않았다. 미지는 대꾸하는 대신 입술을 삐죽거렸다. 혜수가 깔깔 웃었다. "공소시효도 지났고 증거물도 없으니 걱정 마. 사실 내가 제대로 독립했다 싶었던 건 작년이었어."

"네가 집에서 나온 지가 몇 년째인데, 너무 늦은 거 아냐?"

혜수는 작년에 퇴사했다. 유독 그해는 퇴사하거나 이직하는 친구들이 많았다. 미지 역시 휴직중이었다. 아홉수라 그런가, 누군가가 한 우스갯소리에 사주며 신점을 보러 가자는 말이 나오기도 했다. 그만두는 이유는 가지각색이었으나 대부분 다니기 싫다는 말을 충분히 반복하거나 납득할 만한 이유가 있었다. 그렇지만 혜수의 갑작스러운 퇴사 선언에는 모두가 당혹스러워했다.

혜수의 퇴사 사유는 직장 내 괴롭힘이었다. 함께 입사한 변호사가 혜수를 일 년 내내 따돌렸다고 했다. 한 친구가 왜 그간 말하지 않았냐고 물었을 때 돌아온 답은 짧았다. 쪽팔려서. 무력하게 당하는 자신은 물론이고 열심히 노력해서 들어온 회사인데 그런 유치한 사람이 지천이라는 게 부끄러웠다고 털어놓았다. 나름 맞서고 버텼지만, 버틸수록 익숙해지기는커녕 괴롭기만 했다. 이대로 나가면 지는 것 같아서 다시 버텼다. 그런 과정의 연속이었다.

"퇴사 덕분이지. 내가 사실 그만두기 전에 엄마한테 말한 적이 있거든. 그날이 중복이었을 거야. 엄마가 밥 먹으러 오라고 해서 간만에 갔지."

"너한테 그만두라고 하신 거야?"

"아니, 우리 엄마가 그러겠냐. 앞으로 나랑 안 맞는 사람들을 얼마나 많이 만날지 모르는데 그렇게 도망치면 되겠냐고 하더라. 근성 있게 조금만 더 다니라길래 알겠다고 했어. 틀린 말은 아니었지."

미지는 정색하면서 말했다.

"난 그렇게 생각 안 해. 너 퇴사 정말 잘했어."

퇴사 후 혜수의 표정은 한없이 밝아졌다. 친구들에게 앞으로 어떡하냐고 우는소리를 해도 예전보다 밥을 잘 먹고 잠도 잘 잤다. 물론 눈 밑에 진 그늘이나 잠시 말을 멈추고 입술을 만지작거리면서 생각에 잠기는 모습을 볼 때마다 미지는 그때의 상흔을 어렴풋이 느낄 수 있었다. 하지만 굳이 물어보지는 않았다. 말하고 싶을 때 들어줄 생각이었다. 앞으로 혜수는 더 괜찮아질 거라고 믿었고, 실제로도 그랬다.

"그런데 뭐, 나 결국 퇴사했잖아."

"너희 어머니가 화내셨어?"

"화는 내셨는데 별로 무섭진 않더라. 그냥 미안하다고 했더니 금세 한숨 푹푹 쉬시면서 네가 그럴 줄 알았다, 이러셨지."

"그럼 왜 퇴사한 거야?"

"그게, 내가 집에서 밥 먹고 갈 때 엄마가 또 이것저것 챙겨주셨거든. 그때 내가 정신이 없어서 집 청소를 하나도 못했다고 했더니 쓰레기봉투도 줬어. 그래서 정신 바짝 차리고 살자 싶어서 집에 가자마자 쓰레기통부터 비우려고 엄마가 준 걸 꺼냈지. 그런데 쓸 수가 없는 거야."

혜수가 사는 곳은 서울시고, 본가는 경기도였다. 다른 지역의 종량제 쓰레기봉투를 쓰면 벌금이 나왔다. 혜수는 바로 어머니에게 전화했다. 처음에는 어머니의 실수에 웃다가 돌연 화를 내는가 하면, 저도 모르게 흐느껴 울었다. 가만히 듣던 어머니가 말했다. "어쩌니, 미안하다. 쓰레기를 치우라고 쓰레기봉투를 줬더니 쓰레기가 하나 더 늘어났네." 미지가 알기론 혜수의 어머니는 도통 실수라곤 모르는 사람이었다.

"알잖아. 우리 엄마가 사과할 줄 모르는 사람인 거." 혜수가 웃으면서 말했다. "엄만 사과하면 지는 줄 알고 죽도록 싫어해. 어떻게든 상대방 잘못을 끄집어내려고 들지. 그래서 늘 내가 사과했어. 어렸을 땐 그게 너무 억울하고 싫어서 얼른 어른이 되고 싶었는데. 지금은 그냥 그러려니 해. 엄마랑 나는 다른 사람이니까 별수없지. 다른 사람인데 어떻게 엄마 답이 내 답이 되겠어."

"그럼 네 답은 퇴사하는 거였어?"

"어. 난 그때 내가 지고 싶지 않아서 버티는 거라고 생각했는데, 보니까 내가 날 괴롭히고 있더라고. 나도 그 인간들이랑 똑같이 나를 대했던 거지. 그게 괴로워서 퇴사했어."

"어머니가 뭐라셨어?"

"엄청 짜증냈지. 내 이럴 줄 알았다! 그런데 그러고 마셨어. 뭐, 나랑 엄마는 다르니까 서로 답도 다른 게 당연하잖아. 그걸 깨닫는 게 독립인가 싶더라. 서로 떨어져 산다고만 해서 독립이라고 할 순 없지. 너도 부모님한테 허락받고 휴직한 건 아니잖아. 이제 선택은 우리 몫이고 우리가 감당할 거니까."

미지는 고개를 끄덕였다. 언제부터 국자에게 정답을 구하지 않았던 걸까. 국자도 그녀가 휴직했다는 이야기를 듣고 굳이 설득하거나 뭘 먹이려 들지 않았다. 그저 이전처럼 봉사활동을 다니고 반찬을 만들었다. 명령형 문장은 심부름을 시킬 때만 썼고, 가끔 미지가 인터넷으로 산 옷이 어떠냐고 물어보면 엉뚱한 평으로 사람 속을 긁는 게 다였다. 초록색 옷이라서 개구리 같다니, 호평인지 악평인지 도무지 알 수가 없었다.

"괜히 어머니에게 물어봤겠다 싶었겠네. 나중에 혼나기만 하고."

"아니? 사람이 가끔 어디 기대고 싶을 때가 있잖아. 내가 못 보는 게 있을 수도 있고. 만약 엄마한테 말 안 했으면, 난 아마 거기서 계속 버티고 있다가 병났을 거야." 혜수가 화두를 돌렸다. "그나저나 하나밖에 없는 딸이 나간다는데 너희 어머니는 뭐 반찬 안 해주신대? 김치라든가."

"뭘 해주냐. 우리 엄마 일하느라 바빠. 내가 한두 살도 아니고, 그냥 알아서 먹어야지. 요 근처에 음식점도 많아."

"효녀네, 갸륵하다."

"몰랐니? 나 우리 엄마 엄청 사랑해."

"아쉽다. 오랜만에 박미지네 김치 한번 먹어보나 했는데."

"김치는 받을 예정인데 일주일에 두 번만 와라."

"치사하게."

혜수가 입맛을 다시는 척했다. 십 년이 지나도 잊지 못할 만큼 맛있는 김치라니, 그 김치가 사실은 길고 긴 가출의 고리를 끊은 계기라는 사실을 알려주면 혜수는 어떤 표정을 지을까. 미지는 애써 웃음을 참았다.

골목으로 들어가자 눈에 익은 이삿짐센터 트럭이 보였다. 그 옆에는 작고 낡은 용달차 한 대가 서 있었다. 미지는 어쩐지 뒤통수가 서늘했다. 혜수가 에어컨이라도 켰나. 이내 용달차에서 낯익은 얼굴들이 내리자 미지는 두 손에 얼굴을 파묻었다. 국자에게 밝게 인사하는 혜수의 목소리가 그녀의 귀에 생생하게 들렸다. 가능하다면 방금 했던 말을 다시 주워 담고 싶었다.

집으로 들어가서 미지가 제일 먼저 본 건 밥솥이었다. 가족이 서넛 정도 되는 집에서 쓸 법한 크기였고, 투박한 생김새와 어울리지 않는 빨간 꽃무늬를 두른 터라 더 촌스러워 보였다. 입주 청소 업체가 보내준 사진에도 이런 밥솥은 없었다. 예전에 살던 사람이 붙박이장이나 찬장에 두고 간 걸까. 그녀의 궁금증은 이내 풀렸다. 국자가 그 밥솥을 들고 부엌으로 들어갔다. 아무래도 이미 밥솥과 일면식이 있는 모양이었다.

"그건 대체 뭐예요?"

대답은 아버지가 했다.

"모르나본데, 원래 이사할 때는 밥솥 먼저 들어가는 거다. 그래야 굶지 않고 잘 산대."

"저건 제 밥솥이 아닌데요."

"그래서 우리가 샀다. 큰 걸로. 사람이 밥을 잘 먹어야지."

미지가 대꾸하기도 전에 아버지는 커다란 플라스틱 상자를 들고 부엌으로 향했다. 용달차에 싣고 온 모양이었다. 혜수가 미지의 어깨를 두드리며 위로했다. 부엌 벽이 회색 타일인데 빨간 밥솥이라니. 정말 독보적인 배치였다. 미지는 저 밥솥을 잠시 어디 처박아두었다가 중고 거래로 처분하겠다고 마음먹었다. 그래도 밥솥 하나면 그나마 감당할 만했다.

이삿짐센터 직원들은 개미처럼 일사불란하게 움직였다. 붙박이장에 차곡차곡 옷을 걸어놓았고, 가져온 책들도 책장에 가지런히 꽂아두었다. 미지는 흐뭇하게 웃으면서 그 광경을 바라보다가 고개를 돌렸다. 아버지와 국자도 열심히 정리하고 있었다. 플라스틱 상자에서는 온갖 조미료며 반찬통들이 나왔다. 찬장과 냉장고가 채워지는 모습에 미지가 길게 한숨을 쉬었다.

"이건 또 뭐예요?"

이번에는 국자가 대답했다.

"밥해 먹는다며."

"김치만 달라고 했는데 뭐 이렇게 많이 가져왔어요?"

"사람이 김치만 먹고 살 순 없잖아."

큼지막한 반찬통이 무려 네 개나 되었다. 물론 다 미지가 좋아하는 반찬이고, 조미료도 구비하려면 돈이 꽤 드니 잘된 일이긴 했다. 혜수도 부러운 눈치였다. 하지만 설탕이나 소금, 후추 정도면 모를까 굴소스에 춘장까지 꺼내니 미지로서는 기함할 수밖에 없었다. 그녀가 자신 있는 요리는 달걀프라이와 라면이 다였다. 냉장고를 빤히 들여다보던 국자가 물었다.

"이 집은 김치냉장고가 없어?"

"엄마, 그런 게 옵션으로 있는 집은 없어."

"다른 음식에 김치 냄새 배면 어떡해. 김치냉장고도 하나 살래?"

"놓을 곳도 없어. 내가 나가면 들여놓을 수 있겠다."

김치냉장고도, 미지는 방금 국자가 한 말을 곰곰이 곱씹어보았다. 밥솥에 이어 김치냉장고도 하나 사줄 의향이 있다는 걸까. 당연히 사양이었다. 국자와 함께 살던 집이야 부엌과 거실이 분리되어 있었지만, 이제 그녀가 살아야 할 집은 부엌과 거실이 하나였다. 작은 와인 냉장고라면 모를까 김치냉장고는 아예 살 생각이 없었다.

초인종 울리는 소리에 아버지가 부리나케 현관으로 나갔다. 지난주에 미리 주문했던 회색 단모 러그는 이제 막 출고됐다고 문자가 왔는데, 미지는 불길했다. 검은색 조끼를 입은 사람이 길쭉한 상자를 들고 오더니 침실이 어디냐고 물었다. 침대를 설치하러 왔다고 했다. 그녀는 침대를 주문한 적이 없었다. 아직 마음에 드는 침대를 찾지 못해서 당분간 바닥에 토퍼를 깔고 잘 생각이었는데. 다른 상자를 들고 온 아버지가 검은색 조끼에게 손짓했다.

"저건 또 뭐야?"

미지의 질문에 국자가 답해주었다.

"침대지."

"엄마가 샀어?"

"아니, 아빠가 샀어. 고맙다고 해. 맨바닥에서 자면 허리 아프잖아."

바닥에 깔려 있던 토퍼는 둘둘 말려 붙박이장에 처박혔다. 검은색 조끼는 어찌나 손이 빠른지 순식간에 침대를 조립하더니 아버지에게 수령 확인 사인까지 받았다. 침대는 창문이 있는 벽에 바짝 붙어 있었다. 미지는 그 풍경을 멍하니 바라보기만 했다. 그녀의 계획에 따르면 침대 양옆에 흰색이나 원목 협탁이 놓일 예정이었다. 게다가 침대 프레임은 단풍

나무 목재가 아니라 불그스름한 체리나무 무늬였다.

"걱정 마라." 아버지가 미지에게 말했다. "매트리스도 오늘 온다고 했으니까 자는 데 무리 없을 거다."

정말로 십 분도 채 지나지 않아 매트리스가 왔다. 국자는 곧바로 다른 플라스틱 상자에서 침대 시트와 이불, 베개를 꺼냈다. 분홍색 꽃무늬로 가득한 침대에 미지는 할말을 잃었다. 장바구니에 담아둔 깃털 베개와 짙은 회색 이불이 눈앞에 아른거렸다.

이삿짐센터 직원들은 제 할일을 마친 후 철수했다. 미지는 아직도 이사가 끝나지 않았다는 사실이 믿기지 않았다. 국자와 아버지를 달달 볶아서 들은 바에 따르면 그다음은 커다란 타원형 테이블이 올 차례였다. 이번에는 짙은 호두나무 목재로 만든 테이블이었다. 참다못한 그녀가 국자를 붙들고 말했다.

"저 테이블 집에 가져가요. 난 안 쓸 거니까."

"왜?"

"맘에 안 들어요."

"새 건데, 그럼 바닥에서 밥 먹을 거야?"

"어차피 의자도 없는데 어떻게 저기서 밥을 먹어."

"너 걱정할까봐 너희 아빠가 가구거리에 가서 의자 사왔어."

어느 거리에서 샀든 미지로서는 달갑지 않은 소식이었다. 무슨 용달차인가 했더니만 아버지가 아는 동생에게 빌린 차라고 했다. 아버지에게 가족 말고도 친한 사람이 있다니 놀라웠다. 그보다 더 놀라운 건 아버지와 혜수가 들고 온 의자였다. 바로 누런 소나무 목재로 만든 의자였다. 침대는 체리나무, 거실에 있는 테이블은 호두나무, 의자는 누런 소나무,

며칠 후 올 협탁은 단풍나무…… 무슨 목재 수집가의 집도 아니고.

국자는 거실 바닥에 대나무 돗자리를 깔고 테이블에는 커다란 장미 무늬 식탁보를 깔았다. 겨울에 무슨 돗자리야, 미지는 얼른 회색 단모 러그가 왔으면 싶었다. 거꾸로 된 장미 무늬 벽지를 놀리는 듯한 저 식탁보는 또 뭔지, 벽지를 가릴 패브릭 포스터가 더욱 시급해졌다. 그녀는 눈을 감고 숨을 가다듬었다. 어쩐지 익숙했다. 식탁보가 깔린 테이블이며 커다란 밥솥, 창가에 바싹 붙은 침대와 대나무 돗자리.

부엌 찬장 문을 여는 국자를 본 순간 미지는 그 기시감의 정체를 깨달았다. 여긴 본가였다. 그녀가 부득불 떠나려고 노력했던 집. 국자가 그릇이 없다고 했다. 당연히 그릇도 따로 사러 갈 생각이었다. 집에 있는 그릇들은 제각기 무늬와 색이 달랐지만, 그녀는 그런 무질서는 허용하고 싶지 않았다. 어떤 무늬도 없이 단정하고 깔끔한 디자인으로 통일하고 싶었다.

"그럼 여보, 내가 얼른 마트 가서 사올까?"

미지를 구해준 사람은 혜수였다.

"아, 걱정 마세요. 제가 집들이 선물로 주문해놨어요."

"고맙네. 그런데 그릇이 없는데 어떻게 밥을 먹어. 냄비나 프라이팬도 사야 하잖아."

"그것도 제가 샀어요! 미지가 필요하다고 해서요."

"미지가 신세를 많이 지네. 그래도 지금 당장 없으니 문제지. 집에서 가져올 걸 그랬나."

"엄마, 설마 여기서 밥 먹으려고?"

국자가 당연하다는 듯이 미지를 쳐다보았다.

"그럼 반찬이랑 다 가져왔는데 여기서 먹으면 되지. 밥솥에 쌀 있으니까 짓기만 하면 되고, 고기 재워둔 것도 가져왔어. 네 아빠가 그러는데 마트가 여기서 십 분 거리라며."

"잠깐만." 미지는 잽싸게 아버지 앞을 가로막고 섰다. 아버지는 당장이라도 신발을 신고 나갈 기세였다. 그녀는 떠오르는 대로 말했다. "엄마, 나 오늘 이사했잖아요. 그러니까 외식해야 해."

"돈 아깝게 왜?"

"원래 이사한 날에는 사람들이 짜장면 시켜 먹는다고 하잖아. 그 집 주변에서 파는 음식을 먹어야 운이 좋대."

"맞아요." 혜수도 얼른 맞장구를 치며 미지를 거들었다. "저도 그래서 저번에 이사했을 때 중국집에 주문했어요. 짜장면이랑 짬뽕이었나?"

이미 이상적인 인테리어는 물 건너간 지 오래였다. 제발, 미지는 국자가 한 번쯤은 넘어가주길 바랐다. 국자가 잠시 뜸을 들이다가 말했다.

"난 짜장면 싫은데."

"그럼 엄마, 우리 고기 먹으러 가자. 제가 쏠게요."

어차피 집에 들일 가구를 사려고 모아둔 돈도 고스란히 남았다. 미지는 슬쩍 아버지의 안색을 살폈다. 아버지는 국자만 바라보고 있었다. 국자만 허락하면 아버지도 마지못해 동의할 게 뻔했다. 둘은 세트니까. 국자는 혜수와 아버지, 미지를 바라보다가 고개를 주억거렸다. 미지는 안도했다. 집에서 밥을 차려먹었다가는 영락없이 본가 2호점이 되어버릴 것 같았다.

국자가 구운 고기는 입에서 살살 녹았다. 국자의 능력 덕분인지 아니면 비싼 값을 하는 건지는 알 수 없었지만, 미지는 한결 가벼운 마음으로 식사했다. 혜수는 차를 몰고 와서 소주도 마실 수 없다고 푸념을 늘어놓았다. 이렇게 맛있는 고기를 두고 반주도 못하다니, 그 익살에 아버지가 웃었다. 아버지도 고기가 맛있는지 불평 하나 없이 밥 한 공기를 비웠다. 분위기는 나쁘지 않았다. 국자가 미지에게 물었다.

"더 필요한 건 없니?"

"냉면? 난 물냉면 먹고 싶긴 한데, 이제 엄마도 고기 좀 먹어야 하지 않나. 계속 굽기만 했잖아요."

"아니, 집에."

그 말에 미지가 손사래를 쳤다.

"괜찮아, 정말로!"

"다행이네, 경남이가 말해준 대로 샀는데."

"그렇구나, 경남 아줌마한테 하나도 고맙지 않다고 전해주세요."

진심이었다. 정말이지 경남 아줌마는 미지에게 일말의 도움도 되지 않았다. 미래를 볼 수 있다더니 이런 식으로 사람을 골릴 줄이야. 국자가 자신의 말을 고스란히 전해준들 경남 아줌마는 서운해하기는커녕 깔깔거리면서 재밌어할 것이었다. 상상만 했을 뿐인데도 머리가 절로 지끈거렸다. 정말 적합 판정자가 맞기는 한지 의문이 들었다. 역시 다중능력검사는 폐지해야 한다.

"너무 그러지 마. 경남이가 식탁보도 선물했는데. 그거 비싼 거래."

"엄마, 그게 제일 최악이었다고 전해줘요."

미지는 화를 꾹꾹 눌러 참느라 사이다만 내리 세 병을 비웠다. 냉면 국물까지 다 마셔도 가슴이 답답했다. 아버지는 화장실에 갔는지 자리에 없었다. 그녀도 이내 화장실에 가고 싶어졌다. 혜수는 지치지도 않고 국자에게 김치 비법을 캐묻고 있었다. 차라리 국자에게 김치 한 통만 달라고 사정하는 편이 더 나을 텐데. 새삼 제 친구가 안쓰러웠다.

화장실에서 나오는 길에 미지는 가게 밖에 서 있는 아버지를 보았다. 팔짱을 낀 채 서 있는 모습이 제법 그럴싸했다. 나이가 들어도 잘생긴 얼굴이긴 했지만, 빨간 줄무늬 셔츠에 파란색 바지 차림이라 별 효력은 없었다. 미지가 다가가자 아버지가 슬쩍 눈을 흘겼다.

"뭐 드세요?"

"사탕." 아버지가 말할 때마다 박하 향이 났다. "나가니 좋냐?"

"직장 때문이라니까요."

"핑계하고는. 호시탐탐 나갈 기회만 노렸으면서."

"잘 살 테니까 너무 걱정 마세요. 그리고 아빠도 좀 편하게 살아요. 도시락 들고 다니는 것도 너무 무겁잖아요. 출장도 너무 자처하지 말고요. 엄마도 그래. 봉사활동하면서 아빠 도시락도 싸고, 출장 가면 반찬도 만들어줘야 하잖아요. 가끔 외식도 하고 좋은 곳도 놀러 다니고 그래요. 그러면 좀 좋아?"

"그러게나 말이다. 나나 네 엄마나 좀 편하게 살아야 하는데. 그런 세대가 아니라서 그래." 아버지는 살짝 고개를 돌리고 입을 빼끔거렸다. 희뿌연 담배 연기가 허공으로 피어올랐다. "그리고 도시락은 내가 먼저 말하기는 좀 그래. 너희 엄마가 마음을 정해야지. 네 생각보다 여린 사람이라, 불안해하거든."

"엄마가 불안해한다고요?"

"엄마가 어릴 적에 큰일이 있었어. 나중에 직접 물어봐라. 몇십 년을 붙어 있었는데 아직도 불안해하는 게 안쓰럽기는 하지만…… 난 네 엄마가 원하는 대로 다 해주고 싶다. 엄마가 도시락을 싸주든 반찬을 해주든 다 먹을 거야. 그래야 네 엄마가 안심한다면 아빠야 얼마든지 먹을 수 있지."

한번은 아버지 도시락에서 가지나물이 상한 적이 있었다. 거래처를 돌아다니느라 도시락을 미처 냉장고에 넣을 여유가 없었다고 했다. 간단하게 김밥이라도 사먹으면 될 텐데, 아버지는 기어코 도시락을 먹어치웠다. 창백한 낯빛으로 귀가한 아버지는 바로 화장실로 직행했다. 국자에게는 냄새를 맡지 못해서 상한 줄 몰랐다고 했지만, 도시락에서는 시큼한 냄새가 풀풀 났다.

그때 미지는 중학생이었다. 그녀는 국자에게 아버지가 장염에 걸려서 코가 마비된 모양이라고 했다. 국자는 고개를 저었다. 상한 음식을 먹으면 장염에 걸리는 거니까 선후 관계가 틀렸다고 지적했다. 그후로는 여름이 되면 아이스박스에 아버지의 도시락이나 반찬을 쌌다. 아버지는 불평 한번 없이 그 무거운 아이스박스를 이고 지고 다녔다.

오늘도 국자는 고기 집게를 독차지하고 계속 고기를 구웠다. 미지는 부엌에 서서 요리하는 국자의 뒷모습을 떠올렸다. 국자는 거침없이 도시락을 싸고 반찬을 만들었다. 손목 인대가 늘어나고 허리가 쑤셔도 힘들다는 말은 한마디도 하지 않았다. 마치 그 일련의 과정이 가족이라는 천체를 유지하는 듯했다. 그게 지난 삼십 년간 국자가 생각한 정답이었다.

그날 국자는 평소와 달리 계속 이야기했다. 커피를 여러 잔 마시고 간식을 먹으면서 이야기의 끈을 놓지 않았다. 가끔 말을 멈추고 빼먹기라도 한 부분이 있을지 가늠하듯 이리저리 눈을 굴렸다. 그리고 다시 시작했다. 국자의 삶은 나름의 답에 대한 해설지라 볼 수 있었다. 물론 그 해설지는 완벽하지 않았다. 오판과 비약이 있고, 모순된 부분도 보였다. 그러나 국자가 아는 한 제일 나은 답이었다.

미지도 충분히 이해했다. 누구든 완벽할 순 없었다. 미지를 괴롭히는 기억도 마찬가지로 불완전했다. 기억은 면죄부였다. 처음 3학년 교실로 들어선 순간은 그녀의 머릿속에서 끊임없이 환한 색으로 덧칠되었다. 그처럼 빛날 때가 있었다고, 선생으로서 그녀가 잘못한 건 하나도 없다며 기억은 끈질기게 속삭였다. 모두 다른 사람을, 불운을 탓하려 했다.

하지만 아이들은 미지의 과거이자 미래였다. 미지가 잊어버리려 해도 그녀가 저지른 실수를 보여주고, 정답이라고 생각했던 건 무수한 답 중 하나라는 걸 몸소 보여주었다. 그리고 서로 다르게 자라났다. 늘 그녀의 예상을 뛰어넘었다. 그 사이에서 선과 악을 가르고 아이들을 위한다는 이유로 아이들을 원망하는 건 말이 되지 않았다. 그러면 어떡해야 하나. 아직도 막막하기만 했다. 막막해하는 자신이 과연 아이들을 가르칠 수 있을지 의문이 들었다.

고깃집 계산은 아버지가 했다. 미지는 속으로 쾌재를 불렀다. 시간이 늦어도 골목은 환했다. 아버지는 동네 치안이 어떠냐고 물었다. 어물거리는 미지 대신 혜수가 대답했다. 바로 집 앞에 파출소가 있고, 조금 더 가면 중학교가 있었다. 아버지는 영 미심쩍은 표정으로 혜수에게 이것저것 질문을 던졌다. 미지는 둘에게서 멀찍이 떨어져서 걸었다. 제 친구에게는 미안하지만, 오늘 온종일 시달린 걸 생각하면 휴식이 필요했다. 국자가 말을 걸었다.

"다음에 혜수더러 파김치 한 통 가져가라고 해."

"좋아하겠네."

"너도 나중에 경남이한테 고맙다고 하고."

"아줌마만 좋아하겠네."

"경남이가 너 정말 아낀다니까. 이번에도 휴직 잘했다고 했어. 잘할 거래."

"정말로 엄마는 내가 잘할 거라고 생각해? 내 말은……" 미지는 주변을 살핀 후 말했다. "나, 괜찮을까?"

"이제 와서 집으로 다시 돌아가려고? 네 아빠는 좋아하겠다만."

"그게 아니라, 엄마가 보기에는 내가 정말 괜찮은 사람 같냐는 거야. 애들을 가르쳐도 될 만큼."

이 년이라는 시간이 지났지만, 미지는 여전히 무엇 하나 확신할 수 없었다. 역시나 틀렸다는 절망은 물론이고 더 나아질 거라는 희망도 느끼지 못했다. 통장 잔고가 바닥을 드러내니 복직을 신청했고, 집에서 먼 학교로 발령을 받았다. 그래서 독립했다. 다른 사람들이 보기에는 자연스럽고 당연해 보였다. 언젠가 자신이 저지른 과오도 그처럼 서서히 사라질지도 모른다고 생각했다. 그러길 바라는 자신이 부끄러웠다.

국자가 무슨 대답을 한들 더는 미지의 정답이 될 순 없었다. 미지도 알고 있었으나 기댈 곳이 필요했다. 국자는 몇십 년간 자신의 모습을 지켜보았고, 함께 살며 수도 없이 싸웠으나 한 식탁에 앉아 함께 밥을 먹었다. 전부는 아니더라도 적어도 다른 사람보다는 서로를 많이 안다고 미지는 생각했다. 국자가 뜸을 들였다.

"응."

그 한마디에 미지는 비로소 숨이 트이는 것 같았다. 내일 눈뜨자마자 장미무늬 식탁보와 대나무 돗자리는 둘둘 말아서 창고에 넣어둘 생각이었다. 밥솥에 있는 쌀은 밥을 지어서 얼려두면 되고, 나무 무늬야 언젠가는 익숙해질 터였다. 하루하루 지나면 학교는 개학하고, 그날부터 다시 아이들과 살아갈 것이다. 또 실수할지언정 다시는 도망치고 싶지 않았다. 무언가가 그녀를 향해 다가오고 있었다. 미지의 미래였다.

작가의 말

국자씨에게

국자씨.

보통 편지는 인사와 소개, 제 안부로 운을 띄우는 게 정석이지만, 이번에는 작별부터 고할까 합니다. 고생하셨습니다. 점심 한 상을 뚝딱 차려내고 치운 다음 후식과 간식까지, 기나긴 시간 동안 식탁을 떠나지 않고 계속 이야기해주셔서 감사합니다.

말이든 글이든 간명해야 한다지만, 글쎄요. 당신이 살아온 시간을 단 몇 줄로 요약할 수 있을까요. 애당초 듣거나 볼 생각이 없다면, 그 어떤 이야기도 소용없기 마련입니다. 그래도 당신은 미지가 꼭 들었으면 하는 마음으로 먼저 멋지게 한 상을 차려주셨네요. 수완이 좋습니다. 저보다 훨씬 나으신데요.

예상보다 길어지긴 했죠. 국자씨, 당신의 이야기는 원래 중단편으로 끝날 예정이었잖아요. 물론 당신도 이야기하는 도중에 깜박하거나 그냥 넘어간 적도 있을 겁니다. 아마 더 길고 구구절절하겠죠. 먹는 속도가 빠른 사람이라면 당신이 말문을 떼기도 전에 수저를 내려놓았을지도 모릅니다. 제가 그래요. 당신의 이야기를 읽고 더 써보라고 격려한 친구들이 아니었다면 저는 진작 자리에서 일어났을 겁니다.

쉽지 않은 결정이었어요. 어떤 사람들은 괜한 헛발질이라고, 그럴 시간이 있다면 좀더 어른스러운 글을 써보라며 일축했습니다. 지금 와서 하는 말이지만, 그때 전 좀 이국자라는 사람을 잊고 싶었어요. 잊으려면 잊고 싶을 만큼 속속들이 알아야 합니다. 그래서 일단 진득하게 앉아서 당신의 이야기를 듣기로 했어요. 간과한 점이 있다면, 제가 원체 재미가 없는 사람이라 말하는 것보다 듣는 걸 더 좋아한다는 것입니다. 국자씨, 당신은 저보다 훨씬 재밌는 사람이잖아요. 게다가 당신 고집을 제가 어떻게 이기겠어요. 그러니 우리가 여기까지 올 수 있었던 건 다 당신 덕분입니다.

감사하지만, 감히 국자씨가 행복하길 바란다고 적지는 않겠어요. 그저 당신에게 더는 누군가를 미워하거나 탓할 일이 생기지 않았으면 합니다. 훗날 무탈하게 지내는 모습을 다른 이야기에서 볼 수 있다면 기쁠 거예요. 뭐, 몇몇 사람은 의문을 표할 수도 있겠네요. 그런 말을 하기에는 국자씨에게 너무 많은 시련을 주지 않았느냐고 말입니다. 그들은 제가 당신의 인생을 좌지우지하는 신이라도 된다는 양 말하더군요. 제가 만일 그랬더라면, 당신 앞에 있는 모든 장애물을 치워버렸을 겁니다.

여담인데, 저는 손바닥에 땀이 나는 영화를 끝까지 본 적이 거의 없어요. 영화관 한가운데에 앉아 꼼짝달싹 못하게 만들어야 볼 수 있답니다.

정말 보고 싶었던 영화를 처음부터 끝까지 보기 위해서 네 시간 동안 스스로 가둔 적도 있어요. 막바지에 통곡했는데, 뛰어난 작품성과 기나긴 러닝타임 중 무엇 때문인지는 답하지 않겠습니다. 지난 이 년 동안은 영화관 문턱을 밟지도 못했네요.

대신 저는 끝까지 머무르면서 당신의 이야기를 모두 듣기로 다짐했습니다. 지난 오 개월 동안 제게 식탁 한 자리를 내어주셔서 감사합니다. 당신이 들려준 문장을 찾아 전전긍긍하는 제가 다소 이상해 보였을지도 모르겠네요. 걱정하지 않으셔도 됩니다. 즐거웠거든요. 새치가 다섯 가닥 정도 생겼지만 후회하진 않습니다. 뭘 바라고 그랬는지 물어보신다면 우선 후회하지 않기 위해서, 시작된 이야기를 끝내고 싶었기 때문이에요.

〈투모로우〉라는 영화, 보신 적 있나요? 드라마만 보신다고 했나, 깜박했습니다. 하여튼 그 영화에서 애서가들을 경악하게 만든 장면이 하나 있었답니다. 갑자기 들이닥친 한파로 세계가 꽁꽁 얼어붙자 사람들은 얼어죽지 않기 위해서 모닥불을 피웁니다. 모닥불에는 장작이 필요하죠. 짐작하셨겠지만, 그 장작은 책입니다. 뉴욕공립도서관은 세계 5대 도서관 중 하나니, 책이 얼마나 많겠어요. 제 친구는 그 귀한 장서들이 불쏘시개로 전락하는 장면을 차마 눈뜨고 볼 수 없었다고 하더랍니다.

저 역시 아깝다는 생각이 들긴 했죠. 이 책만은 지키겠다는 늙은 사서의 고집이 남의 일 같지만은 않았습니다. 다만 책을 던져넣을 때마다 불길에 일렁이는 사람들의 얼굴을 보노라면 결국 이야기는 어떻게든 제 소임을 다한다는 생각이 들었어요. 이야기는 누군가를 살아 있게 하고, 살아가게 합니다. 길든 짧든 당신과 내가 있었다는 사실을 증명하는 한편,

읽는 사람들이 어떤 세상에서 살아가고 있는지 깨닫게 하니까요. 혼자 생각하는 것만으로는 자신의 존재를 증명할 수 없습니다. 이야기를 보거나 듣고 읽으면서, 자신이 아닌 누군가를 겪고 나서야 비로소 자신이 누구인지 깨달을 수 있다고 생각해요. 설령 그로 인해 아무것도 달라지지 않았다 한들 당장은 모르는 일입니다. 이미 지나간 과거들도 한때는 현재였고, 아득한 미래는 어느새 눈앞으로 다가올 테니까요.

제게 요리에 일가견이 있는지 묻는 사람도 있었어요. 제가 제일 잘하는 요리는 연두부밥입니다. 연두부 한 모를 밥에 올리고 간장을 뿌린 후 전자레인지에 돌리면 끝입니다. 김 가루나 치즈를 얹으면 맛있어요. 초능력자냐는 질문은 아직 못 받아봤습니다. 요리에는 젬병이지만, 제게도 남다른 능력이 한두 가지는 있어요. 우선 빵을 보면 맛이 있을지 없을지 알아맞힐 수 있습니다. 제가 빵을 워낙 좋아하는데요, 애석하게도 의사 선생님은 위궤양 환자에게는 적절치 않은 음식이라고 하더군요. 뭐, 어떤 능력이든 과하면 대가가 따르는 법이니까요. 그리고 게임을 하면 최단 시간에 한 판을 끝내는 능력도 있습니다. 나름대로 열심히 조작 키를 눌렀는데, 단번에 캐릭터가 죽더라고요. 다음 스테이지는 어떨지 궁금하지만, 이 역시 능력에 따르는 대가입니다. 그다지 흥미로운 능력들은 아니네요. 심사위원들이 제 등급을 어떻게 매길지 궁금하진 않습니다.

국자씨, 미지는 너무 걱정하지 마세요. 별수없잖아요. 그저 저나 당신이나 미지가 잘 살아가길 바랄 수밖에. 미지는 더 많은 학생을 만나면서 당신처럼 많은 이야기를 쌓아나갈 테고, 언젠가는 누군가에게 자신의 이야기를 해줄 수도 있을 거예요. 밥이야 알아서 먹겠죠. 야무지니까 저처럼 식사시간을 깜박하진 않을 겁니다. 저도 영 어수룩해서 걱정되시겠지만, 괜찮아요. 우리가 다시 만나는 그날까지 열심히 쓰고 있겠습니다.

그럼 이제 미처 하지 못한 감사의 말을 전해볼까요. 연재 내내 함께해 주신 이재현 편집자님, 그리고 투고한 순간부터 책이 나올 때까지 도와주신 편집부 여러분께 감사합니다. 제게 듣고 이야기하는 법을 알려주신 선생님들, 응원해준 사람들과 우리의 식탁에 들른 독자분들 덕분에 끝까지 써나갈 수 있었어요. 그럼 이제 당신의 식탁을 차리면서 다시 인사해볼까요. 안녕하세요. 반가워요. 여기 앉아서 들어주세요. 국자씨의 이야기를.

2022년을 지나가면서

정은우 올림

문학동네 장편소설
국자전

1판 1쇄 2022년 9월 5일
1판 2쇄 2022년 10월 28일

지은이 정은우
책임편집 이재현 | 편집 김영수 염현숙 강윤정
디자인 강혜림 최미영
마케팅 정민호 이숙재 박치우 한민아 이민경 안남영 왕지경 김수현 정경주
브랜딩 함유지 함근아 김희숙 고보미 박민재 박진희 정승민
제작 강신은 김동욱 임현식 | 제작처 영신사

펴낸곳 (주)문학동네 | 펴낸이 김소영
출판등록 1993년 10월 22일 제2003-000045호
주소 10881 경기도 파주시 회동길 210
전자우편 editor@munhak.com | 대표전화 031) 955-8888 | 팩스 031) 955-8855
문의전화 031) 955-3578(마케팅) 031) 955-1920(편집)
문학동네카페 http://cafe.naver.com/mhdn
인스타그램 @munhakdongne | 트위터 @munhakdongne
북클럽문학동네 http://bookclubmunhak.com

ISBN 978-89-546-8803-1 03810

www.munhak.com